THÜRINGENTOD

Julia Bruns, in einem kleinen Dorf mitten in Thüringen geboren, studierte Politikwissenschaft, Soziologie und Psychologie an der Universität Jena. Nach ihrer Promotion im Fach Politikwissenschaft arbeitete sie viele Jahre als Redenschreiberin und in der Öffentlichkeitsarbeit. Heute schreibt sie als freie Autorin. Julia Bruns lebt mit ihrer Familie, zu der auch ein Harzer Fuchs gehört, im Landkreis Sömmerda.
www.thueringen-kommissare.de

Dieses Buch ist ein Roman. Handlungen und Personen sind frei erfunden. Ähnlichkeiten mit lebenden oder toten Personen sind nicht gewollt und rein zufällig.

JULIA BRUNS

THÜRINGENTOD

Kriminalroman

emons:

Bibliografische Information der Deutschen Nationalbibliothek
Die Deutsche Nationalbibliothek verzeichnet diese Publikation in der Deutschen Nationalbibliografie; detaillierte bibliografische Daten sind im Internet über http://dnb.d-nb.de abrufbar.

FSC www.fsc.org
MIX
Papier aus verantwortungsvollen Quellen
FSC® C083411

Umschlagmotiv: Montage aus fotolia.com/ArTo; shutterstock.com/Loboda Dmytro
Umschlaggestaltung: Nina Schäfer, nach einem Konzept von Leonardo Magrelli und Nina Schäfer
Umsetzung: Tobias Doetsch
Gestaltung Innenteil: César Satz & Grafik GmbH, Köln
Lektorat: Marit Obsen
Druck und Bindung: CPI – Clausen & Bosse, Leck
Printed in Germany 2019
ISBN 978-3-7408-0500-5
Originalausgabe

Dieses Werk wurde vermittelt durch die Agentur Editio Dialog, Dr. Michael Wenzel (www.editio-dialog.com).

Für Holk Maisel,
den Buchhändler, ohne den so manches möglich,
aber nicht machbar wäre.

Als ich fortging, war die Straße steil,
kehr wieder um.
Nimm an ihrem Kummer teil,
mach sie heil.

»Als ich fortging« – Karussell, 1987

Prolog

17. Januar 1991

»Guten Morgen. Es ist sieben Uhr. Sie hören Deutschlandfunk. Die Nachrichten. Seit etwa sieben Stunden fliegen die USA und ihre Verbündeten fast pausenlos Luftangriffe auf den Irak und das besetzte Kuwait. Dabei trafen sie nach eigenen Angaben auf unerwartet geringen Widerstand. Auch blieb ein größerer Gegenschlag bislang offensichtlich aus ...«

»Das ist *mein* Mischa. Gib ihn mir. Gib ihn mir!«, kreischte das kleine Mädchen mit knallrotem Kopf und von Marmelade verschmiertem Mund, wobei sie so sehr in ihrem Hochstühlchen hin und her ruckelte, dass man Angst bekam, sie könnte jeden Moment damit umfallen.

Ihr Bruder streckte ihr die Zunge heraus, woraufhin ein Teil einer zerkauten Wiener Wurst auf der gummierten Schlumpf-Familie landete, die die Vorderseite seines Sweatshirts zierte. Sein schadenfrohes schrilles Lachen ließ die bis dahin im Mund verbliebenen Wurstbröckchen auch noch hinterherfliegen, durch die schnellen Bewegungen seines Kopfes derart beschleunigt, dass sie gleich darauf seine Beine, das vor ihm stehende Brettchen und etwas von der Blümchentapete an der Wand neben ihm bedeckten.

»Also wirklich«, schimpfte die Mutter der beiden, sprang auf und holte aus der Küche ein Wischtuch, mit dem sie hektisch versuchte, den Schaden zu beseitigen. »Wie siehst du denn jetzt wieder aus? Wir müssen gleich los. Könnt ihr nicht einmal ordentlich frühstücken?«

Der Junge blieb von der Aufregung seiner Mutter unbeeindruckt und schleuderte den braunen Teddybären, den er die ganze Zeit hinter seinem Rücken versteckt hatte, mit voller Wucht über den Kopf seines Vaters hinweg gegen die dunkelbraune Schrankwand am Ende des Wohnzimmers. Dort wurde er von einem beerenfarbenen Rauchglasvasen-Sammelsurium aus den VEB Glaswerken Schmiedefeld abgebremst. Es klirrte.

Schweigen und schockierte Gesichter. In die Pause hinein plärrte das Radio: »Heute wird im Deutschen Bundestag der erste Bundeskanzler im wiedervereinigten Deutschland gewählt. Helmut Kohl …«

Ein gellender Schrei übertönte erneut die Durchsage. »Mein Mischa ist tot! Mein Mischa!« Dann ging die Klage in einen Weinkrampf über.

Der Vater, der die ganze Zeit kein Wort gesprochen hatte, legte sein Brötchen ab, schlug mit der flachen Hand fest auf den Tisch und sagte ruhig, aber bestimmt: »Jetzt ist Ruhe.«

Ein paar Minuten lang hörte man einzig das leise Klirren des Porzellans und die kratzenden Geräusche, die ein Messer verursachte, wenn man mit ihm auf einem Plastikbrettchen eine Scheibe Brot durchschnitt.

»Gehst du heute auch zur Belegschaftsversammlung?«, fragte der Vater der beiden Kinder, hielt kurz inne, streckte seine Hand nach den sechs oder sieben vor ihm stehenden Marmeladengläsern aus, bewegte sie unentschlossen von einem Deckel zum anderen und entschied sich schließlich für Aprikose. Diese Vielfalt hatte für ihn nach wie vor etwas Berauschendes, auch wenn es sich dabei nur um Brotaufstrich handelte. Ein herrliches Gefühl. Sie kauften allerdings nichts mehr von dem, was sie früher gegessen hatten. Westmarken waren angesagt, um das jahrzehntelang geschürte Verlangen zu stillen. Die westdeutschen Unternehmen sollte es freuen. Aber was war mit den eigenen? Wenn keiner mehr die Erzeugnisse des VEB Früchteverarbeitung Gera konsumierte, würde man diesen Betrieb in Zukunft nicht mehr brauchen – und in logischer Konsequenz die Mitarbeiter auch nicht. War der andere, der neue Geschmack das wert? Mehr war es doch nicht, oder? Ein Aroma, eine flüchtige Entdeckung, ein Schritt in eine unbekannte Welt, die wie alles früher oder später ihren Reiz verlieren konnte, ordinärer Konsum.

Nachdem er zwei Teelöffel der orangen Masse auf seinem

Brot verteilt hatte, biss er enthusiastisch hinein, schloss kurz genießerisch die Augen, kaute und schaute zu seiner Frau.

»Wann ist die Versammlung denn? Und worum geht es?«, fragte sie arglos, bestrich geschäftig eine Scheibe Brot mit einer dünnen Schicht Butter, fügte Aufschnitt hinzu und drückte eine zweite Brotschnitte fest darauf. Nachdem sie das Ganze geviertelt hatte, legte sie es gemeinsam mit einem Apfel in die vor ihr stehende Brotbüchse.

Er betrachtete sie schweigend. Allein die Fragen ließen Wut in ihm aufsteigen. Sie wusste genau, welche Versammlung gemeint war. Das ganze Werk wusste es. Elftausend Menschen bangten im einstigen sozialistischen Vorzeigebetrieb VEB Robotron Büromaschinenwerk »Ernst Thälmann« Sömmerda um ihre Arbeit. Dass die den Laden vor einem halben Jahr in eine Aktiengesellschaft umgewandelt hatten, änderte daran auch nichts. Ein Teil der alten Produktionsbereiche war bereits verkauft worden. Für die Belegschaft ging es erst einmal weiter. Aber das Gros hatte Angst, vor allem, weil nicht wenige von ihnen schon mit Kurzarbeit null zu Hause saßen.

Die Werksleitung würde heute keine Planerfüllungszahlen verkünden, da war er sich absolut sicher. Und seine Frau hockte da, schmierte Schulbrote und tat so, als ob das wahre Leben an ihrem geliebten Werk vorbeiziehen würde. Wie ihn das ankotzte. Diese Lethargie.

Seit anderthalb Jahren war nichts mehr wie zuvor. Alle Pläne, ihre vorbestimmten Wege, die Sicherheit, all das hatte sich einfach in Luft aufgelöst. Ganze Biografien hatte die Wende ad absurdum geführt. Und noch war nichts überstanden, ganz im Gegenteil, alles befand sich weiterhin in einem Umwälzungsprozess. Dabei würde es Gewinner und Verlierer geben, das war ihm bewusst. Er wollte zu Ersteren gehören. Und nicht wie seine Frau warten, bis jemand kam, der sie an die Hand nahm und ihr die Richtung wies. Das würde nicht passieren. Die Zeiten waren vorbei. In diesem anderen, ihm vollkommen fremden Staat musste man sich um sich selbst kümmern. Das hatte er schnell begriffen. Genau das wollte er tun.

In den letzten Wochen und Monaten hatte er das erste Mal in seinem Leben gespürt, was es bedeutete, frei zu sein. Ein erhabeneres Gefühl war ihm bisher noch nie untergekommen. Bei allem Risiko, das die Freiheit unweigerlich mit sich brachte, er wollte sie ausleben. Er war schließlich jung, mit Mitte zwanzig war noch alles möglich. Lange genug hatte er in diesem kleinbürgerlichen Spießermief dahinvegetiert. Schichtdienst, Jugendkollektiv, Messe der Meister von morgen und dann zwei Wochen Urlaub im Betriebsferienheim Rastenberg, drei Jahre hintereinander. Nicht einmal bis zum Kleinen Inselsberg waren sie gekommen. Die Bungalows dort waren schon ausgebucht gewesen, bevor er den Ferienplatz beantragen konnte. Staatlich gelenkter Urlaub; wenn du keine Beziehungen hattest, musstest du das nehmen, was übrig blieb. Er wollte mit dem Auto quer durch Italien fahren, nach Spanien und wohin auch immer, und da würde er keinen der Genossen vorher fragen, wo und wann er anhalten durfte. Auch seine Frau nicht. Die bekam ja schon Herzrasen, wenn er nur vorschlug, in Leipzig das Gewandhaus zu besuchen. Ihr genügte der Dunstkreis der Kreisstadt. Und natürlich das Werk. Aber auch außerhalb des Büromaschinenwerkes und der an dessen Tropf hängenden Stadt Sömmerda gab es Leben. Wenn die das Werk abwickelten, was er nicht für ausgeschlossen hielt, wäre in der Stadt ohnehin alles vorbei. Aber das wollte ja niemand hören.

»Ich werde hingehen. Du musst nicht auf mich warten. Die Kollegen wollen dann nach der Arbeit noch auf ein Bier in den ›Thüringer Hof‹.« Er stand auf, küsste erst seine Tochter, dann seinen Sohn auf die Stirn, schaute seiner Frau tief in die Augen, legte ihr kurz die Hand auf die Schulter und ging.

»Aber du warst doch erst am Dienstag …«, sagte sie zögerlich.

»Ungewöhnliche Zeiten«, antwortete er lapidar. Kurz darauf zog er die Haustür hinter sich ins Schloss.

Sie würde ihn nie wiedersehen.

***

Der große Saal des Soemtron-Hauses, des seit 1963 bestehenden Sozial- und Kulturgebäudes des Werkes, war bis auf den letzten Platz besetzt. Die tief stehende Wintersonne schien durch die langen Fensterreihen und tauchte den Raum gemeinsam mit den mehreren Dutzend Neonröhren, die von der hohen sperrholzvertäfelten Decke strahlten, in ein gleißend helles Licht.

Auf der Bühne saß der Vorstand hinter einem mit einer etwas zu kurzen weißen Tischdecke bedeckten Tisch und schaute mit ernüchterten Mienen über die Köpfe der Belegschaft. Der Sprecher des Vorstandes stand an einem Stehpult neben dem Tisch, mit beiden Händen fest das helle Pressholz umklammernd, und redete. Im Saal hätte man eine Stecknadel fallen hören können.

Er war etwas zu spät dran gewesen und hatte sich nicht die Mühe gemacht, in den dichten Reihen nach einem freien Stuhl zu suchen. Stattdessen lehnte er mit verschränkten Armen an der Rückwand des Saales und ließ seinen Blick nach vorn schweifen. Hinter ihm hing das überlebensgroße sozialistische Arbeitervolk in Form einer riesigen Wandmalerei. Man konnte den erhobenen Zeigefinger Otto Knöpfers, des vor allem im Bezirk Erfurt bekannten Malers und Urhebers dieses Bildes, förmlich sehen. »Der Sozialismus siegt, du, Volk, hast es mit deiner Arbeitskraft und deinem Willen in der Hand.« Das Volk hingegen, das vor dem mit bunten Farben verewigten sozialistischen Realismus saß und dem Sprecher des Vorstandes lauschte, verkaufte seine Arbeitskraft lange an den Kapitalismus und hoffte inständig – das war in allen Gesichtern deutlich zu lesen –, dass dieser sie auch haben wollte.

»Liebe Kolleginnen und Kollegen, wir müssen uns mit unseren Produkten nicht verstecken. In ein paar Wochen werden wir mit der Produktion des K6330 beginnen. Damit können wir bei den Nadeldruckern den Leistungsbereich bis zu zweihundertvierzig Zeichen in der Sekunde abdecken. Das ist Weltmarktniveau.« Der Sprecher rang sichtlich mit sich. Er räusperte sich. »Für uns alle sind es schwierige Zeiten.« Pause. »Wie Sie wissen, sind uns mit der Währungsunion wichtige Partner, vor allem auf dem osteuropäischen Markt, abhandengekommen. Doch ich bin zuversichtlich, was den Ostmarkt angeht. Wir arbeiten seit Jahrzehnten vertrauensvoll zusammen. Man schätzt unsere Produkte. Dort werden sich neue Chancen auftun.«

Pause. Einige Zuhörer klatschten.

Ein tiefes Atmen war vom Pult zu hören. »Nichtsdestotrotz muss ich Ihnen mitteilen, dass wir aktuell die Lohn- und Gehaltszahlungen nur über einen weiteren Kredit absichern können.«

In den Zuschauerreihen regte sich Widerwillen.

»Damit ist auch unsere Jahresendprämie im Eimer!«, rief ein Mann aus dem Plenum.

Mehrere Stimmen wurden laut.

»Das ist der Anfang vom Ende.«

»Ihr habt uns verraten und verkauft.«

»Dafür haben wir das ganze Jahr geschuftet. Und was ist dabei herausgekommen?«

»Bitte, liebe Kollegen«, der Sprecher hob beschwichtigend die Hände, »es sind schwierige Zeiten, aber wir wollen und werden sie überstehen. Wir haben alles gemeinsam mit unseren Beratern durchdacht und werden das Unternehmen auf neue Füße stellen. Das Büromaschinenwerk wird künftig nur noch fünf Geschäftsbereiche haben. Wir konzentrieren uns auf unsere Kerngeschäfte. Damit steigen unsere Chancen am Markt.«

»Und was heißt das für uns Mitarbeiter?«, meldete sich einer der Männer aus der ersten Reihe zu Wort.

Der Sprecher des Vorstandes hob den Kopf, schaute kurz in die Runde und erklärte dann mit ruhiger Stimme: »Wir werden um einen radikalen Personalabbau nicht umhinkommen, wenn wir in der Marktwirtschaft bestehen wollen, leider.«

Unruhe machte sich breit. Alle redeten durcheinander.

»Was heißt das im Klartext?«, riefen ein paar Kollegen erbost.

»Für viertausendfünfhundertzweiundsiebzig Kolleginnen und Kollegen wird es im Werk keine Zukunft geben. Sie werden zum 30. Juni und 31. Dezember dieses Jahres entlassen«, antwortete der Redner angestrengt.

»Und was ist mit dem tollen neuen Konzept? Das greift hier wohl nicht, um Arbeitsplätze zu erhalten«, rief jemand wütend.

»Das *ist* das Konzept«, entgegnete ein anderer und lachte ironisch auf. »Arbeitsplatzabbau heißt es.«

»Das werden wir uns nicht gefallen lassen. Wir geben unser Werk nicht kampflos auf!«, schrie ein Dritter dazwischen.

Lautstarke Zustimmung.

»Das haben wir nun von dem schönen Westen. Am Ende finden wir uns alle auf dem Arbeitsamt wieder«, raunte eine neben ihm stehende Frau ihrer Nachbarin zu. »Genau so stand es in unseren alten Staatsbürgerkundebüchern. Erinnerst du dich? Arbeitslosigkeit, das böse Gesicht des Kapitalismus. Und wir schauen nun in diese Fratze und sitzen am Ende mit unseren Kindern auf der Straße.«

»So schlimm wird es schon nicht werden. Wir sind Facharbeiter, gut ausgebildet. Das ist auch im Westen was wert. Das können die sich gar nicht erlauben, so einen Betrieb wie unseren vor die Hunde gehen zu lassen. Du wirst sehen.«

Er verließ den Saal.

***

Die Sonne war untergegangen. Das gelbe schummrige Licht der Werksbeleuchtung ließ die grauen großen Gebäude, die wie bunt durcheinandergewürfelt und dicht an dicht auf dem riesigen Betriebsgelände standen, unwirklich erscheinen. In unmittelbarer Nähe hörte man ein lautes Quietschen. Die Kranbrücke des Kohlelagers musste bei dieser Kälte ganze Arbeit leisten. Irgendwo jaulte ein Motor auf.

Er hatte seine Arbeit pünktlich beendet. Als er das Gebäude verließ, hatte sein Freund im Treppenhaus gestanden und auf ihn gewartet. Schweigend liefen sie nebeneinanderher. Er konnte an seinem Atmen hören, dass der Freund mit sich kämpfte. Sie kannten sich lange genug. Aber er wollte nichts mehr erklären. Auf der Höhe des Gebäudes für Leiterplattenfertigung beschleunigte er seine Schritte. Die Zeit saß ihm im Nacken. Kurz darauf spürte er einen festen Griff an seinem Oberarm.

»Lass uns reden.« Der Freund drängte ihn in eine dunkle Ecke beim Tanklager.

Er löste sich aus der Umklammerung.

»So werde bitte vernünftig. Was du vorhast, ist Wahnsinn«, hörte er ihn sagen.

»Du hast es doch heute Mittag bei der Belegschaftsversammlung selbst gehört. Meinst du, ich drehe Däumchen und warte, bis die in spätestens einem Jahr die Werkstore schließen? Hältst du mich wirklich für so verrückt? Wir müssen unsere Chancen nutzen. Wann begreifst du das endlich?«, entgegnete er bemüht ruhig.

»Aber nicht so, Mensch! Du hast Kinder. Und was soll aus *ihr* werden?« Der Freund hielt inne, als erwartete er eine Antwort. Dann redete er weiter, wobei sich seine Stimme mehrfach überschlug, so aufgeregt war er. »Mann, wir sind damals für den Sozialismus angetreten. Wir hatten Pläne. Das hier war ein großes Ding, unser Ding. Und gut verdient haben wir auch.« Er schüttelte enttäuscht den Kopf. »Wegen mir hätte das alles nicht so kommen müssen. Ich habe diese vermaledeite Wende nicht gebraucht.«

Er schaute den Freund kalt an. »*Du* bist für etwas angetreten. Das, wofür du angetreten bist, ist lange Geschichte. Der ganze Scheiß-Sozialismus ist am Arsch, diese Gleichmacherei, der permanente Gruppendruck, die Mangelwirtschaft und das Geschwätz vom neuen Menschen. Der sozialistische Mensch, der auf Schritt und Tritt von den Genossen der Stasi bewacht wird. Was ist das für ein Staat, der seinem Volk so sehr misstraut, dass er es einsperrt und bewacht, wie man es mit einer Horde Vieh tut?«

»Sei still!« Der Freund schaute sich ängstlich um. »Du weißt nicht …« Ein paar Arbeiter kamen vorbeigelaufen. Als sie weit genug weg waren, redete er weiter. »Ich meine ja nur, das ist wie Anarchie, keiner weiß, wie er sich verhalten soll. Ich habe so etwas doch auch noch nie erlebt.«

Er lachte auf. »Siehst du, genau. Du weißt nicht einmal heute, ob die Genossen von der Stasi noch in den Ecken hocken und uns alle ausspionieren. Das ist alles so krank. Und wir sitzen hier wie die Kaninchen im Bau und warten, was passiert. Nicht mit mir, mein Lieber, nicht mit mir.«

»Lass uns wenigstens noch im ›Thüringer Hof‹ ein Bier trinken.« Die Stimme des Freundes war schlagartig friedlicher und verständnisvoller geworden. »Auf die guten alten Zeiten.«

»Ich kann nicht«, sagte er entschieden. »Für mich ist es an der Zeit. Mach's gut.« Er drehte ab und wollte gehen. Der Freund hielt ihn fest.

»Du kannst uns nicht alleinlassen. Wir brauchen dich hier. Das alles muss neu aufgebaut werden«, sagte er nach Luft schnappend. Die Aufregung war ihm anzusehen. »Wenn alle klugen Leute einfach abhauen, geht die DDR, also die ehemalige, die geht vor die Hunde. Das ist unsere Heimat, Mensch!«

»Nein.« Er riss sich los und eilte mit entschlossenen Schritten davon. Hinter seinen Schläfen hämmerte es. Die kalte Luft brannte in seinen Lungen. Er musste sich beeilen. Dieser Idiot mit seinem moralischen Geschwätz würde ihn noch verraten. Hätte er bloß nichts gesagt.

Der kalte Beton knirschte unter seinen Schuhen. Er grub sein Gesicht tief in den Schal, erhaschte einen sanften Hauch ihres Parfüms, lächelte in sich hinein und steuerte auf das Tor 1 zu. Gerade als er die Hand zum Gruß erheben und sich von dem Wachmann verabschieden wollte, hörte er seine aufgebrachte Stimme.

»Bleib stehen, Mensch. Ich komme doch mit.«

Er hielt an und beäugte aus dem Augenwinkel das hell erleuchtete Wachgebäude, in dem der Mann hinter dem Fenster stand und sie beobachtete.

»Lass mich endlich in Ruhe, hörst du? Du stimmst mich nicht um«, raunte er ihm wütend zu.

»Mit deinem Egoismus kommst du nicht durch. Das verspreche ich dir«, entgegnete der Freund schroff. Ein heftiger Rempler gegen seine Schulter unterstrich die Worte.

Er wich zurück. »Tue nichts, was du später bereust.«

Der Freund drängte ihn seitwärts in Richtung Garagen und aus dem Sichtfeld des Wachmannes. »Du bist nicht Herr deiner Sinne.«

Er lachte gequält auf. »Ich war noch nie so klar. Und komm mir bloß nicht mit Egoismus. Meinst du wirklich, ich bin so naiv, nicht zu wissen, dass du mit deinen Kumpels von der Stasi gemauschelt hast? Du mit deinem heimlichen Getue hinter deinem Maschendrahtzaun. Du Verräter!«

Er spürte einen Schlag ins Gesicht und wie ihm Sekunden später das warme Blut aus der Nase schoss. Das war es also, das wahre Gesicht seines ältesten Freundes. Er dachte nicht einmal daran, zurückzuschlagen. »Das hast du wohl auf der Parteischule gelernt, was?«, fragte er provozierend. Dann flog er in den Dreck. Das Letzte, was er sah, waren die Scheinwerfer eines Gabelstaplers, der direkt auf ihn zurollte.

EINS

30. Juni 2019

Christian Gotthilf Salzmann lief langsam und bedächtig den Sömmerdaer Stadtring entlang. Seinen kragenlosen dunklen Rock hatte er geöffnet, und es fehlte nicht mehr viel, dann würde er die schwere Baumwolljacke ausziehen und über der Schulter hängend tragen. Die zugeknöpfte Weste und das aus dem Kragen hervorquellende Halstuch wärmten bereits genug. Noch dazu steckte er in hohen Strümpfen und einem schweren Beinkleid, der Culotte, die er bis zum heutigen Tage schon oft getragen und an die er sich so langsam gewöhnt hatte – sofern das Thermometer nicht gerade über dreißig Grad anzeigte. Neben ihm schritt seine Frau, Sophie Magdalena Salzmann, die im wahren Leben nicht die Seinige war, in einem bodenlangen dunkelgrünen Kleid mit schwarzen Applikationen und lächelte tapfer. Über ein Jahr waren sie nun als Werbeträger für den Sömmerdaer Thüringentag durch das ganze Land gereist, und heute, endlich, absolvierten sie den lang ersehnten Höhepunkt ihrer bedeutsamen Aufgabe, den großen traditionellen Festumzug des Landesfestes.

»Sömmerda! Sömmerda!«, grölten die zahllosen am Straßenrand wartenden Zuschauer frenetisch, und Salzmann nebst Gattin nickte freundlich, winkte und wechselte hin und wieder ein paar Worte mit dem begeisterten Publikum. Nur ab und zu hatte er Mühe, seine Mimik unter Kontrolle zu halten. Das waren die Momente, in denen Rufe wie »Was sinne das für Typen?« oder »Kommt jetzt der Faschingsverein?« zu ihm herüberdrangen.

Natürlich war er nicht der leibhaftige Christian Gotthilf Salzmann und mit dem 1744 in Sömmerda geborenen Pädagogen und Pfarrer seines Wissens auch nicht verwandt oder verschwägert, aber er vertrat diese wichtige historische Persönlichkeit mit Stolz und Würde, ganz, wie es sich geziemte. Er hatte sich auf diese Rolle vorbereitet, wusste, dass Salzmann, der Pfarrerssohn, eine glückliche Kindheit in der kleinen Stadt an der Unstrut verbracht hatte und seine Ideale der Erziehungsarbeit hier angelegt worden waren. Religion, körperliche Ertüchtigung, Sprachenkenntnis und Moral waren die Eckpfeiler der Salzmann'schen Pädagogik und hatten diesem zu seiner Zeit Weltruhm beschert. Prinzipien, die ihm einleuchteten und die er mit Überzeugung vertreten konnte. Dass Salzmann seine geliebte Frau Sophie im zarten Alter von vierzehn Jahren geheiratet hatte, war ein der damaligen Zeit geschuldetes Prozedere, dem maß er keine weitere Bedeutung bei. Die Pfarrerstochter aus dem benachbarten Schlossvippach war eine gute Frau gewesen, mehr musste er nicht wissen. Salzmann darzustellen fühlte sich für ihn richtig an, und wenn er heute an dem am Marktplatz stehenden Geburtshaus des Pädagogen vorbeiging, sah er diesen Ort mit anderen Augen. Der alte Salzmann war ihm in den vergangenen Monaten ein Stück weit nahegekommen, und er hoffte, dass er den Sömmerdaern seinerseits ihren großen Sohn wieder näherbringen konnte.

Es war ja auch beileibe nicht so, als hätte die kleine Stadt an der Unstrut in ihrer Geschichte eine Fülle an bedeutenden Persönlichkeiten hervorgebracht, wie es manch anderen Orten in Thüringen beschert war. Die Stadtväter hatten bei der Frage des Thüringentag-Paares, so vermutete er, eigentlich nur die Auswahl zwischen Salzmann und Johann Nikolaus von Dreyse gehabt. Selbstverständlich gab es da noch den ein oder anderen Namen, aber diese beiden waren die mit Abstand wichtigsten. Wobei Dreyse, der für die industrielle Entwicklung der Stadt zweifelsohne den Grundstein gelegt hatte, als Waffenerfinder und -fabrikant heutzutage in einem ganz anderen Licht stand als ein friedliebender Pädagoge. Er hatte sich darüber so seine Gedanken gemacht. Doch die Entscheidung war lange gefallen, und der Thüringentag, den Sömmerda in diesem Jahr das erste Mal ausrichten durfte, war ein voller Erfolg geworden. Er selbst hatte, so hoffte er zumindest, dazu beigetragen, dass manche Menschen die Stadt nun mit anderen Augen sahen.

Seit der Eröffnung auf der großen Bühne am Freitag, für die man eigens die Hauptkreuzung der Stadt abgesperrt und allerlei Prominenz herbeigeholt hatte, war Sömmerda gänzlich vom Landesfestfieber erfasst worden. Tausende von Leuten hatte es an diesem Wochenende hierhergezogen. Jung und Alt flanierten durch die Straßen, und in allen Ecken des ansonsten eher beschaulichen Ortes war fröhliche Ausgelassenheit zu spüren. Selbst in den Schrebergärten und in den Grünanlagen am Rande der Stadt dröhnten die Bässe des auf acht verschiedenen Bühnen dargebotenen Programmes, und nicht nur den älteren Semestern in den Gartenvereinen hatte die freakige Show von Radio Antenne Thüringen auf der Rentaco-Kreuzung zwei kurze Nächte beschert. Aber die Einheimischen nahmen es mit der ihnen ureigenen Gelassenheit, zumal die Stadt schon Schlimmeres erlebt hatte, als mit dem Thüringentag für ein Wochenende der Nabel der Thüringer Welt zu sein. Abgesehen davon streichelte es natürlich das Ego, wenn das gesamte Land auf die Sömmerschen schaute.

Dafür gab es ja auch allen Grund, denn die Angebote und Highlights konnten sich sehen lassen. Angefangen bei den klassischen Themenmeilen, die von keinem Thüringentag wegzudenken waren, bis zu den Vokalisten »Die Prinzen« und der rockigen Stefanie Heinzmann, die neben Tom Gregory und Culcha Candela den Massen eingeheizt hatten.

Neben der großen Bühne auf dem Obermarkt tummelte sich die Politik mit ihren Infoständen, und bekannte beziehungsweise weniger bekannte Lokalmatadore verschenkten Luftballons, Kugelschreiber und nette Worte. Am Anger hingegen ging es handfester zu. Dort standen Ritter, Bauern und Edelleute vor offenen Feuern und ließen mit Spanferkel und Met das Sömmerdaer Mittelalterflair aufleben. Die Handwerker, Gewerbetreibenden und Vereine präsentierten sich entlang der Erfurter Straße bis fast hinaus zum Martinipark, der mit einer hippen Streetfood-Area zu neuem Leben erweckt worden war. Überall herrschte ein buntes Getümmel aus vielerlei Ständen, spielte Musik und dufteten Köstlichkeiten. Alles, was Rang und den Beinamen »Thüringer« hatte, wurde aufgefahren, und wie es bei einem Volksfest nun mal üblich war, gab es auch ein Angebot an Jahrmarktsattraktionen wie Karussells, Luftballonverkäufer und Tombolas. Selbst das größte Riesenrad Thüringens, das schon beim letzten Thüringentag in Apolda gute Dienste getan hatte, war im lauschigen Stadtpark in direkter Nähe zum hiesigen Freibad aufgebaut worden. Und so schwebten die Schwindelfreien durch die Lüfte und genossen den traumhaften Blick auf die Stadt und auf das direkt unter ihnen liegende zauberhafte Areal aus Bonifatiuskirche, Pfarrhaus, Dreyse-Mühle und Rathaus, durch das sich der Altarm der Unstrut schlängelte und das wohl schönste Fleckchen der Stadt komplettierte.

Natürlich gab es einen ähnlich schönen Ausblick auch für all jene, die sich lieber auf festem Boden bewegten und deswegen anstelle des Riesenrades die hundertzweiunddreißig Stufen des Turmes der Bonifatiuskirche erklommen. Der drei Etagen hohe Turm aus dem Jahr 1464 war allein schon aufgrund seines Alters und der bis 1928 bewohnten, nahezu winzigen Wohnung des Stadtpfeifers nebst Familie und Schülern eine Attraktion. Wer sich zudem die Zeit nahm, das Innere von St. Bonifatius zu erkunden, dem offenbarte sich nicht nur ein kleiner Augenblick der Stille im allgegenwärtigen Trubel, sondern auch eine 1700 von dem Kölledaer Johann Georg Krippendorf erbaute Barockorgel, die an diesem Wochenende so manches Mal gegen das bisweilen schrille Gewimmel vor dem Kirchentor aufgespielt hatte. Die wirklich Eingeweihten nutzten die Zeit der offenen Kirche, um sich an den 1913 freigelegten sechsundzwanzig Wandbildern mit Darstellungen aus dem Alten Testament zu erfreuen. So konnte wirklich jeder zum Sömmerdaer Tag der Thüringer das finden, was er begehrte, und wenn es die neueste Eiskreation von Alessandro aus dem Eiscafé Venezia war.

Die Stadt hatte sich nicht lumpen lassen. Was Sömmerda an tausendeinhundertdreiundvierzigjähriger Geschichte aufzubieten hatte, war hervorgekramt worden, um es auszustellen und vorzuführen. Böse Zungen, die behaupteten, bis auf ein paar Getreide einbringende Ackerbauern hätte es an diesem sumpfigen Ufer der Unstrut nichts gegeben, wurden eines Besseren belehrt. Zugegeben, Sömmerda war historisch gesehen das, was man landläufig einen Spätzünder nannte, und bis auf marodierende napoleonische Truppen, die in diesem Landstrich quasi inflationär gehandelt worden waren, ein paar Hungersnöte, Stadtbrände und das unvermeidliche Unstrut-Hochwasser waren die Highlights der Stadtchronik eher spärlich gesät.

Möglicherweise wäre das beschauliche Städtchen in den Annalen der Geschichte sogar vergessen worden, wenn nicht einer seiner wohl größten Söhne, Johann Nikolaus von Dreyse, erfinderisches Geschick und unternehmerischen Mut bewiesen hätte. Spätestens durch das von ihm erfundene Zündnadelgewehr, das seinen größten Erfolg im Preußisch-Österreichischen Krieg von 1866 feierte, hatte die Stadt ihre Bestimmung gefunden, der sie bis heute die Treue hielt. Die von Dreyse 1841 gegründete Gewehrfabrik war hundertfünfzig Jahre lang das wirtschaftliche Herzstück einer ganzen Region. Und so bestaunten interessierte Gäste die original erhaltenen Dreyse-Gewehre, übten sich unter den Augen der Abgesandten des gleichnamigen Schützenvereins im Schießen der antiken Waffen oder frönten im zauberhaften Garten des Geburtshauses des Fabrikanten bei Kaffee und Kuchen zwischen von Sömmerader Bürgern gestifteten Rosen der ein oder anderen kulturellen Darbietung. Sömmerda verdankte dem Waffenfabrikanten Dreyse viel, und die im Volkshaus zur Industriegeschichte gezeigte Ausstellung ließ kaum einen Zweifel daran.

Das Ehepaar Salzmann war auf seinem Weg entlang der alten Stadtmauer inzwischen ein beträchtliches Stück vorangekommen. Das Interview mit der Moderatorin des MDR-Fernsehens, das als Medienpartner jeden Thüringentag begleitete, lag hinter ihnen und hatte sich unter den Klängen des Fanfarenzuges Bachra als wahre Herausforderung erwiesen. Doch Christian Gotthilf Salzmann, der seine Jacke nunmehr tatsächlich ausgezogen hatte, war erprobt genug, um auch dies mit Bravour zu meistern. Er führte den aus über hundert Bildern bestehenden Zug gelassen an und staunte zusehends über die Begeisterung der Menschen. Aus allen Ecken des Landes waren sie gekommen, um der Kreisstadt die Aufwartung zu machen. Die Landfrauen, Trachten- und Heimatvereine, die Kleintierzüchter, Gartenfreunde, Schulen, Kindergärten, die Lanz-Bulldog-Freunde aus dem Weimarer Land, die Trabbi-Fans aus dem nahen Kölleda, der Holzthalebener Hochzeitszug und viele mehr. Selbst Delegationen der Partnerstädte aus dem baden-württembergischen Böblingen und dem litauischen Kedainiai hatten sich in den Festumzug eingereiht.

Nicht weit hinter ihnen folgten dem Thüringentag-Paar die Thüringer Hoheiten, die bei keinem wichtigen Fest im Land fehlen durften. Die rot gewandete Erdbeerkönigin aus Gebesee hatte die mit einem lindgrünen Kleid geschmückte Kölledaer Pfefferminzprinzessin untergehakt, auch kulinarisch ohne Zweifel eine geschmackvolle Kombination. Dahinter reihten sich die Thüringer Weihnachtsbaumkönigin, die Rastenberger Kirschprinzessin, das Thüringer Apfelblütenmädchen und, als jüngstes Mitglied der blaublütigen Herrlichkeiten, die Kindelbrücker Gründelslochfee in den Festzug ein. Etwas abseits liefen, in ein intensives Gespräch vertieft, die Sömmerdaer Waidprinzessin und Kölledas Schutzheiliger, der allseits bekannte und beliebte Wippertus. Der echte St. Wigbert, ein Missionarsgefährte des Bonifatius, hatte, so sagte man, zu seinen Missionarszeiten auch das kleine Städtchen Kölleda besucht und mit ihm die gesamte Region bekehrt. 1404 hatten die Kölledaer Stadtväter ihn zum Schutzpatron erklärt, und bis heute huldigten sie dem Heiligen durch Auftritte einer zuweilen weniger frommen, aber dafür äußerst unterhaltsamen und umgänglichen Lebend-Replik. Die wiederum war gerade dabei, der Waidprinzessin die Qualitätsunterschiede der hiesigen Bratwurstanbieter darzulegen, die er vor Beginn des Umzuges hingebungsvoll getestet hatte. Denn was die Thüringer Leibspeise anging, verhielt es sich in Sömmerda nicht anders als im Rest des Thüringer Landes: Schlechte Kopien und unfähige Brater hatten keine Chance. Die zarte Waidprinzessin lächelte dazu, doch man konnte ihr ansehen, dass sie einem leckeren italienischen Eis und einem kalten Fußbad im Marktbrunnen den Vorzug geben würde, hatte sie als Repräsentation des traditionellen Waidanbaus in Sömmerda und Umgebung doch einen Thüringentags-Marathon hinter sich, der sich gewaschen hatte. Wippertus in seiner unnachahmlichen Art orientierte sich denn auch anders und scherzte mit den als Bauern verkleideten Zugteilnehmern, die auf einem mit Blumen und allerlei Grünzeug geschmückten Traktor hinter ihm herfuhren. Die lustige Truppe erinnerte mit ihrem Wagen an den im Jahr 1817 vom Sömmerdaer Pastor Martini eingeführten Ernteumzug, der nach überstandener Kriegsnot und der Missernte von 1816 die Dankbarkeit der Menschen zum Ausdruck bringen sollte. Er begründete damit eine Tradition, die, nur durch die Jahre der DDR unterbrochen, bis heute begangen wurde.

Salzmann zwinkerte der Waidprinzessin zu, die ihn fröhlich anlächelte, richtete seinen Kragen und hakte seine Frau Sophie Magdalena unter, wodurch er ein wenig in den Schatten rückte, den ihr Sonnenschirm warf. Sie winkte gelöst in die Massen, als hätte sie in ihrem Leben nie etwas anderes getan. Salzmann schaute sich um und spürte, wie die Anspannung der letzten Wochen so langsam der Freude und dem Stolz wich. Das war sein Sömmerda. Die Stadt hatte den besten Thüringentag aller Zeiten auf die Beine gestellt. Und es würde keine halbe Stunde mehr dauern, bis er darauf mit einem kalten Bier anstoßen konnte. Endlich.

***

»Unser Büromaschinenwerk«, seufzte sie. »Schau dir mal an, wie viel Mühe die sich mit dem Wagen gegeben haben.« Tränen traten ihr in die Augen. Auf die landwirtschaftlichen Bilder, die zuerst an ihnen vorübergezogen waren, folgten nun Bild für Bild die industriegeschichtlichen Etappen der Sömmerdaer Historie: die »Dreyse & Kronbiegel«-Metallwarenfabrik, Rheinmetall und, direkt vor dem Industriepark Sömmerda, das mit

Spannung erwartete VEB Robotron Büromaschinenwerk »Ernst Thälmann«. »Mensch, wo die die alten Computer noch ausgegraben haben und unsere Drucker. Siehst du, da sind unsere Drucker. Meine Güte, was war das für eine schöne Zeit.« Sie wischte sich hektisch die Augen.

»Meine Plätzchenpresse habe ich heute noch. Die hätte ich ihnen borgen können.« Ramona lachte schrill. Sie schaute auf Andrea. »Du willst doch an einem so herrlichen Tag nicht etwa weinen?« Sie nahm Andrea in den Arm und drückte sie ganz fest. Dann fing sie an, sich im Takt der Musik zu bewegen, und forderte Andrea auf, es ihr gleichzutun.

»Du weißt, dass ich nicht tanzen kann«, schluchzte Andrea, wobei sich ein verschämtes Lachen auf ihrem roten Gesicht zeigte.

»Mit einem Schlückchen Prosecco wird es schon gehen«, jauchzte Ramona, nahm ihren Rucksack von der Schulter, fingerte zwei rosa Dosen heraus und hielt ihr eine davon unter die Nase. »Noch sind sie gut gekühlt, lang zu«, sagte sie auffordernd. »Lothar hat mir ein ganzes Dutzend eingepackt.« Sie zwinkerte ihr zu.

»Wo ist er eigentlich?«

»Bei seinem geliebten Kanuclub. Die kommen weiter hinten im Zug. Nun nimm schon.«

Andrea griff zu und schaute ungläubig auf die ihr für einen Prosecco ungewöhnlich erscheinende Verpackung. »Was du immer alles hast.« Sie zog an der Aufreißlasche, wartete das Zischen ab, setzte an und trank den Inhalt, ohne noch einmal Luft zu holen, aus.

»Na, hallo, du hast ja einen Zug drauf«, sagte Ramona überrascht.

»Das musste jetzt mal sein.« Sie unterdrückte einen Rülpser. »Nun geht es mir besser.« Andrea lächelte und zeigte auf den Festzug. »Jetzt guck, da sind die Mädels.« Sie wies auf eine Gruppe Frauen in blauen Dederonschürzen, die fröhlich nach links und rechts winkten. »Alle sind sie da.« Sie reckte den Hals, um mehr sehen zu können. »Gaby, Cindy und da ist Nadine.

Unsere ganze alte Truppe aus der Abteilung C-Relais. Und Manuela ist auch dabei. Die war beim Rat der Stadt oder beim Kreis, erinnerst du dich?«

»Hey, ihr seht scharf aus in euren Kitteln!«, kreischte Ramona begeistert. »Ihr könntet gleich wieder antreten. Wie hat der Chef immer gesagt: ›Auf, auf Mädels, ohne euch schwankt die DDR.‹«

»Der Strom«, korrigierte Andrea. »Ohne unsere Entstörkombinationen schwankte der Strom.«

»Jetzt sei mal nicht päpstlicher als der Papst«, meckerte Ramona. »Die DDR hat auch geschwankt, bis zum Ende.« Dann grölte sie den ehemaligen Kolleginnen ein paar sozialistische Parolen entgegen. Die gingen lachend darauf ein.

»Für dich ist das alles ein Spaß«, entgegnete Andrea vorwurfsvoll.

»Na klar. Wir waren jung und ein tolles Grüppchen. Wir hatten eine gute Zeit im Werk. Alles andere ...« Ramona winkte ab. »Was wussten wir schon? Jetzt, dreißig Jahre danach, ist von der DDR jedenfalls nicht mehr übrig als die Prägung von Hammer, Zirkel und Ehrenkranz auf meinem Facharbeiterzeugnis, und das hatte ich schon Jahre nicht mehr in den Händen.«

Andrea schaute geradeaus und schwieg.

»Du denkst immer noch an ihn, stimmt's?«, fragte Ramona mitfühlend. »Entschuldige, es war dumm von mir, das alles so abzutun.« Sie schaute bedröppelt, und es war offensichtlich, wie unangenehm ihr diese Gedankenlosigkeit war.

»Weißt du, für mich hat sich damals eben alles geändert. Quasi über Nacht. Erst geht meine Heimat unter, dann verliere ich meinen Mann und schließlich auch noch meine Arbeit. Das war nicht leicht. Die Kinder waren noch klein.« Andreas Stimme zitterte. Sie biss sich auf die Lippe.

»Das weiß ich doch. Ich weiß.« Ramona drückte ihre Hand. »Aber das ist so lange her. Du hast ein neues Leben.«

Doch das hieß nicht, dass sie vergaß. Als wäre es gestern gewesen, erinnerte sie sich an den Polizisten, der die Vermisstenanzeige aufgenommen und ihr dabei beiläufig erklärt hatte, dass

Frauen neuerdings nahezu täglich von ihren Männern verlassen würden. Schließlich hätten sich die Zeiten geändert. Sie hatte diese Logik nie verstanden. Nur weil ein Staat zu existieren aufgehört hatte, suchten die Männer das Weite? Nein. Ihr Mann jedenfalls gehörte nicht dazu, da war sie sicher. Schon allein wegen der Kinder nicht.

Später hatten sie behauptet, er hätte sich umgebracht. In die Unstrut sollte er gegangen sein, aus Verzweiflung über das Ende der DDR und aus Angst vor der Zukunft. *Ihr* Mann? Ausgeschlossen. Daran glaubte sie nicht. Niemals. Er war nicht der Typ dafür gewesen. Und: Es gab keine Leiche. Bei einem Selbstmord hätte man ihn irgendwann finden müssen. Die Unstrut gab ihre Opfer beizeiten wieder frei. Nein, ausgeschlossen. Es war anders abgelaufen, ganz anders. *Die* hatten ihn umgebracht. Entsorgt auch. Das Werk bot damals genügend Möglichkeiten: die Klärgrube für die alte Kühlemulsion, das Heizwerk und die großen Schmelzöfen für die Herstellung des flüssigen Aluminiums. Darin konnte man einen Menschen verschwinden lassen, ohne auch nur die kleinste Spur zurückzulassen. Das hatten *die* in der Geschichte der DDR unzählige Male gemacht. Von wegen, 1990 seien die alten Seilschaften längst alle gekappt gewesen. Die hatten noch viele Jahre später bestens funktioniert. Das hatte sie schon dutzendfach im Fernsehen gesehen.

Ihr Mann war vielen ein Dorn im Auge gewesen, so eigensinnig und unbeugsam, wie er war. Vielleicht hatte er auch tiefer im System gesteckt, als sie es sich vorstellen konnte. Darüber hatten sie nie geredet. Warum auch? Sie hätte es ohnehin nicht wissen wollen. Ihre Mordtheorie hatte sie nur ein einziges Mal offen geäußert, gegenüber seinem besten Freund. Aber der hatte gelacht, und es waren unschöne Bemerkungen wie »krankhafte Phantasie« und »blödsinnige Verschwörungstheorie« gefallen. Danach hatte sie lieber geschwiegen. Das Heulen der Kinder und ihre immer und immer wiederkehrenden Fragen waren nur allzu real gewesen. Die mitleidigen Blicke der Kollegen auch. Jeden Tag hatte sie am Fenster gestanden und gehofft, dass sich alles aufklären würde, dass er einfach wieder da wäre und um die Straßenecke gebogen käme. Manchmal ertappte sie sich heute noch dabei. Was für ein Blödsinn. Ihren Block hatte man längst abgerissen, und sie war schon vor Jahren aus dem Wohngebiet »Neue Zeit« in die Poststraße gezogen, aber sie konnte nicht anders. Was immer damals auch passiert war, tiefer Gram, Angst und Verzweiflung hatten sich seither so fest in ihre Seele eingegraben, dass das Leben wie Blei auf ihren Schultern lag.

Sie atmete schwer. Die Hitze machte ihr zu schaffen, kein Lüftchen wehte. Doch sie wollte keine Spielverderberin sein. Sömmerda hätte sich für seinen großen Auftritt kein schöneres Wetter wünschen können.

»Mone, hast du noch einen?«, fragte sie keck und stupste ihre Freundin an. Die lächelte erleichtert und hantierte sogleich an ihrem Rucksack.

Der Zug stoppte ungeplant, und die ehemaligen Werksfrauen kamen direkt neben ihnen zum Halten. Die Frauen herzten einander, machten Scherze, alberten herum. Der Prosecco wurde weitergegeben. Ramona war in ihrem Element, während Andrea still dabeistand und sich einfach freute, alle einmal wieder vereint zu sehen.

»Na freilich habe ich den Lothar geheiratet, und ihr glaubt es nicht, wir sind immer noch zusammen. Dass ich einmal anständig werde, hätte auch keiner gedacht, was?« Ramona lachte schallend auf. »Nee, Kinder haben wir nicht. Das war mir zu anstrengend. Und Lothar ist glücklicherweise die meiste Zeit bei seinem Kanuclub und paddelt über die Unstrut. Seit Kurzem ist er auch noch einer der Organisatoren des jährlichen Raftings. Ich sehe ihn also kaum …«

Unvermittelt brach sie mitten im Satz ab und starrte auf die gegenüberliegende Straßenseite, wo sich dicht an dicht die Zuschauer drängten.

»Was ist los? Hast du dich an deiner eigenen Frechheit verschluckt?«, witzelte eine der Frauen laut.

Ramona sagte nichts, kniff die Augen zusammen und schwenkte suchend den Kopf hin und her.

»Das war Tina. Ganz sicher. Neben der Frau mit dem Strohhut dort drüben«, erklärte Cindy resolut.

»Du hast sie auch gesehen?« Ramona stellte sich auf die Zehenspitzen und beugte ihren Oberkörper leicht nach vorn, so als stärkte das ihr Sehvermögen. »Ich war mir nicht sicher. Aber wenn du sie auch gesehen hast.«

»Tina. Bettina Fanke, na klar. Das war sie, eindeutig. Aber wo ist sie hin?« Die schmächtige Cindy hüpfte auf und ab, um über die Köpfe der Leute sehen zu können, ging mehrere Meter an den Zuschauerreihen entlang und rief immer wieder ungeniert Tinas Namen in die Menge.

Die anderen Frauen hatten sich nun ebenfalls in Richtung der Zuschauergruppe gewandt, in deren Mitte Bettina Fanke gestanden hatte.

»Bettina, wo bist du?«, stimmte Ramona in Cindys Rufe ein. »Wo bist du?«

»Seid ihr sicher, dass es Bettina war?«, fragte Andrea. »Vielleicht sah die Frau ihr nur ähnlich?«

»Ich weiß, was ich sehe. Sie sah noch genauso aus wie früher«, raunzte Cindy ungehalten. »Aber wenn sie schon in der Stadt ist, wieso kommt sie nicht zu uns rüber? Sie muss uns doch auch gesehen haben.«

»Wer von euch hat eigentlich noch Kontakt zu ihr?«, fragte Nadine.

Sie schauten einander mit ratlosen Gesichtern an.

»Also ich nicht«, gestand Ramona als Erste. »Seit sie damals verschwunden ist, habe ich nichts mehr von ihr gehört, geschweige denn gesehen. Schade eigentlich, Bettina war wirklich nett.«

»Die hat ihre Möglichkeiten genutzt.« Cindy klatschte in die Hände. »Hat bestimmt mit dem erstbesten Kerl in den Westen rübergemacht, so verrückt, wie die war.«

»Also weißt du«, erwiderte Gaby vorwurfsvoll.

»Ist doch wahr. Die hat sich nicht um uns geschert. Die war einfach weg und hat uns mit dem ganzen neuen Scheiß hier sitzen gelassen. Wisst ihr noch, wie die im April 1991 unsere ganze

Abteilung plattgemacht haben? Vierhundertdreißig Leute. Bis auf ein paar wenige Hanseln mussten alle gehen.« Cindy klang wütend. »Aber da war die gute Tina lange verschwunden. Das musste sie nicht mehr kümmern.«

»Ich erinnere mich daran, als wäre es gestern gewesen«, antwortete Ramona. »Wir haben diese Scheiß-Entlassungslisten kontrolliert, weil wir dachten, die ziehen uns über den Nuckel.«

»Und? Was hat es genützt?«

Ramona zuckte mit den Schultern. »Am Ende nicht viel. Vor allem wir Frauen waren die Gekniffenen.«

»Ja, aber Bettina?«, bemerkte Andrea leise. »Schon vorher kam sie von einem Tag auf den anderen nicht mehr in die Kantine.«

»Hat ja auch nicht mehr so wild geschmeckt, der Westfraß«, kreischte Nadine, der man die Wirkung des Perlweins deutlich an ihren geröteten Wangen ansehen konnte.

Die anderen lachten.

»Es muss 1990 gewesen sein – oder sogar schon '89? Ihr Bereich stand sofort auf der Kippe. Ihr wisst schon«, murmelte Ramona vielsagend.

»Du hast recht.«

»Freilich.«

»Und sie hat sich nie wieder gemeldet, bei keiner von euch?«

Alle verneinten.

»Seltsam. Warum steht sie dann dreißig Jahre später zum Thüringentag bei uns in Sömmerda und taucht ab, sobald wir sie entdecken?«, fragte Cindy mürrisch.

Die Unterhaltung der Frauen wurde durch aufgeregte Schreie unterbrochen. Leute aus den Zuschauerreihen liefen durcheinander, vermischten sich mit den Teilnehmern des Zuges. Das Gedränge um sie herum wurde dichter. Irgendwann rief jemand: »Feuer!« Und: »Leubingen brennt!«

Campingstühle, die die Schaulustigen an den Bürgersteigen aufgestellt hatten, um bequem sitzend dem Schauspiel folgen zu können, wurden zusammen- und kurzerhand wieder auseinandergeklappt und Getränke, Sonnenschirme, Kleinkinder aufgeregt hin und her getragen. Irgendwo fiel ein Schuss. Ein wild gewordenes Pferd galoppierte gleich darauf durch die Menschenmenge. Niemand wusste so recht, was passiert und welcher Gefahr man gerade ausgesetzt war, aber kaum einer wollte seinen Platz räumen, den sich die meisten schon Stunden vor Beginn des Festumzuges gesichert hatten. Das Gerücht eines Anschlages machte die Runde, aber selbst ein vermeintlicher Terrorist konnte die hartgesottenen Fans nicht schrecken. Was nicht sein durfte, konnte nicht sein. Da hatte Sömmerda schon ganz andere Gefahren überstanden – und wenn ohnehin nur der Ortsteil Leubingen brannte, konnte man das getrost verschmerzen.

Es war natürlich nicht die drei Kilometer entfernt liegende Gemeinde, die den Flammen anheimgefallen war, sondern das Zugbild, mit dem die Leubinger den Umzug bereichert hatten. Ein Handwagen des dortigen Heimatvereins, ein Relikt aus dem VEB IFA Motorenwerke Nordhausen, im Volksmund auch »Klaufix« genannt, hatte Feuer gefangen. Die überall in der Innenstadt verteilten Einsatzkräfte der Feuerwehren brachten das Problem schnell unter Kontrolle, und auch wenn Leubingen nun um eine Attraktion ärmer war, konnte sich der Festumzug geraume Zeit später wieder in Bewegung setzen.

Bei den Frauen des ehemaligen Büromaschinenwerkes hatte die Unterbrechung in Kombination mit dem ausgiebigen Genuss des nunmehr warmen Proseccos zu einer Ausgelassenheit geführt, der sich auch Andrea nicht mehr entziehen konnte. Fröhlich reihte sie sich gemeinsam mit ihrer Freundin Ramona bei den alten Kolleginnen ein, winkte in die Menge, warf Bonbons und freute sich, einmal wieder die Sicherheit und Vertrautheit ihres alten Kollektivs zu spüren. Bettina Fanke war vergessen.

Vorerst.

ZWEI

Friedhelm Bernsen lag im Dämmerlicht. Er hatte die Bettdecke bis zu seiner Nase gezogen und sich kerzengerade darunter ausgestreckt. Seine Arme schienen so eng an seinem Körper anzuliegen, dass man ihre Konturen unter der Decke kaum erahnen konnte. Sein strohblonder Wuschelkopf ruhte mittig auf dem frisch gestärkten Kopfkissen und wurde von den Sonnenstrahlen, die durch den schmalen Spalt zwischen den beiden hellgrünen Vorhängen in das Zimmer des Sömmerdaer DRK-Krankenhauses fielen, gleich einem Heiligenschein in Szene gesetzt. Auf seinem Nachtschrank standen ein volles Glas Wasser und ein Medikamentenbecher, der zur Hälfte mit Tabletten gefüllt war. Bis auf das Ticken der Wanduhr war es still. Nur hin und wieder stöhnte Bernsen leise auf, atmete schwer und nickte wieder weg.

»Ach du lieber Gott, nein, oh nein, mein armer, armer Friedhelm«, jammerte seine Frau, die neben ihm am Bett saß und jeden seiner Atemzüge verfolgte. Zu mehr als der Erhaltung grundlegender Körperfunktionen schien ihr Mann nicht fähig zu sein. »Was haben sie dir angetan? Ich habe es immer gewusst. Irgendwann musste es ja so weit kommen. Dieser anstrengende Beruf, die große Verantwortung, und das alles so weit weg von zu Hause, *im Osten*.« Sie rümpfte die Nase. »Ach Friedhelm, was soll nun werden?«

»Rotfeder«, hauchte Bernsen mit dem Pathos eines Sterbenden. Dabei blinzelte er aus fast geschlossenen Augenlidern, so als könnte er nicht die Kraft aufbringen, sie zu heben. Sein zweites »Rotfeder« wurde von einem schmerzerfüllten Ächzen verschluckt.

Seine Frau fing leise an zu weinen.

Das Rauschen einer Toilettenspülung war zu hören. Dann entleerte jemand geräuschvoll den Inhalt seiner Nase. Kurz darauf wurde ein Wasserhahn aufgedreht, und eine Stimme drang aus dem zum Krankenzimmer gehörenden Bad: »Das klebt ja wie Schifferscheiße!«

Das Rauschen des Wassers wurde lauter. Schließlich endete es, und die Badtür ging schwungvoll auf. »Friedhelm, ich hawe mal dein Duschbad jenommen. Die Rotze jing nich aus dem Waschbecken. Und du weest doch, wie die Schwestern sind. Sehen zwar scharf aus, die Weiber, aber scheddern könn die, nee, nee, nee.«

Der Mann, der aus dem Bad ins Zimmer trat, trug eine im Flecktarnmuster gehaltene Jogginghose, die irgendwo unter seinem dick hervorquellenden Bauch klemmte und sich überdies, hervorgerufen durch seine geringe Körpergröße, in breiten Falten an seinen Knöcheln aufwarf. Ein weißes geripptes Unterhemd, das keinen Raum für Spekulationen über die schlecht gemachte Tätowierung auf seinem rechten Oberarm ließ, und ein Paar Adiletten komplettierten das Bild. Seine nassen Haare hatte er streng nach hinten gekämmt, was zum Überdecken seiner Halbglatze nur bedingt taugte. Dafür umgab ihn ein Duft von Rasierwasser, dessen Strenge einem den Atem nahm. Als er sah, dass Bernsen nicht mehr allein war, stutzte er, musterte die für ihn fremde Frau ungeniert, derweil er mit Hilfe seiner Mimik eine Beurteilung ihres Äußeren vornahm, und wackelte schließlich zurück zu seinem Bett. Ein »Tach och« begleitete seine Schritte.

Die Rotfeder würdigte den Mann keines Blickes, sie hatte nur Augen für ihren Friedhelm. Schweigend saß sie am Bett und starrte ihn an.

Bernsen hob zaghaft das rechte Lid. »Rotfeder, du verpasst deinen Zug«, wisperte er.

»Ich fahre nicht ohne dich«, entgegnete sie entschieden. »Und wenn es dir so schlecht geht, bleibe ich natürlich bei dir. Eine Frau muss an der Seite ihres Mannes sein, vor allem, wenn der sich in fragwürdiger Gesellschaft befindet.« Sie machte ein abschätziges Gesicht in Richtung seines Bettnachbarn.

»Nein«, krächzte Bernsen. »Du fährst. Das tut dir gut. Die Betreuung deiner kranken Mutter hat dich so mitgenommen.«

»Na freilich, jute Frau«, mischte sich Bernsens Zimmergenosse ein, der ihre Spitze offenkundig nicht verstanden hatte.

»Die janze Scheiße ist doch och schon bezahlt, und ich passe schon off den guten alten Friedhelm hier off. Sie werden sehen, morjen springt der schon wieder durch die Hütte.«

In Bernsens Bettdecke kam leichte Bewegung. Er knurrte.

»Ja, Muttis Beinbruch war nicht schön für mich, aber …« Die Rotfeder verstummte, als es an der Tür klopfte und Timo Kohlschuetter, Bernsens Teamkollege, eintrat.

»Noch 'n Bulle, wa?«, murmelte der Zimmergenosse. »Hier muss irgendwo ein Nest sein.« Er lachte dreckig.

Die Gesichtszüge der Rotfeder entspannten sich, als würde sie in Kohlschuetter ihren Retter erblicken. »Gut, dass Sie da sind, Herr Kohlschuetter«, sagte sie. »Friedhelm möchte, dass ich ihn in seinem Zustand allein lasse.« Ihre knarzende Stimme hatte einen jammernden Tonfall angenommen.

Kohlschuetter, dem sich bei dem Geräusch jedes Mal die Nackenhaare aufstellten, konnte die Situation nicht erfassen, wähnte sich aber in einem Minenfeld. Er nickte verhalten. »Na, wenn er sagt, dass er zurechtkommt«, antwortete er vorsichtig.

»Kohlschuetter passt auf mich auf«, hauchte Bernsen unter der Bettdecke. »Geh. Und gute Reise.« Ein angestrengtes Hüsteln folgte.

»Aber ich kann doch nicht …« Die Rotfeder erhob sich von ihrem Stuhl, fasste nach Bernsens Hand, schaute unschlüssig auf ihren Mann und zu Kohlschuetter.

»Freilich!«, dröhnte der Mann im Nachbarbett.

»Es ist bestimmt besser so«, pflichtete Kohlschuetter ihm bei, ohne zu wissen, was eigentlich los war.

»Ach, Herr Kohlschuetter.« Sie seufzte schwer. »Da haben Friedhelm und ich so lange auf unsere gemeinsame Kur gewartet. Drei Wochen Sylt, nur wir beide. Und nun das …«

Kohlschuetter ließ sich seine Unkenntnis nicht anmerken. Dass Bernsen einen Kurantrag gestellt hatte, war ihm neu. Von einer mehrwöchigen Fehlzeit war auch nie die Rede gewesen. Aber da sich der Kollege bezüglich seines eher fortgeschrittenen Alters ohnehin immer wie eine Mimose aufführte und für seine Alleingänge bekannt war, konnte es gut sein, dass er ihm diese

Auszeit verschwiegen hatte, um keine blöden Nachfragen zu provozieren. Einfach nicht zur Arbeit erscheinen zu wollen, um ihm keine Details mitteilen zu müssen, und es anderen zu überlassen, ihn über seine Abwesenheit zu informieren, passte gut zu dem autistischen Psychopathen, der Bernsen seiner Meinung nach war. Er konnte das beurteilen, schließlich arbeitete er inzwischen lange genug mit ihm zusammen. Warum Bernsen jetzt aber nicht auf dem Weg nach Norden war, sondern im Krankenhaus Sömmerda auf der Inneren lag und peinlich vor sich hin wimmerte, dafür hatte er keine Erklärung. Erst in der letzten Woche hatten sie die Ergebnisse ihrer regulären polizeilichen Gesundheitstests bekommen, und Bernsen hatte den seinen nicht nur per Rundmail an die gesamte Polizeiinspektion geschickt, sondern, um ganz sicherzugehen, dass auch der Hausmeister über seinen hervorragenden Gesundheitszustand Bescheid wusste, den Inhalt laut auf den Fluren rezitiert. Da sie aktuell keinen Fall hatten und gerade bloß den liegen gebliebenen Schreibkram abarbeiten mussten, konnte er sich während des Dienstes ebenfalls nicht verletzt haben. Was Bernsen allerdings am Wochenende getrieben hatte, das er normalerweise in seiner Heimatstadt Bremen verbrachte, entzog sich, wie immer, Kohlschuetters Kenntnis. Irgendetwas musste passiert sein, denn umsonst begab sich niemand in ein Krankenhaus. Und so, wie seine Frau dreinblickte, konnte man den Eindruck gewinnen, er käme hier nie wieder lebendig heraus.

»Fahren«, nuschelte Bernsen.

»Jenau«, sagte der Nachbar.

»Ich behalte ihn im Auge und rufe Sie sofort an, wenn er Blödsinn macht«, versprach Kohlschuetter. »Ist kein Problem. Ich betreue ihn ja sonst auch unter der Woche.«

Bernsens Beine zuckten unter der Bettdecke.

Die Rotfeder lächelte erneut. »Ach Friedhelm, wenn du Herrn Kohlschuetter nicht hättest. Ich danke Ihnen ganz herzlich. So eine Kur ist schon teuer, und wenn wir beide nicht fahren, na ja. Sie melden sich jeden Tag, ja? Und Sie passen auch auf, dass er anständig isst, nicht zu viel von der Thüringer Wurst und diesen Convenience-Produkten. Geben Sie ihm ruhig etwas von Ihren Sachen, Herr Kohlschuetter, Obst, Gemüse, Körner. Denken Sie bitte auch daran, Cola ist für ihn strikt tabu. Wasser aus der Leitung, aber nicht zu kalt. Zwingen Sie ihn auch mal zu einer Pause. Er achtet ja nie auf sich, immer nur auf andere. Damit muss nun endlich mal Schluss sein. Herr Kohlschuetter, Sie tragen die Verantwortung.«

»Hey Friedhelm, was sollste nich esse? Konwinenz?«, plärrte der Mann im Nachbarbett. »Das hört sich ja wie eine Krankheet an.« Er grunzte. »Ah anständches Stückchen Wurscht braucht der Kerl, damit er wieder zu Kräften kommt. Un a Rungsen Speck.«

Die Rotfeder schaute pikiert.

Kohlschuetter, der sich durch die Worte von Bernsens Frau irgendwie an die Belehrungen seiner alten Kindergärtnerin erinnert fühlte, bemühte sich um einen besorgten und vertrauenswürdigen Blick. Cerealien, Wasser und Relaxen, so sollte also Bernsens Programm für die nächsten Wochen aussehen. Das konnte der Kollege haben, wobei das mit dem Relaxen für Bernsen eigentlich nie ein Problem war. In Sachen »Wie schiebe ich anderen meine Arbeit zu« brauchte der wirklich keine Nachhilfe.

Mit Tränen in den Augen tätschelte die Rotfeder Bernsens Gesicht, gab ihm einen Kuss auf die Stirn, drückte Kohlschuetter fest die Hand und eilte davon. Die Tür war noch nicht richtig hinter ihr ins Schloss gefallen, da verlangte Bernsen mit erstaunlich kräftiger Stimme: »Ingo, guck, ob sie wirklich weg ist.«

Der Zimmergenosse sprang überraschend schnell auf und tapste barfüßig hinaus auf den Flur.

»Was ist los? Warum haben Sie mich so früh hierher ins Krankenhaus bestellt, wenn Ihre Frau voller Sorge ist, dass Sie den morgigen Tag nicht überleben?«, blaffte Kohlschuetter Bernsen an. »Und warum sehen Sie plötzlich so erstaunlich fit aus?«

Bernsen antwortete nicht.

Er rührte sich erst, als Ingo von seiner Mission zurückkam und »Die Luft ist rein« vermeldete. Unversehens schleuderte Bernsen seine Bettdecke zurück, hüpfte vollständig bekleidet aus dem Bett, fuhr sich kurz durch seine Mähne, strich sein Fischerhemd glatt und machte sich daran, seine unter dem Bett stehenden Schuhe anzuziehen. Im selben Moment klingelte sein Handy. Ängstlich betrachtete er das Display, atmete durch und nahm das Gespräch entgegen. Nachdem er sich gemeldet hatte, schaute er Kohlschuetter an und formte mit seinen Lippen den Namen »Claudi«. Dann hörte er schweigend zu und legte schließlich grußlos auf. »Wir müssen los, Kollege«, beschied er Kohlschuetter. »Unschöne Kiste, tote Frau.« Er wiegte den Kopf. »Eindeutig. Na ja.« Ein scheeler Blick zu seinem Bettnachbarn folgte.

Bernsen nickte Kohlschuetter verschwörerisch zu. »Ingo, meine Sachen bitte«, ordnete er an, woraufhin sich sein willfähriger Mitstreiter sofort daranmachte, die sorgsam von der Rotfeder in den Schrank einsortierte Kleidung und Kosmetik in eine kleine Reisetasche zu packen. »Das ist übrigens Ingo Kupke aus Stödten, Verdacht auf Blinddarmentzündung«, erklärte Bernsen beiläufig. »Und das ist mein Kollege Timo Kohlschuetter, Kriminalhauptkommissar aus Erfurt«, ergänzte er an Ingo gewandt.

Der korrigierte: »Nix Blinddarm. Überfressen hawe ich mich. Wenn schon mal Thüringentag bei uns is, dann muss man och alles mitnehmen.« Er grinste. »Der Typ, gegen den ich angetreten bin, der hat bei der achten Wurscht schon jekotzt. Die Flachpfeife, die.« Zwei ordentlich gefaltete Fischerhemden landeten in der Tasche. Socken, Jeans und Unterwäsche folgten.

»Ah ja«, murmelte Kohlschuetter und dachte sich seinen Teil.

»Das hat aber jut jeklappt, Friedhelm. Von dir kann man wirklich noch was lernen. Von wejen Theater, deine Alte war zahm wie ein Kätzchen. Scharfe Braut übrigens, aber an der Stimme müsst ihr mal was machen«, redete Ingo weiter, während er am Reißverschluss von Bernsens Tasche hantierte. »Du kannst ja hier mal die Ärzte frachen, vielleicht ham die 'ne Idee.«

»Wenn du mal einen Tipp mit den Frauen brauchst, ruf mich an.« Bernsen boxte Ingo einmal kräftig gegen den Oberarm, fasste im Vorbeigehen nach seinem Gepäck, ergänzte: »Du solltest deine Blutdrucksenker und den anderen Kram jetzt mal langsam nehmen, bevor die Schwestern die Pillen auf meinem Nachtschrank finden«, und verließ den Raum.

»Der Typ hat's echt drauf«, urteilte Ingo Kupke angetan. »Und jetzt hat er einen neuen Fall, was? Für ihn ja kein Problem. Gut, dass wir solche Leute bei der Thüringer Polizei haben.«

Kohlschuetter sah zu, dass er hier rauskam, und suchte zähneknirschend das Weite.

»Krankenhäuser sind nichts für mich«, vermeldete Bernsen selbstsicher, als ihnen zwei Krankenschwestern auf dem Gang entgegenkamen.

»Da haben wir aber Glück gehabt. In der Psychiatrie wäre der auch besser aufgehoben«, hörte Kohlschuetter die eine flüstern.

Die andere kicherte leise.

Bernsen marschierte unbeirrt auf den Fahrstuhl zu, hämmerte auf die Knöpfe und wippte ungeduldig in den Knien.

»Sie wollen mir etwas erklären«, bemerkte Kohlschuetter.

Bernsen schaute arglos. »Was denn?«

Die Türen des Fahrstuhls öffneten sich, und heraus traten drei Krankenschwestern, die Kohlschuetter freundlich grüßten, Bernsen hingegen nicht zu bemerken schienen. Na, die hatten bestimmt Spaß mit dem Irren, dachte Kohlschuetter amüsiert.

»Erklärung!«, forderte er mit Nachdruck, als sie beim parkenden Dienstwagen angekommen waren und Bernsen immer noch schwieg.

»Wie jetzt? Ich war im Krankenhaus, bin genesen, und Sie haben mich abgeholt. Jetzt fahren wir zur Arbeit. Was gibt es da zu erklären?«, entgegnete Bernsen großspurig.

»Los Kollege, sonst rufe ich sofort die Rotfeder an und petze, dass Sie Pizza gegessen und Cola mit Eiswürfeln getrunken haben. Womöglich behaupte ich sogar, dass Sie mit Ingo im Bett liegen und ›Uschi TV‹ gucken.«

Bernsen fuhr erschrocken herum, hielt einen Moment ungläubig inne und grinste schließlich erleichtert. »Das läuft auf dem Krankenhausfernseher überhaupt nicht«, sagte er triumphierend. Dabei schaute er Kohlschuetter selbstgefällig an.

Der verzog keine Miene. »Ich warte.«

»Oh Mann«, leierte Bernsen. »Meine Rotfeder wollte unbedingt zu dieser blöden Kur auf Sylt.« Er gestikulierte empört. »Wissen Sie, was das für mich als Begleitperson gekostet hätte? Sylt? Wie dekadent. Und nur, damit ich jeden Tag von früh bis spät zusammen mit Dutzenden anderen mit Bademänteln bekleideten Herrschaften einer vom CD-Player dudelnden Dröhnung an Meeresrauschen und Vogelgezwitscher lauschen darf, die nur aus einem einzigen Grund nicht dazu führt, dass ich die terrakottafarbenen Wände anspringe – weil nämlich überall gut gelaunte und hoch motivierte Ergotherapeuten und Krankenschwestern rumhängen, die mich mit Einläufen, Mattenturnen und Seniorenschwimmen so sehr in Anspruch nehmen, dass ich dazu keine Kraft mehr habe. Was Anständiges zwischen die Kiemen bekommt man bei so einer Kur auch nicht.« Er schnaufte. »Außerdem kommen Sie doch gar nicht ohne … Also, die Arbeit wird für Sie allein zu viel, wenn ich nicht da bin.«

»Sie hatten doch noch nicht einmal Urlaub beantragt. Stimmt's? Sie hatten nie vor, mitzufahren«, brachte Kohlschuetter es auf den Punkt.

»Mhm. Na ja, was sollte ich machen? Ein neuer Fall wäre ja eine Begründung gewesen, aber als wir am Freitag noch immer keine Leiche hatten … Da kam Andras auf die Idee, dass ich krank sein könnte«, fuhr Bernsen fort.

»Andras, ach so, jetzt soll es wieder ihr kroatischer Freund gewesen sein. Immer auf die Ausländer.«

»Es *war* seine Idee«, blaffte Bernsen. »Ich schwöre.«

»Und mit welcher mysteriösen Krankheit haben Sie sich ins Sömmerdaer Krankenhaus einweisen lassen? Vor allen Dingen: wieso ausgerechnet nach Sömmerda? Wäre nicht Erfurt für Sie bequemer gewesen?«

»Also wirklich!«, empörte sich Bernsen. »Sie meinen, ich soll als einer von vielen, als eine Nummer, in ein Krankenhaus? Nee,

nee. In Sömmerda ist alles ganz persönlich und sehr familiär. Die kümmern sich wenigstens noch anständig um einen.« Pause. Nuschelnd fügte er hinzu: »Außerdem kenne ich einen der Ärzte gut.«

»Wie bitte? Und der legt Sie einfach in ein Bett und lässt Sie das Stück vom sterbenden Friedhelm spielen? Vielleicht haben Sie sich auch noch mit dem Notarztwagen abholen lassen? Wie weit wollten Sie denn bitte gehen, vielleicht, bis der Anästhesist die Narkose eingeleitet hätte? Und *welcher* Arzt ist eigentlich mit *Ihnen* befreundet?« Bernsens dreistes Verhalten brachte Kohlschuetter auf die Palme.

»Hallo? Was soll das denn jetzt heißen? Es gibt auch nette Ärzte«, maulte Bernsen.

»So meinte ich das nicht«, raunzte Kohlschuetter, der sicher war, dass Bernsen ihn genau verstanden hatte.

»Der Doktor isst hin und wieder bei Andras eine Pizza, ganz so wie ich. Da kommt man eben ins Gespräch. Unter Männern.« Bernsen fasste sich an seine schmale Brust. »Dabei habe ich ihm von meinem Herzdrücken und der Atemnot erzählt. Na ja, die Schmerzen im linken Arm habe ich natürlich auch nicht verschwiegen. Wir müssen alle auf unsere Gesundheit achten. Die ist das A und O. Die Signale meines Körpers nehme ich sehr ernst.« Er machte eine gewichtige Pause. »Und wenn ich schon mal einen Doktor näher kenne ...«

Kohlschuetter schaute seinen Kollegen ungläubig an. Die Signale, die Bernsen von seinem Körper erhielt, beschränkten sich normalerweise thematisch auf Essen, Schlafen und Dummschwätzen. Von den Verdauungsgeräuschen und -winden, von denen er regelmäßig belästigt wurde, ganz zu schweigen. Erstaunlich, was die Aussicht auf drei teure Kurwochen so alles bewirkte.

»Der Doktor sagte, ich solle das abklären lassen, dringend«, verteidigte Bernsen seine Aktion mit wehleidiger Miene. »Ich habe mich dann am Sonntagmorgen mit unklaren Herzbeschwerden selbst eingeliefert. Wissen Sie übrigens, was ein Taxi von Erfurt bis Sömmerda kostet? Eine Unverschämtheit ist das.«

»Deswegen sollte ich Sie abholen«, ätzte Kohlschuetter. »Das spart die Rückfahrt.«

»Die Rotfeder und ich wollten heute ganz früh los. Dass wir von Erfurt aus fahren, war ihre Idee. Also hat sie Bernd, das Pudelvieh, in Hannover bei meiner Schwiegermutter abgegeben und ist gestern Nachmittag in Erfurt angekommen. Da war ich aber schon hier. So ein Blödsinn aber auch, zumindest ihre Zugfahrt wäre von Bremen aus viel günstiger gewesen. Meinetwegen auch von Hannover. Aber sie dachte wohl, dass ich mich drücken würde.«

»Wie sie darauf nur kommen konnte?«

»Ja, also ehrlich«, echauffierte sich Bernsen.

»Aber dass Sie so weit gehen, sich ins Krankenhaus zu legen, hätte sich Ihre Frau mit Sicherheit nie ausgemalt.«

»Ach, das war nett. Anständiges Essen, Fernsehen bis zum Abwinken, hübsche Schwestern, etwas laut vielleicht.«

»Kein Wunder, die hatten Thüringentag letztes Wochenende. In der Stadt muss es vor Menschen gewimmelt haben. Das Fest ist *das* Großereignis im Land. Und mit Sicherheit hatten die im Krankhaus etwas Besseres zu tun, als Ihre eingebildete Herzschwäche zu pflegen«, entgegnete Kohlschuetter.

»Was hatten die? Ein Fest? Nein, ich meinte eigentlich Ingo, dessen halbes Dorf sich permanent in unserem Zimmer aufgehalten hat. Das war wie bei einer italienischen Großfamilie, nur dass die Italiener keine Schlachtplatte rumreichen. Ist vielleicht auch besser so, denn da wissen Sie nie, ob Sie nicht ein sizilianisches Maultier kauen. In Stödten nimmt man Schwein für die Wurst. Das ist was Reelles. Beim Skatspielen müssen die hingegen noch etwas üben. Ich habe allein gestern Abend hundert Euro gemacht.« Er lachte dröhnend.

»Sie haben sich als ein Thüringer Polizeibeamter ohne Grund in ein Krankenhaus einweisen lassen und dort dem Glücksspiel gefrönt?«, fragte Kohlschuetter mit erhobener Augenbraue.

»Gefrönt«, äffte Bernsen ihn nach. »Man könnte auch einfach sagen, ich habe Skat gekloppt. Was kann ich denn dafür, wenn die Stödtener es nicht so mit dem Reizen haben?«

»Meine Güte.« Kohlschuetter schüttelte sprachlos den Kopf.

»In jedem Fall ist die Rotfeder jetzt erst einmal drei Wochen auf Sylt. Bernd, den blöden Köter, bin ich auch los, und ich habe meine Ruhe.« Er atmete tief aus. »Außerdem hab ich einen Haufen Geld gespart.«

»Schön, wie Sie immer nur an andere denken. Aber sollte Ihnen die Rotfeder auf die Schliche kommen, Gnade Ihnen Gott. Ihnen und Ingo Kupke, Ihrem Stödtener Komplizen.«

»Das wird sie nicht. Dafür sorgen *Sie* mit Ihren täglichen Anrufen. Wenn Sie schon aussehen wie Schwiegermuttis Liebling, können Sie sich auch ausnahmsweise einmal so benehmen. In ein paar Tagen vermelden Sie meine Entlassung, und alles ist geritzt.« Bernsen schlug sich zufrieden lächelnd in die Hände.

»Nichts ist geritzt. Mich ziehen Sie da nicht mit rein. Das ist allein Ihr Ding«, antwortete Kohlschuetter, den der Gedanke, dass Bernsen auffliegen könnte, amüsierte. Nach der Nummer hatte er sich das redlich verdient.

»Ist ja schon gut, dann mache ich das eben selbst. Abgesehen davon kann ich nun sowieso nicht mehr weg«, schloss Bernsen zufrieden. »Jetzt, da wir eine Leiche haben.«

***

Die Unstrut glitzerte in der Sonne. Der schmale, leise dahinziehende Fluss, der sich westlich um Sömmerda herumschlängelte und mitten im Thüringer Becken noch viel von seiner ursprünglichen und wilden Natur behalten hatte, bildete an diesem Morgen ein angenehmes Kontrastprogramm zu der Geschäftigkeit des Krankenhauses, das Bernsen und Kohlschuetter gerade verlassen hatten. Die Luft war hier draußen angenehm kühl und noch von dem feuchtsumpfigen Geruch der mit Tau bedeckten grünen Deiche durchdrungen. Es herrschte eine wohltuende Frische, die sich jedoch bald zugunsten eines heißen Sommertages verabschieden würde. Für gewöhnlich zog es allerlei Erholungssuchende auf den hiesigen Unstrut-Radwanderweg und die wunderschönen weiten

Auen. Aber es war noch früh. Jetzt, da die Stadt eben erst erwacht und angesichts des zurückliegenden Festwochenendes vielleicht noch etwas verschlafen war, herrschte gewissermaßen Ruhe vor dem Sturm. Womöglich lag das aber auch an dem Umstand, dass der Radweg auf Höhe des Industrieparks nach allen Seiten abgesperrt worden war. Ein paar Polizeibeamte waren an den beiden Enden des mit Flatterband markierten Abschnitts postiert und achteten darauf, dass kein Unbefugter Zutritt erhielt.

Bernsen und Kohlschuetter hatten den Wagen beim städtischen Heizwerk stehen lassen und waren die paar Meter bis zum Fundort zu Fuß gegangen. Als sie sich näherten, sahen sie zwischen den Beamten, die dort routiniert ihre Arbeit machten, einen jungen Polizisten, der aufgeregt umhersprang.

»Ist das dort drüben nicht dieser … na, wie hieß er noch gleich, dieser …?« Bernsen schnipste hektisch mit den Fingern.

»Benjamin Matthias Schitz«, sagte Kohlschuetter.

»Genau. Der Name lag mir auf der Zunge.« Er lachte. »Na, dann wird der Mörder ja schon im Auto auf uns warten, so wie der Kleine bei dem Diebstahl damals drauf war. Sie erinnern sich? Der schießt schon wieder hin und her wie ein Duracell-Hase. Duracell, die mit dem Kupferkopf, guter Witz bei den roten Haaren, die der Junge hat, was?«

»Top«, knurrte Kohlschuetter genervt.

»Kriminalhauptkommissar Bernsen, Kriminalhauptkommissar Kohlschuetter«, schmetterte Benjamin Matthias Schitz, der den beiden sichtlich nervös gegenübertrat und seine rechte Hand zum Gruß ausstreckte. »Guten Morgen.« Sein Gesicht glühte vor Aufregung, was seine intensive Akne noch mehr zur Geltung kommen ließ.

Kohlschuetter ergriff die Hand des Kollegen, nickte ihm ermunternd zu und drückte sie so fest, dass Schitz kurzzeitig zusammenzuckte und ein »Au. Verdammt« hören ließ. Bernsen hingegen schaute Schitz nicht einmal an, sondern lief schnurstracks an ihm vorbei auf die tote Frau zu, die ein Stück voraus auf dem Radweg lag.

»Na, was haben wir denn hier?«, fragte er mit Singsang in der Stimme. »Name, Alter, Todesursache, Schuhgröße?«

Schitz, der hinter Bernsen hergehastet war, rieb sich mit der linken Hand über die rechte und dann immer wieder über sein Kinn und die Nase und schaute betroffen. »Ganz schlimme Sache. Eine tote Frau. Bestimmt ermordet.« Das letzte Wort hauchte er nur noch.

»Ach, echt?«, fragte Bernsen mit gespieltem Erstaunen. »Was es alles gibt. Ich dachte, die hat bloß ein bisschen abgemattet, so mitten auf dem Radweg und mit Schaum um den Mund.« Er beugte sich zu der Frau hinab.

Das Opfer war um die fünfzig, zierlich und, wie Bernsen feststellen musste, ausnehmend attraktiv. Ihre brünetten langen Haare hatte sie auf eine interessante Weise zu einem Zopf geflochten und in Form einer Schnecke am Hinterkopf festgesteckt. Sie war sorgsam, aber nur dezent geschminkt, trug eine breite goldene Halskette und Markenklamotten. Diese bestanden aus einer hellen Jeans, einem fliederfarbenen Oberteil und weißen Sneakers. In ihren Ohren steckten In-Ear-Kopfhörer, deren Anschlussstecker lose am Kabel um ihren Hals hing. Sie wird telefoniert oder Musik gehört und dabei den herannahenden Täter nicht bemerkt haben, dachte er und hielt Ausschau nach dem fehlenden Gerät.

»Bernsen.« Kohlschuetters Stimme hatte einen zurechtweisenden Klang angenommen. »Herr Schitz ist, wie Sie wissen, Polizeimeister in Ausbildung. Und dafür macht er seine Sache sehr gut.«

Schitz trat von einem Bein auf das andere und versuchte sich an einem Lächeln. Es fiel etwas steif aus. »Ihr Portemonnaie mit dem Ausweis und so weiter habe ich an mich genommen. Geld oder irgendwelche Bankkarten hatte sie nicht dabei. Ein Handy oder einen iPod auch nicht. Nur einen Zimmerschlüssel vom Hotel Erfurter Tor, also Sie wissen schon, dem Hotel am alten Stadttor, vorn bei der Salzmannschule. Das sieht man dem Schlüssel nicht an, aber ich weiß das, ich bin oft dort. Meine Großmutter hilft dort hin und wieder in der Küche, bei großen

Veranstaltungen und so. In der Gastronomie findet sich ja so schlecht Personal. Und meine Oma hat beim Kochen echt was weg. Im ›Erfurter Tor‹ darf sie sogar die Soßen machen. Das will in einem Thüringer Restaurant schon was heißen. Aber nicht mit Fertigprodukten oder so.« Seine Stimme überschlug sich. Er wackelte unentwegt mit dem Kopf und wechselte abrupt das Thema. »Eine Leiche. Dass ich einmal eine Leiche … also echt. Meine Großmutter hat ja schon öfter tote Menschen gesehen, aber ich? Ausgerechnet ich?« Schitz schaute hilfesuchend zu Kohlschuetter. Seine Unterlippe bebte.

»Dann wäre ich an Ihrer Stelle lieber Klempner geworden, Bäcker oder womöglich Kindergärtner, Dachdecker, Fliesenleger …«, leierte Bernsen unwirsch herunter. Der von Kohlschuetter vorgebrachte Einwand, dass die Rotfeder ihm auf die Schliche kommen könnte, hatte sich in seinem Kopf festgesetzt und verursachte ihm zunehmend Unbehagen. Dabei war sein Plan perfekt. Er würde Andras für den Tipp ein Bier ausgeben müssen, am besten gleich in der Pizzeria und zum Einkaufspreis. Aber ohne Kohlschuetter, diesen Miesepeter und Schwarzseher. Er hatte ihm mit seiner Unkerei gehörig den Tag verdorben.

»Würden Sie mir mal bitte die Sachen der Toten geben, Herr Schitz?«, fragte Kohlschuetter freundlich. »Und wer hat die Frau eigentlich gefunden?«

»Äh, ja, wo?« Schitz durchforstete die Taschen seiner Uniform, brachte schließlich alles zum Vorschein und reichte die Gegenstände Kohlschuetter. Seine Hände zitterten dabei so sehr, dass der Schlüssel des Hotels auf dem Kiesweg landete. »Oh, Entschuldigung. Das ist aber auch heute …« Er bückte sich, hob den Schlüssel auf und gab ihn Kohlschuetter. »So direkt neben einer Leiche und dann hatte ich auch noch das ganze Wochenende Dienst beim Thüringentag. Volles Programm. Was da für Menschen in der Stadt waren, Wahnsinn. Und ständig war irgendetwas. Das ging schon am Samstag gut los. So ein paar Dörfler haben am Stand der Fleischerei Rüdiger ein Bratwurst-Wettessen veranstaltet. Nachdem der Erste gekotzt, äh, sich übergeben hatte, direkt vor dem Grill wohlgemerkt, ist der Fleischer ausgeflippt, und der vermeintliche Sieger wollte auf ihn einprügeln, also nicht auf den Fleischer, sondern auf seinen Gegenkandidaten, weil der den Wettbewerb vorzeitig abbrechen wollte. Es ging wohl um den Stödtener Rekord im Bratwurstessen …«

»Wer hat die Tote gefunden?«, wiederholte Kohlschuetter etwas eindringlicher.

»Äh, ja, ach so, die Frau dort.« Schitz zeigte auf eine Dame, die abseits des Geschehens auf einer Bank saß und sich sichtlich gequält mit einer Streifenbeamtin unterhielt, während der neben ihr im Gras liegende Foxterrier auf einem ihrer Nordic-Walking-Stöcke kaute. »Yvonne Tänzer, dreiundfünfzig Jahre, verheiratet, wohnhaft in Sömmerda, Gartenbergsiedlung, sechs Uhr dreißig Beginn Nordic Walking auf dem Unstrut-Radweg, Auffinden der Leiche durch den vorauslaufenden Hund um sechs Uhr fünfundvierzig, Anruf bei uns etwa eine Minute später«, ratterte Schitz eilfertig herunter. »Frau Tänzer ist weder verwandt noch verschwägert mit dem Opfer, hat die Tote nie zuvor gesehen, kann keine weitere Aussage machen und ist vernehmungsfähig.«

»Herrjemine, aus welchem Kapitel im Lehrbuch für Kriminalistik ist das denn?«, murmelte Bernsen vor sich hin. Laut sagte er an Kohlschuetter gewandt: »Ich kann mir kaum vorstellen, dass die oberflächliche Wunde am Hals die Todesursache sein soll. Dafür gibt es hier auch zu wenig Blut.«

»Irgendwelche anderen Verletzungen?«

»Mhm, nicht auf den ersten Blick.«

»Dann hat es auch noch gebrannt …«, warf Schitz aufgeregt ein.

»Wie, gebrannt? Wo das denn?«, wollte Bernsen wissen. Ungläubig begutachtete er die gänzlich unversehrt wirkende Kleidung des Opfers vor seinen Füßen.

»Beim Thüringentag. Das Leubinger Zugbild …«

»Kohlschuetter, schaffen Sie den Kerl hier weg, sonst werfe ich ihn in die Plörre da drüben«, knurrte Bernsen. »Und holt mir mal einen Notarzt und die Kriminaltechniker. Wir sind hier doch nicht auf einem Kindergeburtstag, Mensch.«

Schitz lief knallrot an. »Aber ich wollte, ich konnte …«

»Ganz ruhig und einfach beobachten, okay?«, sagte Kohlschuetter betont gelassen.

Schitz holte tief Luft. »Der Notarzt ist schon alarmiert«, sagte er noch schnell. Dann biss er sich auf die Unterlippe und schwieg.

Kohlschuetter studierte den Ausweis der Toten. »Die Tote heißt Bettina Fanke, ist sechsundfünfzig Jahre alt, wohnhaft in Bremen, gebürtig aus Sömmerda.«

»Fanke? Kenne ich nicht«, knurrte Bernsen, erhob sich und streckte die Beine durch. »Wird nicht aus Walle sein.«

»Friedhelm Bernsen wettet, dass er jeden der fünfhundertfünfzigtausend Einwohner Bremens … so viele sind es ungefähr, oder?« Kohlschuetter schaute Bernsen belustigt an. »Also, Friedhelm aus Walle wettet, dass er jeden Bremer mit Namen kennt. Schade, dass die ›Wetten dass ..?‹ abgesetzt haben, Sie hätten der nächste Wettkönig werden können.«

»Ich konnte den Gottschalk noch nie leiden. Blonde Männer …« Bernsen schüttelte geistesabwesend den Kopf, verzog angeekelt das Gesicht und kratzte sich seinen flachsfarbenen Wuschelkopf.

Schitz fuhr sich hektisch durch die Haare, so als müsste er sich vergewissern, dass sie nicht blond waren, und schaute unsicher zu Bernsen und Kohlschuetter. Der enthielt sich eines Kommentars.

»Na ja, ich meinte ja nur, dass Bettina Fanke keine prominente Bremerin ist. Meine Güte, sind Sie heute wieder empfindlich«, hob Bernsen an, nachdem Kohlschuetter hartnäckig schwieg. »Haben Sie eigentlich eine neue Freundin?«

Schitz öffnete leicht den Mund, was ihn erschreckend dümmlich aussehen ließ, und riss die Augen auf.

Kohlschuetter reagierte auch jetzt nicht, er nahm sein Handy und telefonierte mit Susanne Summer, der Leiterin der Kriminaltechnik. »Die KTU wird gleich da sein«, sagte er danach zu Bernsen. »Die Sömmerdaer Kollegen hatten sie schon informiert.« Er zwinkerte Schitz zu. Der hob ermutigt das Kinn und straffte den Rücken.

Bernsen brabbelte unterdessen vor sich hin und lief das Gebüsch ab, das in Richtung Industriegebiet an den Radweg angrenzte. Vor ein paar abgeknickten Zweigen machte er halt, fasste nach einigen Blättern, drehte sich zu Kohlschuetter um und rief: »Schauen Sie mal. Wenn Sie mich fragen, ist sie hier in die Sträucher gefallen oder hat versucht, sich daran festzuhalten. Das hat sich bis zu der Stelle, an der sie zu liegen kam, etliche Male wiederholt.«

»Vielleicht ein Kampf?« Kohlschuetter ließ den Blick über die rund zehn Meter Dickicht zwischen Bernsen und der Leiche schweifen und schaute dann wieder Bernsen an. »Es ist ein lauschiger Morgen. Sie steht früh auf, geht spazieren, wird vom Täter angegriffen, möglicherweise mit dem Ziel, sie auszurauben. Darauf könnte zumindest das fehlende Geld samt Kreditkarten hindeuten. Sie wehrt sich, landet in den Büschen und wird schließlich …«

»Mensch, Doktor, so schnell sieht man sich wieder!«, rief Bernsen erstaunt, als einige Meter vor ihnen der Notarzt nebst Gefolge in Sicht kam.

»Friedhelm, guten Morgen, ich sehe, dir geht es besser. Das freut mich sehr.« Der Notarzt bedachte Bernsen mit einem anerkennenden Nicken, trat neben die Leiche, stellte seine Tasche ab und begann mit der Untersuchung.

»Bei eurer Pflege, selbstverständlich. Aber davon abgesehen siehst du ja, dass ich hier gebraucht werde. Als anständiger Kriminalkommissar kann man sich keine Schwäche erlauben.« Bernsen schielte verstohlen in Kohlschuetters Richtung, um ganz sicherzugehen, dass er auch mitbekommen hatte.

»Ist Kriminalhauptkommissar Bernsen krank?«, erkundigte sich Schitz flüsternd. Er klang besorgt.

»Nur im Kopf«, antwortete Kohlschuetter, »nur im Kopf.« Er schaute sich suchend um, als hätte er etwas gehört. »Sagen Sie, klingelt da nicht ein Handy? Das wird sicher die Rotfeder sein, die sich nach dem Wohlbefinden ihres darbenden Gatten erkundigen möchte«, bemerkte er so laut, dass Bernsen es hören musste.

Der zuckte ertappt zusammen, hielt inne und lauschte. Allein das Singen der Vögel war zu hören. »Döspaddel.«

»Das werte ich als Kompliment«, flötete Kohlschuetter. »Ich übernehme dann mal die Befragung der Zeugin, damit die Dame nicht auch noch in den Genuss Ihres überbordenden Charmes kommt.«

Ohne Bernsens Antwort abzuwarten, zog er von dannen. Schitz blieb stehen und sah ihm unschlüssig hinterher, während Bernsen damit begann, das Areal um den Leichenfundort nach dem vermissten iPod oder Handy abzusuchen.

»Schitz, herkommen und mithelfen«, kommandierte er. »Die Frau trägt die Kopfhörer nicht zur Zierde. Und Sie wollen doch noch was werden bei der Polizei, also los, kriechen Sie unter die Sträucher.« Er rieb sich die Hände, als freute er sich diebisch über seine Ansage.

Schitz tat wie ihm geheißen und verschwand im Gebüsch. Nachdem er sich entlang des Radwegs etwa achtzig Meter weit in Richtung Sömmerdaer Altstadt durchgekämpft hatte, stieß er einen Freudenschrei aus.

»Na, wer sagt es denn«, murmelte Bernsen zufrieden und ging zu Schitz hinüber. Der hockte wie gebannt unter einem Hagebuttenstrauch und starrte auf das Mobiltelefon, dessen Display zerborsten war. Er hatte das Gerät mit einem Zellstofftaschentuch vom Boden aufgehoben, um keine Fingerabdrücke darauf zu hinterlassen.

»Das ist das neue iPhone XS, Spezialedition, hammerkrass«, rief er beeindruckt, als Bernsen ihn erreicht hatte, und ergänzte weit weniger enthusiastisch: »Ach, und drüben sind ein paar Tropfen Blut. So, wie der Kies aussieht, gab es ein Gerangel. Wenn Sie mich fragen, ist der Täter genau an dieser Stelle auf sein Opfer getroffen und hat es tödlich verletzt. Wie er das gemacht hat, ist mir ein Rätsel, so ganz ohne anständige Wunde. Aber was weiß ich schon? In einem Nothilfekurs lernt man auch nicht alles. Die Frau jedenfalls konnte sich noch ein paar Meter weiterschleppen und ist dann zusammengebrochen.«

Es scheint so, dachte Bernsen, dass der Junge die für den Job wichtigen Dinge durchaus wahrnimmt. Das kann man nicht von jedem angehenden Polizisten behaupten. Aber irgendetwas klappt bei dem mit der Einordnung der Informationen nicht. »Schaffen Sie es, mir das Handy zu geben, oder würde Ihnen der Trennungsschmerz das Herz zerreißen?«, erkundigte er sich knurrig.

Schitz krabbelte auf ihn zu und erhob sich langsam, ohne das Telefon aus den Augen zu lassen. »Sie müssen behutsam damit umgehen. Nicht dass es noch mehr Schaden nimmt.« Er reichte Bernsen den Fund, als handelte es sich um ein rohes Ei. »Mein Cousin kann das reparieren, also, wenn es bei der kaputten Scheibe bleibt. Dann sieht man von der Spider-App nichts mehr. Wie neu, sage ich Ihnen«, plapperte er los.

»Mich interessiert eigentlich eher der Inhalt«, entgegnete Bernsen, der erfolglos versuchte, das Gerät anzuschalten. »Die Frage, die ein Polizist sich stellen sollte, lautet nämlich: Mit wem hat das Opfer zuletzt telefoniert oder Textnachrichten ausgetauscht? Und nicht: Huch, wie mache ich das böse Glas wieder heile.« Er schaute Schitz prüfend an.

»Aber mein Cousin ist da echt gut drin. So kann man das Teil ja auch gar nicht mehr benutzen«, antwortete der junge Kollege arglos.

»Verdammt, Kerl, die Frau, die es dahinten umgesäbelt hat, die juckt es nicht die Flunder, was mit ihrem Scheiß-Handy ist. Ihre Familie sicherlich auch nicht. Die haben bestimmt ein größeres Interesse daran, dass wir den Mörder fassen, als daran, das tolle neue Smartphone zu reparieren. Könnte ich mir zumindest vorstellen.« Er ließ Schitz stehen und ging Kohlschuetter entgegen, der die Befragung der Zeugin soeben beendet hatte und auf den Notarzt zuschlenderte.

»Die Frau ist noch nicht lange tot. Ich würde sagen, höchstens zwei Stunden«, vermeldete der Notarzt, kaum dass die beiden ihn erreicht hatten. »Die Wunde am Hals ist interessant.«

»Du willst mir doch nicht weismachen, dass die an dem Kratzer da gestorben ist?«, fragte Bernsen ungläubig.

»Mhm, oberflächlich betrachtet schwer zu sagen, aber siehst

du die Schwellung des Halses und das Blut sowie den Schaum an den Mundwinkeln? Für mich sieht das nach einer inneren Verletzung aus, durch die sie keine Luft mehr bekommen hat. Genaueres wird euch nach der Obduktion die Rechtsmedizin sagen. In jedem Fall ist die Dame keines natürlichen Todes gestorben, und ihr solltet nach einem scharfen Gegenstand Ausschau halten. Nicht sehr spitz, also kein Messer, wenn ihr mich fragt. Auch nicht sehr groß. Viel Kraft wurde nicht aufgewendet. Das heißt, die Tatwaffe ist ganz bestimmt kein Spaten oder so etwas, da würde der Hals anders aussehen.«

»Scharf und klein. Das kann alles sein«, maulte Bernsen.

»Ich weiß, aber mehr kann ich euch dazu nicht sagen«, erwiderte der Notarzt. »Ich kann nicht reingucken. Glücklicherweise.«

Bernsen schnaufte unwillig. »Was auch immer die gegen den Hals gekriegt hat, ich bezweifle, dass wir das hier finden. Wurfarm und zack, in den Fluss da.« Er fuchtelte mit der Rechten in der Luft herum, als stünde er auf dem Tennisplatz und müsste sich warm spielen. »Da wird wohl die Tauchbrigade auflaufen müssen.« Er schaute Kohlschuetter fragend an.

»Das muss der Chef entscheiden. Der Täter könnte die Mordwaffe ebenso gut hundert Meter weiter hinten in die Unstrut geworfen haben. Alles abzusuchen ist müßig«, antwortete Kohlschuetter.

Bernsen verdrehte die Augen. »Das ist mir bekannt, und trotzdem wissen wir beide, dass jeder geistig normale Täter nach der Tat bestrebt ist, das Mordinstrument so schnell wie möglich loszuwerden. Hier hatte er beste Voraussetzungen. Keine zehn Meter weiter fließt der Fluss vorbei. Da muss man schon ziemlich meschugge sein, wenn man die Mordwaffe noch hundert Meter weiter mit sich rumschleppt und erst anschließend entsorgt. Wenn Sie mich fragen, die Chancen stehen gut, dass wir hier im Umkreis von fünfzig Metern etwas finden. Sie sind doch geübt darin, beim Chef zu schleimen. Dann erschleimen Sie uns mal die Taucher.«

Kohlschuetter ignorierte die Spitze. »Spontan hätte ich auf

ein Sexualdelikt getippt«, sagte er an den Arzt gewandt. »Früh um sechs allein am Ufer der Unstrut hätte das passen können, zumal die Frau augenscheinlich sehr attraktiv war.«

»Natürlich, ganz klar. *Das* fällt dem sofort auf«, brabbelte Bernsen vor sich hin.

Der Notarzt erhob sich. »Ich würde sagen, nein. Zumindest konnte ich keine äußeren Verletzungen feststellen, die darauf hindeuten, und die Kleidung ist intakt. Aber besprechen Sie das lieber mit den Jenensern.« Er hielt inne. »Wobei, wenn Sie mich fragen, wäre es doch eher ungewöhnlich, dass der Täter das Opfer danach wieder anzieht, oder?«

»Mhm. Das ist wohl richtig«, murmelte Kohlschuetter nachdenklich. »Ungewöhnlich wäre es. Noch dazu wäre der zeitliche Aufwand dabei enorm.«

Der Notarzt schickte sich an, seine Tasche zu packen und von dannen zu ziehen.

»Ach Doktor, heute Abend bei Andras auf eine Pizza?«, schlug Bernsen im Plauderton vor.

»Du solltest dich noch etwas zurücknehmen. Ein kleiner Salat und beizeiten ins Bett würde dir wohler tun. Nicht dass du morgen wieder bei uns liegst«, entgegnete der Arzt, ohne von seinem Tun abzulassen.

»Glaube ich nicht, der Zug nach Sylt dürfte längst abgefahren sein«, bemerkte Kohlschuetter süffisant.

***

»Brandstiftung, wenn ich es Ihnen sage, Kriminalhauptkommissar Bernsen, eiskalte Brandstiftung«, wiederholte Benjamin Matthias Schitz, der neben dem Tisch, an dem Bernsen saß, stehen geblieben war und mit jedem Satz zappeliger wurde. »Ein Brandanschlag auf den rollenden Zug, bei dieser Gluthitze und zwischen den Tausenden Zuschauern. Zumal der ganze Dekokram und die Kostüme wie Zunder brennen, das weiß man ja.« Er japste nach Luft. »Die das gemacht haben, nahmen mögliche Verletzte oder gar Tote billigend in Kauf. Ein Wahnsinn ist das.

Stellen Sie sich mal vor, der Busbahnhof wäre abgebrannt«, empörte er sich.

Bernsen kaute ungerührt an seinem Spiegelei. »Wie, Busbahnhof? Gibt es in der Stadt nichts Bedeutenderes, oder was?«, fragte er mit vollem Mund und ohne Schitz eines Blickes zu würdigen. Sein Interesse galt eher dem üppigen Frühstücksbüfett, das im Restaurant des Hotels Erfurter Tor aufgebaut war, und dem Seniorengrüppchen vom Nebentisch, das sich verdächtig lange in der Nähe der Fischplatte aufhielt.

»Na, der ist immerhin gerade neu«, entgegnete Schitz verständnislos. »Für drei Millionen Scheine.«

»Wer?«, schmatzte Bernsen.

»Der Busbahnhof.«

»Gehen Sie da rüber«, Bernsen nickte in Richtung des Büfetts, »und konfiszieren Sie die Fischplatte. Lassen Sie sich etwas einfallen, meinetwegen behaupten Sie, die Teile hätten Salmonellen, interessiert mich nicht. Hauptsache, Sie schaffen mir das Zeug her. So, wie die Grauköppe da vorn auf die geräucherte Makrele gieren, bleibt nichts übrig.«

Ohne eine Nachfrage stand Schitz folgsam auf und kehrte kurz darauf unter den ehrfürchtigen Blicken der anderen Gäste und mit allem, was das Büfett an Fischigem zu bieten hatte, zurück an den Tisch.

Bernsen war verblüfft. »Nicht schlecht. Was haben Sie denen gesagt? Senioren geben Nahrungsmittel normalerweise nie kampflos heraus.« Er fischte mit der Gabel nach dem Räucherlachs und legte Scheibe um Scheibe neben das verbliebene Ei auf seinem Teller. »Das muss irgend so eine Kriegsmacke sein oder was weiß ich.«

Schitz setzte sich seelenruhig zu Bernsen an den Tisch und machte ein wichtiges Gesicht. Ab und zu drehte er sich zu den Senioren um, die ebenfalls wieder Platz genommen hatten, und nickte ihnen gönnerhaft zu. Die älteren Herrschaften wurden indes nicht müde, zu Bernsen und Schitz herüberzustieren und aufgeregt miteinander zu tuscheln, nur unterbrochen von gelegentlichem schrillen Kichern.

Bernsen, dessen volle Konzentration auf der Reihenfolge der zu verspeisenden Fische lag, bekam von der unterdrückten Hysterie nichts mit. Er spachtelte zufrieden in sich hinein und hoffte, dass Kohlschuetter für das Durchsuchen des Zimmers der Toten noch einige Zeit benötigen würde. Doch dieser Wunsch wurde ihm nicht erfüllt.

Bei Kohlschuetters Eintreffen wurde am Nachbartisch ein ergriffenes Seufzen laut. Unruhe machte sich breit. Kohlschuetter schaute irritiert auf die um diese frühe Stunde einzigen anderen Gäste, setzte sich dann aber kommentarlos zu seinen Kollegen und hob an: »Bettina Fanke ist am Freitagnachmittag angereist und hätte heute gegen zehn Uhr auschecken sollen.« Während des Redens goss er sich aus der auf dem Tisch stehenden Thermoskanne einen Kaffee ein. »Der Mitarbeiter an der Rezeption hat sie gesehen, als sie heute Morgen um kurz nach sechs das Haus verließ. Sie wollte an die Unstrut, um vor der Abreise etwas Kraft zu tanken, das hat sie ihm gesagt, mehr weiß er nicht.«

»Passt«, entgegnete Bernsen schmatzend. »Gegen sechs wurde sie hier gesehen. Der Notruf kam um Viertel vor sieben. Dann ist sie irgendwann in der Dreiviertelstunde dazwischen gestorben. Wir waren um halb acht am Tatort. Wenn wir anderthalb Stunden früher gekommen wären …«

»Dafür gab es keinen Grund«, wandte Kohlschuetter ein.

»Mhm.«

»Das wäre schon cool, wenn die Polizei immer vorher wüsste, wann es ein Verbrechen gibt«, warf Schitz mit hoher Stimme ein. »Wir könnten alles Böse verhindern, und die Welt wäre ein friedlicher Ort.« Er lächelte selig.

»Schluss mit dem Quatsch«, raunzte Bernsen ihn an.

Kohlschuetter beäugte die Fischplatte. An Schitz gewandt fragte er: »Hat er die vom Büfett geklaut?«

Schitz lief dunkelrot an und senkte den Blick. »Ich, ich sollte …«, stammelte er.

»Vergessen Sie es.« Kohlschuetter seufzte. »Für die Zukunft: Sie müssen nicht alles machen, was er sagt. Das tut nicht einmal seine Frau, ganz im Gegenteil. Jetzt nehmen Sie bitte das, was von dem Fisch übrig geblieben ist, und bringen Sie es den Herrschaften nebenan an den Tisch. Was sollen die denken, wenn ihnen die Polizei das Frühstück klaut?«

»Das denken die nicht«, widersprach Schitz. »Ganz sicher.«

Bernsen, der die Platte offenkundig nicht rausrücken wollte, sagte unwirsch: »Der Junge hat recht.«

»Los!«, sagte Kohlschuetter mit Nachdruck.

Schitz sprang auf, riss Bernsen, der sich gerade die Schillerlocken greifen wollte, die Servierplatte unter den Händen weg, rannte förmlich an den Nachbartisch, was der Platte beim Aufsetzen auf den Tisch einiges an Schwung verlieh, und kehrte mit roten Ohren zurück.

Kohlschuetter nickte ihm zufrieden zu, während Bernsen irgendetwas von Mundraub maulte.

»Auf dem Zimmer von Frau Fanke lagen zweihundert Euro Bargeld und ihre EC- und Kreditkarten. Das mit dem Diebstahl können wir also vergessen«, berichtete Kohlschuetter. »Es sei denn, wir haben es mit einem enttäuschten und extrem gewaltbereiten Täter zu tun, der ausgeflippt ist, nachdem die Frau nichts zu bieten hatte. Aber dann hätte er sich wohl zumindest das teure Telefon geschnappt.«

»So was haben wir in Sömmerda nicht. Raub, also von Mann zu Mann, meine ich. Ab und zu mal einen Hauseinbruch oder einen Handtaschendiebstahl, ja. Neulich hat am Gutsmuthsplatz ein Kinderwagen in einem Hausflur gebrannt, und an Halloween haben ein paar ganz Dreiste einen Keramikkürbis samt brennender Kerze mitgenommen. Die Frau fragt heute noch alle zwei Wochen bei uns an, ob wir eine Spur haben. Aber ansonsten passiert bei uns in Sömmerda nichts Wildes. Ach doch, bei der Pfarrerin wurden neulich nachts die beiden Hasen freigelassen. Aus dem Stall im Garten, stellen Sie sich das einmal vor!« Schitz empörte sich demonstrativ, dann wiegelte er ab: »Ich hätte gedacht, dass während des Thüringentags vielleicht mehr Kriminelle herumlaufen, aber es ging, also bis auf den gefährlichen Brandanschlag natürlich. Da werde ich überhaupt nicht mit fertig, wie die Flammen plötzlich …«

»Ruhe!«, herrschte Bernsen ihn an. »Der Busbahnhof ist unversehrt.«

Kohlschuetter hob irritiert den Blick, ging aber nicht darauf ein. »Bei den Sachen von Frau Fanke war nichts Auffälliges zu finden. Laut Aussagen des Personals hatte sie das Zimmer bereits Ende April gebucht. Sie verhielt sich ruhig und unauffällig und war ihren Angaben zufolge eigens für den Thüringentag hergekommen. Die meiste Zeit hat sie sich nicht auf dem Zimmer aufgehalten, und während ihrer Anwesenheit hatte sie weder Besuche noch Anrufe. Ihr Auto steht auf dem angrenzenden Parkplatz, und ich würde, bevor wir fahren, noch schnell einen Blick hineinwerfen wollen. Den Rest übernimmt die KTU.«

»Wow«, entfuhr es Schitz begeistert. »Sogar von Bremen kommen die Leute zu unserem Thüringentag. So weit.« Seine Augen strahlten. »Wenn ich das meiner Großmutter erzähle.«

Bernsen schaute ungläubig auf Schitz. Mit einem leichten Kopfschütteln wandte er sich Kohlschuetter zu. »Na, traumhaft. Claudi soll mal den Computer befragen, vielleicht hatte sie Angehörige in der Gegend. Immerhin stammt sie ja aus der Stadt.« Er kaute an dem Rest eines noch auf seinem Teller verbliebenen Forellenfilets, das er mit Sahnemeerrettich bestrichen hatte.

»Ach, und das darf ich Claudi heute ausnahmsweise einmal mitteilen?«, fragte Kohlschuetter spitz. »Auch die Überprüfung der Zeugin Tänzer soll sie machen, nehme ich an.« Er griff zum Mobiltelefon.

»Ich speise. Da werden Sie das ja wohl mal übernehmen können. Schließlich haben Sie meiner Rotfeder versprochen, dass Sie sich um mich kümmern«, entgegnete Bernsen schmatzend.

»Habe ich das?« Kohlschuetter tippte bereits auf seinem Handy herum.

»Was war eigentlich mit der Tänzer?«, hakte Bernsen nach, ohne weiter darauf einzugehen.

»Die Frau Tänzer ist eine echt nette Frau«, erklärte Schitz unbekümmert, »sie arbeitet als Sekretärin bei der Heizungsbaufirma, bei der meine Großmutter ihren Wartungsvertrag hat. Und sie macht jedes Jahr beim Unstrut-Rafting mit, da habe ich sie nämlich letztes Jahr gesehen, als ihr Boot gekentert ist. Beim Thüringentag war sie auch. Aber das dabei eines der Zugbilder gebrannt hat, und dann ist ja auch noch das Pferd mit dem kopflosen Reiter durchgegangen …«

»Der macht mich wahnsinnig«, zischte Bernsen Kohlschuetter zu.

»Sehr schön, Herr Schitz«, sagte der nun ebenfalls genervt und berichtete weiter von seinen Befragungen. »Yvonne Tänzer war verständlicherweise geschockt, sie machte auf mich aber dennoch einen recht sortierten Eindruck. Sie kannte die Tote nicht und war auf ihrer Runde zuvor niemandem begegnet. Allerdings kam sie aus der Innenstadt, und da der Weg sich nahe dem Fundort der Leiche gabelt, könnte der Täter direkt vor ihrem Eintreffen dort sowohl in Richtung Gewerbegebiet als auch über den Radweg nach Leubingen geflüchtet sein.«

Von Letzterem zweigten, das hatte Kohlschuetter über eine Radwege-App auf seinem Handy bereits überprüft, diverse Wege ab, die über das Dorf Wenigensömmern oder vorbei an der Sömmerdaer Kläranlage zur Autobahn 71 und damit in die Anonymität führten.

»Wir sollten trotzdem einen Zeugenaufruf starten«, schloss Kohlschuetter.

»Ich könnte die Anwohner beziehungsweise die dort ansässigen Unternehmen aufsuchen. Manche fangen ja durchaus schon so zeitig mit der Arbeit an. Vielleicht hat jemand etwas gesehen oder gehört«, bot Schitz an.

Kohlschuetter stimmte zu. »Darüber hinaus gibt es ja auch noch mehr Leute, die so frühmorgens an die Unstrut gehen. Ich jedenfalls würde das machen. Der Radweg ist eine super Joggingstrecke.« Er bearbeitete die Tastatur seines Handys.

»Suchen Sie sich eine Freundin in Sömmerda. Normalerweise geht das bei Ihnen doch ganz schnell, und Sie sind ja nun schon ein paar Stunden in der Stadt. Dann haben Sie den Unstrut-Radweg jeden Tag vor der Haustür«, sagte Bernsen. »Auch wenn die Beziehung erfahrungsgemäß nicht lange anhalten wird, bei Ihrem Verschleiß.«

»Also, ich habe da jemanden im Bekanntenkreis, die käme in Frage, die ist gar nicht so hässlich, aber vielleicht etwas jung«, mischte sich Schitz ein. »Und die paar Kilo Übergewicht kriegt man weg.«

Bernsens schallendes Lachen dröhnte durch den Frühstücksraum des schicken Hotels. »Der Junge hat für alles eine Lösung. ›Nur ein bisschen jung.‹ Ich schmeiß mich weg.«

Schitz nickte eifrig. »Na ja, sie ist so alt wie ich, also Anfang zwanzig, und Kriminalhauptkommissar Kohlschuetter ist doch schon mindestens vierzig?«

Bernsen grunzte vor Lachen. »Dreiundvierzig.«

»Sagen Sie mal, Schitz, was war nun eigentlich mit diesem Brandanschlag während des Thüringentag-Festumzuges?«, erkundigte sich Kohlschuetter freundlich. »Und das mit dem Kopflosen würde den Kollegen Bernsen auch sehr interessieren.«

»Na, da ging es um das Leubinger Bild«, erwiderte Schitz ein wenig naiv mit euphorisch glänzenden Augen. Voller Stolz über das vermeintliche Interesse der beiden Kommissare schilderte er, wie mitten im Lauf des Zuges die Leubinger Teilnehmer ausgeflippt waren, als einer ihrer Handwagen auf einmal lichterloh brannte. Das sei äußerst bedauerlich gewesen, denn die Leubinger hätten sich auffallend viel Mühe gemacht, um die Bedeutsamkeit des über die Gemeindegrenzen hinaus bekannten Leubinger Fürstenhügels, einem rund viertausend Jahre alten Grabhügel aus der Frühbronzezeit, darzustellen. Im Jahr 1877 hatte man unter der großen, weithin sichtbaren Erdaufschüttung die Gebeine eines Mannes inmitten von ungewöhnlich wertvollen Grabbeigaben gefunden, welche darauf schließen ließen, dass es sich bei dem Bestatteten um einen Herrscher, wenn nicht sogar einen Fürsten gehandelt haben musste. Mit dieser Entdeckung war Leubingen zum Namensgeber eines ganzen Kulturkreises geworden, der Leubinger Kultur, und in die Geschichtsbücher eingegangen. Erstaunlich sei jedoch gewesen, dass es sich ausgerechnet um den Wagen gehandelt hatte, der die Bedenken des Heimatvereins gegenüber der gleichnamigen Autobahnraststätte deutlich machen sollte.

Obwohl sich die Anlage an der A71 bereits im Bau befand, sei es den Leuten wichtig gewesen, ihren Unmut darüber kundzutun. Vor allem die Einbindung des Grabhügels in die Raststätte, also seine direkte Zugänglichkeit, ließ die Gemüter seit Monaten hochkochen, fürchtete man doch, dass das Wahrzeichen der Gemeinde zu einer schnöden Autobahntoilette verkommen könnte. Dabei wünschten sich die Leubinger, dass die Reisenden bewusst und nicht gewissermaßen notdürftig ihre Attraktion besuchten, denn das Fürstengrab war nur ein Teil einer historisch bedeutenden Region und nicht der Pausenfüller auf einer Durchgangsreise. Entsprechend deutlich hatten sie den Handwagen ausstaffiert und damit auch, wie beabsichtigt, für einige Aufmerksamkeit gesorgt. Vor allem jedoch unbeabsichtigt dadurch, dass dieser vor ihren Augen in Flammen aufgegangen war und man dank einiger Zeugen zweifelsohne von einem böswilligen Anschlag ausgehen musste.

»Ich vermute ja, dass es sich dabei um einen gezielten Einschüchterungsversuch handelt und dass kein Geringerer als Shell dahintersteckt«, sagte Schitz salomonisch. »Am Ende haben die nämlich keine Lust auf renitente Heimatforscher in ihrer Nachbarschaft. Die wollen ein Geschäft machen.«

»Shell?«, hakte Kohlschuetter irritiert nach.

Schitz bejahte. »Die bauen und betreiben die Raststätte.«

Kohlschuetter machte große Augen.

»Na ja, genug Benzin zum Übergießen des Handwagens haben die ja«, stellte Bernsen amüsiert fest.

***

»Susi sieht ganz schön mitgenommen aus«, sagte Kohlschuetter besorgt, kaum dass er wieder im Dienstwagen saß, in dem Bernsen auf ihn gewartet hatte.

Bernsen hob und senkte die Schultern. »Also letzte Woche wirkte sie auf mich wie immer. Aber vielleicht ist sie ja schwanger.«

Kohlschuetter starrte Bernsen entsetzt an. Dann besann er

sich und schaute geradeaus. Er betrachtete eine Kindergartengruppe, die vor ihnen über die Straße spazierte, als würde er das erste Mal in seinem Leben kleine Menschen sehen.

»Sie ist nun schon seit ein paar Monaten verlobt«, fügte Bernsen unbedarft an. »Die Hochzeit steht auch vor der Tür. Wenn ich mich richtig erinnere, dürfen wir am Freitag zum Polterabend nach Neudietendorf. Der Zuckerbäcker-Verlobte von unserem Susilein soll ihr angeblich ein ganzes Tortenbüfett hinstellen. Alles in Herzchenform. Wo er die Buttercreme und das ganze Süßgedöns reingießt, ist mir eigentlich egal, Hauptsache, das Zeug schmeckt so lecker wie der Kuchen, den er sonst immer an die KTUler verteilt. Das wird ein Schmaus.« Er leckte sich über die Lippen. »Hoffentlich denken die daran, dass ich vor dem Süßen immer etwas Herzhaftes brauche. Claudi hat schon Bescheid gesagt, aber sie soll sie lieber noch mal erinnern.«

»Sie können ja bei Torten-Lary eine Wunschliste einreichen«, antwortete Kohlschuetter schnippisch. Den anstehenden Polterabend hatte er bisher erfolgreich verdrängt, und wenn er ehrlich war, verspürte er keinerlei Bedürfnis hinzugehen. Er wollte Susi bei ihrem Liebesglück mit Torten-Lary nicht auch noch zuschauen, zumal, dessen war er gewiss, die Augen der geschätzten Kollegen alle auf ihn gerichtet sein würden.

Seit ihrem letzten großen Fall und der für ihn überraschenden Verlobung hatte er Susi nicht mehr gesehen. Genau genommen war er ihr sogar aus dem Weg gegangen. Dass er das kaputte Handy der Toten auf dem Weg ins Büro noch rasch in die Kriminaltechnik gebracht hatte, war allein dem Umstand geschuldet, dass er Susi, seine heimliche Flamme, zusammen mit ihrem Team in Sömmerda auf dem Unstrut-Radweg bei der Untersuchung des Tatortes wähnte. Umso unangenehmer war ihm ihre Begegnung gewesen. Er war ihr direkt in die Arme gelaufen, und obwohl Susi sich um Normalität bemüht hatte, konnte er sich des Eindrucks nicht erwehren, dass mit ihr irgendetwas nicht stimmte. Bernsen, der über sein inniges Verhältnis zu Claudia Muschke, der Sekretärin des Chefs, zu jeder Zeit bestens an den Klatsch bei der Thüringer Polizei angebunden war, hätte vielleicht Näheres darüber wissen können. Ohne konkrete Nachfrage würde er es ihm aber nicht mitteilen. Nicht aus boshaften Motiven, keineswegs, aber Bernsens Desinteresse an anderen Menschen war dermaßen eklatant, dass er ihm zugetragene Neuigkeiten zwar aufnahm, sich aber nicht die Bohne damit beschäftigte oder gar auf die Idee kam, etwas davon weiterzutragen. Doch Bernsen wusste allem Anschein nach nichts, und so musste Kohlschuetter warten, bis sich das änderte, denn dass Susi mit ihm über ihre Probleme reden würde, war insbesondere seit seiner Entgleisung über ihre Einladung zur Verlobung nicht mehr zu erwarten.

»Die Frau kommt zum Thüringentag in ihre Heimatstadt und wird umgebracht. Das hat schon etwas Tragisches«, bemerkte Bernsen auf dem Weg zur Polizeiinspektion. »Zumal sie aus Bremen war.«

»Mhm.«

»Das war ein Zufallsmord«, mutmaßte Bernsen. »Eine Horde wild gewordener Jugendlicher und Alkohol gepaart mit Übermut, dann geht alles ganz schnell.«

»Muss nicht sein«, antwortete Kohlschuetter, der unentwegt an Susis traurige Augen denken musste.

»Frühmorgens nach einem rauschenden Festwochenende. Sicher hatten sie die ganze Nacht gefeiert, und eins kam zum anderen. Na ja. In diesem Hotel lag das Programm aus.« Bernsen zog eine Broschüre aus dem Seitenfach der Beifahrertür und blätterte darin. »Die hatten am Sonntag noch richtig Bambule. Da kann es schon sein, dass der oder die Täter versackt und irgendwann auf den Unstrutwiesen aufgewacht sind. Die arme Frau war zur falschen Zeit am falschen Ort.«

»Vielleicht.«

***

»Ihr sollt zum Chef kommen.« Claudia Muschke stand in der Tür, kaum dass Bernsen und Kohlschuetter ihr gemeinsames Büro betreten hatten.

»Wir haben keine Zeit, Claudi. Kohlschuetter muss das Protokoll zum Leichenfund in Sömmerda schreiben«, entgegnete Bernsen unbeeindruckt, setzte sich hinter seinen Schreibtisch und fuhr den Rechner hoch. »Und ich habe heute noch nicht im ›Weser-Kurier‹ geblättert.«

Claudi rührte sich nicht vom Fleck. »Ist sie weg, Friedhelm?«, fragte sie, ohne auf die Abfuhr zu reagieren.

Kohlschuetter musterte die kleine rundliche Frau mit den zu stark geschminkten Augen und dem viel zu engen rosa Kleid, über dem sie einen großlöchrigen weißen Netzüberwurf trug, der den kleidungstechnischen Fauxpas nicht einmal ansatzweise wiedergutmachen konnte. Die beigen Sommerstiefeletten, an deren Spitzen Claudis rosa lackierte Knubbelzehen herausguckten, machten weder einen schmalen Fuß noch streckten sie die Gesamterscheinung. Stattdessen unterstrichen sie noch die leichte X-Stellung ihrer dicken Beine. Nachdenklich wandte er sich ab. Claudi hatte sich tatsächlich gerade nach der Rotfeder erkundigt, was bedeutete, sie wusste von Bernsens Sylt-Vermeidungs-Programm. Die Nähe zwischen den beiden Psychopathen der Polizeiinspektion war für ihn seltsamerweise immer wieder erstaunlich. »Sie dürfte gegen Mittag in Hamburg ankommen«, antwortete er mit fester Stimme an Bernsens Stelle. »Da muss sie umsteigen, oder?«

Claudi verzog das Gesicht und fauchte: »Zum Chef, jetzt.« Sie drehte ab und wackelte zurück in ihr Büro, wie die kurze Zeit später zuschlagende Tür verdeutlichte.

»Was will der Alte denn?«, maulte Bernsen. Er war behäbig von seinem Stuhl aufgestanden und trottete nun brav hinter dem sicherlich einzigen ihm wohlgesonnenen Menschen unter den Thüringer Polizisten hinterher.

»Über Ihren Gesundheitstest reden vielleicht oder über Ihren Hang zum illegalen Glückspiel.« Kohlschuetter folgte ihm grinsend.

Der Chef stand regungslos am Fenster und blickte hinaus. In seiner rechten Hand hielt er eine brennende Zigarette, an der die Asche so lang war, dass sie jeden Moment auf den Fußboden fallen konnte. Den grauen Dunstwolken in seinem Büro nach zu urteilen, musste er seit Dienstbeginn ein gutes Dutzend der Glimmstängel gepafft haben. Die Luft roch widerwärtig nach dem indonesischen Djarum-Super-Nelkentabak, den er fast ausschließlich konsumierte. Kohlschuetter beäugte den Rauchmelder über ihren Köpfen und fragte sich, wie Claudi es angestellt hatte, dass das Teil nicht anschlug, zumal in den Büros der Polizeiinspektion strengstes Rauchverbot herrschte.

»Moin, Chef, haben die das Raucherzimmer nun zu Ihnen verlegt?« Bernsen warf sich auf einen der Stühle, noch bevor er überhaupt dazu aufgefordert worden war.

»Klappe, Bernsen«, knurrte der Chef, ohne sich zu ihnen umzudrehen. »Wenn ich heute früh eines nicht gebrauchen kann, sind das Ihre saudummen Sprüche.«

»Gibt es ein Problem?«, fragte Kohlschuetter höflich.

»Eines? Wenn Sie meine Probleme hätten, würden Sie sich aus dem Fenster stürzen«, maulte der Chef ungehalten und bekam eine Hustenattacke, vor der er es gerade noch schaffte, die Zigarette auf dem in der Fensterbank stehenden Aschenbecher abzulegen, damit sich die Asche nicht auf dem Linoleum verteilte.

Es klopfte.

»Was?«, raunzte der Chef in Richtung Tür, wandte sich ab und nahm hinter seinem Schreibtisch Platz.

Claudi trat mit einem vollen Tablett ein. »Ich bringe Ihnen eine frische Kanne Kaffee, so wie Sie es wollten«, erklärte sie schnippisch.

»Ja, ja«, wiegelte der Chef ab. »Ist schon gut, stellen Sie das Zeug her, Frau Muschke.«

Claudi trat an den Schreibtisch und räumte das Tablett bis auf einen Kaffeepott mit aufgedruckten Seehunden vor ihm ab. Dann wankte sie auf ihren viel zu hohen Absätzen zu Bernsen und reichte ihm die Tasse. Kohlschuetter würdigte sie keines Blickes. Sie war eben aus dem Zimmer verschwunden, da steckte sie ihren runden Kopf schon wieder herein und kommandierte: »Machen Sie das Fenster auf!«

Der Chef zuckte nicht einmal, er stand auf und öffnete einen der großen Fensterflügel.

»Und nun zu Ihnen, meine Herren«, hob er entschlossen an. »Was ist das für eine Geschichte da in Sömmerda?«

Bernsen schwenkte seine Tasse, als hielte er ein Glas mit feinstem Cognac in der Hand, und machte ein gelangweiltes Gesicht. Kohlschuetter wunderte sich nicht einmal mehr darüber, dass er der Einzige im Raum war, den die Muschke nicht mit einem Kaffee bedacht hatte. Er lehnte sich zurück und berichtete, was sie bisher hatten. Leider war das nicht besonders viel.

Der Chef hörte sich alles an, gab zwischendurch immer mal wieder ein »Ach« und ein »Mhm« von sich und spielte mit seinem Feuerzeug. Als Kohlschuetter geendet hatte, schaute er sekundenlang ins Nichts, bevor er endlich den Mund aufmachte.

»Ein Mord zum Thüringentag ist so ungefähr das Beschissenste, was der Thüringer Polizei passieren konnte«, sagte der Alte vorwurfsvoll. »Das ist das wichtigste Fest in unserem Land. Der Tag der Thüringer, wie der Name ja schon sagt. Da hat es kein Gemetzel zu geben, verdammt. Nur Klöße, Bratwurst und Bier.« Seine Stimme wurde immer energischer. Er machte eine schnelle Handbewegung, die seinen Unmut zum Ausdruck bringen sollte, schlug dabei mit der Handkante gegen die Kaffeekanne, die der Wucht nicht standhalten konnte und auf die Schreibtischplatte knallte. Das Malheur ließ ihn noch unwirscher werden. Er fluchte.

»Der Thüringentag ist seit gestern vorbei. Die Leiche ist von heute«, ließ Bernsen ihn mit gleichgültiger Miene wissen.

»Jetzt stellen Sie sich nicht blöder, als Sie sind«, tobte der Chef. »Sie wissen genau, dass die Leute das zusammenbringen. Mensch, die Sömmerdaer waren so gut drauf, und nun das. Die Stimmung war tausendmal besser als vorletztes Jahr in Apolda. Und wenn ich erst an die Musik dieses hervorragenden Fanfarenzuges denke ...« Für einen kurzen Moment bewegte er seinen Oberkörper, als würde jemand zum Tanz aufspielen. Er bemerkte es, hielt inne und schien sich auf die Zunge zu beißen. Dann schaute er Bernsen mit wutverzerrtem Gesicht an. »Ich will über jeden Ihrer Schritte minutiös informiert werden, Tag und Nacht, und ich erwarte, dass Sie den Mörder in Rekordzeit finden. Das ganze Land schaut in dieser Sache auf uns.«

»Wir tun unser Bestes, Chef«, beteuerte Kohlschuetter überrascht. Er kannte den Alten als akribischen und dienstbeflissenen Polizisten, aber so hatte er ihn noch nie erlebt. Dass der Mord ein schlechtes Licht auf Thüringens Landesfest werfen könnte, war ihm bewusst, dass der Chef zu den eingefleischten Fans zählte und offenkundig am Wochenende in Sömmerda gewesen war, hätte er allerdings nicht für möglich gehalten. Ausgerechnet der Chef, der die Landeshauptstadt Erfurt nur ungern verließ und alles jenseits des Zentrums als langweiliges, zurückgebliebenes Dorfleben einstufte, hatte sich im beschaulichen Sömmerda amüsiert.

»Wir tun das, was wir immer tun«, ergänzte Bernsen schulterzuckend.

»Das ist in diesem Fall eben nicht genug, Sie Hornochse!«, schrie der Chef aufgebracht. Ein erneuter Hustenanfall bremste seine Wut. »Ist denn einem Mörder nichts mehr heilig? Nicht einmal ein Thüringentag? Da latscht drei Tage lang die komplette Thüringer Prominenz durch Sömmerda, zigtausend Leute, Einheimische, Touristen, und ausgerechnet da muss irgendwer einen umbringen? Mensch, in Apolda vor zwei Jahren, da lief das alles ganz locker-flockig. Gut, diese liebestollen Fans, die sich bei diesem Sänger, wie war noch mal sein Name?« Der Chef kratzte sich die Stirn. »Johannes Oerding, ja genau. Also diese Weiber, die sich bei ihm in die Garderobe geschmuggelt hatten, die machten natürlich Schlagzeilen. Mit so was kann man arbeiten. Meinetwegen auch ein paar kleinkriminelle Entgleisungen, bei einem Volksfest ist das ja nichts Absonderliches. Aber Mord? Ausgerechnet in Sömmerda, in unserem Zuständigkeitsgebiet, ein Mord.« Er seufzte. »Ich hoffe nur, dass das nicht irgend so eine politisch motivierte Kiste ist.« Er schaute Kohlschuetter prüfend an. Der hatte bereits angesetzt, um etwas zu sagen, hielt aber inne. »Nun spucken Sie es schon aus. Was haben Sie? Und wehe, Sie vermuten einen politischen Hintergrund.«

Kohlschuetter schluckte. Dann öffnete er den Mund wieder und sagte: »Es kann sein, dass die Mordwaffe in der Unstrut liegt.«

Er hatte den Satz noch nicht beendet, das Wort Unstrut war erst halb heraus, da polterte der Chef bereits: »Sagen Sie der Muschke, dass sie die Anforderung für die Taucher gleich fertig machen soll. Die sollen das gesamte Flussbett umgraben. Wir brauchen Antworten! Ich will alles wissen, alles! Wenn der Ministerpräsident nachfragt, muss ich aussagefähig sein. Es darf nicht passieren, dass wir wie die Deppen vom Dienst dastehen. Habe ich mich klar genug ausgedrückt?« Er stockte. »Wo, sagten Sie, ist die Tote her?«

»Bremen«, entgegnete Kohlschuetter.

Der Chef atmete auf. »Na, Gott sei Dank, dann sieht es ja so aus, als könnten wir wenigstens eine politische Verwicklung ausschließen. Wenn die uns im roten Sömmerda ein CDU-Mitglied abgemurkst hätten, wäre das wirklich unschön. Oder noch schlimmer, eine Verantwortliche aus der Staatskanzlei. Die Ossi-meuchelt-Wessi-Nummer ist ja nun lange durch. Obwohl der Mord an einer harmlosen Touristin unserem Ruf als beschaulichem Ferienidyll auch nicht gerade zuträglich ist. Na ja, Sie kriegen das raus. In drei Tagen, und keine Stunde länger. Ich rufe jetzt erst einmal in der Erfurter Regierungsstraße an, um bei denen gut Wetter zu machen. Und Sie beeilen sich!« Der Alte schaute erst auf Bernsen, dann auf Kohlschuetter und schließlich auf die Tür.

Kohlschuetter erhob sich schleunigst. Bernsen brauchte etwas länger, um das Büro des Chefs zu verlassen. Im Hinausgehen murmelte er pikiert: »Ossi meuchelt Wessi, sieh an. Ab und zu blitzt eben das wahre Gesicht durch. Nur gut, dass ich frei von Vorurteilen bin.«

DREI

»Die Tote hat keine Anverwandten in Sömmerda. Claudi konnte in Bremen einen Max Fanke finden. Dem Alter nach könnte das ihr Sohn sein.« Bernsen stand vor Kohlschuetters Schreibtisch und hielt ihm ein gelbes Post-it mit den Kontaktdaten des Mannes hin. Seine Lippen und deren Umgebung glänzten fettig.

Kohlschuetter griff nach dem Zettel. Mit Wischbewegungen seiner Hand machte er Bernsen darauf aufmerksam, dass dieser etwas im Gesicht hatte, was da nicht hingehörte. »Na, dann rufe ich mal die Kollegen in Bremen an und bitte sie, bei dem Mann vorbeizugehen. Wenn es wirklich der Sohn der Toten ist, sollte die Todesnachricht persönlich überbracht werden.« Kohlschuetter griff zum Telefon.

»Stopp!« Bernsen streckte Kohlschuetter die rechte Handfläche entgegen, als müsste er einen Angriff abwehren. »Viel zu viel Aufwand dafür, dass wir nicht wissen, wer der Mann ist. Womöglich ist das irgendein Namensvetter oder ein entfernter Verwandter. Ich kenne die Bremer, die mögen es gar nicht, wenn man sie sinnlos beschäftigt. Ich an Ihrer Stelle würde den erst mal anrufen und mit dem Mann reden. Dann können Sie immer noch jemanden von den Kollegen mit der Befragung beauftragen. Auf diese Art machen Sie sich nicht zum Hering, also vor den Kollegen.« Er nickte, um seine Worte zu unterstreichen.

Kohlschuetter überlegte kurz. Womöglich war das wirklich der bessere Weg. Der Kollege konnte recht haben. Er nahm den Zettel und wählte die in Claudis Schnörkelschrift aufgemalten Ziffern. Nach dem ersten Freizeichen betätigte er den Knopf für den Lautsprecher und wartete darauf, dass jemand abhob. Bernsen schwang sich derweil mit seinem Hintern auf den Schreibtisch, parkte seine Füße in einem von Kohlschuetters Schubkästen, den er eigens dafür herausgezogen hatte, und nestelte zufrieden an der Knopfleiste seines Fischerhemdes. Er machte keinerlei Anstalten, die »Fettgusche«, wie man in Thüringen sagte, zu beseitigen.

Es dauerte nicht lange, da meldete sich ein Mann, dessen Stimme auffallend herzlich klang. Man konnte deutlich hören, dass er einen Anruf erwartet hatte – von seiner Freundin, wie er erklärte. Auf Kohlschuetters Nachfrage erfuhren sie, dass Max Fanke tatsächlich der Sohn der Ermordeten und ihr einziger Angehöriger war. Kohlschuetter ärgerte sich, auf Bernsen gehört zu haben. Er fühlte sich mit seinem Anliegen noch mehr in der Bredouille als sonst. Er konnte es so schon nicht leiden, die Gesichter der Menschen, denen er den Tod eines nahestehenden Verwandten verkünden musste, nicht zu sehen. Dass es sich dabei um einen so sympathischen jungen Mann handelte, machte dieses Gespräch für ihn nicht eben einfacher. Und da Bernsen für alles Feinfühlige und Zwischenmenschliche generell nicht taugte, konnte er von ihm keine Hilfe erwarten. Im schlimmsten Fall würde er bloß wieder irgendetwas Unqualifiziertes dazwischenrufen.

Kohlschuetter räusperte sich und berichtete dem Sohn, was passiert war. Er wählte seine Worte sorgfältig und sprach ihm sein Beileid aus. Max Fanke schwieg.

»Herr Fanke, sind Sie noch da?«, fragte Kohlschuetter vorsichtig.

»Ja«, entgegnete der junge Mann leise. »Ich weiß nicht, was ich sagen soll.« Ein tiefer Atemzug folgte. »Was sagen die Leute, denen Sie eine solche Nachricht überbringen, in der Regel?«

Kohlschuetter wollte darauf nicht reagieren. »Herr Fanke, wir werden alles tun, um den Mord an Ihrer Mutter so schnell wie möglich aufzuklären, aber dazu brauchen wir Ihre Hilfe. Warum war Ihre Mutter in Sömmerda?«

»Wegen dieses Festes. Sie hat seit Wochen von nichts anderem mehr gesprochen«, entgegnete Fanke apathisch.

»War sie mit jemandem verabredet?«, hakte Kohlschuetter nach.

»Ich weiß nicht.« Er weinte, obwohl er sich hörbar darum bemühte, dies nicht zu tun. »Meine Mutter war eine gebürtige

Sömmerdaerin. Sie kennt da bestimmt noch Leute, aber ... Ich kann ... nichts sagen. Meine Mutter ein Mordopfer. Ausgerechnet. Sie war eine tolle Frau. Irgendwie.« Das Beben in seiner Stimme nahm zu, und Kohlschuetter befürchtete, dass er das Gespräch gleich abbrechen würde.

»Sind Sie gerade allein?«, fragte er besorgt. »Soll ich jemanden für Sie benachrichtigen?«

»Sonja wird gleich da sein. Sie ist ... Die Brötchen. Wir wollten ...« Fanke klang nun gänzlich aufgelöst. »Sie ruft immer durch, wenn sie gleich da ist. Ein Spiel zwischen uns. Sicher versucht sie es gerade, aber ...«

»Wann sind Sie nach Bremen gezogen?«, startete Kohlschuetter noch einen Versuch.

»Ich bin hier geboren. Bettina, also meine Mutter, lebte seit 1989 hier. Mein Vater, er ... er ist vor ein paar Wochen verstorben. Ich weiß jetzt überhaupt nichts mehr. Ich habe sonst niemanden, keine Großeltern oder Geschwister ...«

Kohlschuetter hörte, wie im Hintergrund eine Tür knallte. Eine Frauenstimme ertönte. Es raschelte in der Leitung. Dahinter erklang unterdrücktes Schluchzen. Schließlich meldete sich eine junge Frau, die sich als Fankes Freundin Sonja zu erkennen gab und um eine Verschiebung des Gespräches bat. Kohlschuetter stimmte zu und legte frustriert auf.

»Na ja«, hob Bernsen an. »Die Fanke ist 1989 aus der DDR abgehauen und wollte sich jetzt ihre alte Heimat noch mal anschauen. Das ist ja wohl mal klar und auch absolut nicht ungewöhnlich. Also, wenn ich mein Walle irgendwann einmal verlassen hätte, was ich gottlob niemals auch nur in Erwägung ziehen musste, ich wäre auch zurückgekehrt, schon aus Neugier.«

»Ach.« Kohlschuetter rollte auf seinem Stuhl dichter an den Schreibtisch heran, klickte sich in die Adressdatenbank in seinem Computer und öffnete »H« für Hansestadt Bremen. Er spürte, wie Bernsen ihn dabei beobachtete.

»Was suchen Sie?«, fragte er unwirsch.

»Die Nummer der Kollegen in Bremen. Die müssen uns helfen. Wir brauchen jemanden vor Ort, der den Mann befragt. Bei seinem Gefühlszustand wird das per Telefon nichts. Trotzdem müssen wir irgendwie an die Informationen kommen, und zwar zügig, Sie wissen schon.« Die Zeit drängte, und Max Fanke war bislang der Einzige, der ihnen etwas über die Tote erzählen konnte, aber er stand so sehr unter Schock, dass eine Befragung momentan unmöglich war. Kohlschuetter hielt inne. »Eventuell käme ja einer Ihrer alten Kollegen in Frage, Sie haben doch noch Kontakte? Die sollten wir nutzen«, schlug er vor.

Bernsen sprang geradezu vom Schreibtisch, fuhr sich quasi noch in der Luft mit dem Hemdsärmel über den Mund und baute sich mit entschiedener Miene vor Kohlschuetter auf. »Blödsinn. Die Bremer brauchen wir hier nicht. Das sieht dann nur wieder so aus, als kriegten wir Ossis nichts auf die Reihe. Ich schlage vor, Sie rufen in einer Stunde noch mal bei dem Fanke an und gut. Sie werden sehen, dann hat er sich erholt und kann wieder reden.«

»*Wir* Ossis?«, wiederholte Kohlschuetter ungläubig. Dass der Kollege sich da einschloss, war etwas vollkommen Neues und zugleich für jeden Ossi, der etwas auf sich hielt, beängstigend.

Bernsen legte nach: »Jetzt machen Sie nicht gleich die Pferde scheu. Wenn die Bremer von dem Fall Wind bekommen, mischen die sich sowieso schneller ein, als Ihnen lieb ist. Nachher streichen die die Lorbeeren ein und nicht Sie. Ich sehe schon die Schlagzeile: ›Bremer Kripo löst Thüringer Mordfall‹. Das wollen Sie nicht, oder?«

Kohlschuetter wollte zumindest nicht voreilig handeln und überlegte. Er würde die Kiste allein aufgeklärt bekommen, wenn es sein musste, auch in drei Tagen, aber …

Ein schriller Piepton signalisierte die Ankunft einer E-Mail, was durch ein zeitgleich aufpoppendes kleines Fenster am rechten unteren Bildschirmrand bestätigt wurde.

Bernsen klatschte in die Hände. »Huch, sehen Sie mal. Susilein hat Ihnen eine Mail geschickt. Na, wenn er sich da mal nicht freut.« Er klopfte Kohlschuetter freundschaftlich auf die linke Schulter, beugte sich neugierig zum Bildschirm hinunter und trommelte so lange mit den Fingern auf die Tischplatte, bis

Kohlschuetter das E-Mail-Programm samt Nachricht geöffnet hatte.

»›Hallo Timo, anbei der Inhalt von Bettina Fankes Handy. MfG‹«, las Bernsen laut vor. »Oi, oi, oi, da ist aber jemand sauer. Nicht mal ein ›Lieber Timo‹ vorneweg«, säuselte Bernsen. »Das haben Sie richtig verkackt.«

Kohlschuetter biss sich auf die Unterlippe, öffnete das Adressbuch im Anhang und löste den Druckvorgang aus. Dann klickte er sich durch die Datei mit den Bildern. Die Höhepunkte des Thüringentags präsentierten sich auf dem Bildschirm, von der Eröffnung bis zum großen Festumzug, alles hatte Bettina Fanke mit ihrer Handykamera festgehalten. Die große Eröffnungszeremonie, das Konzert der Prinzen, die Tanzaufführung des Kindergartens, den Einmarsch eines Fanfarenzuges …

»Halt«, kommandierte Bernsen. »Zurück.«

Kohlschuetter rief das letzte Bild noch einmal auf.

Bernsens dunkles Lachen dröhnte durch den Raum. »Das rahmen wir ein und hängen es in sein Büro. Und für Claudi gleich auch noch eins. Die steht doch so auf ihn.«

»Unterstehen Sie sich. Ist er das überhaupt?« Kohlschuetter streckte seinen Kopf nach vorn und kniff die Augen zusammen. Tatsächlich. Zwischen einer jungen Frau im dunkelblauen Abendkleid mit goldener Schärpe und einem wie ein Papst gekleideten älteren Herrn schunkelte der Chef. »Sömmerdaer Waidkönigin«, las Kohlschuetter von der Schärpe ab.

»Das nenne ich mal volkstümlich.« Bernsen grinste schadenfroh. »Aber immer auf die Dörfler schimpfen. Jetzt sehen wir ja, was dahintersteckt. Wenn sie blond sind und ein hübsches Dekolleté haben, werden alle Prinzipien über Bord geworfen.«

»Egal. Weiter.« Kohlschuetter versuchte, die Entdeckung zu übergehen. Immerhin war es nichts Verwerfliches, Thüringens Landesfest zu feiern. Ganz im Gegenteil.

Es folgten diverse Aufnahmen, die eine Gruppe von Frauen zeigten. Die meisten von ihnen trugen hellblaue Dederonschürzen »made in GDR«. Eine von ihnen trug ein Schild, dessen fette schwarze Buchstaben in der nächsten Aufnahme nah herangezoomt worden waren. »VEB Robotron – Büromaschinenwerk Sömmerda«, las Kohlschuetter und erinnerte sich: »Sömmerda, die DDR-Hauptstadt der Computer.«

Die Motive wiederholten sich auf den folgenden Bildern noch dutzendfach, und man konnte deutlich sehen, dass sich für mehrere Minuten weder der Zug noch die Fotografierende von der Stelle bewegt hatten.

»Was hat die denn dauernd den Elektroschrott und die tratschenden Weiber geknipst?«, beschwerte sich Bernsen missmutig. »Frauen können einfach nicht mit Technik. Wenn meine Rotfeder ihren geliebten Bernd, das Flohwohnheim, ablichten will, sind stets und ständig entweder ihre Finger oder ihre Haare mit auf dem Bild. Und bei der hier weiß man nicht, ob sie nicht eigentlich das Türmchen der Stadtmauer fotografieren wollte und stattdessen die Schnepfen da erwischt hat.«

»Ich bin mir sicher, dass es ihr um die Gruppe ging«, entgegnete Kohlschuetter, ohne aufzuhören, die Bilder zu betrachten. »Irgendjemand oder irgendetwas auf diesen Bildern scheint ihr wichtig gewesen zu sein. Ich würde sagen, wir haben einen ersten Anhaltspunkt.«

Er druckte zwei der Bilder, auf denen man die meisten Frauen gut erkennen konnte, aus und wählte noch einmal die Nummer von Max Fanke. Dieses Mal wurde das Gespräch von dessen Freundin angenommen, die unverhohlen ungehalten über Kohlschuetters Hartnäckigkeit war.

»Eine kurze Frage nur, dann lasse ich Sie für heute in Ruhe«, bat Kohlschuetter. »Hatte Bettina Fanke etwas mit dem Büromaschinenwerk in Sömmerda zu tun?«

Es raschelte in der Leitung, vermutlich wurde das Mikrofon mit der Hand abgedeckt. Dumpfe Stimmen verrieten, dass Max Fanke in der Nähe sein musste und seine Freundin mit ihm sprach. »Sie hat bis 1989 dort gearbeitet«, antwortete die Frau kurz angebunden und legte auf.

***

»Sie müssen doch zugeben, dass es wenigstens eine erste vage Richtung ist«, sagte Kohlschuetter hörbar gereizt. »Aber wenn Sie eine bessere Idee haben, lassen Sie hören.«

»Pah.« Bernsen hatte keine, aber das änderte nichts an seiner Überzeugung. Er schaute unbeteiligt und blickte stur auf die Fahrbahn. »Die hat ein paar Erinnerungsfotos geschossen und fertig. Das waren über hundert Bilder. Nach Ihrer Theorie könnte jeder, der darauf abgebildet ist, ein potenzieller Mörder sein. Sogar der Chef. Dessen Befragung könnten Sie dann übernehmen.«

»Blödsinn«, fauchte Kohlschuetter. »Es sind allein dreißig Aufnahmen von diesen Frauen dabei. Das kommt Ihnen nicht komisch vor?«

»Nee.« Bernsen verzog abschätzig das Gesicht. Dreißig Bilder war das Pensum, das die Rotfeder locker in einer Minute schaffte, wenn Bernd, der Pudel, es sich auf Bernsens Kopfkissen bequem gemacht hatte und das Frauchen das sabbernde Konterfei mal wieder so niedlich und liebreizend fand, dass sie es unbedingt für das Familienalbum ablichten musste. Dahinter steckte weiter nichts als die weibliche Fehllogik bei der Auswahl von erinnerungswürdigen Begebenheiten, gepaart mit mangelnder Beherrschung der Technik. Denn wenn frau in der Lage wäre, die Bilddatenbank auf ihrem Mobiltelefon zu bearbeiten und den unter- oder überbelichteten Schwachsinn darin kurzerhand im Nirwana zu versenken, gäbe es auf der Welt weit weniger Fotografien von zusammengerollten, fressenden, schlafenden, zwinkernden und Gott weiß was tuenden Pudeln, erst recht nicht in mehrfacher Ausfertigung.

Kohlschuetters Annahmen waren für Bernsen viel zu konstruiert, als dass er ihnen folgen wollte. Wenn Bettina Fanke so enge Beziehungen nach Thüringen gehabt hätte, wären Susis Leute bei der Auswertung der Anrufe, Nachrichten und des Adressbuches doch auf mindestens einen Sömmerdaer gestoßen. Dem war aber nicht so, auch wenn das Opfer augenscheinlich ein sehr korrekter Mensch gewesen war. Die Liste ihrer Kontakte beschränkte sich nämlich nicht wie bei den meisten

Menschen auf den Namen und die Handynummer, sondern beinhaltete neben der vollständigen Adresse und der E-Mail-Adresse auch das Geburtsdatum der jeweiligen Person. Dass Susis Leute etwas übersehen haben könnten, wagte er ebenfalls zu bezweifeln, denn bei zwanzig Kontakten verlor niemand den Überblick, schon gar nicht die KTUler. Bettina Fanke hatte die Nostalgie erfasst, deswegen war sie nach Sömmerda gekommen, und deswegen hatte sie auch das Zugbild zu ihrem ehemaligen Arbeitgeber fotografiert.

Was immer heute Morgen an der Unstrut passiert war, Bettina Fanke war ein zufälliges Opfer geworden. Davon war Bernsen überzeugt. Es kam nicht oft vor, dass es zwischen Täter und Mordopfer keinerlei Beziehung gab, dass beide sich gar niemals zuvor gesehen hatten. Doch wenn Leute grundlos vor eine einfahrende U-Bahn gestoßen wurden, junge Frauen durch einen Tritt eine öffentliche Treppe hinabstürzten oder irgendwelche Dummköpfe Backsteine von Autobahnbrücken auf fahrende Autos warfen, war es auch möglich, dass Bettina Fanke wegen des Frusts oder der Langeweile eines gänzlich Unbekannten sterben musste. Das Problem dabei war nur, den oder die Täter ausfindig zu machen, denn das funktionierte in solchen Fällen im Grunde nur mit Hilfe von Zeugen, und die musste man erst einmal finden.

Kohlschuetter, diese furchtbare Mimose, hatte sich, nachdem er die geschäftsmäßige Mail von Susi verdaut hatte, um den Zeugenaufruf gekümmert, ehe sie aufgebrochen waren. Jetzt hieß es also warten.

»Bettina Fanke hat am Freitag nach ihrer Ankunft in Sömmerda ihren Sohn angerufen, dann das ganze Wochenende niemanden mehr. Davor finden sich nur Gespräche mit ihrer Schneiderin, der Friseurin und einem Maklerbüro, weil sie eine neue Wohnung suchte, wie ich durch einen Anruf bei dem Makler für uns herausbekommen habe«, sagte Bernsen.

»Wo?«, wollte Kohlschuetter wissen.

»In Bremen natürlich, wo sonst?«

»Möglich, dass sie jemanden mit ihrem Besuch in Sömmerda

überraschen wollte«, mutmaßte Kohlschuetter. »Oder sie hat alle Anrufe vor der Abfahrt von ihrem Festnetz aus getätigt. Was weiß denn ich?«

»Na, nichts«, knurrte Bernsen, dem es jäh im Magen grummelte. Verstimmt rieb er sich seinen Bauch, als auf einmal ein riesiger weißer Schwan auf der Fahrbahn auftauchte, sechs Junge im Schlepptau. »Brems!«, schrie Bernsen erschrocken.

Kohlschuetter gehorchte, und mit einem Ruck kam der Dienstwagen gerade noch rechtzeitig zum Stehen. Hinter ihnen quietschten Reifen.

»Jetzt schauen Sie sich das an, die wollen zu dem Teich da drüben.« Kohlschuetter lachte erleichtert.

»Oder zum Vater, der daneben an der Würstchenbude auf seine Familie wartet. Sehen Sie doch«, entgegnete Bernsen und zeigte auf einen zweiten Schwan. »Jetzt geht er ihnen entgegen und hackt mit seinem Schnabel noch einmal schön gegen die Tür des blauen Nissan. Meine Fresse, die Schwäne sind auch nicht mehr das, was sie einmal waren.«

Kohlschuetter wartete, bis die Straße wieder frei war, und fuhr langsam an. »Das muss der Gondelteich sein.«

»Wie jetzt? Ich dachte, Sie hätten noch keine Flamme aus Sömmerda gehabt?«

»Google Maps. Ich muss ja wissen, wo es hingeht. Im Gegensatz zu Ihnen bereite ich mich auf meine Arbeit vor.«

Bernsen zog eine Grimasse und wackelte mit dem Kopf.

»Ich sehe das«, bemerkte Kohlschuetter lapidar.

»Schön für Sie. Was hat eigentlich das Büro des Bürgermeisters gesagt, als Sie vorhin dort angerufen haben?«

»Wenn Sie nicht so ewig getrödelt hätten, wüssten Sie es bereits.«

»Ich musste aufs Klo.« Bernsen hielt sich immer noch den Bauch. »Irgendetwas muss mit dem Fisch gewesen sein. Hätte ich mal lieber die Senioren … So'n Schiet.«

»Und das kann nicht an Claudis Buttercroissant gelegen haben?«, stichelte Kohlschuetter und bog am Stadtring nach links ab.

»Ernst-Thälmann-Straße«, las Bernsen von einem Straßenschild ab. »Also bitte. Ihr könnt es einfach nicht lassen, was?«

»Ernst Thälmann war …«

»… ein Sömmerdaer«, vervollständigte Bernsen feixend Kohlschuetters Satz.

»Blödsinn. Aus Hamburg. Gerade Sie müssten das wissen. Thälmann war KPD-Vorsitzender und wurde im KZ Buchenwald von den Nazis ermordet. Ich sehe keinen Grund, warum es heute keine Straßen mit seinem Namen mehr geben sollte. Andere Politiker erfahren diese Ehrung ebenso«, antwortete Kohlschuetter unbedarft. »Ich mochte ihn. Als Kind war er für mich ein Held.«

»Genau. Genau das ist es«, ereiferte sich Bernsen. »Ihr kennt euch mit eurer eigenen Geschichte nicht aus und glaubt immer noch die Ammenmärchen vom tollen Thälmann, dem aufrechten Menschen und kommunistischen Märtyrer. Da können Sie mal sehen, was eine ganzheitliche politische Infiltrierung auf Dauer so alles anrichten kann.«

»Wie bitte?«

»Die Geschichtsschreibung weiß es besser, mein Lieber. Thälmann hat mit den Nationalsozialisten gemeinsame Sache gemacht, um den bürgerlichen Staat zu zerschlagen. Dass er sie in ihrer Gefährlichkeit letztlich unterschätzt hat, steht auf einem anderen Blatt. Seine Ziele waren eine kommunistische Diktatur und die Auslöschung der Sozialdemokratie. Jeder aufrechte Demokrat müsste dieses Straßenschild hier sofort abschrauben.« Bernsen dachte an seinen Vater, den Feuerwehrmann Hinz Bernsen, der sein ganzes Leben lang den Sozialdemokraten treu geblieben war, sogar zur Bürgerschaftswahl 1951, als sie so abgeschmiert waren. Bis zu seinem Tod hatte der alte Bernsen von diesem »schwarzen Sonntag« gesprochen.

»Es gibt halt nach wie vor Dinge, die den Osten und den Westen unterscheiden«, sagte Kohlschuetter, dem anzumerken war, dass er keine Lust auf eine politische Diskussion hatte.

»Ach.« Bernsen winkte unwirsch ab. Dann starrte er wie gebannt auf die Straße und schrie ein weiteres Mal: »Brems!«

Kohlschuetter folgte auch dieser Aufforderung, obwohl vor ihnen alles frei war. »Was ist denn nun schon wieder? Das Navi hat mir diese Strecke ausgewiesen. Wo liegt Ihr Problem?«

Bernsen deutete auf zwei Gänse, die linker Hand zwischen der Fahrbahn und der Unstrut auf einer schmalen Grünfläche saßen und sich sonnten. »Ich hatte Sorge, es könnte sich wieder um so ein Kamikazegefieder wie vorhin handeln.«

Er hatte seine Befürchtung kaum ausgesprochen, da setzte sich das Gänsepaar in Bewegung, überquerte vor ihnen die Straße und steuerte ein rechts von Bernsen befindliches Geschäft an. Vor dem Schaufenster stoppte es und begutachtete schnatternd die Auslagen.

»Was bitte wollen die Tiere bei dem Unterwäschegeschäft?« Bernsen unterdrückte einen Lacher, um seinen geschundenen Magen nicht unnötig in Bewegung zu versetzen.

Kohlschuetter hingegen prustete los. »Schamloses Geflügel.«

»Was erwarten Sie? Die Gänse sind hier aufgewachsen. Die sehen es wahrscheinlich nicht anders als die übrigen Ureinwohner. Freizügige Ostler«, kommentierte Bernsen.

»Genau. Das haben wir ja lange nicht gehört.« Kohlschuetter setzte den Wagen wieder in Bewegung, folgte der schmalen Kopfsteinpflasterstraße und parkte schließlich auf einem kleinen Parkplatz an deren Ende.

»Das muss früher mal eine Mühle gewesen sein«, mutmaßte Bernsen, der sich nach vorn gebeugt hatte und die Umgebung betrachtete. Er stieg aus und marschierte in Richtung der rauschend vorbeiziehenden Unstrut, wo er an einem Geländer stoppte und das alte, riesengroße Backsteingebäude betrachtete, an dem ein Banner mit der Aufschrift »Dreyse-Mühle« hing. »Hat der alte Friedhelm mal wieder recht gehabt«, murmelte er zufrieden, im Glauben, dass sein Kollege sich noch an der Parkuhr zu schaffen machte. Aber der war gerade neben ihn getreten.

»Womit haben Sie recht gehabt?«, wollte Kohlschuetter wissen.

»Ach, nichts. Die Mühle erinnert mich sehr an die alten Speicher in der Hafenstadt. Es geht doch nichts über ein schönes, solides Fachwerk, umgeben von rauschenden Fluten«, entgegnete Bernsen versonnen.

»Mir war nicht klar, dass es in Speicherstädten rauscht.«

Bernsen ignorierte die unwissende Landratte und setzte sich in Richtung einer auffallend schönen Brücke in Bewegung. Er musste Zeit schinden, da kam ihm die kleine Sightseeingtour am Sömmerdaer Stadtpark gerade recht.

»Das Rathaus liegt da vorn rechts«, rief Kohlschuetter ihm irritiert nach und zeigte vage in die entsprechende Richtung.

»Wenn ich Wasser sehe, bin ich nicht zu halten«, erklärte Bernsen lapidar und studierte die Hinweistafel vor der Brücke. »Das ist die Parkbrücke«, ließ er den etwas abseits stehen gebliebenen Kohlschuetter wissen. »Erbaut 1904. Die bunten Ziegel sind ein Geschenk des damaligen Ziegeleifabrikanten Martini. Interessant. Interessant.« Während er das sagte, blickte er immer wieder auf das Display seines Handys. Die Rotfeder musste längst in Hamburg angekommen sein. Von dort wollte sie ihn anrufen. Wenn er aber im Gespräch mit dem Bürgermeister saß, konnte er unmöglich drangehen. Im schlimmsten Fall bekäme sie durch die Nebengeräusche mit, dass er nicht mehr im Krankenbett lag. Bei dem Vogelgezwitscher hier draußen könnte er immerhin mit einem offenen Fenster argumentieren. Und das Plätschern der Unstrut ging als Ingo Kupkes WC-Spülung durch, jedenfalls mit ein bisschen Phantasie. Unruhig trat er von einem Bein auf das andere.

»Seit wann interessieren Sie sich so für historische Bauten? Habe ich etwas verpasst?«, fragte Kohlschuetter hinter ihm stehend.

Bernsen drehte sich genervt zu ihm um. »Wieso verfolgen Sie mich eigentlich?«

»Wir sind ein Team und im Begriff, den Sömmerdaer Bürgermeister wegen einer Mordermittlung aufzusuchen. Schon vergessen?«, entgegnete Kohlschuetter pampig.

Ruf endlich an, du blöde Kuh, dachte Bernsen. Nicht erst bei Mutti, die den Hörer an das vermilbte Ohr des Köters drückt, damit sein Trennungsschmerz gemildert wird, sondern bei mir, verdammt. Ich muss wissen, ob du auf dem Hamburger Bahnhof stehst und weit genug weg bist. Mach schon.

Sein Mobiltelefon klingelte. Hastig nahm er das Gespräch an und rief mit säuselnder Stimme: »Rotfeder, endlich. Hat alles geklappt? Wie war die Fahrt? Geht es dir gut?« Er erstarrte, bemerkte, dass Kohlschuetter ihn fragend musterte, und wandte sich ab. »Frau Püschel«, sagte er mit stockender Stimme. »Sie hat sich nicht gemeldet? Eigentlich müsste sie da sein … Bernd hat Durchfall … Die haben das Essen nicht gebracht … Der Wasserhahn in der Küche tropft … Es klingelt an der Tür … Sie rufen später noch einmal an.« Bernsens Hände waren schweißnass, als er den kleinen roten Hörer auf seinem Handy drückte.

»Frau Püschel?«, fragte Kohlschuetter grinsend.

»Adelheid Püschel, der Name des Grauens«, murmelte Bernsen, der eine Weile brauchte, um sich wieder zu fangen. »Meine Schwiegermutter.«

»Sie nennen Ihre Schwiegermutter Frau Püschel?«, fragte Kohlschuetter belustigt.

»Wie soll ich die Alte Ihrer Meinung nach sonst anreden?«, giftete Bernsen. »Das ist ihr Name.«

»Ich meinte, Sie siezen sie?«

»Ich suche mir immer noch selbst aus, wen ich duze. Das Sie schafft Distanz. Und die braucht man bei dieser Frau.« In Bernsen rumorte es. Die blöde Ziege hatte ihm gerade noch gefehlt. Nur weil die Rotfeder nicht erreichbar war, musste er herhalten. Was interessierten ihn die Handwerksarbeiten in Schwiegermutters Wohnung? Hauptsache, der alte Drachen ließ das nicht einreißen. Drei Wochen Dauertelefonat mit der Schachtel, während die Rotfeder in Erholung machte, konnte er nicht aushalten. Dann lieber zur Kur nach Sylt.

»Und warum wiederholen Sie alles, was sie sagt?«, hakte Kohlschuetter nach.

»Na, meinen Sie denn, ich bin lebensmüde? Wenn ich etwas anderes sage, dauert das Gespräch viel länger. Außerdem ist die Giftkröte streitsüchtig. Nee, nee. Bloß keine Diskussion mit der Schwiegermutter anfangen, merken Sie sich das. Es sichert Ihr Überleben.«

***

»Fünfzig Cent habe ich bezahlt, fünfzig Cent«, schimpfte der Mann mit erhobenem Zeigefinger. »Und dann habt ihr nicht mal die Klopapierrollen aufgefüllt. Ich frage mich, was ihr von der Stadtverwaltung den ganzen lieben langen Tag macht.« Er stand breitbeinig vor einem anderen Mann, den er nicht zu Wort kommen ließ. »Das nächste Mal gehe ich in den Stadtpark – oder besser noch, ich schiffe euch gleich auf die Außenanlagen der Kirche.«

»Dafür brauchen Sie dann aber auch kein Papier«, mischte sich Bernsen ein.

Der Mann stutzte, verfiel kurzzeitig in Schnappatmung, fing sich aber wieder, als er sah, dass Bernsen ihn nicht weiter beachtete, und fuhr fort: »Früher, da gab es wenigstens noch die Latrinen am Wenigensömmerschen und am ›Erfurter Tor‹, aber seit man nur noch auf dem Obermarkt sein Geschäft machen kann, ist das echt scheiße.«

»Im wahrsten Sinne des Wortes«, vermeldete Bernsen, der am Tresen im Foyer des Rathauses lehnte und in einer Broschüre blätterte. »Mal sehen, wann der Wutbürger richtig ausflippt«, raunte er der jungen Frau zu, die hinter der Anmeldung ihren Dienst tat.

Die Frau lächelte gequält und sagte: »Als ob der Herr Bürgermeister nichts anderes zu tun hätte, als sich um derartige Lappalien zu kümmern. Noch dazu nach dem großen Fest.«

»Ach, das ist …« Bernsen sah überrascht erst auf den immer noch schweigenden Mann, dann zu der jungen Frau und schließlich zu dem neben ihm stehenden Kohlschuetter.

»Ja«, hauchte sie andächtig.

»Nein«, widersprach Kohlschuetter mit strengem Blick. Er konnte förmlich sehen, was in Bernsens Kopf vor sich ging, und hatte keine Lust, hier unnötig Aufsehen zu erregen.

»Na, was nun?« Bernsen wirkte unschlüssig.

»Es ist das Stadtoberhaupt, und Sie warten, bis er das Bürgergespräch beendet hat«, ordnete Kohlschuetter an.

Bernsen hob die rechte Braue, schaute demonstrativ auf die Uhr und erwiderte: »Von unseren zweiundsiebzig Stunden sind bereits drei verstrichen. Wir können natürlich trotzdem warten, bis der Stinker da drüben seine gesamte Seelenpein losgeworden ist. Mir soll es recht sein. Ich habe keine Angst vorm Chef.«

»Und noch was«, meckerte der Mann weiter. »In der Salzmannstraße hat letzte Nacht wieder irgend so ein Pack die öffentlichen Papierkörbe umgeworfen. Dem müsste auch mal jemand nachgehen. Aber das schert ja niemanden, nicht mal unseren feinen Herrn Bürgermeister. Und dass einer dieser beschissenen Ganter mich vorhin nicht vorbeilassen wollte, juckt Sie sicherlich auch nicht.« Er blinzelte sein Gegenüber herausfordernd an.

Der Bürgermeister blieb erstaunlich ruhig. Er wollte gerade etwas erwidern, da legte der unzufriedene Mensch erneut los.

Kohlschuetter seufzte und schaute sich im Foyer um. Es war ein großer Raum, der durch seine dicken Deckenbalken dunkel und ein wenig gedrungen wirkte. Sie wurden von mehreren parallel angeordneten Säulen getragen, die bautechnisch zweifelsohne notwendig waren, aber den Raum unruhig wirken ließen. Insgesamt war das Foyer eine Mischung aus spätmittelalterlicher Baukunst und modernem Zweckbau, und Kohlschuetter war sich nicht klar darüber, ob er dies gelungen fand oder nicht.

»Ach, und wo wir einmal dabei sind …«, giftete der Mann weiter.

Bernsen drückte sich vom Tresen ab, trat neben ihn, zückte seinen Dienstausweis und sagte mit tiefer Stimme: »Kripo Erfurt. In zwei Sekunden hast du dich hier vom Acker gemacht, und wenn du Klopapier brauchst, lässt du dir in Zukunft von deiner Alten eine Rolle einpacken. Sollte ich darüber hinaus in der Salzmannstraße noch einmal einen umgekippten Mülleimer sehen, hole ich dich persönlich von zu Hause ab und lasse dich die gesamte Straße kehren. Hast du das verstanden? *Du* bist von nun an für Ordnung und Sauberkeit in Sömmerda verantwortlich. Gemeinschaftssinn, schon mal gehört? Und Freundlichkeit gegenüber jedermann. Ach, und ehe ich es vergesse: Wenn du künftig einer Gans begegnest, sagst du brav guten Tag. Jetzt troll dich. Aber zackig.«

»Ach du Scheiße«, murmelte Kohlschuetter.

Die Dame an der Anmeldung kicherte.

Der Bürgermeister verzog keine Miene.

Der Mann, der bis eben absolut impertinent gewesen war und sich damit offenkundig auch noch im Recht gewähnt hatte, riss die Augen weit auf, nickte und verschwand mit schnellen Schritten.

»Ich hasse Leute, die sich aufspielen müssen und versuchen, andere dumm zu machen, weil sie meinen, sie haben die Weisheit gepachtet. Dabei haben sie keine Ahnung. Wie unsere Nachbarn in Bremen.« Bernsen schüttelte sich. »Die brauchen eine klare Ansage.«

»Wenn Sie Lust haben, können Sie ab sofort meine Bürgersprechstunde übernehmen. Immer dienstags von dreizehn bis achtzehn Uhr«, sagte der Bürgermeister sanft lächelnd.

Bernsen bedachte Kohlschuetter ob dieses Angebots mit einem selbstzufriedenen Blick. »Dass Ihre Bürger ebenso renitent sind wie Ihr Federvieh, hätte ich eigentlich nicht gedacht«, scherzte er.

»Sie sind unseren Altstadtgänsen begegnet?«

»Denen auch.«

»Die sind eine Institution in unserer Stadt, sie haben sogar einen eigenen Fanclub in den sozialen Medien. Aber deswegen sind Sie vermutlich nicht hier.« Der Bürgermeister winkte Kohlschuetter heran. »Kriminalhauptkommissare Bernsen und Kohlschuetter, nehme ich an. Ihr Chef hatte mich bereits angerufen und Sie angekündigt. Kommen Sie bitte mit in mein Büro.« Er führte sie über eine schmale Treppe hinauf in sein Dienstzimmer.

Der Alte hat uns angekündigt, dachte Kohlschuetter überrascht. Na, der meint es ja wirklich ernst.

Minuten später saßen Bernsen und Kohlschuetter bei Kaffee und Wasser an einem in einen Erker eingepassten Besprechungstisch des Bürgermeisters und schilderten dem Stadtoberhaupt ihr Anliegen. Der Bürgermeister betrachtete die von Kohlschuetter mitgebrachten Fotos eingehend. Dann begann er zu erzählen.

»Tja, der Festumzug am Sonntag, der war wirklich sagenhaft.« Er blätterte durch die Bilder. »Aber hier ist ja immer nur das Robotron-Zugbild drauf?« Er schaute die beiden Kommissare über den Rand seiner Brille hinweg fragend an.

»Das sind für uns die entscheidenden Bilder«, erläuterte Kohlschuetter. »Wer hatte denn die Verantwortung für diesen Wagen? Kennen Sie vielleicht die Frauen, die hier zu sehen sind?«

Der Bürgermeister lächelte versonnen. »Ich war damals selbst bei Robotron. Lang, lang ist es her.« Noch einmal ging er jedes Foto einzeln durch. »Also«, sagte er dann, »die Dame links außen ist Manuela Kowalski. Die können Sie fragen. Sie war für den Bau dieses Zugbildes verantwortlich. Sie finden Sie im ›Tintenklex‹, dem Schreibwarengeschäft kurz vor der Dreyse-Mühle. Die ihr gegenüberstehende Frau«, er zeigte auf eine schmale, »ist Cindy Müller. Sie war ebenfalls in die Konzeption und Umsetzung der Wagen eingebunden.« Er hielt inne. »Die anderen kenne ich leider nicht.« Zögerlich legte er die Fotos zur Seite und zog die Aufnahme des Opfers zu sich heran. »Bettina Fanke, sagen Sie?« Er schaute Bernsen und Kohlschuetter fragend an. »Nein. Das sagt mir nichts. Und dieses Gesicht … Das Büromaschinenwerk hatte Zigtausende Mitarbeiter. Selbst wenn ich sie gekannt habe, liegen immerhin dreißig Jahre dazwischen. Menschen verändern sich. Wissen Sie ihren Mädchennamen?«

»Das ist ihr Mädchenname.«

»Ach so. Tja, tut mir leid, aber ich fürchte, ich kann Ihnen da nicht weiterhelfen.« Sein Blick streifte erneut die Fotos vom Festumzug. »Meinen Sie, der Mord hat was mit dem Werk zu tun?«

»Werk?«, fragte Bernsen.

»Ach ja, natürlich, das wissen Sie nicht. Offiziell hieß der

Betrieb ›VEB Robotron – Büromaschinenwerk Sömmerda‹, aber für die Leute hier war es nur ›das Werk‹. Es gab in Sömmerda und Umgebung nichts Vergleichbares, da wusste jeder, was gemeint war.«

»Wir müssen jeder Spur nachgehen«, entgegnete Kohlschuetter vage.

»Na ja, ist ja richtig, aber unser Büromaschinenwerk wurde 1992 abgewickelt. Dass fast drei Jahrzehnte später eine Frau gestorben sein soll, weil sie dort gearbeitet hat ... Also ich weiß nicht, ist das nicht ein bisschen ...« Er beendete den Satz nicht.

Bernsen ließ ein unbestimmtes Brummen hören.

»Ich erinnere mich«, sagte Kohlschuetter sinnend, »dass wir in der Schule etwas über Sömmerda als den industriellen Vorzeigestandort der DDR gehört haben. Aber ich muss gestehen, viel ist davon nicht hängen geblieben.«

Der Bürgermeister lächelte glücklich. »Sömmerda ist in dieser Hinsicht etwas Besonderes. Ich muss etwas weiter ausholen, damit Sie verstehen, was hier passiert ist.«

Kohlschuetter nickte eifrig. Bernsen hingegen schaute teilnahmslos.

»Alles begann mit der Metallwarenfabrik von Dreyse und seinem Geschäftspartner Kronbiegel im Jahr 1816/17.«

»Dreyse?«, fragte Bernsen. »Sehen Sie, ich wusste gleich, als ich den Namen an der Mühle las, dass ich den Kerl irgendwoher kenne. Als wir das letzte Mal hier waren, hatte so ein Opi die gesamten Erinnerungsstücke und Veröffentlichungen über diesen Typ geklaut. Dank eines übereifrigen Polizeimeisters in Ausbildung konnte der Dieb jedoch gefasst und die Beute den rechtmäßigen Besitzern zurückgegeben werden.« Er lachte dröhnend.

»Polizeimeister Schitz, ja, ich weiß«, erwiderte der Bürgermeister, dem man deutlich ansehen konnte, dass er sich bemühte, bei der Erwähnung des Namens nicht den Mund zu verziehen. »Na ja, immerhin hat er gestern das Pferd mit dem kopflosen Reiter eingefangen. War auch das Mindeste, denn wegen seines Übermuts ist das Tier schließlich durchgegangen.«

»Was?«, jauchzte Bernsen. »Dass er schuld war, hat der Schweinehund uns nicht erzählt.«

»Bitte, erst das Werk«, bat Kohlschuetter. »Alles andere hat Zeit.«

»Nun denn. Johann Nikolaus von Dreyse begründete mit seiner Metallwarenfabrik unsere industrielle Tradition, die seit nunmehr über zweihundert Jahren das Schicksal dieser Stadt bestimmt. Er erfand und produzierte unter anderem Zündnadel-Hinterlader-Gewehre, die ihn in der ganzen Welt bekannt machten. Für Sömmerda war das der Einstieg in die Kriegsindustrie. Die beiden Weltkriege haben noch einmal für einen erheblichen zusätzlichen Aufschwung gesorgt. 1945 kamen dann die Sowjets und ordneten die Herstellung ziviler Produkte an. Insbesondere Schreib- und Rechenmaschinen sollten hergestellt und als Reparationsleistung in die Sowjetunion geliefert werden. Am Ende der Entwicklung stand ein sozialistischer Vorzeigebetrieb, der von Büromaschinen, Gasanzündern und Türriegeln über Vulkanisiergeräte und Schrittmotoren bis hin zu C-Relais und Magnetspulen nahezu alles produziert hat. Ein Gemischtwarenladen nach dem typischen Modell eines sozialistischen Kombinates. Das Werk in Sömmerda war einer der größten Computerhersteller in der DDR und gehörte zu dem Megakombinat Robotron, das seinen Hauptsitz in Dresden hatte. Das Werk allein nahm fünfzig Hektar Stadtgebiet ein. Das war schon eine Hausnummer. Zu Spitzenzeiten fanden dort rund vierzehntausend Menschen Arbeit. In einer Stadt mit etwa dreiundzwanzigtausend Einwohnern ist das gewaltig. Jeder zweite Sömmerdaer war im Werk beschäftigt. Wenn ein Schichtwechsel anstand, bebte der Boden in Sömmerda, jedenfalls im übertragenen Sinn, und nicht selten war die hiesige Infrastruktur komplett überfordert, wenn die ›Werker‹ in die Busse oder zum Einkaufen strömten. Abgesehen davon hing die Stadt am Tropf des Werkes. Unsere Energie, also Strom und Fernwärme, kam von dort. Die Kindergärten, die ärztliche Versorgung, sogar die Freizeitaktivitäten, alles passierte im und um das Werk und wurde von diesem gelenkt. Das komplette städtische Leben wurde vom Büromaschinenwerk gesteuert.«

»Und dann kam die Wende«, sagte Kohlschuetter. Er dachte an seine Eltern und deren Neuanfang, an ihre Unsicherheit und Angst, die er, der damals vierzehn gewesen war, noch sehr gut in Erinnerung hatte. Ihr Straucheln hatte sich, wenn auch keineswegs absichtlich, auf die ganze Familie übertragen, und sie hatten einige Zeit gebraucht, um sich an die neuen Gegebenheiten zu gewöhnen.

Der Bürgermeister nickte. »Hoffnung. Abwicklung. Aus. Am Anfang glaubte man noch, dass etwa die Hälfte der Leute ihre Arbeit würde behalten können, aber daraus wurde nichts. Am 5. Dezember 1991 war endgültig Schluss. Bis 1992 gingen bei uns im Landkreis vier von fünf Arbeitsplätzen in der Industrie verloren, nirgendwo sonst hat es das in diesem Ausmaß gegeben. Der Landkreis Sömmerda wurde zu einer der größten Problemregionen Thüringens. Hier war ganz schön was los, das kann ich Ihnen sagen. Die Einwohnerzahl hat sich innerhalb kürzester Zeit halbiert, was entsprechende städtebauliche Veränderungen nach sich zog. Wir mussten vor allem die am Stadtrand gelegenen Plattenbauten abreißen. Dazu die hohe Arbeitslosigkeit und die sich daraus ergebende fehlende Kaufkraft. Die damaligen Entscheidungsträger haben alles getan, was in ihrer Macht stand, aber natürlich sind auch Fehler passiert. Dubiose Berater aus dem Westen, falsche Annahmen, gescheiterte Geschäfte.« Er lachte auf. »Na ja, davon kann jede ostdeutsche Stadt ein Liedchen singen. Die Unzufriedenheit der Leute und der steigende politische Druck, eine wilde Zeit. Aber wie dem auch sei. Wir haben es geschafft. Aus den Überbleibseln, aus den alten Betriebsteilen des Werkes, die als eigene Unternehmen an den Markt gingen, wurde der heutige Industriepark aufgebaut. Die Beschäftigtenzahlen sind mit damals nicht vergleichbar, aber unsere Arbeitslosenzahlen sind so niedrig wie nie. Niemand hätte Anfang der 1990er Jahre gedacht, dass sich Sömmerda wieder so berappelt. Die Stadt steht gut da, und jetzt können wir auch noch auf einen erfolgreichen

Thüringentag zurückblicken. Sie können sich nicht vorstellen, was es den Menschen hier bedeutet, dass sich ihre Stadt so präsentieren konnte. Sömmerda ist wieder wer, verstehen Sie? Dass ausgerechnet ein Mord diese Euphorie trübt, werden sich die Sömmerdaer, so wie ich sie kenne, nie verzeihen.«

***

Bernsen stand auf dem Sömmerdaer Marktplatz und schob breit grinsend sein Handy in die Hosentasche.

»Was?«, rief Kohlschuetter, der die Außentreppe des Rathauses herunterkam. Unter seinem Arm klemmte ein großer brauner Briefumschlag. »Hier, die Liste aller Mitwirkenden des Festumzuges.« Er hielt Bernsen die Papiere hin.

Der dachte nicht daran zuzugreifen. »Die Rotfeder ist gerade in den Regionalzug nach Sylt gestiegen. Die Operation verläuft planmäßig.«

»Glückwunsch.« Kohlschuetter klemmte den Umschlag wieder unter seinen Arm und schlug den Weg zum Schreibwarenladen Tintenklex ein.

»Und noch etwas«, offenbarte ihm Bernsen voller Schadenfreude und mit auffallend federndem Schritt. »Schitz hat ebenfalls angerufen. Zwei Mitarbeiter des städtischen Betriebshofes haben heute Morgen an der Unstrut eine Gruppe von drei jungen Männern gesehen, die eine Frau belästigt haben sollen. Die Beschreibung passt auf Bettina Fanke. Die Männer konnten die Bürschchen vertreiben, aber wir wissen ja nicht, ob sie zurückgekommen sind. Schitz nimmt gerade die Aussagen der Zeugen auf und lässt Phantombilder erstellen. Angeblich hatten die drei Halbwüchsigen einen Migrationshintergrund.«

Kohlschuetter stoppte. »Das heißt, wir ermitteln in meine Richtung nicht weiter und nur noch in Ihre, oder was?«, blaffte er ungehalten.

Bernsen hob abwehrend die Hände. »Hey, hey, hey. Wer wird denn gleich so aufgebracht reagieren? Ich habe nur gesagt, dass es Zeugen gibt, die das Opfer zusammen mit drei Unbekannten gesehen haben. Mehr nicht. Es ist ja nicht so, als würde das meiner Theorie eines zufälligen Mordes irgendwie entgegenkommen. Oder als würde dadurch alles darauf hindeuten, dass Sie sich in irgendetwas verrennen. Wir haben ja Zeit und können getrost einen Abstecher in diesen Tintenfassladen machen.« Er machte eine großzügige Geste.

Neugierig schaute Bernsen sich um, während Kohlschuetter verdrossen vorausstapfte. »Ah ja, das ist also das papierfreie WC-Häuschen, ach und sehen Sie, wie nett, ein Denkmal.« Er kniff die Augen zusammen. »Salzmann, aha«, sagte er, ohne ansatzweise zu wissen, um wen es sich dabei handelte. »Aber jetzt, also echt. Hier waren wir doch schon mal.« Er zupfte Kohlschuetter am Ärmel. »Da ist die Buchhandlung von diesem, diesem … Ich komme nicht darauf.«

»Worüber freuen Sie sich eigentlich mehr, über die sichere Entfernung Ihrer Rotfeder oder darüber, dass Ihre vermeintliche Spur die heißere sein könnte? Nicht dass sich irgendwas davon schon bestätigt hätte«, fuhr ihn Kohlschuetter angefressen an.

Bernsen reagierte nicht. Er spitzte die Lippen und pfiff fröhlich ein altes Hans-Albers-Shanty.

Manuela Kowalski war eine attraktive Frau mit kurzen, frech geschnittenen Haaren und auffallend herzlichen Augen. Als Bernsen und Kohlschuetter ihr Geschäft betraten, stand sie hinter dem Ladentisch und beriet eine Dame, die sich über die Frage, welches Briefpapier ihrer Enkelin gefallen könnte, uneins war. Dass ein solches jedoch nur mit einem Füllhalter zu beschreiben war, darin bestand für die Kundin absolut kein Zweifel, und so ließ sie sich überdies eine ganze Batterie an Schreibgeräten zeigen. Die Entscheidung gestaltete sich dermaßen kompliziert, dass man meinen konnte, die Frau wolle eine Großbestellung tätigen. »Frau Kowalski, ich weiß nicht, ich weiß nicht«, sagte sie fortwährend mit aufgeregt schriller Stimme, sodass es selbst einen Menschen, der nicht unter dem Druck einer Mordermittlung stand, nervös gemacht hätte.

Bernsen hatte sich von Regalreihe zu Regalreihe vorgearbeitet und war mit jedem Schritt ein bisschen erstaunter, was es auf dem Markt der Stifte, Zeichenblöcke, Bastelpapiere, Briefumschläge, Schleifen und so weiter für Möglichkeiten gab. Der kleine Laden am Ende der Sömmerdaer Fußgängerzone hatte sämtliche Varianten im Angebot, auch Dinge, von denen Bernsen nicht einmal geahnt hätte, dass irgendjemand sie brauchen könnte. Dabei wirkte trotz der begrenzten Platzmöglichkeiten alles äußerst übersichtlich und nett angeordnet.

Nachdem Bernsen in Anbetracht der langen Wartezeit angefangen hatte, die Geschenkpapierrollen in einem der Regale nach Farben zu sortieren, war er gänzlich entspannt, während der Kollege Kohlschuetter, das konnte er ihm ansehen, mit jeder Minute unruhiger wurde. Der Jungspund stand breitbeinig mitten im Eingangsbereich des Ladens und stierte mit nach vorn geschobenem Kinn an die Decke. Diese Verbissenheit geht mir auf den Sack, dachte Bernsen, als auf einmal eine zweite Dame aus den hinteren Lagerräumen hervortrat und sich nach ihren Wünschen erkundigte. Er feuerte die beiden letzten verbliebenen roten Papierrollen zurück in den Karton und marschierte zum Ladentisch. Im Augenwinkel sah er, dass Kohlschuetter regungslos verharrte. Dabei klebte sein Blick nicht mehr an der weißen Deckenvertäfelung, sondern an der zierlichen Verkäuferin mit leicht mandelförmigen braunen Augen, deren lange brünette Haare locker über ihre Schultern fielen und die warmherzig lächelte.

»War ja nur eine Frage der Zeit«, sagte Bernsen mehr zu sich selbst und spulte sodann lustlos ihr Anliegen herunter.

Frau Kowalski, die alles mitangehört hatte, wechselte die Gesichtsfarbe, schob ihre Mitarbeiterin sanft zum Briefpapier-Füller-Problem hinüber und bat die Kommissare in einen Hinterraum. Bernsen schnippte zweimal kurz mit den Fingern, um Kohlschuetter aus seiner Trance zu holen, und folgte der Inhaberin erst, als er sicher war, dass der Kollege ihn auch bemerkt hatte.

Nachdem er sich vergewissert hatte, dass er tatsächlich mit

Frau Kowalski sprach, bat Bernsen Kohlschuetter, ihr das Foto von der toten Bettina Fanke zu zeigen.

»Kennen Sie diese Frau?«, fragte er unberührt.

Manuela Kowalski riss entsetzt die Augen auf. »Bettina. Bettina Fanke. Kein Zweifel«, erwiderte sie leise. »Sie war gestern beim Zug.«

»Woher kennen Sie sie?« Kohlschuetter war wieder bei der Sache, starrte aber auffallend häufig in Richtung Ladenlokal.

»Sie hat früher im Werk gearbeitet. Meine Freundin Cindy war eng mit ihr befreundet, sie waren Kollegen. Daher kannte ich sie. Cindy und Bettina waren auch beide beim Arbeitertheater des Werkes. 1982 hatten sie ihre erste Aufführung. Ich glaube, die haben ein Stück von Erwin Strittmatter gespielt. Im Jugendclubhaus Wilhelm Pieck. Meine Güte, ist das lange her.« Sie schaute wie gebannt auf das Bild. »Ab und zu haben wir auch zusammen ein Eis gegessen. Im ›Thüringer Hof‹ direkt gegenüber von Tor fünf gab es wunderbares Softeis. Den ›Thüringer Hof‹ gibt es noch, das Tor schon lange nicht mehr. Ich weiß gar nicht, was da heute steht«, redete Frau Kowalski weiter, wobei man ihr deutlich ansehen konnte, dass die Angelegenheit sie ziemlich mitnahm.

»Sie haben nicht im Werk gearbeitet?«, hakte Bernsen nach.

Sie verneinte. »Ich war Sekretärin beim Rat des Kreises. Na ja, und dann noch ein paar Jahre in der Bauverwaltung. Bis ich mit meinem kleinen Laden das Richtige gefunden hatte.« Sie schaute ein wenig wehmütig. »Es musste sich halt jeder seinen Weg suchen, nachdem die Mauer gefallen war. Für einen gelernten DDR-Bürger vollkommen neues Terrain, doch wie Sie sehen, haben wir das gut hinbekommen. Die meisten von uns zumindest. Aber was rede ich, das ist Schnee von gestern.« Sie machte eine wegwerfende Handbewegung.

»Und warum sind Sie dann beim Umzug mitmarschiert, also bei den Werksfrauen, meine ich?«

Sie schien den misstrauischen Unterton in Bernsens Stimme zu bemerken und blickte ihn unsicher an. »Cindy hat mich gefragt, ob ich mitmachen will, und als keine der anderen den

Hut aufhaben wollte«, sie zuckte mit den Schultern, »da habe ich mich breitschlagen lassen. Sie wissen doch, wie das ist. Am Anfang schreien alle hurra, doch wenn es Arbeit macht, sind die meisten verschwunden. Dabei war das ein riesiger Spaß. Und toll war es«, schwärmte sie.

»Waren Sie mit Bettina Fanke befreundet?«

»Das würde ich nicht sagen. Cindy und Bettina waren eng, Bettina und ich eher nicht so. '89 soll sie plötzlich verschwunden sein, aber das ist mir erst wieder in den Sinn gekommen, als die Mädels es gestern erzählt haben.«

»Was haben sie denn erzählt?« Kohlschuetter reckte neugierig den Kopf nach vorn. »Und wie kamen sie darauf?«

»Bettina stand gestern während des Festumzuges am Straßenrand. Als wir sie entdeckten, war sie einen Moment später schon wieder verschwunden. Ich dachte ja zuerst, die Mädels hätten sich verguckt. Bei den vielen Leuten. Und nach dreißig Jahren …« Sie lächelte etwas verlegen.

Kohlschuetter zeigte Frau Kowalski die Fotos, die Bettina Fanke von den Frauen gemacht hatte.

Sie schlug sich die Hand vor den Mund. »Das sind ja wir.« Ungläubig schaute sie zu Kohlschuetter auf. »Woher haben Sie die?«

»Die waren bei Frau Fanke auf dem Handy. Mit rund zwei Dutzend weiteren«, antwortete Bernsen.

»Warum …?«

»Das hätten wir gern von Ihnen gewusst.« Haben Sie das Opfer nach dem Umzug noch mal gesehen?«

»Nein. Auch vorher nicht. Sie war kurz da und gleich wieder weg. Wir haben noch nach ihr gerufen, aber sie hat uns wohl nicht gehört. Und jetzt ist sie tot.« Sie zog die Stirn kraus. »Soll ich Ihnen die Namen der Frauen aufschreiben, die auf dem Bild sind? Am besten gleich hintendrauf?«, fragte sie eifrig. Ohne abzuwarten, nahm sie eines der Fotos, zückte einen Stift und begann zu schreiben. Dann hielt sie unsicher inne und biss sich auf die Lippe. »Entschuldigung, wollen Sie die überhaupt haben, also ich weiß nicht, vielleicht wissen Sie die Namen ja schon?«

Kohlschuetter schüttelte den Kopf.

Eifrig notierte sie die Namen und sagte: »Sie müssen erst Cindy Müller befragen. Die Adresse schreibe ich daneben. Wenn jemand etwas weiß, dann Cindy. Die kannte jeden. Aber bitte denken Sie nicht schlecht von ihr.«

***

»Ich kaufe nix!«, fauchte die Frau, schlug die Wohnungstür zu und ergänzte ungerührt, obgleich sie wissen musste, dass man sie auch durch das weiß getünchte Pressholz hindurch mühelos hören konnte: »Von solchen Bocklarven erst recht nicht.« Es ertönte ein dumpfes Geräusch, so als sei sie über etwas gestolpert. Ein paar unschöne Kraftausdrücke folgten.

Bernsen schaute verdutzt an sich herab und dann zu Kohlschuetter, der im Treppenhaus des Wohnblocks einen Absatz tiefer stand und auf seinem Handy herumtippte. »Sehe ich irgendwie komisch aus, oder was?«, meckerte er.

»Allerdings«, antwortete Kohlschuetter, ohne nachzudenken.

»Dann würde ich mal vorschlagen, Mister Universum übernimmt die Befragung und ich gehe so lange spazieren«, entschied Bernsen. Er trat einen Schritt zurück und nickte Kohlschuetter ermunternd zu.

Der verzog das Gesicht, ließ von seinem Handy ab, sprang die Stufen nach oben und drückte den Klingelknopf, über dem ein Streifen Pflaster mit der kindlich geschwungenen Aufschrift »C. Müller« klebte. Man hörte feste Schritte, die Tür ging schwungvoll auf, und der Dame, die sich mit in die Hüften gestützten Händen dahinter aufgebaut hatte, konnte man ihre Garstigkeit ohne Mühe ansehen. Sie hatte den Mund bereits geöffnet, um Kohlschuetter, das war unverkennbar, mit den Unflätigkeiten dieser Welt zu übersäen, als sie des Kommissars ansichtig wurde, abrupt stockte und ein charmantes Lächeln aufsetzte.

»Seit wann haben die von Vorwerk so attraktive Männer?«,

säuselte sie angetan, griff nach Kohlschuetters Arm und zog ihn in die Wohnung. Ehe die Tür hinter den beiden ins Schloss fiel, bedachte sie Bernsen, der noch immer im Flur stand, mit einem letzten fiesen Blick und einem wenig Interpretationsspielraum lassenden: »Zieh Leine, du Vollpfosten!«

Die Tür knallte zu. Zwei Sekunden später öffnete sie sich wieder, und Kohlschuetter bat Bernsen herein.

»Ich rede grundsätzlich nicht mit der Polizei«, giftete Cindy Müller und übertraf mit ihrer Gestik und Mimik beinahe noch die bereits zuvor zur Schau gestellte Boshaftigkeit. Durch ihre verhärmten Züge wirkte die Frau, obwohl sie, wie Kohlschuetter durch Überprüfen ihres Personalausweises feststellte, kaum Mitte fünfzig war, zehn Jahre älter. Ihr schmächtiges Äußeres war leidlich gepflegt, oder zumindest schien es so, was aber auch an ihren dilettantisch gefärbten braunen langen Haaren liegen konnte, und mit Leggins und T-Shirt war sie einfach gekleidet.

In der Wohnung schien noch jemand zu sein, den Kohlschuetter zwar weder sehen noch hören konnte, aber der samt Fernsehlärm stetig aus dem Wohnzimmer dringende Zigarettenqualm ließ darauf schließen. Sein Eindruck bestätigte sich, als Frau Müller ein verärgertes »Mach leiser, du unnützer Kerl« hören ließ. Irgendwann folgte die unsichtbare Gestalt dieser Aufforderung und gönnte ihnen zusätzliche Erleichterung durch das laute Zuschlagen der Tür, was eine Unterhaltung im Flur in normaler Lautstärke überhaupt erst möglich machte. Die war allerdings eher einseitig, denn bei Frau Müller, die unumwunden zugab, dass Bettina Fanke einmal ihre Freundin gewesen war, löste der Name des Opfers eine Hasstirade aus, die nicht zu bremsen war.

Wie sich herausstellte, hatte Cindy Müller wie viele andere mit ihr im Jahr 1991 ihren Job in der Abteilung C-Relais des Werkes verloren, war vom Arbeitsamt zunächst von einer Weiterbildung in die andere und dann in wechselnde Arbeitsbeschaffungsmaßnahmen geschoben worden. Nichts davon brachte den erhofften Erfolg. Ein, zwei befristete Anstellungen, aber keine, die ihren Neigungen oder gar ihrer Ausbildung entsprach. Irgendwann hatte sie sich resigniert in die Ecke der ungerecht Behandelten zurückgezogen und gehörte nun seit vielen Jahren zu denjenigen, die es nicht geschafft hatten und in den sozialen Sicherungssystemen gelandet waren. Früher mochte ihr das etwas ausgemacht haben, aber heute nahm sie, wie sie mehrfach betonte, was sie kriegen konnte, hasste den Staat und jeden, der sich mit ihm arrangiert hatte.

»Sie hat uns im Stich gelassen, die Fanke, die blöde Sau. Abgehauen ist sie. Wenn sie hiergeblieben wäre, hätten wir es schaffen können. Aber nein, die ganzen Schlauen mussten ja in den Westen gehen, kaum dass die die Grenzen aufgemacht hatten. Mein Oller und ich, wir waren auch mal kurz drüben, also nicht der«, sie deutete auf die nunmehr geschlossene Wohnzimmertür, »sondern sein Vorgänger, aber nur für das Begrüßungsgeld. Sind gleich wieder zurück, aber schnell. Hier wollten wir mit anpacken und nicht bei den feinen Wessi-Ärschen. Die haben uns doch von vornherein nur als Menschen zweiter Klasse behandelt.«

Kohlschuetter beobachtete Bernsen aus dem Augenwinkel. Der Kollege blieb erstaunlich ruhig. Als gebürtiger Thüringer kannte Kohlschuetter diese Sprüche und die Animositäten aus der Wendezeit zur Genüge. Heute hörte man diese Sätze nur noch äußerst selten. Eine Generation später hatte sich der Osten an den Westen gewöhnt und andersherum. Das einst getrennte Volk hatte seinen Frieden mit der Einheit gemacht, zumindest ging das Kohlschuetter so. Bei dem Kollegen Bernsen hingegen wartete er darauf vermutlich umsonst. Der zog sich an jedem noch so kleinen Unterschied zwischen den Landesteilen hoch und hatte die erstaunliche Gabe, alles, aber auch wirklich alles, was er entdeckte, dem Osten als Nachteil zu gereichen. Dabei blieb Bernsen, obwohl er lange Jahre seinen Dienst in Thüringen tat, der ostdeutschen Realität so fern, dass es wehtat und Kohlschuetter ob dieser Eindimensionalität manchmal regelrecht erschauderte.

»Ich sage Ihnen mal was. Wir bei Robotron hatten es echt drauf. Wir waren nicht irgend so eine Rumpelbude. Drei Schichten haben wir gearbeitet. Ich habe ganz unten angefangen, meinen Facharbeiter gemacht, und schließlich durfte ich die Jungschen anlernen. Nebenbei habe ich zwei Kinder gekriegt und großgezogen, den Haushalt geschmissen, die Gartenparzelle in Ordnung gehalten, und Zeit für den DFD hatte ich auch noch. Aber das war den noblen Verwaltern aus dem Westen ja nicht produktiv genug.« Ihre Augen funkelten wütend. »Was haben die für tolle Theorien aufgestellt, um uns dem Westen madig zu machen. Alkoholismus, Arbeitsbummelei, Diebstahl. Bei Zigtausenden Beschäftigten gibt es nun mal schwarze Schafe. Dafür musste bei uns aber keiner auf dem Arbeitsamt eine Nummer ziehen.« Sie schnaufte. »Durch ihre beschissenen Umstrukturierungen haben die die funktionierenden Kontakte der Unternehmen doch überhaupt erst gekappt und uns in den Abgrund gestürzt. Scheiße haben sie gebaut, die teuren Berater, aber davon will heute keiner mehr was wissen. Ach, ist ja auch egal. Wer fragt schon noch danach? Die da oben bestimmt nicht.« Sie ließ ihren Blick hektisch durch den schmalen Flur wandern, ging zwei Schritte, blieb stehen und schaute Kohlschuetter herausfordernd an.

»Aber wenn die Abteilung C-Relais ohnehin aufgelöst wurde, hat Frau Fanke doch eigentlich nichts falsch gemacht«, sagte der. »Sie hat einfach ihre Chancen genutzt. Daran ist aus meiner Sicht nichts Verwerfliches.«

»Die war nicht bei uns«, blaffte Cindy Müller. »Die war schon immer etwas Besseres, enge Kontakte zur SED-Kreisleitung, Vorzeigemitarbeiterin. Die hätte es bei uns noch weit gebracht, wenn nicht so ein paar Dumme auf die Idee gekommen wären, einmal die Woche mit Kerzen um die Kirchen zu marschieren.« Sie grunzte abfällig. Nach einer kurzen Verschnaufpause legte sie nach: »Die feine Bettina war die jüngste Ingenieurin bei Y.« Sie sagte das mit einer Vehemenz, als wäre sie überzeugt, damit einen Paukenschlag zu setzen. Als Bernsen und Kohlschuetter nicht sofort reagierten, fing sie sichtbar fahrig und unkonzentriert an, die Schuhe zu sortieren, die kreuz und quer in der Diele herumlagen.

»Was meinen Sie mit Y?«, wollte Bernsen wissen.

»Ach, vergessen Sie es. Das alles ist ohnehin lange Geschichte. Bettina ist kalt, und keine Sau kräht mehr nach ihr.«

»Hatten Sie Kontakt zu ihr? Also, immerhin sind Sie ja befreundet gewesen, da ruft man sich doch mal an oder schreibt sich«, hakte Kohlschuetter nach.

Sie bewegte unwirsch den Kopf hin und her, starrte ins Leere und entgegnete etwas leiser als bisher: »Sie war von heute auf morgen weg, ohne ein Wort. Wir waren an dem Tag im Soemtron-Haus verabredet. Ich habe gewartet.« Für einen Moment konnte man Cindy Müller die Enttäuschung ansehen, dann wurde sie wieder von ihrem Hass erfasst. »Ich war nicht wichtig genug für die feine Frau, verstehen Sie? Kaum war sie weg, hatte sie mich vergessen, wie auch alle anderen hier.«

»Aber gestern zum Thüringentag war sie da«, wandte Kohlschuetter ein. »Sie ist extra aus Bremen gekommen.«

Cindy Müller zog die Nase hoch, und ihre Stimme wurde wieder weicher. »Sie hat in Bremen gewohnt? An der See? Da wollte sie immer hin. Ich weiß noch, jedes Jahr hat sie einen der seltenen Ferienplätze an der Ostsee ergattert. Bettina war schlau.« Unvermittelt wandte sie sich ab, trat gegen die soeben ordentlich aufgestellten Schuhe und schrie: »Wenn mich einer die letzten dreißig Jahre gesucht hat, saß ich auf dem Arbeitsamt oder in meiner Bude auf der Couch vor der Glotze. Die Fanke in Bremen.« Sie schnaufte. »Die hat uns da gestern heimlich beobachtet und nicht ein Wort gesagt. Wer macht denn so etwas? Nach so vielen Jahren? Da sagt man doch wenigstens Hallo. Aber ich erzähl Ihnen mal was, die hat sich geschämt, genau. Das wird es gewesen sein.«

»Sagen Sie, Frau Müller, was haben Sie eigentlich damals im Arbeitertheater zusammen aufgeführt?« Kohlschuetter wechselte das Thema, um auf andere Weise an die Frau heranzukommen. Möglicherweise machte sie das in Hinblick auf dieses »Y« gesprächiger.

Ihre Mundwinkel entspannten sich. »8. Januar 1982, neunzehn Uhr dreißig. ›Katzgraben‹, die Bauernkomödie von Strittmatter. Ich war die Großbäuerin, Bettina hat Frau Kleinschmidt gespielt. Die Hauptrollen. Wir waren echt gut, nach über einem Jahr Probe«, sagte sie sentimental. »Für zwei Mark und fünfundfünfzig Pfennige.«

»Das Stück kenne ich«, pflichtete ihr Kohlschuetter anerkennend bei. »Im Film hatte Helene Weigel die Hauptrolle.«

Bernsen rollte mit den Augen.

Kohlschuetter beachtete ihn nicht. »Frau Müller, bitte. Wir müssen den Mord an Frau Fanke aufklären«, sagte er eindringlich. »Sie könnten uns dabei helfen.«

»Ich war heute den ganzen Tag nicht vor der Tür. Der Thüringentag steckt mir noch in den Knochen. Mein Alter kann das bezeugen«, sprudelte es aus Cindy Müller heraus. »Die Mädels und ich, wir haben ganz schön einen gepichelt.« Sie lachte aufgesetzt.

»Das meinte ich nicht, Frau Müller. Was ist Y?«

Sie stöhnte gequält auf. »Das müssen Sie schon selbst herausfinden. Bei der Kohle, die Sie jeden Monat nach Hause schleppen, ist das kaum zu viel verlangt.«

***

»Was?« Der Tauchgruppenleiter schaute Bernsen aus zusammengekniffenen Augen an.

»Nichts. Habe ich irgendetwas gesagt?« Bernsen begutachtete demonstrativ die Berge an Zivilisationsmüll, den die beiden Polizeitaucher Stück für Stück aus der Unstrut holten und an Land beförderten. Neben einem Einkaufswagen, einem verrosteten Fahrradgestell und ein paar alten Windeln fand sich ein interessantes Sammelsurium von technischen Geräten, auf die sich Bernsen keinen Reim machen konnte: eine Brotschneidemaschine, eine Lötpistole, mehrere Gasanzünder, ein Rundfunkempfänger, zwei Tastaturen, ein Nadeldrucker, ein Monitor, eine Rechenmaschine, diverse Schraubstöcke und Wasserhähne sowie eine Milchzentrifuge. Darüber hinaus lagen etliche gut gefüllte Plastiktüten im Gras des Unstrutufers, die Bernsen nun nach und nach neugierig inspizierte. »Es ist wirklich erstaunlich, was die Leute alles so in den Fluss entsorgen«, murmelte er und lugte in einen der Säcke. »Da geht man so ganz unbescholten an einem Sonntagnachmittag an der Unstrut spazieren und hat zufällig einen ganzen Beutel seiner Lieblings-DVDs dabei, die wie von Geisterhand im Wasser landen. Aus Versehen natürlich.«

»Wow«, rief Benjamin Matthias Schitz beim Anblick der Fundstücke aus.

Bernsen, der mit den DVDs beschäftigt war, erschrak. »Was wollen Sie denn schon wieder hier? Haben Sie nichts zu tun?«, fauchte er den jungen Polizeimeister in Ausbildung an.

»Die linksseitige Nachbarin meiner Großmutter, also die nette, zu der ich Tante Elvira sagen darf, hat Polizeitaucher an der Unstrut gesehen. Da dachte ich mir schon, dass Sie hier sind. Die KTU ist ja auch noch nicht fertig.« Er hob das Kinn, lächelte und winkte einer kleinen Menschentraube, die am gegenüberliegenden Unstrutufer Position bezogen hatte. »Das da drüben sind meine Großmutter und Tante Elvira.«

Begeisterungsrufe tönten zu ihnen herüber.

Bernsen hatte überhaupt nicht mitbekommen, dass sie Zuschauer hatten. Er schaute Schitz verkniffen an. »Ihnen ist schon klar, dass wir uns in einer Mordermittlung befinden, ja?«

Schitz hob aufgeregt die Hand. »Sehen Sie doch, ein Tischrechner TR20. Der wurde von 1985 bis 1990 gebaut, 12.959 Mal. Und da die Milchzentrifuge, ich werd nicht mehr. Genau zwei Jahre, von 1918 bis 1920, hat man die im Werk hergestellt.« Mit leicht nach vorn gebeugtem Oberkörper lief er zwischen den Gerätschaften umher. »Der Brotschneider hier, Baujahre 1972 bis 1986, 790.451 Mal«, rief er voller Begeisterung. »Das ist ja toll! Wenn ich das gewusst hätte, der Wirt vom ›Thüringer Hof‹ taucht, der wäre bestimmt längst mal runtergegangen.« Freudestrahlend wandte er sich Bernsen zu. »Die Unstrut hat die Erzeugnisse unseres Werkes konserviert. Ist das nicht toll? Die Stücke richte ich wieder her, und dann kommen sie ins Museum. Heimatgeschichte ist mein Hobby, wissen Sie.« Er sprach den Tauchgruppenleiter an. »Bitte sagen Sie den Männern, die sollen mal nach einer Schleifhexe Ausschau halten, 1932 bis 1945. Die suche ich noch. Und Zündnadelgewehre, M/45, M/46, die Jägerbüchsen M/49 und M/54.«

»Sind wir hier beim Wünschewagen oder auf dem Basar?« Der Gruppenleiter schaute mit erhobenen Brauen zwischen Bernsen und Schitz hin und her. An Bernsen gewandt sagte er: »Bei eurer präzisen Beschreibung der potenziellen Tatwaffe ist es aussichtslos, das ist Ihnen wohl inzwischen klar. Sie sehen ja selbst, was da alles drinliegt. Da sind wir noch Tage beschäftigt. Vor allem bei der Strömung und dem dicken Schlamm, den meine Leute abtasten müssen.«

»Das ist so toll«, rief Schitz dazwischen.

»Ja, ganz toll«, knurrte Bernsen und instruierte den Tauchgruppenleiter: »Beschweren Sie sich bei meinem Chef. Ich wäre auch lieber zum Mittagessen gegangen.«

»Können Sie mal eine neue Platte auflegen?« Kohlschuetter, der mit den Kriminaltechnikern gesprochen hatte, war ebenfalls an das Flussufer getreten. »Die KTU hat nichts gefunden, was unsere Tatwaffe darstellen könnte«, rief er dem Tauchteam zu.

Die Männer nickten.

»Wer hätte das gedacht?«, meinte Bernsen sarkastisch. »Aber die Froschmänner finden im Schlamm bestimmt das Mordwerkzeug, von dem niemand weiß, wie es aussieht und ob es tatsächlich hier entsorgt wurde. Eine absolut sinnlose Aktion, wenn Sie mich fragen. Nur damit der Alte eine dicke Lippe riskieren kann. Und ich stehe mir die Beine in den Bauch.«

»Irre ich mich, oder haben Sie die Idee mit den Tauchern zuerst gehabt?«

Keine Antwort.

Kohlschuetter fuhr ungerührt mit seinem Bericht fort. »Auch sonst ist die Spurenlage eher mau. Ein Zellstofftaschentuch und ein paar Zigarettenstummel in der Nähe der Fundstelle der Leiche, aber die können von jedem stammen. Und auf den Gleisen da drüben lagen zwei benutzte Kondome.«

Schitz nickte zustimmend, obgleich er nicht den Eindruck machte, als hätte er zugehört.

»Auf den Bahngleisen?« Bernsen schaute ungläubig. »Da sucht aber jemand den Kick.« Er grinste hämisch.

»Industriebahn. Die fährt selten, so wie die Schienen aussehen.«

»Na eben, wenn man den Fahrplan nicht kennt, ist das ja noch aufregender. Und bequem ist so ein Gleisbett auch.« Er hob den Zeigefinger. »Ich weiß es. Unser Opfer hatte hier draußen ein Schäferstündchen.« Er zwinkerte vielsagend.

Kohlschuetter war anderer Meinung. »Die Frau hatte Stil. Das war keine, die sich auf die Bahnschienen legt.«

»Ein bisschen alt vielleicht«, mischte sich Schitz ein, »also für meine Verhältnisse.«

Bernsen überlegte.

»Wir haben etwas Verdächtiges gefunden«, meldete der Tauchgruppenleiter mit knarzender Stimme in Richtung der beiden Kommissare. Dann sprach er wieder in sein Headset, über das er mit den beiden Tauchern in Kontakt stand. »Ein menschlicher Körper? Könnt ihr ihn befreien? Mhm.« Er wies den Tauchhelfer an, die Bergungstrage ins Wasser zu lassen. Der Kollege beeilte sich, der Aufforderung nachzukommen, jedoch vergeblich. »Wie, die braucht ihr nicht? Was soll das denn bedeuten?«

»Die bringen die Körperteile einzeln hoch«, murmelte Bernsen unbeeindruckt. »Die zweite Thüringentags-Leiche wurde zerstückelt.« Ein Anflug von Schadenfreude huschte über sein Gesicht. »Da wird der Alte sich aber freuen, und Sie dürfen ihm die Nachricht überbringen.« Er klopfte Kohlschuetter jovial auf dessen rechte Schulter.

Aus Kohlschuetters Antlitz wich die gesunde Farbe. »Das ist ein Scherz, oder?«

»Oh nein«, kreischte Schitz so laut, dass Bewegung in die Zuschauergruppe am anderen Unstrutufer kam. Er legte die Hände um seinen Mund, um sicherzugehen, dass die Schaulustigen ihn auch hören konnten, und rief: »Noch ein Toter, zerstückelt!«

Am gegenüberliegenden Ufer wurden Entsetzensschreie laut.

Der Tauchgruppenleiter zuckte mit den Schultern. »Jungs, was ist nun? Ich erwarte eine Information«, sprach er in das vor seinem Mund hängende Mikro. »Bergung. Jetzt.«

Just in diesem Moment kräuselte sich die Wasseroberfläche, und es tauchte etwas auf, das allen für den Bruchteil einer Sekunde einen gehörigen Schreck einjagte. Einer der Polizeitaucher hielt in seinen weit nach oben gestreckten Armen eine lebensgroße und vollständig aufgeblasene Liebespuppe, deren blonde nasse Haare wie Fäden um ein makellos geformtes und perfekt geschminktes Gesicht hingen und sich auf ihren dicken, unnatürlich weit nach vorn stehenden Brüsten trafen. Die grünen Augen und das Lächeln dieser Puppe wirkten so strahlend echt, dass nicht wenige der Umstehenden für einen kurzen Moment an eine lebende Leiche geglaubt hatten, über deren ungewöhnliche Bergungsmethode allerdings niemand mehr ins Grübeln kam, da mindestens ab dem zweiten Moment deutlich zu erkennen gewesen war, was die Kollegen aus der Unstrut gefischt hatten. Zur Belustigung aller konnte der zweite Taucher wenig später mit einem Beutel voller bunter Dildos aufwarten, was die Stimmung bei dieser Suchaktion, sehr zum Leidwesen des verkniffenen Tauchgruppenleiters, nahezu an den Siedepunkt brachte.

»Wir brechen ab, und ihr meldet euch, wenn ihr wisst, wonach wir suchen«, kommandierte der Chef der Taucher. »Zusammenpacken, Männer. Für heute ist hier Schluss.«

»Aber unsere Beute dürfen wir behalten«, verlangte einer der Taucher feixend.

»Die steht den ermittelnden Beamten zu«, warf Bernsen ein. »Die heiße Braut hat locker zwei Scheine gekostet. Das ist schon was Ordentliches«, ergänzte er in unbedachtem Überschwang.

»Woher …« Kohlschuetter kam nicht dazu, den Satz zu beenden.

»Das habe ich geraten, was sonst, woher soll ich denn, keine Ahnung …«, haspelte Bernsen, wobei er hektisch mit beiden Händen abwiegelte. Sein Gesicht leuchtete dunkelrot.

»Oh je, ausgerechnet wenn Oma zuguckt«, jammerte Schitz.
»Das wird derjenige, der die Plastiklady nebst Spielzeug loswerden wollte, möglicherweise auch gedacht haben«, erwiderte Kohlschuetter lachend.

***

»Das Internet gibt tatsächlich nichts zu diesem Y her. Das kann nicht sein. Normalerweise …« Kohlschuetter hämmerte unzufrieden auf seinem Mobiltelefon herum. »Frau Kowalski hat auch keine Ahnung, den zweiten Besuch bei ihr hätten wir uns also sparen können, und der Bürgermeister ist nicht zu erreichen. Wer um alles in der Welt kann uns sagen, was Y ist? Verdammt!«

»Essen Sie die Rinderfiletstreifen auf Ihrer Salatplatte nicht?«, fragte Bernsen, während er eine Bratkartoffel, ein Stückchen Zwiebel und etwas Matjes mit seiner Gabel aufspießte. »Das Essen ist wirklich gut. Sie könnten endlich mal anfangen. Na ja, kalt wird ihr Salat ja wohl nicht, aber trotzdem. Es hat ja auch was von Esskultur, wenn man gemeinsam die Mahlzeiten einnimmt und nicht einer immer mit seinem Handy spielt.«

Sie saßen in der »Karnette«, einem kleinen niedlichen Lokal in der Sömmerdaer Fußgängerzone, dessen Hauptraum aus einem liebevoll hergerichteten Gewölbe bestand. Bernsen hatte einen Tisch an den weit geöffneten bodentiefen Fensterflügeln gewählt, damit er nicht nur die Wärme des wunderbaren Sommertages genießen, sondern auch das Leben in der Innenstadt beobachten konnte. Die hübsche Bedienung hatte ihnen zwar den vor der Kneipe liegenden Biergarten empfohlen, doch Bernsen zog die Ruhe des Lokalinneren der äußeren Betriebsamkeit vor. Außerdem war er der Überzeugung, dass sich die Umgebung im Verdeckten besser beobachten ließ. Nicht dass er das vorhatte, aber hin und wieder bereitete es ihm durchaus ein gewisses Vergnügen.

»Was haben Sie gerade vom Stapel gelassen?« Kohlschuetter legte das Handy kurz beiseite und begann zu essen. »Gemeinsame

Mahlzeiten? Das soll wohl ein Witz sein. Was war denn heute Morgen im Hotel Erfurter Tor? Ich hatte nicht mal einen Teller, geschweige denn, dass Sie mir etwas von Ihrem Fisch angeboten hätten. Im Gegenteil, Sie haben zugesehen, dass niemand etwas abbekommt. Oder das Croissant von Claudi, Ihr zweites Frühstück?« Er schaute Bernsen vorwurfsvoll an. »Der Morgenkaffee beim Chef? Da hatten Sie noch keinen Sinn für Esskultur.«

Bernsen legte das Besteck neben seinem Teller ab, beugte sich leicht nach vorn und tätschelte Kohlschuetter den Unterarm. »Ihnen fehlt die weibliche Zuwendung sehr, oder?«, heuchelte er Verständnis. »Das ist ja nun auch schon eine Weile her mit der kleinen Bad Langensalzaerin. Wer hätte gedacht, dass Sie sich schon nach drei Monaten auseinanderleben? Dabei grenzt das bei Ihnen bereits an einen Längenrekord.« Er grinste schmierig. »Aber lassen Sie es sich von einem erfahrenen Mann gesagt sein, die adrette brünette Verkäuferin im ›Tintenklex‹ ist schlichtweg nicht Ihre Kragenweite. Die ist eher etwas für einen Kerl von meinem Format. Bleiben Sie bei Ihresgleichen, da dürften Sie doch noch nicht alle durchhaben, landesweit, meine ich natürlich.«

»Essen Sie Ihren Matjes, sonst drücke ich Ihnen das Filet ins Gesicht«, knurrte Kohlschuetter.

Bernsen bemerkte sofort, dass er einen wunden Punkt getroffen hatte, und legte nach. »Die Braut im Schreibwarenladen war eine echte Zehn. Bei solchen Frauen haben Sie keine Chance. Aber machen Sie sich nichts draus, wir werden in der Stadt schon noch eine für Sie finden.« Zufrieden aß er weiter.

Kohlschuetter machte ein angesäuertes Gesicht und beschäftigte sich wieder mit seinem Handy. Ein paar schweigsame Minuten später jubilierte er. »Na, wer sagt's denn? Ich habe was. Das haut Sie um.«

»Parship-Abo?«

Kohlschuetter strafte ihn mit einem tadelnden Blick. »Werk Y, die waren für militärische Produkte zuständig. Das ist ja der Wahnsinn! Das hätte ich nie gedacht.« Er konnte die Freude über die Entdeckung nicht verbergen.

Bernsen würgte an den letzten paar Bartkartoffeln, die sich mit einem Male in seinem Hals festgesetzt zu haben schienen. Hastig griff er zu seinem Wasserglas und trank. Er schluckte mehrfach gequält, hustete und trank wieder. »Rüstung, sagen Sie?«, fragte er schließlich zögerlich und murmelte: »1989 nach Bremen gezogen.« Er sagte nichts mehr, schob den Teller von sich weg und stierte auf den fetten Oleander, der in einem Kübel vor der »Karnette« stand.

***

Kohlschuetter las neugierig den Artikel über das Robotron-Werk in Radeberg, Sachsen, in dem als einziges Ergebnis seiner Suchanfrage auf das dortige Y-Werk hingewiesen wurde. Als er fertig war, legte er das Telefon wieder zur Seite und grübelte. Rüstungsaufgaben. 1984 durch die RGW-Staaten und die DDR-Regierung angeordnet und auf diverse Robotron-Kombinate übertragen. Auch in Sömmerda? Das »spezielle Werk«. Strengste Geheimhaltung. Nicht einmal die Mitarbeiter hatten einen kompletten Überblick über die Produktion. Wenn Cindy Müller recht hatte, war Bettina Fanke eine von ihnen gewesen, eine der Ingenieurinnen sogar. Sollte das Mordmotiv tatsächlich etwas mit dem ehemaligen Büromaschinenwerk zu tun haben, hatten sie mit »Y« eine besonders heikle Kiste aufgemacht. Die DDR war zwar lange untergegangen, aber die Menschen hier waren die gleichen geblieben. Die wenigsten wollten die Geschichten von damals hervorholen und erst recht nicht offen darüber reden. Gefühlter Geheimnisverrat an der einstigen Staatsmacht spielte dabei ebenso eine Rolle wie Ehre und Scham. »Der war früher …« stellte in der ehemaligen DDR einen gängigen Satzbeginn dar, wenn man über andere redete. Selbst Kohlschuetters Eltern, die er für ziemlich tolerant hielt, benutzten ihn hin und wieder, vor allem dann, wenn es um jemanden ging, der in der DDR Karriere gemacht hatte. Die Vergangenheit holte in diesem Landstrich jeden ein, auch wenn einige allzu gern ihr neues Leben darübergestülpt hätten.

Im alten Staat etwas gewesen zu sein, war per se nichts Negatives, und doch schwangen in dieser Art der Erinnerungskultur unschöne Gefühle mit. Peinlichkeit bei denen, die es nicht wieder nach oben geschafft hatten und von ihren Mitmenschen mit mitleidigen oder zuweilen auch schadenfrohen Blicken betrachtet wurden. Scham oder Trotz bei all jenen, die immer noch oben waren und mit Neid und Missgunst zu kämpfen hatten. Der Wechsel vom einen zum anderen Staatssystem hatte den Ostdeutschen einiges abverlangt. So hatte die DDR im Vergleich zum Westen gegensätzliche Sozialisierungen und Erfahrungen, mitunter sogar Werte hervorgebracht und ausgeprägt, die beim Eintritt in die neue Welt zu Teilen vollständig ad absurdum geführt wurden. Die Frage, wie man sich in der BRD zurechtfinden sollte, obwohl einem dafür das Rüstzeug fehlte und man durch die SED-Propaganda über den kapitalistischen Klassenfeind sogar negativ sensibilisiert worden war, hatten sich nach 1989 viele gestellt. Nur die jüngere Generation war frei davon. Wenn Kohlschuetter jetzt in der DDR-Vergangenheit kramen musste, war das ungefähr so, wie in den Sechzigern die Elterngeneration nach ihrer Rolle im Nationalsozialismus zu fragen. Geschichte konnte wehtun, insbesondere wenn sie noch lebte. Da wäre es ihm lieber, wenn Bernsen recht hätte und ihr Opfer einen zufälligen Tod gefunden hatte. Das würde ihnen jede Menge unschöne Szenen ersparen.

Während er noch nachdachte, entstand zunehmender Trubel vor einem schräg gegenüber der »Karnette« liegenden Geschäft. Im Nu hatten sich dort Dutzende Menschen versammelt. Eine Erzieherin, die mit einer Gruppe Kinder unterwegs war, schwirrte hektisch um die Kleinen herum und trieb sie so schnell wie möglich an den anderen Leuten vorbei. Jemand schrie. Ein Polizeiauto mit eingeschaltetem Blaulicht kam zwischen schwerfällig den Weg frei machenden Fußgängern über die Marktstraße gefahren. Auf dem Beifahrersitz saß Benjamin Matthias Schitz, der, als er Bernsen und Kohlschuetter in der »Karnette« entdeckte, aufgeregt mit den Armen fuchtelte. Kohlschuetter stand auf und ging hinüber.

»Das ist mal jetzt nichts für mich. Da ist es wirklich aus. Also ich mache ja viel, aber das geht über meine Kräfte«, jammerte Schitz aufgeregt, nachdem er aus dem Einsatzfahrzeug gestiegen war. Sein kaum älterer Kollege stand unsicher neben ihm und schaute Kohlschuetter mit großen Augen an.

»Schaffen Sie sofort die Leute hier weg«, wies Kohlschuetter ihn an, der immer noch nicht sehen konnte, was eigentlich los war.

»Ja, aber mehr nicht. Ich gehe da nicht hin. Ich nicht«, wimmerte Schitz.

Sein Kollege klopfte ihm tröstend auf die Schulter.

»Was um alles in der Welt ist Ihr Problem?«, fragte Kohlschuetter genervt.

Schitz deutete mit zitternder Hand auf einen flachen Betonsockel, der in eines der Ladengeschäfte führte. In der Ecke zur Hauswand lag eine kleine zusammengerollte Schlange in der Mittagssonne.

Kohlschuetter dachte an seinen Einsatz mit Struppi 33, dem hiesigen Tiernotretter auf einem Feld in der Nähe von Bilzingsleben. Damals hatte es sich bei dem entlaufenen Tier, das er gemeinsam mit Struppi vom Boden aufgenommen hatte, allerdings um eine ausgewachsene Boa gehandelt. Diese hier sah auf den ersten Blick nicht besonders gefährlich aus und wäre bei ihm als Blindschleiche durchgegangen, aber er hatte gelernt, sich mit derartigen Mutmaßungen zurückzuhalten, vor allem, wenn er im Grunde keine Ahnung hatte. Ein zweites Auto kam im Schritttempo angerollt.

»Ich hätte nie gedacht, dass ich mal froh sein werde, diesen Spinner zu sehen«, sagte Schitz erleichtert. Der Wagen gehörte besagtem Struppi 33, wie an der Aufschrift zu erkennen war.

»Na, Benjamin Blümchen, wie sieht es aus? Was hast du denn heute angestellt?«, fragte der Tiernotretter, als er sie erreicht hatte, und lachte schallend.

»Du kannst mich mal. Fang die Schlange ein. Und beeil dich«, entgegnete Schitz mit beleidigter Miene. »Wenn die schon während des Thüringentags in der Stadt unterwegs war …« Er schüttelte sich. »Ich darf gar nicht darüber nachdenken. Eine Katastrophe.«

»Den durchgegangenen Gaul und den Schlüsselbeinbruch des kopflosen Leubingers hast du ja schon auf deinem Kerbholz«, flachste der Tiernotretter. Dann warf er einen Blick auf das Tier, nickte kurz, lief zum Auto und kam mit einem Sack zurück. »Weißt du, wem das Tier gehört? Das ist eine Iberische Viper, die ist giftig. Die muss angemeldet sein.«

Schitz machte einen extragroßen Schritt von der Schlange weg und schaute ängstlich. »Nein. Wir wurden von einer Passantin über den Notruf alarmiert. Da war aber von einer Blindschleiche die Rede.«

»Pah.« Struppi 33 wischte sich mit dem Handrücken über die Stirn. »Blindschleiche. Blödsinn«, sagte er konzentriert. »Das da ist ein verdammt gefährliches Tierchen, aber was soll's, der gute Jörgi wird's schon richten. Irgendwer muss ja der Depp sein.«

Bedächtigen Schrittes ging er zu der Schlange hinüber, bückte sich, fasste sie behutsam hinter dem Kopf und wollte sie gerade in den Sack stecken, als eine Frau, die über ihm im ersten Obergeschoss eines der Fenster geöffnet und die Schlange erblickt hatte, einen fürchterlichen Schrei ausstieß. Struppi 33 schaute erschrocken nach oben, was dazu führte, dass er einen Moment lang nicht aufpasste. Die Schlange bekam zu viel Spiel in seiner Hand und drehte den Kopf so weit, dass sie ihn mit einem ordentlichen Biss in seinen Daumen erwischte.

Der Fluch des Tiernotretters dröhnte die Marktstraße entlang. Geistesgegenwärtig behielt er das Tier in seinem Griff, warf es in den Sack und schnürte diesen fest zu. Bereits auf dem Rückweg zu seinem Auto wich jegliche Farbe aus seinem Gesicht. Kohlschuetter schickte Schitz nach einem Glas Wasser und griff zum Handy.

»Alles okay?«, fragte er mit sorgenvoller Miene. »Ich würde den Giftnotruf kontaktieren und Sie ins Krankenhaus bringen.«

»Mhm.« Der Mann verstaute den Sack auf der Ladefläche, hielt sich an der Hecktür fest und setzte sich langsam auf den

Boden des Transporters. »Krankenwagen ist besser. Ich sollte mich so wenig wie möglich bewegen«, sagte er sichtlich mitgenommen. »Das Gift verteilt sich ansonsten schneller im Körper.« Behutsam hob er seine Hand ein wenig nach oben und betrachtete sie. »Na sauber, die schwillt schon an«, schimpfte er.

Kohlschuetter telefonierte mit dem Notarzt.

Schitz eilte mit dem Wasser herbei und wollte es dem Tiernotretter verabreichen.

»Du bist wohl bekloppt. Nichts ist. Wenn ich mein Blut noch verdünne, verrecke ich noch schneller.« Struppi 33 war nun kreidebleich. Er atmete flach und stierte apathisch vor sich hin.

»Hallo?« Kohlschuetter fasste nach dem Arm des Mannes. »Der Arzt ist gleich da. Wir helfen Ihnen. Bitte bleiben Sie ruhig.«

»Ich bin ruhig, ihr Affen«, entgegnete Struppi. »Ich habe Mühe, Luft zu bekommen.« Er schaute Schitz an. »Ruf Sabine an, zackig. Das Vieh muss hier weg. Die soll es nach Suhl ins Exotarium bringen, bei uns da oben ist das zu gefährlich. Und sie soll einen Schlangenexperten auftreiben. Wir müssen sicher sein wegen des Gegengiftes.« Er klang heiser und rang nach Atem. Kurz darauf wurde sein Blick glasig. »Jetzt hat die Frau auch noch recht gehabt. Hätte ich nur nicht geschossen. Auf Ernst Thälmann schießt man nicht. Das rächt sich«, sagte er noch, dann schwanden ihm die Sinne.

Der Krankenwagen war mit dem bewusstlosen Tiernotretter in die Notaufnahme gefahren und Kohlschuetter zur »Karnette« zurückgekehrt, um die Rechnung zu begleichen und nach Bernsen zu sehen. Trotz des Wirbels, der quasi direkt vor seiner Nase stattgefunden hatte, saß Bernsen wie angeklebt auf seinem Stuhl und telefonierte mit verkrampftem Gesichtsausdruck, ohne von Kohlschuetter Notiz zu nehmen. Am Nachbartisch hatten dieselben Senioren Platz genommen, die Kohlschuetter heute früh schon im Hotel Erfurter Tor gesehen hatte. Sie beäugten Bernsen eingehend.

»Sie konnten die Kartoffeln nicht kauen, mhm. Jemand müsste sich beim Lieferanten beschweren.« Er atmete tief. »Ich?« Pause. »Nein, nein, ich mache das schon. Die Rotfeder sitzt ja noch im Zug. Da ist der Empfang so schlecht. Das Schnitzel war zäh. Gut. Noch was?« Seine Stimme klang in höchstem Maße gestresst. »Ich bin nicht unhöflich. Natürlich nicht. Das Schnitzel und die Kartoffeln, ich habe mir alles notiert. Und die verspätete Lieferung.«

Kohlschuetter nahm Platz und betrachtete seinen Kollegen, der, während er sprach, mit dem Zeigefinger seiner linken Hand immer wieder über den Rand seines leeren Wasserglases fuhr.

»Selbstverständlich verhandle ich einen Nachlass auf das misslungene Mittagessen. Bernd wollte nicht einmal das Fleisch essen. Wie schade. Ich mache mich nicht lustig. Das würde ich nie tun. Ich kümmere mich sofort. Danke, Ihnen auch.« Er schnaufte laut und warf das Handy, nachdem er aufgelegt hatte, auf die Tischplatte.

»Frau Püschel?«, fragte Kohlschuetter mit einem leicht schadenfrohen Zug um seine Mundwinkel.

»Wer sonst? Zwanzig Minuten detailgetreue Beschreibung der Kocheigenschaften von Kartoffeln. Kann die nicht bei der Telefonseelsorge anrufen und denen Kochtipps geben?« Bernsen stand auf und schaute Kohlschuetter erwartungsvoll an. »Sollen wir?«

»Sagen Sie bloß, Sie haben mein Essen bezahlt?«, fragte Kohlschuetter entgeistert.

»Wo denken Sie hin. Bin ich Krösus?«

VIER

Bernsen starrte auf den Bildschirm seines Computers. Er schwitzte. Die opulente Mittagsmahlzeit machte seinem angeschlagenen Magen stärker zu schaffen, als er für möglich gehalten hatte. Hinzu kam dieses unsägliche Gefühl, dass mit ihrem aktuellen Fall irgendetwas Unangenehmes verbunden war. Der Jungspund maß dem geheimnisvollen Y weit mehr Bedeutung zu, als Bernsen lieb war. Ihr Opfer hatte für das Büromaschinenwerk gearbeitet, war 1989 nach Bremen gegangen und fertig. Das konnte alles heißen. Zwar auch, dass an Kohlschuetters Theorie mit den Rüstungsaufgaben was dran sein konnte. Vor allem jedoch, dass wohl eher das Gegenteil der Fall war. Ingenieurin sollte die Fanke gewesen sein, so hatte es neben Cindy Müller auch Manuela Kowalski gesagt. Aber wer weiß, was die wirklich gemacht hat, dachte Bernsen, die Weiber haben doch keine Ahnung, und die Müller hatte zudem nicht mehr alle Latten am Zaun. In der DDR war so einiges anders als bei uns im Westen, auch die Berufe. Möglicherweise kannten die damals »Ingenieurinnen für das Reinigungswesen«, kurzum Putzfrauen, wie das ordentlich hieß. Es musste keine zwingende Verbindung zur Rüstung geben. Nein, musste es nicht.

Er klickte die Online-Ausgabe des »Weser-Kuriers« weg und durchforstete das Internet nach Informationen über Robotron-Kombinate und ihre Y-Werke. Schnell stieß er auf einen Artikel zu einem Werk im sächsischen Radeberg. Bernsen überflog die Zeilen. In einem abgegrenzten Bereich auf dem Werksgelände hätten zum Stillschweigen verpflichtete Mitarbeiter Dinge gebaut, die sie offiziell nie herstellten. Das VEB Robotron Elektronik Radeberg habe mit seiner Abteilung »Spezielle Produktion« für die Produktion von Bordrechnern für die See-See-Zielrakete 152 der UdSSR, Elektronik für die Modernisierung der Feuerleitanlage des T-55-Panzers, beweglichen Rechenstationen für die Nationale Volksarmee und Bordrechnern für unbemannte Flugkörper und Verschlüsselungstechnik verantwortlich gezeichnet, alles entsprechend sowjetischen Militärnormen. Im Herbst 1989 habe die Abwicklung der »Speziellen« begonnen.

Bernsen spürte, wie es heiß in ihm aufstieg. »Sömmerda«, murmelte er mehrmals hintereinander. Verstohlen sah er zum gegenüberliegenden Schreibtisch. Kohlschuetter schrieb dort die Protokolle der Befragungen von Cindy Müller und Manuela Kowalski und malträtierte die Tastatur. Das wird eine Weile dauern, dachte Bernsen und beschäftigte die Internetsuchmaschine mit Schlagwörtern wie »Sömmerda«, »Militär« und »Y«. Ohne Erfolg. Wenn da etwas ist, muss ich es vor ihm herausbekommen, überlegte er. Ich muss in der Sache die Vorderhand behalten.

»In Sömmerda gibt es ein Archiv. Vielleicht haben die etwas zu diesem ›Y‹, das uns weiterhilft«, hob Kohlschuetter unvermittelt an. »Laut der Übersicht zu den Beständen könnten wir dort fündig werden.«

Bernsen gab die Information sogleich in die Suchmaschine ein und klickte auf den Link zur Seite des Kreisarchivs Sömmerda. Tatsächlich. Ohne weiter darüber nachzudenken, formulierte er eine Anfrage an den dortigen Leiter. Nebenbei fragte er leutselig: »War das vorhin in der Fuzo eigentlich dieser Tierretter namens Struppi, oder irre ich mich?«

»Sie irren sich nicht.« Kohlschuetter hörte auf zu tippen. »Den hat es echt erwischt. Schlangenbiss. Sogar phantasiert hat er, der arme Kerl. Meinte, auf Thälmann geschossen zu haben und nun die Rechnung dafür zu bekommen.«

»Tja, die sozialistischen Brüder machen nun mal keine Gefangenen«, antwortete Bernsen, ohne ihm richtig zugehört zu haben. Angespannt las er den Artikel über die Waffenproduktion in der DDR zu Ende.

»Da kann ich mich auch mit der Wand unterhalten«, murrte Kohlschuetter.

Es klopfte, und im nächsten Moment steckte Claudi ihren stark parfümiert duftenden Haarschopf zur Tür herein. »Friedi, die Angelegenheit von Frau Püschel ist geklärt. Ich habe sie auch gleich angerufen und ihr mitgeteilt, dass sie auf das Essen nächste Woche einen Nachlass bekommt.«

Bernsens Kopf schnellte nach oben. »Du hast *was*?«, fragte er in einem Tonfall, als hätte Claudia Muschke ihm soeben gebeichtet, sein Auto in einem Baggersee versenkt zu haben. »Jetzt wird sie mir deswegen aufs Dach steigen. Ich darf nicht mit fremden Leuten über Privatangelegenheiten sprechen. Das kann sie nicht leiden.«

Claudias Vollmondgesicht glühte vor freudiger Aufregung. »Keine Sorge, ich habe mich extra als Mitarbeiterin des Lieferservice ausgegeben und gesagt, dass du dich beim Chef beschwert hättest und ich nun eine Abmahnung bekomme.« Sie lächelte versonnen und fügte im Singsang eines Kleinkindes an: »Ich glaube, Letzteres hat sie mehr gefreut als die zwei Euro Rabatt.«

Auf Bernsens Gesicht breitete sich ein erleichtertes Grinsen aus. »Mitarbeiterin? Clever. Wirklich. Danke, Claudi.«

»Für dich gern, Friedi. Ach, und ein Kollege von der Polizeiinspektion Sömmerda hat angerufen. Ihr sollt euch dringend wegen der drei tatverdächtigen Jugendlichen im Mordfall Fanke melden. Der arme Kerl klang ziemlich durch den Wind. Dass er am liebsten mit Kohlschuetter sprechen will, wusste er aber noch.« Ein herablassender Blick auf Bernsens Gegenüber begleitete ihre Worte.

»Schitz?«, fragte der, ohne aufzusehen.

»Nein, Bartsch, Heiko Bartsch. Was stimmt denn in Sömmerda nicht?«

»Alles«, behauptete Bernsen. Dann streckte er sich, um über seinen Bildschirm hinweg zu Kohlschuetter sehen zu können, und sagte: »Rufen Sie den Kerl an. Wir müssen dranbleiben.«

»War das nicht *Ihre* heiße Spur?«, moserte Kohlschuetter.

Claudia Muschke entfleuchte ein: »Tzzz. Ihr wisst schon, dass der Sömmerdaer Fall beim Chef ganz oben auf der Liste steht?« Gleich darauf war sie verschwunden.

Kohlschuetter ließ missmutig von seiner Arbeit ab und wählte Bartschs Nummer. Er wartete. »Geht keiner dran.

»Mein Gott, dann versuchen Sie es bei dem rothaarigen Nervzwerg«, moserte Bernsen.

Kohlschuetter tippte sich mit dem Zeigefinger gegen die Stirn und wählte erneut. »Herr Schitz, was gibt es so Dringendes?«

Schweigen.

»Scheiße.«

***

Die Baracken standen auf einem verlassenen Gelände am westlichen Stadtrand, rechter Hand von einem Werkstoffmarkt und in direkter linksseitiger Nachbarschaft von einer Tankstelle begrenzt. Das große, zum Teil durchaus als heruntergekommen zu bezeichnende Areal, das sich längsseitig bis zur Unstrut ausstreckte, hieß im Volksmund nur »Sekado«, was auf die Munitionsfabrik gleichen Namens, die einst hier ihren Sitz gehabt hatte, zurückging. Die Sekado AG, ein, wie sollte es auch anders sein, von Dreyse und seinem Geschäftspartner Collenbusch gegründetes Unternehmen, hatte Zündhütchen, Revolverpatronen, Jagdmunition und Schlachthauspatronen sowie 1941 unter Einsatz osteuropäischer Zwangsarbeiter sogar Brandbomben produziert. Nach der Demontage und teilweisen Sprengung der Produktionsstätten durch die Sowjetarmee im Jahr 1946/47 waren von der Fabrik lediglich ein paar unwichtige Gebäude und der Verwaltungssitz übrig geblieben. Bis 1993/94 hatte Letzterer der Sömmerdaer Oberschule eine wenn auch nicht besonders praktische, dafür aber schöne Heimstatt geboten, welche 1995 ebenfalls der Abrissbirne zum Opfer gefallen war. Vor wenigen Jahren dann hatte man, um dem Ansturm an Flüchtlingen gerecht zu werden, auf der Brache die Barackensiedlung errichtet.

Keine fünfhundert Meter von hier entfernt war am Morgen die ermordete Bettina Fanke gefunden worden. Wenn die drei jungen Männer, die kurz vor ihrem Tod bei dem Opfer gesehen worden waren, etwas mit dem Mord zu tun hatten, lag der Grund dafür – eine zufällige Begegnung unweit ihres Wohnortes – auf der Hand. Dann könnte Bernsen mit allem recht gehabt haben. Warum Schitz sie allerdings in ihrer Unterkunft angetroffen hatte, darauf konnte er sich noch keinen Reim machen. Es sei denn natürlich, die Burschen waren unschuldig, aber das würden sie herausbekommen.

»›Schöner Wohnen‹ lässt grüßen«, brummte Bernsen, als sie den Wagen abstellten.

Ein junger Polizist, der Kollege von Schitz, den sie bereits gesehen hatten, erschien vor einer der Baracken und kam auf sie zu. »Da sind Sie ja, beeilen Sie sich bitte«, rief er bereits von Weitem. »Das ist alles ziemlich unschön hier. Aber wir haben voll durchgegriffen.«

Mit großen Schritten lief er voraus, betrat den Bau, durchquerte einen schmalen Flur, in dem ein paar aufgeregt in ihrer Landessprache miteinander diskutierende Männer standen und sie argwöhnisch beäugten, öffnete ohne anzuklopfen eine Tür und blieb mit eingefrorener Miene davor stehen.

Kohlschuetter betrat zuerst den Raum. Das Zimmer war recht klein und wurde durch einen in der Mitte stehenden Tisch mit vier Stühlen optisch in zwei Hälften geteilt. Auf dem Tisch lagen mehrere Handys, eine Schachtel Zigaretten und ein Feuerzeug. Rechts und links an den Wänden befanden sich jeweils ein Doppelstockbett mit dazugehörigem Nachtschrank sowie zwei schmale Spinde. Das obere Bett in der linken Ecke war offenkundig nicht belegt, denn hier stapelten sich Reisetaschen, Koffer und Plastiktüten. Dazwischen ragten ein paar volle PET-Flaschen mit Softgetränken heraus. Insgesamt machte das Zimmer, wenn man die geringen Platzmöglichkeiten berücksichtigte, einen recht aufgeräumten und sauberen, aber auch trostlosen Eindruck.

Das wäre alles so weit akzeptabel gewesen, wenn nicht auf dem unteren Bett drei junge Ausländer gesessen hätten, die mit zwei Paar Handschellen aneinandergekettet worden waren. Die Männer starrten schweigend auf das Linoleum und schauten nicht einmal auf, als Bernsen und Kohlschuetter den Raum betraten. Daneben lehnte der angehende Polizeimeister Schitz mit vor der Brust verschränkten Armen an der Heizung und begutachtete zufrieden seine Beute.

»Schitz«, donnerte Kohlschuetter ungnädig. »Sie machen die Männer los, sofort! Und dann erklären Sie mir, was hier los ist.«

Schitz zuckte zusammen, öffnete den Mund, schaute auf die drei jammervollen Gestalten und dann wieder zu Kohlschuetter. »Fluchtgefahr«, sagte er wenig schuldbewusst. »Dringender Mordverdacht. Alle volljährig. Sie haben Bettina Fanke heute früh getroffen. Das geben sie zu.«

»Dann hätten Sie sie auf die Polizeiinspektion gebracht und nicht aneinandergefesselt«, entgegnete Kohlschuetter barsch. »Wie lange wollten Sie die Männer auf diese unwürdige Art festhalten? Bis Sie freiwillig den Mord gestehen? Sind wir im Wilden Westen, oder was? Was sollen die denn von unserem Staat denken, Mensch?«

Schitz hob und senkte die Schultern. »Was denkt Frau Fanke, die, womöglich weil sie keine Kippen hatte, von den drei Nasen gemeuchelt wurde?«, antwortete er trotzig.

»Schlagfertig ist er. Das muss man ihm lassen«, meinte Bernsen sichtlich belustigt.

»Handschellen ab, aber hurtig«, kommandierte Kohlschuetter.

Schitz schmollte. »Wie hätten Bartsch und ich die denn heil hier rausbringen sollen? Haben Sie gesehen, wie viele da draußen stehen? Ich weiß nicht, wie die drauf sind. Ich dachte, ich hole mir das Geständnis lieber an Ort und Stelle und rufe Verstärkung.« Unwillig öffnete er die Handschellen.

Die drei Männer schauten unsicher.

»Wie sind Sie eigentlich so schnell auf die Gesuchten gestoßen?«, wollte Bernsen wissen.

»Meine Großmutter hat mir geholfen.«

»Nicht das schon wieder«, bemerkte Bernsen spitz.

»Wenn es doch so ist«, entgegnete Schitz hörbar getroffen. »Sie engagiert sich im Refugium, der Beratungs- und Informationsstelle des ASB. Die sitzen in der Bahnhofstraße, wenige

Meter von unserer Dienststelle entfernt. Dort treffen sich die Asylsuchenden mit Einheimischen, die helfen wollen. Meine Großmutter hilft den Flüchtlingen beim Ausfüllen von Anträgen, begleitet sie zu den Ämtern und all so einem Kram. Dadurch kennt sie viele Leute. Die drei Larven da«, er deutete angefressen auf die Männer, »gehören dazu. Sie hat sie anhand der Phantomzeichnungen identifiziert.«

»Schön. Da wir ja ohnehin öffentlich fahnden wollten, betrachten wir das damit als erledigt«, sagte Kohlschuetter. An die drei Männer gewandt fügte er hinzu: »Können Sie uns sagen, warum Sie heute früh an der Unstrut waren und was Sie gesehen haben?«

Ratlose Blicke.

Er zog ein Bild des Opfers aus seiner Hosentasche und zeigte es ihnen.

Alle drei nickten.

»Sehen Sie, sage ich doch«, mischte sich Schitz ein.

Kohlschuetter bedeutete ihm zu schweigen und wiederholte seine Frage. »Was haben Sie heute früh an der Unstrut gemacht?«

Keine Antwort.

»Die verstehen kein Wort Deutsch«, wandte Schitz kleinlaut ein.

»Sieh an.« Bernsen hob belustigt eine Braue. »Ich frage mich, wie Sie unter diesen Umständen zu Ihren Geständnissen kommen wollten?«

Schitz' Körperhaltung wurde wieder selbstsicherer. »Im Italienurlaub verstehen mich die Kellner auch. Mit Händen und Füßen geht alles. Ich bin da talentiert. Man muss natürlich Geduld haben.« Er nickte eifrig.

»Na, dann bestellen Sie jetzt mal bei den dreien eine Pizza Tonno«, forderte Bernsen ihn schmunzelnd auf. »Ich habe Hunger.«

***

Der Dolmetscher hatte schnell herausbekommen, dass die drei jungen Männer, die aus Syrien stammten, am Morgen tatsächlich auf dem Unstrut-Radwanderweg mit Bettina Fanke zusammengetroffen waren. Angeblich, darin stimmten die Aussagen der Männer überein, waren sie wie sie in Richtung Leubingen unterwegs gewesen, trotz ihrer Rufe und des wiederholten Betätigens der Fahrradklingeln waren sie von ihr aber nicht bemerkt worden. Schließlich hatten sie, um nicht in die Frau hineinzufahren, scharf bremsen und anhalten müssen. Einer der Männer, Ahmed, hatte zugegeben, dass er darüber ziemlich sauer gewesen war und dies auch lautstark kundgetan hatte. Erst da sei die Frau, die telefoniert haben soll, auf sie aufmerksam geworden, habe sich umgewandt und sich über das Verhalten beschwert. Das wiederum hätten zwei Arbeiter des Betriebshofes, die wohl gerade damit beschäftigt gewesen waren, ein Auto zu beladen, mitbekommen und als Pöbelei interpretiert, woraufhin sie die Ausländer unmissverständlich aufforderten zu verschwinden. Die Frau war beiseitegetreten und hatte die Radfahrer vorbeigelassen.

Die drei Männer waren wegen dieses Missverständnisses und der daraus folgenden Ungerechtigkeit noch immer sauer gewesen, hatten sich aber zurückgehalten, als sie hörten, dass die Frau ermordet worden war, um nicht den Anschein zu erwecken, sie könnten etwas mit dem Mord zu tun haben. Bis auf Ahmed, der Älteste von ihnen. Er hatte während der Befragung seinem gesamten Frust auf unangenehm aggressive Art Luft gemacht. Der Umstand, dass die deutschen Behörden ihn nicht zu seiner Familie nach Hamburg ziehen lassen wollten, war maßgeblich für die Arroganz, die er seinem Gastland zuschrieb. Dass Bettina Fanke ihm und seinen Kumpeln nicht aus dem Weg gegangen war und sie am Ende auch noch einen Anpfiff von den Arbeitern kassiert hatten, war für ihn ein weiteres Indiz für die deutsche Überheblichkeit. Hinzu kam, dass Bettina Fanke eine Frau war und Ahmed offenkundig Probleme mit der Lebensweise und den Regeln einer modernen, christlich geprägten Gesellschaft hatte.

Dass sich der junge Mann nach seiner einjährigen Flucht über den westlichen Balkan von seinem Antrag auf Asyl etwas anderes erhofft hatte als die seit Monaten andauernde lähmende Warterei in Sömmerda, das konnte Kohlschuetter noch irgendwie nachvollziehen. Mit allem anderen, insbesondere Ahmeds Feindseligkeit und seinem mangelnden Interesse an dem Mordopfer, hatte er dagegen so seine Schwierigkeiten gehabt. Die Angaben der drei Syrer jedoch stimmten weitestgehend mit denen der Arbeiter überein, und sämtliche Zeugen wollten außer dem Opfer niemanden auf dem Radweg gesehen haben. Da es zudem nichts Ungewöhnliches war, an einem heißen Sommertag frühmorgens in die Leubinger Kiesgrube zum Baden zu fahren, und auch sonst nichts gegen die drei Ausländer vorlag, hatte Kohlschuetter beschlossen, sie ziehen zu lassen. Dass die Männer, insbesondere Ahmed, gegenüber Bettina Fanke gewalttätig geworden waren, konnte Kohlschuetter nach wie vor nicht vollständig ausschließen, allerdings fehlten ihm hierfür konkrete Beweise. Sie hätten extra noch mal zurückkehren müssen, nachdem die Arbeiter des Betriebshofes abgefahren waren. Das war natürlich möglich, aber wenig wahrscheinlich.

Wie ernst ihre Lage dennoch war, hatten die Jungs spätestens begriffen, als Kohlschuetter ihre Fingerabdrücke genommen und eine Speichelprobe verlangt hatte. Auch hatte er es nicht versäumt, die Ausländerbehörde des Landratsamtes über ihren Anfangsverdacht zu informieren, falls einer der Kerle auf die Idee kommen sollte, die Stadt verlassen zu wollen.

Jetzt saß er allein in seinem und Bernsens Büro in der Erfurter Polizeiinspektion und überlegte, ob er noch etwas in diesem Fall unternehmen oder endlich Feierabend machen sollte. Gerade hatte er Susi gebeten, sich das Handy der Toten noch einmal genauer vorzunehmen. Dass die Fanke bei der Begegnung mit den drei Syrern telefoniert haben sollte, hatte ihn stutzig gemacht, denn die Auswertung der Telefongespräche hatte etwas anderes ergeben. Möglicherweise hatte die Kriminaltechnik etwas übersehen.

Bernsen, der von seiner Püschel-Schwiegermutter noch zwei

weitere Male angerufen und mit Sinnlosigkeiten vollgequatscht worden war, war schon vor etwa einer halben Stunde abgehauen. Frau Püschel hatte bei ihrer wöchentlichen Durchsicht der Discounterprospekte ein dreiteiliges Blumenstecker-Set entdeckt, das sie unbedingt haben wollte, weil sie schon seit Wochen so eins suchte, und da ihre Tochter auf Sylt weilte, konnte es nun niemand anderes besorgen als der verhasste Schwiegersohn. Bernsens Freude darüber, an einem Montagabend um kurz nach sieben einen Supermarkt zu betreten, um einen Vier-Euro-Ramschartikel in der Grabbelkiste zu suchen, hielt sich verständlicherweise in Grenzen, und so war er miesepetrig und ohne sich großartig von Kohlschuetter zu verabschieden aufgebrochen.

Sie hatten angesichts der Vehemenz von Frau Püschel nicht einmal mehr Zeit gefunden, die nächsten Ermittlungsschritte zu besprechen. Dabei hielt Kohlschuetter es immer mehr für unerlässlich, die Bremer Kollegen auf Max Fanke, den Sohn der Ermordeten, anzusetzen. Er konnte ihnen möglicherweise wichtige Hinweise geben. Dazu brauchte es allerdings ein persönliches Gespräch, wie die heutigen telefonischen Versuche gezeigt hatten, und zwar schnell und nicht erst am Freitag, wenn Bernsen wieder nach Bremen aufbrechen würde. Zumal nicht klar war, ob er während der Abwesenheit der Rotfeder sein Wochenende nicht einfach in der Erfurter Pizzeria von Andras verbrachte.

Was er nicht weiß, macht ihn nicht heiß, dachte Kohlschuetter und wählte die Nummer der Bremer. Wenig später hatte er einen leitenden Kriminalbeamten am Ohr und schilderte dem Mann ihren Fall. Seine Vermutung bezüglich einer etwaigen Tätigkeit des Opfers in einer geheimen Abteilung Y des ehemaligen Büromaschinenwerkes behielt er dabei zunächst bewusst für sich. Zu viel musste er nicht preisgeben, zumal seine Gedanken noch unausgegoren waren und er die norddeutschen Kollegen vorerst nur zur allgemeinen Befragung des Sohnes und für die Begutachtung ihrer Wohnung brauchte.

Der Kripobeamte notierte sich alles und versprach, sich umgehend zu kümmern.

»Sagen Sie, noch eine Frage, bevor Sie auflegen«, bat der Mann freundlich.

»Natürlich, gern«, entgegnete Kohlschuetter, der von der Hilfsbereitschaft und Professionalität des Bremers durchaus angetan war. Bernsen schien demnach nicht der Prototyp der Hansestädter zu sein.

»Ich hatte vor vielen Jahren mal einen Kollegen, der nach der Wende nach Erfurt gegangen ist. Also, ich weiß nicht, wie lange man es dort mit ihm ausgehalten hat, womöglich ist er längst wieder woanders, aber ich dachte, vielleicht wissen Sie ja etwas. Friedhelm Bernsen. Sagt Ihnen der Name was?«

»Ja«, sagte Kohlschuetter und hatte Mühe, nicht noch ein »leider« anzufügen. Das wäre bösartig und unter Umständen auch übertrieben gewesen. Aber manchmal ging ihm Bernsen mit seinem unmöglichen Benehmen einfach auf die Kette. Die Kiste heute Morgen im Krankenhaus war ein perfektes Beispiel dafür. »Er ist mein Teampartner«, ergänzte er stattdessen.

Sein Gesprächspartner erwiderte daraufhin nichts. Kohlschuetter glaubte bereits, dass das Telefonat unterbrochen worden war, als am anderen Ende der Leitung ein schallendes Lachen laut wurde.

»Hey, Jan, Roland, kommt mal rüber«, rief der Bremer. »Ich habe gerade den Kollegen in der Leitung, der unseren Psychopathen abgekriegt hat. Kripo Erfurt. Die haben den Wahnsinnigen da unten tatsächlich die ganzen Jahre behalten. Abgefahren! Die Thüringer müssen ein krasses Volk sein.« Wieder an Kohlschuetter gerichtet beteuerte er: »Entschuldigung, so war das nicht gemeint, aber einen Bernsen mehr als drei Jahrzehnte in seiner Umgebung zu haben, verlangt einem so einiges ab.«

»Bei mir sind es erst drei Jahre. Ich bin noch nicht so lange dabei«, erwiderte Kohlschuetter zögerlich.

»Drei Jahre, jeden Tag. Dann müssen Sie starke Nerven haben. Kompliment«, antwortete der Bremer. Im Hintergrund wurden diverse Stimmen laut.

»Bernsen?«

»Sag ich doch, unser Psychopath.«

»Armes Erfurt.«

»Egal, Hauptsache, er ist weit weg.«

Die Männer redeten alle durcheinander und brachen zwischendurch immer öfter in Gelächter aus. Als Kohlschuetters Gesprächspartner sich wieder zurückmeldete, hatte er hörbar Mühe, ernst zu bleiben. »Wie gesagt, es tut mir leid. Aber dass Sie und Bernsen ... Na ja, von der Sache her ist er ja ganz in Ordnung. Nichts für ungut. Als Polizist ganz brauchbar.« Wieder konnte er ein Lachen kaum unterdrücken. »Wenn Sie Hilfe brauchen, immer gern. Auch wenn Sie mal reden wollen, so von Mann zu Mann.« Ein kurzes Schnaufen. »Ich melde mich spätestens morgen früh, hoffentlich mit einer brauchbaren Aussage des Sohnes. Moin.« Er legte auf.

Kohlschuetter schaute auf den verstaubten Werder-Bremen-Wimpel, der an einer vertrockneten Topfpflanze auf Bernsens Schreibtisch baumelte, und fühlte sich gerade so richtig auf den Arm genommen.

***

Bernsen war wach. Richtig wach. Um kurz nach fünf hatte ihn seine Schwiegermutter aus dem Bett geklingelt, um von ihm zu erfahren, ob sie dem Pudel Bernd zum Frühstück Trocken- oder Nassfutter servieren sollte und in welcher Menge seine Vitaminpräparate in die Ration einzubringen waren. Da sie das Vieh am Montag bereits gefüttert haben musste und es sich offenkundig noch bester Gesundheit erfreute, war die Dringlichkeit ihres Anliegens für Bernsen nicht ganz einleuchtend gewesen, und so hatte er sich, schlaftrunken und gepeinigt vom gestrigen Discounterbesuch, gegenüber Frau Püschel ein wenig im Ton vergriffen. Die Sätze »Es kratzt mich nicht, was die Töle frisst« und »Geben Sie ihm doch etwas von der Pampe, die Sie sich reinleiern« hatten bei seiner Schwiegermutter derartige Herzbeschwerden ausgelöst, dass sie entgegen ihrem ursprünglichen Vorhaben nicht umhingekommen war, ihre Tochter bei deren Erholungskur zu stören, um sie über

Bernsens ungebührliches Verhalten und des Pudels Futterproblematik zu informieren.

Bernsen, dem durch die Stimme seiner Schwiegermutter ohnehin schlagartig der Schlaf aus allen Knochen gefallen war, hatte in direkter Folge seiner Rotfeder Rede und Antwort stehen müssen. Die wiederum hatte für seine nervlich angespannte Verfassung angesichts seines unklaren Gesundheitszustandes und der vermeintlichen Gesellschaft von Ingo Kupke allergrößtes Verständnis gezeigt. Gegen sechs war die Angelegenheit erledigt gewesen.

Bernsens gemütliches Erwachen war dadurch allerdings empfindlich gestört worden, und so hatte es ihn bereits zwanzig Minuten später ins Büro getrieben.

Claudi, die glücklicherweise zu dieser Zeit ganz regulär ihren Dienst antrat, hatte ihn sogleich mit Kaffee und einem Stück selbst gebackenem Kuchen versorgt, sodass sich seine Laune fast gebessert hätte, wäre da nicht die Mail vom Chef des Kreisarchivs Sömmerda gewesen. Der hilfsbereite Herr bestätigte darin nicht nur die Existenz der »Speziellen«, wie das Y-Werk auch genannt wurde, sondern hatte dem Schreiben zudem die Baupläne für das entsprechende Werksgebäude und einen Zeitungsartikel beigefügt. Mehr habe er in der Kürze der Zeit nicht auftreiben können, obwohl es sicherlich noch etwas zu finden gebe. Wenn er auch nicht sicher sei, wie viel. Das Archiv habe zwar die Personalakten des Werkes und viele der sonstigen Dokumente übernommen, aber in den Wendejahren sei gerade bei heiklen Themen so manches Papier verschwunden. Niemand habe damals so genau hingeschaut, was allen, die clever und vor allem wichtig genug gewesen waren, ihre dunkle Vergangenheit durch geschicktes Beseitigen der Beweise zu bereinigen, Tür und Tor geöffnet habe. Noch dazu sei das Material insgesamt so umfangreich, dass die Mitarbeiter des Archives bis heute noch nicht alles gesichtet hätten.

Der Archivar hatte das im Hinblick auf den seinem Beruf eigenen Wissensdrang zutiefst bedauert, aber zwischen den Zeilen durchblicken lassen, dass es angesichts der vielen noch lebenden Zeitzeugen für das Zusammenleben in einer so kleinen Stadt womöglich auch besser war, noch nicht alles erforscht zu haben. Bernsen musste sich also mit dem zufriedengeben, was er vorliegen hatte.

Der Zeitungsartikel stammte aus dem Jahr 1990 und war der Betriebszeitung »Pulsschlag« entnommen. »Die Speziellen planen GmbH« lautete die Überschrift, unter der sich der Verfasser mit der Zukunft des Y-Werkes befasste. Bernsen hatte ihn aufmerksam gelesen, jedoch wenig Erhellendes in Bezug auf die vermeintlich militärische Produktion gefunden. Das wirklich Interessante hätte er beinahe übersehen: Mehrfach wurde der damalige Chef des Y-Werkes zitiert, mit allfälligen Sätzen, die man bis auf die konkrete Aussage, niemals Waffen in Sömmerda produziert zu haben, streichen konnte. Natürlich wurde auch 1990 noch hübsch um den heißen Brei herumgeredet, konstatierte Bernsen mürrisch, das hieß also gar nichts. Entscheidend war der Name: Wilfried Tänzer.

Bernsen, der nicht an einen Zufall glauben wollte, hatte recherchiert. Wilfried Tänzer war unter derselben Adresse gemeldet wie Yvonne Tänzer, die Dame, die die Leiche entdeckt hatte. Er hatte sogar noch mehr herausgefunden: Die Tänzers wohnten seit 1982 in Sömmerda unter einem Dach, und egal, ob sie nun Eheleute oder Geschwister waren, sie standen in irgendeiner engen Beziehung zueinander. Was die Vermutung nahelegte, dass Yvonne Tänzer die engsten Mitarbeiter von Wilfried Tänzer gekannt hatte. Wenn das zutraf – und unter der Voraussetzung, dass Bettina Fanke wirklich als Ingenieurin im Y-Werk beschäftigt gewesen war –, musste Yvonne Tänzer, die das Opfer noch nie in ihrem Leben gesehen haben wollte, gelogen haben. Die Frage war, warum.

Diese Erkenntnis schmeckte Bernsen überhaupt nicht. Undurchsichtige DDR-Geheimnisse, und dann noch im Zusammenhang mit militärischer Produktion, waren nicht sein Ding. Dass Kohlschuetter mit seiner Theorie überdies recht behalten könnte, machte die Sache noch schlimmer. Sobald der Jungspund hier eintraf, sollten sie nach Sömmerda aufbrechen, um den Tänzers, die laut Polizeicomputer ein unbeschriebenes Blatt waren, einen Besuch abzustatten.

Unwirsch grub sich Bernsen durch das Internet. Und was er fand, stimmte ihn nicht froher. Bereits 1956 hatte die Führung der DDR damit begonnen, militärische Technik und Waffen zu produzieren. Ein prominentes Beispiel dafür war die Kalaschnikow, ein sowjetisches Sturm- und Maschinengewehr, das in der traditionellen Thüringer Waffenstadt Suhl hergestellt worden war. Hugo Schmeisser, ein bekannter Suhler Waffenkonstrukteur, war 1946 eigens für dessen Weiterentwicklung von der Roten Armee in den Ural deportiert worden. Bernsen, der von derartigen Geschichten zwar schon einmal gehört, aber nie eine konkrete Person damit verbunden hatte, las interessiert weiter. Schmeisser hatte erst 1952 in seine Heimat zurückkehren dürfen, ein Schicksal, das viele Waffenkonstrukteure aus Suhl teilten. Die deutschen Ingenieure waren damals die besten auf ihren jeweiligen Gebieten, und die Sowjets hatten den Krieg gewonnen. Dass die also auch intellektuell alles aus Deutschland herausholen wollten, was möglich war, lag auf der Hand. Vor allem in und um Dresden, aber auch in Jena und Gera hatte es zu DDR-Zeiten zahlreiche Betriebe und Kombinate gegeben, die mit Rüstungsprojekten für den Ostblock, oder wie es auf den entsprechenden Internetseiten verklausuliert hieß, mit der »speziellen Produktion« beschäftigt gewesen waren. Allein im Jahr 1989 produzierte die DDR wehrtechnische Güter und Dienstleistungen im Wert von rund vier Milliarden Mark. Davon wurde knapp die Hälfte exportiert, vorwiegend in die Sowjetunion, aber auch in afrikanische Länder und in den Nahen Osten.

»Diese bigotten Kommunisten«, murmelte Bernsen. »Aber sich über die bösen Kapitalisten aufregen. Immer schön auf Friedensaktivist machen und selbst alles verscherbeln, was ein paar Kröten bringt. Ausgerechnet an die Araber. Aber das passt ja ins Bild.«

Er stöberte weiter. VEB Kombinat Carl Zeiss Jena, diesen Namen hatte er ebenfalls im Text der Mitarbeiterzeitung gelesen.

Das Y-Werk des Sömmerdaer Büromaschinenwerkes hatte mit den Jenensern zusammengearbeitet. Beim sogenannten G-Betrieb von Zeiss, in dem zu militärischen und Sicherheitsanwendungen geforscht worden war, welche dann auch produziert wurden, hatte es sich um einen streng abgeschotteten und bewachten Bereich gehandelt, zu dem man nur mit Sonderausweisen Zutritt erlangte. Hier hatten die Ingenieure unter anderem an einem Raketenlenkwaffenkomplex für den Panzer T-55A, an einem Panzerabwehrraketenkomplex und an Aufgaben der Weltraumverteidigung gearbeitet. Dank der akribischen Dokumentation sämtlicher Vorgänge durch die Staatssicherheit war ein Teil der streng geheimen Projekte bekannt. Dennoch, und auch das war in den meisten Berichten über diese Industrie zu lesen, gab es so manches, über das bis heute der Mantel des Schweigens gehüllt wurde. Angeblich sollte es nicht selten vorgekommen sein, dass die Mitarbeiterinnen und Mitarbeiter bestimmter Abteilungen eine lebenslange Schweigeverpflichtung unterschreiben mussten.

»Würde mich nicht wundern«, moserte Bernsen. »Die verhuschte Cindy Müller wollte ja auch nicht reden. Dabei frage ich mich, was groß passieren soll, wenn die Leute es doch tun. Geheimniserklärung hin oder her. Die hat heute gar keine Gültigkeit mehr, zumal es den Staat nicht mehr gibt. Ist das nun gekränkte Eitelkeit, der letzte Rest Ehre oder einfach widerborstige Blödheit? Oder Angst? Aber vor wem?«

»Vor Ihnen selbstverständlich«, antwortete Kohlschuetter, der soeben ihr gemeinsames Büro betreten hatte. »Um was geht es denn, und seit wann führen Sie Selbstgespräche?« Er schob sein Handy in die Hosentasche und setzte sich an seinen Schreibtisch.

»Guten Morgen, so viel Zeit wird ja noch sein«, meckerte Bernsen und schloss eilig die geöffneten Internetseiten. »Schön, dass Sie auch schon wach sind, wir müssen nach Sömmerda.«

»Warum?«

»Erzähle ich Ihnen unterwegs.«

»Vorher noch schnell zwei Worte zu dem Sohn der Toten, Max Fanke«, hob Kohlschuetter an.

»Ach, wollte der nun doch mit Ihnen reden, wie schön.« Bernsen, der bereits aufgestanden war, hielt in der Bewegung inne, um Kohlschuetter aufmerksam zuzuhören.

»Kann man so sagen«, wiegelte Kohlschuetter ab. »Bettina Fanke ist während ihrer Zeit in Thüringen tatsächlich die Leiterin der Abteilung Elektronik des Y-Werkes in Sömmerda gewesen. Und jetzt kommt's: 1990 hat sie in Bremen bei der Atlas Elektronik GmbH angeheuert. Die Atlas macht …«

»Ausrüstung für Seestreitkräfte, Rüstung«, fiel ihm Bernsen in jammervollem Ton ins Wort. »Ich weiß.«

Kohlschuetter stutzte, redete aber weiter. »Der Sohn weiß nichts über die genaue Tätigkeit seiner Mutter, angeblich hat sie darüber nie geredet. Er hat vor zwei Jahren das gut gehende IT-Unternehmen des Vaters überschrieben bekommen, worüber bei den Eltern Einigkeit geherrscht haben soll. Der Vater ist im April an Krebs gestorben. Ich lasse mir trotzdem mal die Unterlagen dazu kommen, nicht dass es diesbezüglich Streitigkeiten gab und, na, Sie wissen schon.« Kohlschuetter kritzelte etwas auf einen Zettel.

»Atlas GmbH«, nuschelte Bernsen und setzte sich vorsichtig wieder auf seinen Bürostuhl. Ihr Opfer war eine Mitarbeiterin der Bremer Atlas. Das war zu viel. Ausgerechnet hier, in seinem Zuständigkeitsbereich. Und nicht einmal seine Rotfeder war in der Nähe. Sylt, hätte er nur die läppischen fünftausend Euro ausgegeben und wäre mit ihr auf diese Insel gefahren. Wie konnte er nur so blöd gewesen sein. Geiz brachte einem nun mal nichts ein außer Geld. In diesem Fall wäre ihm sein Seelenfrieden lieber gewesen. Ihm wurde schlecht.

»Max Fanke war am Sonntagabend übrigens gemeinsam mit seiner Freundin im Theater und hat anschließend bis früh um vier in einer Bar gefeiert. Dafür konnte er mehrere Zeugen benennen«, fuhr Kohlschuetter fort. »Er und seine Freundin scheiden als mögliche Verdächtige also aus, vorausgesetzt, die Alibis stimmen. So schnell fährt keiner von Bremen nach Sömmerda, nicht einmal Sie. Er befindet sich übrigens in ärztlicher Betreuung. Das Ganze hat ihn zu sehr mitgenommen.«

Bernsen hörte ihm kaum noch zu.

»Die Bremer Kollegen werden als Nächstes Bettina Fankes Arbeitgeber informieren und befragen.« Kohlschuetter dämpfte seine Stimme. »Sie gehen davon aus, dass sich das bremische LKA, wenn nicht sogar das BKA, bei uns melden könnte. Es kommt ganz darauf an, was Frau Fanke genau bei der Atlas gemacht hat, aber am Empfang wird sie höchstwahrscheinlich nicht gesessen haben. Die Wohnung des Opfers nehmen die sich auch vor.«

»Sie haben mit Bremen gesprochen?«, fragte Bernsen mit der Stimmlage eines Verzweifelten. »Na, ist ja auch schon egal.« Er stierte vor sich hin. »Das ist eine ganz fette Kiste, das sage ich Ihnen, und alles nur, weil die bei Y gearbeitet hat und in den Westen abgehauen ist. Militärspionage, Verrat, Rache, und wir sind mittendrin.«

***

»Diese bodenlose Unverschämtheit wird Sie den Ruf unter den Kollegen kosten. So viel ist schon mal gewiss.« Professor Kalder, der Jenenser Rechtsmediziner, ließ sich nicht davon abschrecken, dass Melanie Anders, die Adressatin seines Gezeters, gerade mit Kohlschuetter telefonierte, der jedes Wort mitanhören konnte. »Ich habe Sie zu dem gemacht, was Sie heute sind. Und das ist nun der Dank dafür. Mein Lebenswerk wird mir aus den Händen gerissen, um den Karrierehunger eines gierigen Weibes zu stillen.« Dumpfe Geräusche wurden laut. Es hörte sich an, als ob ein Karton zu Boden fiel.

»Ich bin gleich wieder für Sie da, Herr Kohlschuetter, bitte entschuldigen Sie mich einen Moment«, sagte Melanie Anders, ehe sie sich wieder dem Professor zuwandte. »Irgendwann droht uns allen die Pensionierung, verehrter Herr Kalder«, sagte sie ohne großartige Gefühlsregung. »Ihre ist nun viele Jahre her. Und dass Sie nicht trotzdem weiterhin jeden Tag ins Institut kommen können, versteht sich ja wohl von selbst. Ich werde diesen Zustand nicht mehr länger tolerieren, das habe ich Ihnen schon oft gesagt.« Sie atmete tief aus.

»Das ist mein Lebenswerk«, ereiferte sich der Professor. Etwas Metallenes knallte auf den Boden.

»Das heben Sie wieder auf. Das war mein Werkzeug«, kommandierte sie schroff.

»Frau Anders, ich kann auch später noch mal ...«, hob Kohlschuetter an.

»Nein!«, fauchte sie. »Finger weg von den Büchern. Das sind meine. – Herr Kohlschuetter, ich habe erste Ergebnisse für Sie.«

Eine Tür knallte.

»Ist er weg?«, erkundigte sich Kohlschuetter vorsichtig.

»Das war er heute schon dreimal. Der Zustand hält leider nicht lange an«, antwortete Frau Anders abgeklärt. »Nun zu Ihrer Leiche. Die Frau war kerngesund und für ihr Alter auffallend fit. Es gibt keine Hinweise auf Kampfspuren. Ebenso kann ich ein Sexualdelikt ausschließen. Fremdspuren, also Hautschuppen, Haare und so weiter, konnte ich auch keine finden.«

»Wir haben Ihnen gestern Abend drei Vergleichsproben bringen lassen. Ich hatte die Vermutung, dass die jungen Männer, von denen sie stammen, unser Opfer angegriffen haben könnten«, wandte Kohlschuetter ein.

»Die Proben habe ich hier. Doch wenn überhaupt jemand das Opfer angefasst hat, dann mit Gummihandschuhen.«

»Es wäre ja auch zu leicht gewesen«, sagte Kohlschuetter enttäuscht.

»Eben«, konterte sie treffsicher. »Weiter im Text ...«

Es knallte. »Ich werde mich bei der Ärztekammer beschweren.« Der Professor war zurück und tobte. »Auf dem Höhepunkt meiner Karriere, mit meiner Erfahrung und meinem Wissen, werde ich eiskalt abserviert. Und das auch noch bei einem politisch so brisanten Fall wie dem Thüringentags-Mord.«

»Jetzt fängt der auch noch an«, moserte Kohlschuetter. »Was haben denn bloß alle mit diesem Thüringentag?«

»Das frage ich mich allerdings auch«, entgegnete Melanie Anders. »Kennt man einen, kennt man alle. Diese krampfhafte Beweihräucherung Thüringens, gepaart mit Heimatduselei, ist nur etwas für ganz Hartgesottene. Abgesehen davon, dass es die austragenden Städte einen Haufen Geld kostet, bringt das doch nichts, außer natürlich, dass so eine Veranstaltung der Politik eine traumhafte Bühne für ihre Selbstdarstellerei bietet. Oder vielleicht doch, einen Haufen an sich an Bratwürsten überfressenden, einfältigen biertrunkenen Gestalten, die an jeder Straßenecke urinieren und sich mit wilden Schlägereien ihr Ego salben.«

»Klare Worte«, meinte Kohlschuetter und fragte sich, woher die Anders Ingo Kupke aus Stödten kannte.

»Jesus und Maria«, schrie Professor Kalder im Hintergrund mit einem Pathos in der Stimme, als hätte seine Kollegin Zweifel an der Existenz des Heiligen Grals geäußert. »Frau Anders, wie oft habe ich Ihnen schon gesagt, dass man auch als Rechtsmediziner, ja *gerade* als Rechtsmediziner, eine Verantwortung für seine Heimat hat? Patriotismus in der Pathologie ist keine inhaltsleere Alliteration, wie Sie vielleicht meinen, sondern die segensreiche Berufung, ja die Pflicht unserer Profession. Morde, die ohne Zweifel zu unserem täglichen Geschäft gehören, stören, ich würde sogar so weit gehen zu sagen, sie zersetzen den friedlichen Zusammenhalt einer Gesellschaft und gefährden damit die Existenz eines Staates. Wir sind dafür verantwortlich, dass sie lückenlos aufgeklärt werden, um den Menschen ihr Vertrauen und ihren Glauben an die Sicherheit und Ordnung unseres Gemeinwesens zurückzugeben. Durch unsere akribische Arbeit schrecken wir Nachahmer ab und helfen so unserem Land, seine stabile Grundordnung zu bewahren.«

»Amen«, säuselte die Anders sarkastisch.

»Ich kann auch später noch mal durchrufen«, beeilte sich Kohlschuetter zu sagen.

»Kommt gar nicht in Frage. Das halten Sie jetzt aus«, beschied ihn die Anders. »Ich ertrage das seit Jahren.« Vom Telefon weggewandt sagte sie: »Wenn Sie dann so weit wären, Herr Professor, ich würde gern Herrn Kohlschuetter meine Untersuchungsergebnisse mitteilen. Umso schneller rette ich den Freistaat Thüringen.«

»Sie haben es noch nie verstanden«, kreischte der Professor. »Der Thüringentag ist das wichtigste Fest im Freistaat. Das ganze Land schaut auf uns. Aber Sie werden schon sehen, was Sie von dieser Arroganz haben. Mich brauchen Sie nicht mehr um Hilfe bitten. Meine Tür ist zu.« Ein heftiges Knallen unterstrich seine Worte.

»Die Verletzung rührt von einem stumpfen Gegenstand her«, fuhr die Anders unbeeindruckt fort. »Die oberflächliche Schnittwunde, also das, was Sie sehen konnten und aufgrund der scheinbaren Harmlosigkeit sicherlich nicht für die Todesursache gehalten haben, hat sie umgebracht. Normalerweise stirbt man an so etwas nicht, aber die tief liegenden Gefäße sind verletzt worden, was eine Einblutung aus einer der Halsschlagadern in das Gewebe zur Folge hatte. Da die äußere Wunde nur sehr oberflächlich ist, konnte das Blut nicht nach außen ablaufen. Es hat sich ein etwa siebenhundert Milliliter großes Hämatom gebildet, das ausreichend groß war, die Blutzufuhr zum Gehirn einzuschränken. Sie hat Husten bekommen, Atembeschwerden und natürlich Panik.«

»Das ist ja schrecklich. Im Leben wäre ich nicht auf so etwas gekommen. Kann man mit einer solchen Wunde noch um Hilfe schreien?«, fragte Kohlschuetter.

»Nein. Sie hat keinen Ton herausbekommen, da bin ich mir sicher. Abgesehen davon würde ich ihr vom Beibringen der Verletzung bis zur Bewusstlosigkeit maximal fünf Minuten geben. Möglicherweise ist sie auch noch ein paar Meter gelaufen, bis zu hundert, dann war Schluss. Sie verlor das Bewusstsein, die Atemreflexe fielen aus, und der Tod trat ein. Ich habe auch etwas Blut in der Luftröhre und in der Lunge gefunden. Damit hatte sie keine Chance.«

»Eine stumpfe Wunde, sagen Sie?« Kohlschuetter dachte an die abgeknickten Zweige in den Büschen entlang des Radweges. Die bedauernswerte Frau hatte nicht einmal mehr die hundert Meter zurücklegen können.

»Ja, und ohne großartige Kraftanstrengung zugefügt. Das Opfer wurde einfach an einer unglücklichen Stelle getroffen.

Die Vorderseite des Halses ist eben immer schlecht«, erklärte Melanie Anders. »Allerdings würde ich meinen, dass der Täter das einkalkuliert hat. Wenn man auf den Hals zielt, will man nicht nur spielen. Jeder Laie weiß das.«

»Hätte man ihr helfen können, wenn …«

»Nein, selbst wenn ein Arzt direkt neben ihr gestanden hätte, wäre das schwierig geworden. Wie gesagt, die Halsschlagader …«

»Undankbar ist das, jawohl!« Der Professor war zeternd zurückgekehrt. »Frau Anders, haben Sie meinen Autoschlüssel gesehen?«, fragte er in friedvollem Ton.

»In der rechten Tasche Ihres Kittels«, entgegnete die Anders, als wäre nichts gewesen.

»Danke schön, und grüßen Sie Kohlschuetter und seinen Nordmann von mir. Auf Wiedersehen«, sagte der Professor. »Bis morgen.«

»Sagen Sie«, hob Kohlschuetter an, wurde jedoch sogleich unterbrochen.

»Vergessen Sie es. Ich ignoriere ihn seit Jahren.«

»Das meinte ich nicht. Was können Sie mir noch zur Mordwaffe sagen? Etwas mehr als ›stumpfer Gegenstand‹ bräuchte ich schon.«

»Tja, eigentlich nichts. Interessant ist aber etwas anderes. Am Kragen des T-Shirts der Toten und an der Haut rund um die Wunde habe ich das Sekret einer Pflanze gefunden«, berichtete die Anders nüchtern.

»Man hat ihr mit einem milchigen Löwenzahn in den Hals gepiekt?«, riet Kohlschuetter im Versuch, betont witzig zu wirken. Obwohl er die Rechtsmedizinerin noch nie zu Gesicht bekommen hatte, hielt er es angesichts ihrer erotischen Stimme durchaus für möglich, dass sie sein Typ war. Eine lockere Atmosphäre, trotz des beruflichen Anliegens, konnte also nicht schaden, wenn er die Option einer Einladung auf einen Kaffee bewahren wollte.

»Waid«, entgegnete Melanie Anders kühl. »Der Saft stammt von einer Waidpflanze. Und wenn ich logisch weiterdenke und mich nicht sinnlos albernen Witzen hingebe, würde ich vermuten, dass es beim Waidanbau oder dessen Verarbeitung ein entsprechendes Werkzeug geben muss, mit dem man jemandem derartige Wunden zufügen kann. Ein Werkzeug mit einer schmalen langen Schneide, aber kein Messer. Wer allerdings im Jahr 2019 noch derart antiquierten Tätigkeiten nachgeht, entzieht sich meiner Kenntnis. Und es muss natürlich nicht so sein, jeder breite Baumarktspachtel tut es auch.«

»Waid? An der Sömmerdaer Unstrut? Und was hat das mit Y zu tun?«, brabbelte Kohlschuetter gedankenverloren.

***

»Bin ich eingeschlafen?«, fragte Bernsen gut gelaunt.

»Keine Ahnung, ich achte nicht auf Sie«, entgegnete Kohlschuetter. »Wieso?«

»Haben Sie den Namen des Dorfes gesehen? Ostramondra.« Bernsen sprach die Silben langsam und betont deutlich aus. »Wenn Sie nach Polen wollten, hätten Sie mir das ja mal sagen können, oder ist das schon Italien? Du lieber Gott, wir fahren ans Ende der Welt, und ich habe noch nicht einmal richtig gefrühstückt«, scherzte er. »Ein schöner Name, aber … Ach du Kacke. Das ist wohl die Hochburg der erneuerbaren Energien im Freistaat? Meine Güte, wie viele von diesen schrecklichen Spargeln haben die denn?« Bernsen zeigte auf den sich rechts vom Dorf befindlichen Windpark. Er zählte laut. »Vierzig, einundvierzig? Das sind dann wohl mehr Mühlen, als der Ort Menschen hat, was? Wann werden die Leute endlich schlau? Windräder, pah!« Er schüttelte sich, vom Anblick abgestoßen. »Bevor die auf den Feldern standen, war es bestimmt ganz nett hier.«

»Hm«, machte Kohlschuetter desinteressiert, lenkte den Wagen durch den verschlafenen Ort und schaute angetan auf den sich linker Hand dahinter erhebenden dichten Waldrücken.

»Die Landschaft ist nicht übel, also dafür, dass es keine See gibt«, bemerkte Bernsen. »Für meine Rotfeder beginnt ja nun heute der erste Tag ihrer Kur. Sylt ist schon nicht schlecht, wenn man das Geld dafür hat. Und Windräder haben die da auch nicht. Nur einsam wird sie sein, so ganz ohne mich. Hauptsache, sie ruft mich nicht so oft an. Ich muss mich schließlich erholen, offiziell liege ich ja noch im Krankenhaus und …«

Kohlschuetter hatte abgeschaltet, er genoss die Landschaft, die, je näher sie dem kleinen Städtchen Rastenberg kamen, umso hugeliger und waldreicher wurde. Er mutmaßte, dass sie auf dem Weg hierher bestimmt einiges an Höhenmetern überwunden hatten, und ärgerte sich, dass er keine Ahnung hatte, wie dieser Thüringer Höhenzug hieß. Er war noch nie in dieser Ecke des Landes gewesen und trotz ihres Zeitdrucks ganz froh, dass sie den kleinen Abstecher machen mussten.

Das Navi schickte ihn über Rothenberga, ein kleines Dorf, dessen Hauptstraße er irgendwann nach rechts verließ und über eine schmale Waldstraße nach Rastenberg einfuhr. Er überlegte. Laut Ansage des Chefs blieben ihnen noch knapp achtundvierzig Stunden, um den Fall zu lösen. Im Grunde war dieses Ultimatum blödsinnig, das wusste Kohlschuetter genau, denn der Chef konnte und würde keine Gegenmaßnahmen aufrufen, sollten sie dem nicht Folge leisten, oder zumindest keine, die juristisch Bestand hatten. Trotzdem war Kohlschuetters Ehrgeiz geweckt, was der Alte, der vor der Staatskanzlei gut dastehen wollte, zweifelsohne einkalkuliert hatte. Dabei tappten sie immer noch im Dunkeln darüber, warum Bettina Fanke sterben musste. Er hatte, bevor er sich eingehend mit der Frage des Waidwerkzeuges beschäftigen konnte, Bernsens Drängen nachgegeben und eingewilligt, die Tänzers in der Sömmerdaer Gartenbergsiedlung aufzusuchen. Zumindest hatten sie es versucht, es war jedoch niemand zu Hause gewesen. Glücklicherweise verfügten die Gesuchten aber über ziemlich gut informierte Nachbarn, die ihnen ohne zu zögern vom Bungalow in Rastenberg berichtet hatten, in dem die Eheleute Tänzer vor allem in den Sommermonaten anscheinend häufiger anzutreffen waren.

Dass der Kollege nun die Tänzers im Visier hatte, konnte

er nach dessen jüngster Entdeckung nachvollziehen, sein Gejammer darüber, dass der Mord womöglich etwas mit der Vergangenheit des Opfers zu tun hatte, wovon Kohlschuetter die ganze Zeit ausgegangen war, verwunderte ihn jedoch zunehmend. Dass Bernsen sich so vehement gegen seinen Verdacht ausgesprochen, aber heimlich in dieselbe Richtung ermittelt hatte, war schon ziemlich harter Tobak.

»Schauen Sie mal, hier muss ein Waldschwimmbad sein.« Kohlschuetter deutete auf eine durch das Blattwerk der Bäume schimmernde hellblaue Wasserfläche. »Das ist ja nett. Das sehen wir uns nachher mal kurz an.« Er bog vor dem Schwimmbad nach rechts von der Straße ab und folgte der Beschilderung eine Anhöhe hinauf in Richtung Campingplatz.

»Mein Körper kennt nur Meerwasser«, wehrte Bernsen ab. »Und wir sind unter Zeitdruck. Ich verspüre keinerlei Bedürfnis, mir wieder das Geflenne des Alten anzuhören.« Er beugte sich nach vorn und klopfte auf die Armatur, den Blick geradeaus durch die Windschutzscheibe gerichtet. »Das sieht verdammt nach einer Bungalowsiedlung aus. Und wenn sie mich fragen, ist das dort auch schon die Hütte der Tänzers.« Er zeigte auf einen knallrot gestrichenen Bungalow, dessen lang gezogene Terrasse beinahe vollständig mit wildem Wein überwuchert war. »Der einzige rote, sagten die Nachbarn, richtig?«

Wenig später standen die beiden Kommissare in einem perfekt gepflegten Garten, der in akkurat voneinander abgegrenzte Quadrate aus Rasenflächen, Rabatten und Kiesplätzen mit Sitzgelegenheiten unterteilt war. Selbst die hier und da aufragenden Bäume sahen aus, als hätte nicht die Natur, sondern die Heckenschere ihre Krone gestaltet.

Kohlschuetter, der vor der offenen Haustür stehen geblieben war, fand das alles schon fast ein bisschen zu perfekt und freute sich an den überall in den Sträuchern und Baumkronen herumtobenden Vögeln. Wenigstens der Wein darf kreuz und quer wachsen, dachte er, als zwischen den grünen Ranken der Kopf eines Mannes auftauchte.

»Suchen Sie was? Das ist privat«, polterte er, kroch unter

dem Gewächs hervor und baute sich mit breitem Kreuz vor ihnen auf. Der Mann war weit über sechzig, groß, schlank und trug eine kurze Sporthose mit einem dazu passenden T-Shirt und graue Flipflops. Seine braun gebrannte Haut glänzte feucht vom Schweiß, und überall auf ihm klebten kleine Blätter beziehungsweise vertrocknete Grasspelzen, die ihn zu kitzeln schienen, denn hin und wieder rieb er sich mit der rechten Hand über seine Schultern und den Hals, um die Pflanzenreste loszuwerden. Durch die zackigen Bewegungen begann sein ohnehin schon durcheinandergeratenes schwarzes wuscheliges Haar zu federn, was dem Mann etwas Unsicheres, vielleicht auch Schwaches verlieh. Der Ausdruck seiner Augen, die Bernsen und Kohlschuetter mit einer Mischung aus Wissen und Vorahnung betrachteten, verstärkte diesen Eindruck noch.

Bernsen rasselte seinen Spruch herunter, und Kohlschuetter konnte sehen, wie die Augenlider des Mannes zu zucken anfingen.

»Ja, ich bin Wilfried Tänzer«, antwortete er schließlich mit erstaunlich fester Stimme und fügte, ohne danach gefragt worden zu sein, an: »Meine Frau ist in Erfurt zum Einkaufen. Ich erwarte sie nicht vor heute Nachmittag zurück. Abgesehen davon hat sie Ihnen alles gesagt, was sie weiß, und ich denke, dass der Schock über diese Entdeckung ihr schon genug zugesetzt hat. Wir sollten sie nicht noch zusätzlich strapazieren.«

Wilfried Tänzer reagierte wie ein besorgter Ehemann, und doch beschlich Kohlschuetter der Eindruck, dass es ihm bei dieser Abwehrhaltung nicht um seine Frau ging. Während des Gespräches hatte er sich keinen Millimeter bewegt, selbst die Säuberungsversuche seiner Haut hatte er eingestellt. Er war voll und ganz auf ihn und Bernsen konzentriert, was ziemlich unnatürlich wirkte.

»Wir müssen auch mit Ihnen reden«, erklärte Bernsen lapidar. »Das Opfer Bettina Fanke war Ihre Mitarbeiterin.«

Tänzer entgegnete nichts.

»Seit wann sind Sie verheiratet, Herr Tänzer?«, fragte Kohlschuetter.

»1982«, antwortete er einsilbig. Man konnte ihm ansehen, dass er sich in einer Falle wähnte, der er zu entkommen versuchte, wofür er aber noch keine Lösung gefunden hatte.

»Wann haben Sie angefangen, im Büromaschinenwerk zu arbeiten?«

Er überlegte. Es wirkte gekünstelt. »Als ich die Datsche gekauft habe, 1975.«

»Und Ihre Frau?«, wollte Bernsen wissen. »Wo war die beschäftigt, auch im Werk?«

»Ja, seit 1982. Sie ist einige Jahre jünger als ich.« Eine leichte Wehmut legte sich in seine Stimme.

»Sie haben sich im Werk kennengelernt, nehme ich an?« Kohlschuetter schaute den Mann mit festem Blick in die Augen.

»Ja, haben wir.« Auch Tänzer ließ die Augen nicht von Kohlschuetter.

»War sie bei Ihnen im Y-Werk?«, hakte Bernsen nach.

Tänzer verneinte.

»1975, sind Sie da gleich in der ›Speziellen‹ eingestiegen?«, wollte Kohlschuetter nun wissen.

Tänzer schwieg eine Weile. »1983 muss das gewesen sein. Ich erinnere mich nicht genau.«

»Wann ist Bettina Fanke zu Ihnen gestoßen?«

»Ein paar Jahre später. Schwer zu sagen.« Er atmete flach und belauerte Kohlschuetter, als befürchtete er, jeden Moment von ihm angegriffen zu werden.

»Aber dass sie 1989 gekündigt hat, daran können Sie sich doch noch erinnern?« Bernsen war sichtlich ungehalten. »Da kam die Wende. Maueröffnung, Westgeld, Bananen, alles klar?«

»Mhm. Sie ist gegangen, ja. Aber das sind viele zu dieser Zeit.« Tänzer ließ sich nicht provozieren.

»Sie sind geblieben. Darf ich fragen, warum?«, mischte sich Kohlschuetter wieder ein.

»Es konnten ja nicht alle gehen«, wich Tänzer aus.

»Herr Tänzer, wenn Sie keinen Ärger wollen, wäre es ratsam zu kooperieren. Wir kriegen ohnehin alles heraus. Das ist unser Job«, drohte Bernsen. »Bei den vielen Mitarbeitern des

Werkes quatscht garantiert irgendeiner. Und Y ist heute kein Geheimnis mehr.«

Ein leichtes Lächeln umspielte Tänzers Mundwinkel.

Er ist sicher, dass genau das nicht passieren wird, dachte Kohlschuetter. Die Frage ist, ob es niemanden gibt, der etwas zu erzählen hat, oder es per se keiner tun wird. »Wie dem auch sei«, lenkte er ein, »die ermordete Bettina Fanke war Ihre Mitarbeiterin, eine recht hochgestellte sogar. Und das bis 1989. Für uns ist es daher naheliegend anzunehmen, dass Ihre Frau sie gekannt hat. Wieso hat sie gestern das Gegenteil behauptet?«

»Ich bitte Sie.« Tänzer lachte auf. »In dreißig Jahren verändert sich ein Mensch. Noch dazu sehen Tote anders aus. Yvonne hat sie nicht erkannt. Was wollen Sie ihr unterstellen?« Seine Körperspannung schien noch einmal zuzunehmen, und sein Gesichtsausdruck verdüsterte sich. Er hatte mit dieser Frage gerechnet, das war ihm anzusehen.

Zwei Männer, etwa in Tänzers Alter, kamen am Haus vorbei, stoppten und schauten zu ihnen herüber. »Wilfried, alles klar bei dir?«, rief der eine.

»Selbstverständlich«, erwiderte Tänzer knapp, winkte flüchtig und nahm dann wieder Kohlschuetter ins Visier. »Wir sehen uns heute Abend«, rief er noch.

Die Männer nickten und gingen weiter, wobei einer von ihnen sich noch mehrmals neugierig umdrehte.

»Wir stellen nur berechtigte Fragen. Eine wissentliche Falschaussage ist nun mal kein Pappenstiel, finden Sie nicht?«, entgegnete Bernsen kühl. »Und da wir in dieser Angelegenheit noch zu keinem Ergebnis gekommen sind, richten Sie Ihrer Frau bitte aus, dass wir sie heute Nachmittag bei uns in der Dienststelle erwarten. Dringend. Fünfzehn Uhr.« Er drehte grußlos ab.

Kohlschuetter blieb noch einen Moment stehen und schaute Tänzer schweigend an. Dann nickte er und ging ebenfalls.

***

»Also das ist ja toll, Rotfeder, also wirklich. Ich freue mich so für dich«, säuselte Bernsen, der lässig auf einer Bank lümmelte und Kohlschuetter beim Kraulen beobachtete. »Ich werde wohl noch ein paar Tage hierbleiben müssen, aber das kann ja nicht schaden. Kohlschuetter besucht mich jeden Tag und bringt mir frisches Obst. Er war auch so liebenswürdig, die blödsinnigen Plasteblumen für deine Mutter zu besorgen.« Pause. »Nein, natürlich, die sind wunderschön.«

Ein Halbwüchsiger kam angerannt, machte einen Satz über das Geländer und sprang, noch bevor Bernsen das Mikrofon seines Handys verdecken konnte, mit dem Gesäß voran direkt neben ihm ins Wasser. Das Platschen war im halben Rastenberger Waldschwimmbad zu hören. Bernsen verzog den Mund und bastelte in Sekundenschnelle eine Erklärung für seine Frau. »Ingo ist mal wieder die Seife ins Fußbad gefallen. Das muss er jeden Tag machen, zur besseren Durchblutung, haben die Ärzte gesagt.« Pause. »Nein, nein, er passt sogar auf, dass ich jeden Tag genug trinke.« Kohlschuetter schwamm auf ihn zu. »Ach Rotfeder, ich muss Schluss machen. Es kommt gerade ein Arzt herein, der mich noch mal untersuchen will.« Pause. »Ach ja, in einen Handarbeitskurs gehst du, wie schön, viel Spaß. Küsschen.« Er machte schmatzend einen spitzen Mund und legte auf.

»Ihrem Gesichtsausdruck nach zu urteilen, war das die Rotfeder«, rief Kohlschuetter, der unweit des großen Sprungturms aus dem Wasser kletterte, und ahmte dabei immer wieder Bernsen nach, indem er seine Lippen zu einem Kussmund verzog. »Oder nähern Sie und Frau Püschel sich in der Einsamkeit einander an?« Er griente.

»Lassen Sie das, sonst sage ich dem Chef, dass Sie während der Dienstzeit planschen«, konterte Bernsen. »Noch dazu in der Unterhose.«

»Mir stehen laut Tarifvertrag dreißig Minuten Pause am Tag zu«, entgegnete Kohlschuetter, trocknete sich flüchtig mit seinem T-Shirt ab und zog sich wieder an. »Das Wasser ist übrigens herrlich kühl.«

»Mittagspause, mein Lieber. Jetzt ist es gerade mal kurz nach zehn«, widersprach Bernsen ungehalten.

»Gab es an dem Kiosk da oben keine Fischbrötchen? Oder warum sind Sie so mies drauf?«

»Bockwurst mit Kartoffelsalat und Cola«, korrigierte Bernsen wie nebenbei. »Und wegen so einer Arschbombe bin ich beinahe aufgeflogen. Können wir jetzt?« Er schaute sich um. »Wie alt ist das hier uberhaupt?«

»Unser Waldschwimmbad wurde im Jahr 1925 eröffnet«, informierte ihn unerwartet eine Frauenstimme. »Die Umkleidekabinen und die Wandelhalle, in der Sie sich gerade befinden und über deren Geländer ihr Sohn soeben unerlaubterweise in das Becken gesprungen ist, stammen ebenfalls aus der Zeit.«

Bernsen wandte sich um. Hinter ihm stand eine junge Frau im roten Bikini und schaute ihn streng an.

»Hallo, ich bin Maja und die Bademeisterin. Bitte achten Sie darauf, dass das nicht mehr vorkommt, sonst muss ich Ihrem Sohn einen Verweis erteilen.«

Bernsen schaute auf Kohlschuetter. »Wie oft habe ich dir schon gesagt, dass du nicht immer so wild toben sollst, du böser Junge?« Er grinste.

»Hören Sie, auf den Arm nehmen kann ich mich allein.« Maja wurde wütend. »Ich meinte natürlich den Jungen, der da drüben gerade die Kindergruppe vollspritzt.« Sie zeigte auf den Halbwüchsigen, der die Arschbombe neben Bernsen platziert hatte. Dann schaute sie zu Kohlschuetter, und ihre Wangen färbten sich leicht rot.

»Ach so. Der gehört nicht zu mir«, wiegelte Bernsen ab. »Ich bin mit dem da hier«, er deutete auf Kohlschuetter, »und der benimmt sich immer vorbildlich. Geradezu spießerhaft.«

Maja entschuldigte sich peinlich berührt und schickte sich an zu gehen.

»Sagen Sie, so ein historisches Bad gibt es ja nur noch selten. Also ich habe so etwas noch nicht gesehen«, beeilte sich Kohlschuetter zu sagen. Er war von der hübschen Bademeisterin sichtlich angetan.

»Kollege, Sie haben fünf Minuten«, entschied Bernsen, wofür er einen dankbaren Blick von Kohlschuetter einfing. Er ließ die beiden stehen und trottete langsam über den Kiesweg zurück zum Ausgang, passierte das Kassenhäuschen und setzte sich daneben auf eine Bank, um in der herrlichen klaren Waldluft seinen Gedanken nachzugehen.

Wilfried Tänzer war von 1983 bis zur Wende der Leiter des Y-Werkes gewesen. Aus den Unterlagen des Archives ging hervor, dass man für die »spezielle Produktion« eigens ein Gebäude errichtet hatte. 1986 konnte es bezogen werden. Der damit einhergehende Aufwand, den die damalige Werksleitung betrieben hatte, war enorm gewesen. Eine zwei Meter hohe Einfriedung mit Übersteig- und Unterkriechschutz. Sogar die Rollen an Stacheldraht waren in den Bauplänen aufgeführt gewesen. Zwei ständig bewachte Tore, eine zusätzliche Pforte, die man nur mit einem Spezialausweis passieren konnte. Dabei stand das Gebäude mitten auf dem Werksgelände, das ja seinerseits schon eingezäunt war. Klimatisierte Reinräume, um eine staub- und schmutzpartikelfreie Produktion zu ermöglichen. Nur vom Feinsten. Bernsen hatte sogar noch den Preis für diese Investition im Kopf. Die Zahl war beeindruckend, zumal es sich um DDR-Mark gehandelt hatte. 6.806.412 Millionen. Ein supermodernes Bauwerk, dessen geplante Nutzung kaum ein paar Jahre angedauert hatte. Aber das war wohl der Lauf der Geschichte.

Der Tänzer jedenfalls hatte das Opfer gut gekannt, das war so sicher wie das Amen in der Kirche. Und wie das Schicksal so spielte, war es seine Frau, die dreißig Jahre später die ermordete Fanke an der Sömmerdaer Unstrut fand. Konnte das Zufall sein? Wilfried Tänzer kam Bernsen komisch vor. Die ganze Situation war irgendwie aberwitzig gewesen und hatte etwas von einem Spionagefilm aus Zeiten des Kalten Krieges gehabt. Wieso tat jemand im Jahr 2019 so, als ob jeden Moment der Genosse Parteisekretär vorbeikommen könnte, um sein Schweigegelübde zu erneuern? Und die beiden Typen, die an ihnen vorbeigegangen waren, denen konnte man doch auf den ersten Blick ansehen, dass sie zu den alten Truppen gehörten. Allein wie die sie gemustert hatten. Tänzer konnte sich nur vage erinnern? Von wegen. Er wollte bloß nichts sagen. Und immerhin war die Fanke dann auch noch zur Bremer Atlas gegangen. Das könnte er gewusst haben. Unter den alten Genossen musste das nach Verrat aussehen, wie zum Klassenfeind übergelaufen. Aber war das dreißig Jahre später noch relevant? Wieso redete dieser Mann nicht? Was hatte er zu verlieren? Und wieso log seine Frau?

»Wir können.« Kohlschuetter stand überraschend schnell wieder neben ihm, und Bernsen bekam gerade noch mit, wie er das Mobiltelefon in die Gesäßtasche seiner Jeans gleiten ließ.

»Na, hat die Baywatch-Nixe ihre Telefonnummer herausgerückt?«, fragte er mit breitem Grinsen.

»Heute Abend, neunzehn Uhr.« Kohlschuetter schnalzte zufrieden mit der Zunge.

Bernsen hob abwehrend die Hände. »Ich will es gar nicht wissen. Schlimm genug, dass die Weiber alle auf Sie hereinfallen.« Schnurstracks marschierte er zum Auto.

»Wieso fragen Sie dann?«, frotzelte Kohlschuetter und begann zu Bernsens Leidwesen mit einem ausführlichen Bericht darüber, dass Rastenberg im siebzehnten Jahrhundert einmal als Kurstadt bekannt gewesen war, dass es drei vor allem eisenhaltige Heilquellen gegeben hatte, die irgendwann aus unerklärlichen Gründen versiegt waren, dass die schöne Maja sich im Waldschwimmbad, das durch einen Verein betrieben wurde, ehrenamtlich engagierte und ansonsten in der Sömmerdaer Tourismusinformation arbeitete.

»Und das haben Sie alles in den wenigen Minuten erfahren?«, fragte Bernsen nach. »Na ja, Sie müssen sich auch beeilen. So lange bleibt die Deern bei Ihnen ja nicht am Start. Da muss man schon flink sein.« Er lachte dröhnend. »Nun aber mal genug geschwänzelt, Kollege. Erinnern Sie sich an das Foto vom tänzelnden Chef?« Er wartete Kohlschuetters Antwort gar nicht erst nicht ab. »Der Schwof mit der Sömmerdaer Waidprinzessin. Na, klingelt was? Die sollte über den Waidanbau und damit über die Werkzeuge Bescheid wissen. In Ihr Beuteschema passt sie auch. Womöglich wollen Sie ja noch tauschen. Das scheint mir hier eine für Ihre Bedürfnisse ergiebige Gegend zu sein. Also ran an den Speck.«

»Wenn Sie einverstanden sind, würde ich lieber direkt nach Rohrborn aufbrechen, das ist ein Ortsteil von Sömmerda. Der Verein Rohrborner Dorfgemeinschaft hat sich der Waidtradition verschrieben, wie mir Maja sagte. Dort kann man uns sicher weiterhelfen«, entgegnete Kohlschuetter mit einem Hauch Überheblichkeit in der Stimme.

Bernsen knurrte etwas Unfreundliches.

»Interesse an seinen Mitmenschen zu zeigen hat manchmal auch etwas Erhellendes«, beschied ihn Kohlschuetter von oben herab.

»Eine Schnecke bei der Sömmerdaer Touristeninformation kann ja wohl jeder … Döspaddel.«

»Jeder nicht.«

FÜNF

»Der latscht mir nicht durch meine Waidrosetten!«, brüllte der ältere Mann aufgebracht, während Bernsen, ohne groß auf ihn zu achten, das Feld betrat und sich nach einer der schmalblättrigen, buschigen Pflanzen bückte.

»Heinz, bitte«, ermahnte ihn der Rohrborner Ortsteilbürgermeister in ruhigem Ton. »Die Polizei muss den Fall untersuchen. »Und wenn wir helfen können …«

»Dummes Zeug!«, schimpfte Heinz. »Dafür trampelt man nicht über unsere Pflanzen. Die haben sich trotz des trockenen Frühjahrs so schön entwickelt.« Sein Gesichtsausdruck verriet, dass Bernsens Unbedachtsamkeit ihn tödlich beleidigt hatte.

Bernsen, der davon mal wieder nichts mitbekam, zupfte ein paar Blätter von einer Waidpflanze, schob sie sich in den Mund und kaute darauf herum. Mit einem zwischen seinen Lippen hervorblitzenden Blattstiel, der sich ob seines malmenden Kiefers hin und her bewegte, kehrte er schließlich zurück zu der kleinen Menschengruppe, die ihn, jedenfalls was die Mitglieder des Rohrborner Dorfvereins anging, mit leichter Fassungslosigkeit beäugte. Kohlschuetter, der Bernsens unmögliche Marotten bereits zur Genüge kannte, bemühte sich um einen möglichst ungerührten Gesichtsausdruck.

»Jetzt frisst der den Waid auch noch«, tönte Heinz erneut. »Das ist eine Färberpflanze und kein Futter. Das will nicht mal der Gaul, Mensch.«

»Vielleicht hat er Fieber oder ein schwaches Immunsystem«, wisperte eine Frau. »Ich habe euch immer gesagt, wir müssen die heilsame Wirkung dieser tollen Pflanze mehr herausstellen.«

»Ich dachte immer, die Heilwirkung sitzt in den Wurzeln«, wandte eine andere Dame ein. »Zumindest behauptet ihr das bei eurem Waidwurzelbitter doch immer.« Sie zwinkerte den Rohrborner Männern keck zu.

»So, wie der aussieht, hat der keine Ahnung. Hoffentlich

kriegt er davon so richtig die Scheißerei«, moserte Heinz aufgebracht.

»Heinz, bitte«, sagte ein anderer Mann. »Hab dich nicht so wegen der paar Blätter. Meine Güte. Es bleibt für deine Vorführungen noch genug übrig.«

»Es geht ums Prinzip, Silvio. Ums Prinzip. Wir mögen vielleicht aussehen wie debile Dörfler, die einem seltsamen Hobby nachgehen, aber tatsächlich pflegen wir unser Kulturgut. Das ist eine Verantwortung. Und eine Leistung, wenn ich mir unser kleines Dorf so ansehe. Wer hat denn heute noch einen Schimmer, was Waid eigentlich ist und was man damit alles machen kann? Die meisten Schüler können eine Kuh von einem Esel nicht unterscheiden, geschweige denn erkennen, was am Wegesrand für herrliche Kräuter durch Mutter Natur bereitgestellt werden. Das alte Wissen, das ist es, mein Lieber, worum es geht. Darin liegt unsere Stärke und nicht in diesem neumodischen Kram. In der Natur gibt es alles, was wir zum Leben brauchen. Scheiß auf den Supermarkt.« Er spuckte aus. »Du weißt selbst, dass heutzutage kaum noch jemand eine Ahnung hat, was unsere Vorfahren alles draufhatten und vor allem, was sie leisten mussten. Alte Gewerke, Pflanzen, alles vergessen. Waid gab es bereits im alten Ägypten, bei den Mumienbändern. Alles, was mit Waid gefärbt ist, hält Insekten, Pilze und Bakterien fern. Aber heute …« Er winkte ab. »Hauptsache, das Handy hat Empfang. Waid ist etwas Besonderes und nicht irgendein Unkraut. Diese Pflanze darf man nie unterschätzen. Punkt.«

Die Vereinsmitglieder machten abwartende Gesichter, so als hätten sie diesen Vortrag bereits Tausende Male vernommen, und ließen den Redeschwall geduldig über sich ergehen.

»Und aus diesem Unkraut mit dem miesen Geschmack machen Sie also die Hosen blau?«, fragte Bernsen, als er die Gruppe erreicht hatte und sich mit arglosem Gesicht zwischen die Leute stellte. Unverkennbar hatte er nichts von dem Disput mitbekommen. »Das sieht ja ein bisschen wie Spinat aus. Nicht dass ich den mögen würde, aber wenn Sie sich sicher sind, dass dabei am Ende Blau und nicht Grün herauskommt …« Er lachte fies.

»Was uns vor allem interessieren würde«, hob Kohlschuetter an, ohne seinen Kollegen zu beachten, »wer von Ihnen war gestern früh zwischen sechs und sieben Uhr an der Unstrut? Und bitte, es will Ihnen keiner etwas Böses unterstellen oder gar einen Mord anhängen.« Er sagte das, um die Umstehenden zu beschwichtigen, denn die Stimmung unter den Vereinsmitgliedern war seit ihrem Eintreffen unangenehm gereizt. Bernsen hatte den Grund fur ihr Kommen erlautert, wobei er für seine Verhältnisse durchaus höflich gewesen war, und schon waren die Gemüter hochgekocht. Insbesondere dieser Heinz schien sich aus irgendeinem Grund angegriffen zu fühlen.

Ein Raunen ging durch die kleine Gruppe.

»Wir haben gestern bis spätabends gefeiert, hier auf dem Dorfanger haben wir gesessen, bis weit nach Mitternacht, froh, den Thüringentag gut über die Bühne gebracht zu haben«, antwortete der Bürgermeister mit entsetztem Blick.

»Unstrut? Da gehe ich nie hin«, moserte Heinz. »Warum auch? Hier draußen bei uns ist es viel schöner und vor allem ruhiger.«

Die Damen schüttelten unsicher die Köpfe.

»Mit welchen Werkzeugen oder Geräten verarbeiten Sie die Pflanze?«, fragte Kohlschuetter weiter.

»Na, dann kommen Sie mal mit, ich zeige es Ihnen«, forderte Heinz, schwang sich auf sein Fahrrad, das er die ganze Zeit festgehalten hatte, und radelte in Richtung Dorfmitte davon. Der Tross folgte ihm einmütig.

»Entschuldigen Sie bitte sein Verhalten, aber er lebt für unseren Waid«, sagte der Bürgermeister beschwichtigend. Dann berichtete er von der langen Waidtradition in dem kleinen Ort, die bis ins Mittelalter zurückreichte und den Rohrbornern damals sogar die Verwaltungszugehörigkeit zur Stadt Erfurt eingebracht hatte. 1986 waren ein paar heimatinteressierte Bürger, darunter Heinz, auf die Idee gekommen, sich dieser Tradition anzunehmen. Das war damals, in tiefster DDR-Zeit, eine kleine Sensation gewesen, vor allem, wenn man bedachte, dass Eigenengagement im Arbeiter-und-Bauern-Staat nur ungern gesehen war. Einen alten Mühlstein fand man im Dorf, ebenso die beiden zugehörigen Längssteine, die als Torpfosten verbaut waren. In mühevoller Kleinarbeit hatte man alles nach überlieferten Vorgaben der ursprünglichen Funktion entsprechend neu zusammengebaut.

Dass die Rekonstruktion funktionierte, hatten die Rohrborner zum ersten Mal am 25. Juni 2009 unter Beweis stellen können.

»Der Stein wird bei uns wie früher von einem Pferd gezogen«, betonte der Bürgermeister. »Alles wie vor Hunderten von Jahren. Es gibt nicht mehr viele Orte, die so etwas machen, in der Gegend sind wir die Einzigen.«

»Das ist ja alles lieb und nett«, sagte Bernsen, als sie bei der Waidmühle angekommen waren. »Aber die Frau wurde nicht von einem tonnenschweren Stein zerquetscht, sondern mit einer Schneide am Hals verletzt.« Unwirsch befingerte er den dicken Mahlstein, als würde er dessen Qualität prüfen.

Dieser Anblick schien Heinz noch mehr in Rage zu bringen. »Bitte, ich dachte, Sie wollten etwas über den Waidanbau und die Verarbeitung lernen«, meckerte er pikiert, »das rattert man nicht in wenigen Minuten herunter. Für unsere Traditionen muss man sich schon etwas Zeit nehmen. Aber die hat ja heute keiner mehr. Eine kranke Welt ist das.« Er sprang wieder auf sein Rad und verschwand.

»In erster Linie will ich einen Mord aufklären«, ließ Bernsen die anderen Vereinsmitglieder wissen. »Den Heimatkundeunterricht hebe ich mir für nach dem Feierabend auf, wenn überhaupt. Meine Güte, so ein Gedöns um ein bisschen Unkraut, als ob wir in dieser Welt keine anderen Sorgen hätten.«

Die Frauen tuschelten.

»Wie oft ernten Sie den Waid?«, fragte Kohlschuetter, der ehrlich begeistert vom Einsatz der Rohrborner war. Er wusste um die Geschichte der Erfurter Waidhändler, die mit dem Blau ein Vermögen verdient und die Stadt Erfurt zu einem der reichsten Orte des Mittelalters hatten werden lassen. Dass der Grundstein für diesen Wohlstand auch hier im kleinen Rohrborn gelegt worden war, war ihm allerdings neu. Dank der süßen Bademeisterin aus dem Rastenberger Waldschwimmbad hatte er wieder etwas dazugelernt. Umso mehr freute er sich auf das gemeinsame Treffen heute Abend. Maja wollte mit ihm auf ein italienisches Eis zu Alessandro in die Marktstraße, und er war gespannt, was Sömmerda an dieser Front so zu bieten hatte.

»Man kann viermal im Jahr ernten, wir machen das aber ausschließlich zu besonderen Anlässen, also jährlich zu unserem Waidmühlenfest im August oder wie letztes Wochenende am Thüringentag«, antwortete der Bürgermeister. »So viel Waid bauen wir auch nicht an. Heutzutage braucht man das nur noch, um die Tradition hochleben zu lassen, eine Kulturpflanze ist das nicht mehr. Also, in unserer Gegend nicht. Der Färberwaid ist nahezu ausgestorben. Bei Neudietendorf gibt es noch einen Landwirt, der die Pflanze anbaut. Er beliefert damit verschiedene Erfurter Läden und ein Kosmetikunternehmen. Aber ansonsten wüsste ich niemanden, der Waid hat. Warum auch? Man braucht die Färbeeigenschaft heute nicht mehr.«

Neudietendorf, dachte Kohlschuetter, und die Nackenhaare stellten sich ihm auf. Torten-Lary, Susis Verlobter, kam aus Neudietendorf, und wenn er richtig informiert war, würde Susi diesen Zuckerbäcker nicht nur heiraten, sondern für den Hansel auch ihre schöne Altbauwohnung in Erfurt aufgeben, um mit ihm dorthin, in ein Einfamilienhaus mit Mülltonnenstandplatz, Rasentraktor und Vogelhäuschen, zu ziehen. Er konnte Neudietendorf nicht ausstehen, so viel stand schon einmal fest. »Könnten Sie mir bitte die Adresse des Bauern aufschreiben«, sagte er an den Bürgermeister gewandt, zückte sein Notizbuch und hielt es dem Mann samt Kugelschreiber entgegen.

»Ich kenne nur seinen Namen«, erwiderte der Bürgermeister entschuldigend und tat wie ihm geheißen. »Aber ja. Wobei ich immer noch nicht verstehe, was unser Waid mit dem Unstrut-Mord zu tun hat?«

»Sie haben für den Thüringentag frisch geerntet?«, hakte Kohlschuetter ohne nähere Erklärung nach.

Der Bürgermeister nickte. »Mussten wir, ja. Wir hatten als Dorfgemeinschaft ein eigenes Bild beim Umzug, und da durften die Waidballen und die frischen Blätter natürlich nicht fehlen.« Er hielt inne. »Wir hätten auch getrocknete nehmen können, aber die hätten nicht ausgereicht. Der Wagen musste ja was hermachen. Wieso?«

»Und dann haben Sie die ganzen Besoffenen kollektiv auf ihre Waidköddel pissen lassen, oder was?« Bernsen lachte. »Das Kraut wird doch erst durch Urin blau, oder habe ich da was falsch in Erinnerung?«

Der Bürgermeister rümpfte die Nase. »Wir ›pissen‹, wie Sie es nennen, nicht mehr. Das wird heute mit Chemie gemacht. Mit uringetränkten Ballen lässt sich kaum Interesse wecken. Durch den Gärungsprozess stinkt das zum Gotterbarmen. Denken Sie bloß nicht, dass der Waidhändlerberuf im Mittelalter ein besonderes Vergnügen war, mal abgesehen von dem satten Gewinn.«

»Abgesehen davon«, mischte sich Heinz ein, der unbemerkt zurückgekehrt war, »sind wir die Waid*bauern*, das heißt, wir bauen die Pflanze an, quetschen sie und formen die Ballen. Damit ist man früher auf den Markt gefahren. Der Urin und übrigens auch Pottasche kommen erst während der Veredelung dazu. Die wurde in den Häusern der Händler vollzogen. Die Mischung muss bis zu zwei Jahre lang gären, um irgendwann die Küpe, eine blaue Brühe, abschöpfen zu können. Aber was erkläre ich Ihnen das?« Er winkte ab. »Hier sind eine Waidsichel und ein Waidstecher. Das benutzt man auf dem Feld.« Er reichte Bernsen zwei Gerätschaften.

Der nickte, griff danach und begutachtete beides ausgiebig. »Der Waidstecher. Der könnte es sein. Wie viele haben Sie davon?«, wollte er wissen.

»Fünf, nein sechs«, antwortete Heinz. Er schaute misstrauisch. »Wieso wollen Sie das wissen?«

»Wir haben da so unsere Vermutungen«, antwortete Bernsen salomonisch. »Die Wunde am Hals des Opfers passt gut zu der Klinge hier.« Behutsam fuhr er mit dem Zeigefinger seiner rechten Hand über die Schneide.

»Sie meinen doch nicht, dass die arme Frau mit einem von unseren Waidstechern …« Heinz lief puterrot an, schaute hektisch zwischen den anderen Vereinsmitgliedern hin und her und blieb schließlich mit seinem Blick am Bürgermeister hängen. »Jetzt sag du doch auch mal was. Das kann nicht sein.«

»Nein, das kann nicht sein«, bestätigte der Bürgermeister konsterniert und berichtete, dass sie die alten Gerätschaften vor ein paar Jahren mühevoll auf Flohmärkten zusammengesammelt hatten. Seither lagerten sie im Gemeindehaus, zu dem quasi jedes Vereinsmitglied Zutritt hatte. Trotzdem war der Bürgermeister gewillt zu schwören, dass alle Waidspachtel vollzählig vorhanden und keinesfalls zweckentfremdet worden waren. Natürlich wurden alle regelmäßig benutzt. Rohrborn lebte schließlich die Waidtradition. Aber dass einer von ihnen … Nein.

Nachdem Kohlschuetter ihn gebeten hatte, ihm eine Liste der Mitglieder zu besorgen und gemeinsam mit ihm und Bernsen im Gemeindehaus die Vollständigkeit der Werkzeuge zu prüfen, war er mit hängendem Kopf vorausgegangen. Die Vereinsmitglieder folgten ihnen brav.

»Die Stecher sind alle konfisziert, und es wäre hilfreich, wenn Sie sie nicht mehr anlangen würden. Hier muss die Kriminaltechnik ran, nicht dass sich der Mörder das Teil ausgeborgt und nach der Tat zurückgelegt hat«, entschied Bernsen, als der Bürgermeister ihnen die übrigen fünf Waidstecher präsentierte.

»Aber sonst ist bei Ihnen noch alles knusprig«, blaffte Heinz. »Es ist Sommer, wir haben Hochsaison. Dafür brauchen wir die Werkzeuge. Außerdem hat niemals jemand von uns etwas mit dem Mord zu tun. Nie im Leben!«

»An Bettina Fankes Haut und Kleidung fanden sich Waidspuren. Die Wunde an ihrem Hals passt zur Schneide des Stechers, Sie sind die Einzigen im Umkreis, die solche Museumsstücke besitzen und Waid anbauen, zumindest haben Sie das vorhin behauptet – muss ich noch mehr sagen?«, polterte Bernsen. »Na gut, Neudietendorf, aber da fragen wir auch noch nach.« Er griff nach seinem brummenden Handy, das in seiner

Gesäßtasche steckte, verdrehte die Augen beim Blick auf das Display, wandte sich ab und nahm das Gespräch entgegen.

Kohlschuetter blieb allein bei den Vereinsmitgliedern zurück, die, seit Bernsen den Namen der Toten gesagt hatte, aufgeregt durcheinanderredeten.

»Hallo!«, rief er, nachdem die Diskussion nicht enden wollte.

Heinz schaute ihn mit leeren Augen an. »Bettina Fanke, hat er gesagt. Mein Tinnchen. Ich fasse es nicht.«

***

»Na, das ist ja mal eine Überraschung!« Bernsen, der die Mitgliederliste des Vereins Rohrborner Dorfgemeinschaft studierte, triumphierte. »Der Fall wird womöglich schneller gelöst sein, als wir zu träumen wagten.« Er pfiff anerkennend durch die Zähne.

»Wie meinen Sie das?«, fragte Kohlschuetter, der den Wagen vor einer roten Ampel abbremste und schließlich anhielt.

»Moment, Moment, ich lese noch«, murmelte Bernsen abwehrend.

»Trotzdem könnten Sie meine Frage beantworten«, maulte Kohlschuetter. »Zumal Ihre Entdeckung ja nicht unwichtig zu sein scheint.«

»Also bitte.« Bernsen schaute auf. »Ich kann Kaugummi kauen und nebenbei laufen, essen und aus dem Fenster gucken, aber ich kann nicht lesen und nebenbei reden. Da kommt nix Vernünftiges bei raus. Geduld ist eine Tugend.« Er vertiefte sich wieder in seine Lektüre.

»Wie viele Vereinsmitglieder haben die denn in dem kleinen Ort? Hunderte? Hauen Sie bloß nicht so auf den Schlamm.« Wichtigtuer, dachte Kohlschuetter.

»Die Quantität spielt schlechthin keine Rolle, aber diese Erkenntnis ist Ihnen ja fremd.« Bernsen grinste dreckig. »Ich arbeite mich hier durch eine Liste von fremden Namen, dabei ist Aufmerksamkeit geboten. Akribisches Arbeiten, mein Lieber. Das macht den guten Kriminalisten aus.«

Kohlschuetter schaute betont desinteressiert an Bernsen vorbei in Richtung einer an der rechten Straßenseite liegenden großen Kleingartenanlage. »Kleingartenverein Rote Nelke e. V.«, las er laut. Die haben in Sömmerda ganz schön viele Kleingärtner, überlegte er. Das Kleingartenwesen war ein Relikt aus DDR-Zeiten und fand sich in den meisten industriell geprägten Städten. Den erforderlichen Wohnraum hatte man durch die schnell hochgezogenen, zweckmäßig gestalteten Plattenbausiedlungen einschließlich der dazugehörigen Infrastruktur wie Kindergarten oder Kaufhalle geschaffen, und das Leben nach Feierabend spielte sich in den Gartenparzellen ab. Die staatlich kontrollierte Gemeinschaft inbegriffen. Am Tag stand man im Werk zusammen in der Produktion, abends versammelte man sich um den selbst geschweißten Grill. Ebenfalls nicht zu unterschätzen war die Bedeutung der Schrebergärten aus versorgungsrelevanter Sicht. Die meisten Leute bauten damals ihr Obst und Gemüse selbst an und entkamen damit, zumindest zuweilen, der auch im Bereich der Lebensmittel spürbaren Mangelwirtschaft. Der typische DDR-Bürger wusste sich eben selbst zu helfen. Statt Tomaten aus Holland gab es die eigene Ernte, und den Strand von Rimini holte man sich in Form einer gelben Plastikbadewanne in den eigenen Garten. So zumindest hatten es Kohlschuetters Eltern immer getan.

»Grüner wird es nicht«, maulte Bernsen und deutete auf die Ampel.

»Ja doch. Was haben Sie denn nun Spannendes gefunden?« Er warf einen letzten Blick auf die zwischen hohen Hecken hindurchschimmernden Gartenlauben und fuhr an. »Oder müssen Sie jetzt erst noch in Ihrer grenzenlosen Akribie die Konsonanten zählen?«

Bernsen wollte gerade zu einer Antwort ansetzen, als sein Handy klingelte. »Irgendwann erwürge ich dieses Püschel-Weib«, schimpfte er angesichts der auf dem Display angezeigten Nummer und drückte wutentbrannt auf das Telefon. »Guten Tag«, blaffte er. »Die Vitamintabletten sind alle. Die von Bernd? Nein. Ihre.« Er begann stoßweise zu atmen. »Was habe ich damit zu tun? Schicken? Wie soll ich das machen, aus dem Krankenhaus heraus? Mein Assistent.« Ein scheeler Blick zu Kohlschuetter. »Meinetwegen. Schöner Tag? Scheiß drauf.«

Bernsen tippte eine SMS, dann flog das Handy in das Seitenfach des Autos. »Die macht das mit Absicht«, fauchte er. »Die denkt, ich liege mit einer Herzschwäche im Krankenhaus und damit kann sie mir den Rest geben. Ahh.« Er rieb sich mit schmerzverzerrtem Gesicht den Bauch.

»Gut. Den Assistenten können Sie sich abschminken. Wenn Sie mir nun endlich mal mitteilen würden, was Sie herausgefunden haben?«, erwiderte Kohlschuetter. »Falls Ihr Privatleben ausreichend Raum dafür lässt.«

»Yvonne Tänzer ist Mitglied bei den Waiddörflern dahinten«, raunzte Bernsen ungehalten.

Kohlschuetter blinzelte überrascht. Das hatte er nicht vermutet. Yvonne Tänzer hatte auf ihn nicht den Eindruck gemacht, als interessierte sie sich für Brauchtumspflege, aber man konnte den Leuten nun mal nicht hinter die Stirn blicken. Auch die vermeintliche Falschaussage hatte er ihr schließlich nicht zugetraut. Zwar war es möglich, dass sie im ersten Schock über die Entdeckung der Toten nicht genau hingesehen und damit Bettina Fanke nicht erkannt hatte. Aber spätestens als Kohlschuetter den Namen des Opfers erwähnte, hätte sie sich erinnern müssen. Die Fanke war viele Jahre lang eine enge Kollegin ihres Mannes gewesen, und in Anbetracht der Nähe, die damals in Kollektiven, wie Teams zu DDR-Zeiten hießen, bestand, musste sie ihr zwangsläufig des Öfteren über den Weg gelaufen sein. Es mochte zwar vorkommen, dass Menschen, die man einmal gekannt hatte, mit der Zeit in Vergessenheit gerieten, aber in diesem Fall hielt Kohlschuetter diese Amnesie für absolut unglaubhaft. Zumal das Rohrborner Waidvereinsmitglied Heinz Mähler sich als nicht annähernd so enger Kollege sehr gut an Bettina Fanke und ihre Verbindung zu den Tänzers hatte erinnern können.

Yvonne Tänzer war eine patente, schicke Frau, so zumindest Kohlschuetters erster Eindruck bei ihrer Befragung. Dass sie etwas mit dem Mord zu tun haben könnte, war ihm gestern nicht einmal ansatzweise in den Sinn gekommen. Der Umstand, dass sie Zugriff auf die Waidstecher hatte, und insbesondere die Lüge ließen ihn nun jedoch stutzig werden.

Natürlich konnte es für all das eine Erklärung geben, und Yvonne Tänzer stand keineswegs unter Mordverdacht, so weit wollte Kohlschuetter zum jetzigen Zeitpunkt nicht gehen. Aber trotzdem, ein unschönes Gefühl blieb.

»Dann werden wir der Dame jetzt mal auf den Zahn fühlen«, sagte er und wechselte kurzerhand die Fahrspur, um erneut in die Gartenbergsiedlung abzubiegen.

»Mir ist das heute früh schon aufgefallen«, bemerkte Bernsen, als sie in die Siedlung einfuhren. »Die Häuser sehen zwar heute alle verändert aus, aber das ist eine typische Arbeitersiedlung aus den 1920er Jahren. Interessant.«

»Sie haben den Bürgermeister gestern gehört. Die Sömmerdaer Industrie hat im neunzehnten Jahrhundert geboomt, vor allem natürlich zu Weltkriegszeiten. Man wird zusätzlichen Wohnraum gebraucht haben. Möglicherweise wurden diese Häuschen damals noch von den Unternehmen mitfinanziert«, sagte Kohlschuetter.

Bernsen nickte. »Das war bei uns in Bremen nicht anders. Allerdings hat der Zweite Weltkrieg dort deutlich mehr Spuren hinterlassen als in Sömmerda. Überseehafen, na ja.« Er stieß die Autotür auf und war im Begriff, aus dem Wagen zu hüpfen, als Kohlschuetters Handy klingelte. »Ist das Claudi?«, erkundigte er sich neugierig. »Die sollte doch mal flugs in die Apotheke.«

»Schitz«, entgegnete Kohlschuetter, der das Gespräch bereits über den Freisprecher angenommen hatte.

»Ja!«, hörten sie den jungen Sömmerdaer Polizeimeister verzweifelt rufen. »Kommen Sie schnell an die Unstrut. Eine zweite Leiche, also so gut wie, eventuell. Herrje, was für ein Stress. Und ausgerechnet heute Nachmittag ist meine Großmutter nicht da.« Seine Stimme überschlug sich.

»Hey!«, schrie Kohlschuetter, um Schitz' Aufmerksamkeit wieder auf das Telefonat zu lenken. »Was lernen Sie denn auf der Polizeischule? Eindeutige Angaben und die Emotionen weglassen. Noch mal, und zwar zackig.«

»Zwei Passanten haben soeben Yvonne Tänzer aus der Unstrut gezogen. Nur ein paar Meter von unserem Leichenfundort entfernt. Ihren Hund hatte sie an einer Bank angeleint. Er macht ein ganz trauriges Gesicht und lässt die Ohren hängen.« Schitz sprach bemüht langsam und betonte jede einzelne Silbe. Dabei konnte man genau hören, dass er sein aufgeregtes Japsen mit aller Gewalt unterdrückte.

»Geben Sie uns zwei Minuten.« Kohlschuetter unterbrach das Gespräch und fuhr an, dass die Reifen quietschten.

Bernsen wurde wieder in seinen Sitz gedrückt und beeilte sich, die Tür heranzuziehen. »Tja, da hat wohl jemand ein schlechtes Gewissen bekommen, was? Die Frage ist, was wir mit der Information über den Köter anfangen sollen.«

»Er teilt uns eben alle seine Wahrnehmungen mit«, sagte Kohlschuetter, nun deutlich verständnisvoller als vorhin.

»Aber wer hat ihm diesen Blödsinn beigebracht?«

»Seine Großmutter, nehme ich an.«

***

»Sie ist einfach gesprungen«, sagte der Mann, dessen Radfahrerdress pitschnass an seinem Körper hing. »Von der alten Industriebahnbrücke dort.« Er zeigte auf die Überquerung, unter der das Wasser der Unstrut in wilden Stromschnellen zusammenschlug. »Wir haben noch gerufen, aber sie hat nicht auf uns geachtet. Die hat nicht das Gleichgewicht verloren oder so. Die ist über das Geländer geklettert, hat kurz ins Wasser gestarrt und mit einem Satz …« Er fuhr sich durch die nassen Haare. »Meine Fresse, dass die da einfach so reingeplumpst ist. Die Unstrut ist nicht ohne, mitunter ist sie an die vier Meter tief und bekannt für ihre Strudel. Da kann man ganz fix ertrinken.«

Die junge Frau, die neben ihm stand, fasste nach seinem Arm und begann, ihn zu streicheln.

»Das hatte sie wohl beabsichtigt«, entgegnete Kohlschuetter

leise, wobei er sich kurz zu Yvonne Tänzer umdrehte, die noch immer von dem Notarzt behandelt wurde, neben dem Bernsen und Schitz darauf warteten, mit ihr sprechen zu können.

Der Mann schaute ihn verdattert an. »Ja, freilich. Da haben Sie wohl recht.«

»Haben Sie weitere Personen gesehen? War noch jemand in der Nähe?«, fragte Kohlschuetter.

»Nein, nein. Bei der Gluthitze ist hier doch kaum einer unterwegs, noch dazu unter der Woche. Die kommen alle erst am späten Nachmittag«, antwortete der Mann eifrig. »Wenn wir nicht zufällig ... Mannomann. Dabei wollten wir die Tour erst verschieben.«

»Mike ist gleich reingesprungen. Er hat ihr das Leben gerettet. Es hat eine halbe Ewigkeit gedauert, bis die Frau wieder aufgetaucht ist. Sie war bewusstlos und trudelte im Wasser, ich habe etwas Derartiges noch nie gesehen, also, nur im Fernsehen«, erklärte die Frau aufgewühlt. »Er hat sie beatmen müssen. Also echt. Wieso springt die einfach da rein? Ich fasse es nicht.« Tränen schossen ihr in die Augen.

»Lassen Sie sich ruhig auch einmal vom Notarzt durchchecken. Er hat gegen den Schock bestimmt etwas zur Beruhigung dabei«, empfahl Kohlschuetter und rief Schitz heran, damit er die Personalien der beiden aufnahm.

»Das war knapp«, informierte sie der Notarzt, während seine Assistentin sich weiter um Yvonne Tänzer kümmerte. »Möglicherweise hat sie getrunken, zumindest macht sie einen verwirrten Eindruck. Aber das zeigt der Bluttest. Wir nehmen sie zur Beobachtung mit. Sie muss ohnehin mit ins Krankenhaus. Schon allein, um bei einem Psychologen vorstellig zu werden.«

»Den Zeugenaussagen nach wollte sie sich umbringen«, bestätigte Kohlschuetter.

Bernsen nickte. »Sonst hätte sie auch den Hund nicht angebunden.«

»Eben«, pflichtete ihm der Notarzt bei. »Und es hätte fast geklappt. Sie hat einen Stimmritzenkrampf bekommen. Dabei verkrampft die Kehlkopfmuskulatur so stark, dass man nicht atmen kann. In der Folge wird man bewusstlos. Schuld ist das kalte Wasser. Deswegen lernen wir schon als Kinder, dass wir bei Hitze nicht ohne vorherige Abkühlung ins Wasser dürfen. Wenn sie keine Hilfe gehabt hätte, wäre das ein sicherer Reflextod, also ein Badetod gewesen. Sie hat gerade noch einmal Glück gehabt.«

»Ob sie das auch so sieht, ist fraglich«, erwiderte Bernsen. »Ist sie vernehmungsfähig?«

Kohlschuetter beobachtete, wie die Rettungssanitäter Yvonne Tänzer auf eine Trage legten. Die Frau war bei Bewusstsein und schaute ihn mit verzweifeltem Blick an.

»Sie ist stabil. Aber etwas Ruhe wäre jetzt schon erforderlich. Ihr könnt in zwei Stunden ins Krankenhaus kommen und sie dort befragen«, sagte der Notarzt und bedeutete seinen Leuten, dass sie die Frau zum Rettungswagen bringen konnten.

Als sie an ihnen vorbeigeschoben wurde, drehte Yvonne Tänzer leicht den Kopf und hauchte mit schwerer Stimme und Tränen in den Augen: »Sagen Sie nichts meinem Mann. Bitte.« Dann blickte sie wieder geradeaus.

»Wenn Sie Herrn Tänzer verständigen, könnten Sie ihm gleich den Hund vorbeibringen«, sagte Schitz, der mit dem winselnden Tier neben sie getreten war, und schaute sie auffordernd an, die Leine zur Übergabe erhoben.

»Mal langsam, Bürschchen, so weit kommt es noch, dass Sie uns die Aufgaben zuteilen«, blaffte Bernsen. »Sie bringen das stinkende Stück Fell ins Tierheim und gut. Der Tänzer kann den Köter dort abholen, wenn er aus Rastenberg zurück ist.« An Kohlschuetter gewandt sagte er leise: »Solange wir nicht wissen, ob der Ehemann ein Teil des Problems ist, erfährt der gar nichts.«

Kohlschuetter stimmte zu.

Schitz zog einen Flunsch. »Na gut, dann bringe ich Balou eben ins Tierheim auf die Weißenburg. Ich wollte Biene ohnehin fragen, ob sie Hilfe braucht. Jörg liegt ja wohl im Koma, der Schlangenbiss ist ihm nicht bekommen. Da kann er wenigstens nicht dumm rumlabern. Aber Biene tut mir leid. Die ist echt nett. Wieso die den genommen hat? Ich verstehe das nicht. Die hätte jeden haben können. Und jetzt darf ich wieder die ganzen Anzeigen protokollieren. Dabei weiß jeder, dass die Suche nach dem Besitzer der Schlange niemals zu einem Ergebnis führen wird. So blöd ist kein Mensch, sich freiwillig zu stellen. Zumal derjenige jetzt unseren Einsatz und den des Tiernotretters samt Schmerzensgeld berappen darf.« Schitz legte nachdenklich die linke Hand vor seinen Mund. »Womöglich stirbt Jörg noch.« Seine Augen blitzten auf. »Dann bricht Chaos in der Stadt aus. Man weiß, was passiert, wenn die Leute sich nicht mehr sicher fühlen. Anarchie, Bürgerwehren. Wie soll ich das denn regeln? Und Sabine. Aber die wäre wieder zu haben …«

»Hallo!« Bernsen wedelte mit seiner Hand vor Schitz' Gesicht herum. »Quatschen Sie keine Märchen, schaffen Sie den Hund weg.«

Schitz' Ohren liefen rot an. »Ich gehe ja schon«, murmelte er zerknirscht und zog mit dem Hund von dannen.

»Der Junge ist nicht dicht. Das, was bei dem in einer Minute durchs Gehirn rattert, schaffen andere nicht in einer Stunde. Wer hat den bloß eingestellt? Mit diesem Handicap kann man doch nicht zur Polizei«, meckerte Bernsen.

Die haben schon ganz andere genommen, dachte Kohlschuetter.

***

»Moin nach Thüringen«, meldete sich der Bremer Kollege, mit dem Kohlschuetter gestern bereits gesprochen hatte.

Kohlschuetter hatte das Gespräch eilig über die Freisprechanlage des Dienstwagens entgegengenommen, denn möglicherweise konnten die Bremer Kollegen ein paar Puzzlesteine zu Bettina Fanke liefern, die ihnen für ihre weitere Ermittlungsarbeit dringend fehlten. Er hatte dabei nicht weiter auf Bernsen geachtet, stellte aber nun, da der Bremer in der Leitung war, fest, dass das Gesicht seines Kollegen einen zusehends verkniffenen Ausdruck annahm. Statt sich am Telefonat zu beteiligen, starrte er stur geradeaus, und Kohlschuetter beschlich das Gefühl, dass er sich partout nicht mit seinen alten Kollegen unterhalten wollte, sich vermutlich sogar am liebsten unsichtbar gemacht hätte.

Was auch immer der Grund für dieses seltsame Benehmen war, Kohlschuetter konnte es jetzt weder klären noch sich weiter gedanklich damit befassen. Dafür war ihm seine Zeit zu schade, und dass Bernsen verbrannte Erde in Bremen hinterlassen hatte, bevor er nach Thüringen gekommen war, davon war felsenfest auszugehen. Etwas anderes hätte ihn mehr als nur irritiert.

Der Bremer Kommissar berichtete, dass sie sich die Wohnung des Opfers angesehen hätten, dort aber auf wenig Erhellendes gestoßen seien. Seinen Ausführungen zufolge handelte es sich um eine schicke Altbauwohnung in der Bremer Innenstadt, in der ein Faible des Opfers für moderne Kunst und Bildbände über Thüringen offensichtlich gewesen waren. Es gab jedoch weder Hinweise auf eine Bedrohung noch auf Ungereimtheiten in ihrem Leben, und in diesem Sinne auch nichts, was neugierige Nachbarn gegebenenfalls bemerkt hätten. Sie hielt die Hausordnung ein, grüßte freundlich im Treppenhaus, kümmerte sich liebevoll um eine ältere Nachbarin und schien ein ausgezeichnetes Verhältnis zu ihrem Sohn und dessen Freundin gehabt zu haben. Nur der Tod ihres langjährigen Lebensgefährten, der im April nach einem kurzen, schweren Krebsleiden verstorben war, hatte sie wohl etwas aus der Bahn geworfen. Das habe sich, so die Nachbarn, vor allem dadurch gezeigt, dass sie die ersten beiden Wochen nach seinem Tod ihre Wohnung nicht verlassen hatte. Das einzige Lebenszeichen habe in den tagtäglich heruntergespielten Klaviersonaten Beethovens gelegen. Tatsächlich fanden sich in der Wohnung noch immer zahlreiche Männersachen: der persönliche Besitz ihres verstorbenen Partners, den sie ganz offenkundig unangetastet gelassen hatte.

Die erstaunlich gut sortierten Akten hatten schnell erkennen lassen, dass es zwischen Mutter und Sohn keine Differenzen bezüglich des Erbes gegeben hatte. Max Fanke und sein Vater hatten das IT-Unternehmen ursprünglich gemeinsam geführt, und laut einer notariellen Beglaubigung war der Vater entsprechend Max Fankes Aussage bereits vor einigen Jahren vollständig aus der Firma ausgestiegen. Nichts deutete darauf hin, dass Bettina Fanke mit diesem Vorgehen nicht einverstanden gewesen war. Ganz im Gegenteil, eine Fotografie zeigte die Familie im trauten Einvernehmen bei der Neueröffnung der Büroräume im Herbst vergangenen Jahres.

Das, was in ihrer Wohnung und den offiziellen Dokumenten von Bettina Fankes Leben zeugte, hatte auf die Profis einen absolut soliden Eindruck gemacht, weshalb die Bremer, wie sie mehrfach betonten, auch keine Idee hatten, wo das Motiv für den Mord an der Frau liegen sollte. Woraufhin Kohlschuetter den Bremer Kollegen in aller Ausführlichkeit die bisherigen Ermittlungsergebnisse und ihren Verdacht, es könne ein Zusammenhang zwischen dem Mord an Bettina Fanke und ihrer Tätigkeit im Y-Werk des ehemaligen Sömmerdaer Büromaschinenwerkes bestehen, schilderte.

»Der Name des Lebensgefährten ist übrigens Frank Scherwolf. Auch der ist bei uns ein unbeschriebenes Blatt. Aber wenn euch das irgendwie weiterhilft, der Mann stammte aus Markkleeberg. Das ist doch irgendwo bei euch in der Ecke«, sagte der Bremer, wobei man das Rascheln von Papier hören konnte.

»Bei Leipzig«, bestätigte Kohlschuetter nachdenklich.

»Wir würden uns dann als Nächstes auch noch die Konten und den Immobilienbesitz des Opfers näher ansehen. Vielleicht liegt ja da der Hase im Pfeffer«, schlug der Bremer Kriminalkommissar vor. »Und das Gespräch bei der Atlas steht ebenfalls noch aus. Die haben ganz schön gemauert, was einen Termin anging, dachten wohl, wir wollen ihnen irgendwie in die Töpfe gucken.« Er gab ein leises Grunzen von sich. »Das könnte aber auch der gute alte Friedhelm übernehmen. Der kennt die Leute dort. Er wohnt doch noch in Bremen, oder?« Ein leises Lachen war zu hören.

Kohlschuetter sah aus dem Augenwinkel, dass Bernsen bleich wurde.

»Nee, nee, ist schon okay, wenn Sie das machen. Wir werden

hier am Wochenende Dienst schieben müssen«, wiegelte er ab. »Der Kollege Bernsen ist verdammt eingespannt, und wer weiß, wann er zurück in die Hansestadt kommt.«

»Ist kein Problem«, erwiderte der Bremer. »Machen wir gern für den Kollegen, der uns von der Plage befreit hat. Ach, und wenn Sie ihn sehen, grüßen Sie ihn schön. Sagen Sie ihm, wir denken immer gern an unsere Halloweenparty zurück.« Ein schallendes Lachen beendete das Gespräch just in dem Moment, da sie ihr Ziel erreicht hatten und die Schranke zum Gelände des Sömmerdaer Krankenhauses passierten.

»Ich soll Ihnen sagen …«, hob Kohlschuetter grinsend an, kam jedoch nicht dazu.

»Bin ich taub?«, blaffte Bernsen dazwischen. »Verarschen kann ich mich allein. Scherwolf? Der Name kommt mir irgendwie bekannt vor.«

***

»Frau Tänzer, wir sind uns sicher, dass Sie und das Opfer Bettina Fanke sich kannten. Ich möchte sogar so weit gehen zu behaupten, dass Sie gestern Morgen sofort wussten, wer da vor Ihnen auf dem Unstrut-Radwanderweg lag.« Kohlschuetter sprach ruhig und in freundlichem Tonfall, aber man konnte ihm anmerken, dass er keine Lust auf eine weitere Mauerei der Zeugin hatte.

Yvonne Tänzer hatte, seit Bernsen und Kohlschuetter das Patientenzimmer betreten hatten, noch kein einziges Wort von sich gegeben. Sie lag regungslos auf dem Rücken und starrte die Decke an. Nur hin und wieder liefen ihr leise Tränen über das eingefallene, bleiche Gesicht.

»Also, Schätzchen, wir können auch anders«, fuhr Bernsen, der die ganze Zeit mit verschränkten Armen auf dem Fensterbrett gesessen und Kohlschuetters Bemühungen beobachtet hatte, die Frau barsch an. »Vielleicht fällt Ihnen das Reden ja leichter, wenn Ihr Mann zugegen ist«, schob er nach, wohl wissend, dass dies garantiert nicht der Fall war.

Frau Tänzers Tränenfluss verstärkte sich merklich.

»Wir haben heute Vormittag mit Ihrem Mann gesprochen«, nahm Kohlschuetter den Faden auf. »Wir wissen, dass er im Büromaschinenwerk der Leiter von Y war. Und er hat zugegeben, dass Bettina Fanke mit ihm zusammengearbeitet hat. Schön wäre es jedoch gewesen, wenn Sie als erste Person am Tatort uns darüber in Kenntnis gesetzt hätten.«

Noch immer kam keine Reaktion.

»Frau Tänzer, warum sind Sie in die Unstrut gesprungen?« Kohlschuetters Tonfall klang nun ebenfalls hart.

»Bettina hatte sich gar nicht verändert«, flüsterte Yvonne Tänzer mit fistelnder, schwacher Stimme. »Sie war immer noch so schön wie früher, wie sie da plötzlich vor mir lag, so tot.« Sie schluchzte.

»Wieso haben Sie behauptet, Sie würden die Tote nicht kennen?«, fragte Bernsen streng. Er rutschte ein wenig auf dem Fenstersims hin und her, verhedderte sich dabei in der Übergardine, riss diese beinahe von der Halterung und murrte.

Yvonne Tänzer atmete stolpernd im Versuch, das Weinen zu unterdrücken. »Ausgerechnet Bettina. Sie war dreißig Jahre nicht in Sömmerda, und dann …«

»Woher wollen Sie das wissen? Hatten Sie Kontakt zu Frau Fanke?« Kohlschuetter stand am Fußende des Krankenbettes und beobachtete die Frau aufmerksam.

»Sie durfte nicht, da bin ich mir sicher«, flüsterte Yvonne Tänzer kaum vernehmlich. »Frank wird das nicht gewollt haben.«

»Frank Scherwolf?«, hakte Bernsen ungeduldig nach. »Ihr Lebensgefährte?«

»Ja«, hauchte Yvonne Tänzer. »Und ich habe so lange in dem Glauben gelebt, die hätten ihn umgebracht. Die ganzen Jahre.« Jetzt heulte sie hemmungslos.

»Wer die? Und wieso glauben Sie es jetzt nicht mehr? Scherwolf war nicht mit zum Thüringentag. Er ist im April verstorben. Oder haben Sie mit Bettina Fanke gesprochen?« Bernsen spürte, dass sie ein Wespennest angestochen hatten. Irgendetwas verheimlichte die Frau, aber wenn er noch ein bisschen nachbohrte, würde sie reden, so weichgekocht, wie die schon war. »Frau Tänzer, es geht um Mord.«

Bei der Nachricht von Scherwolfs Ableben war Yvonne Tänzer merklich zusammengezuckt. Ihre Augen füllten sich erneut mit Tränen. Sie räusperte sich, wollte augenscheinlich etwas darauf erwidern.

Da wurde die Tür aufgerissen, und Wilfried Tänzer kam mit energischem Schritt hereinmarschiert. Er bremste so scharf vor dem Bett seiner Frau, dass er bald vornübergefallen wäre.

»Was ist mit meiner Frau? Was ist hier los?«, wollte er wissen. »Sie verlassen auf der Stelle den Raum. Yvonne braucht Ruhe.« Er beugte sich zu ihr hinunter und hauchte ihr einen Kuss auf die Stirn. Ihre Oberlippe fing an zu zittern. »Ich habe dir gesagt, du sollst dich schonen. Der Anblick eines toten Menschen kann sehr aufwühlend sein. Du weißt, wie es um deine Psyche bestellt ist.« Was er sagte, klang betont anteilsvoll, dabei war offensichtlich, dass es in ihm brodelte und die Zärtlichkeiten reine Show waren. Er drehte den Kopf in Richtung der beiden Kommissare. »Wir haben nichts mit diesem Mord zu tun, und nun lassen Sie uns endlich in Ruhe«, giftete er ungehalten.

Bernsen warf Kohlschuetter einen genervten Blick zu. Wenn dieser Tänzer nicht hereingeplatzt wäre, hätte die Frau geredet. Jetzt konnten sie jede weitere Befragung vergessen, so dominant, wie der Kerl sich ihr gegenüber verhielt. Offenkundig hatte sie sogar Angst vor ihm, das war ja bereits vorhin an der Unstrut nicht zu übersehen gewesen. Die Tänzer hätte aber ja auch einfach mal die Zähne auseinandermachen können, bevor ihr Alter hier aufschlug. Sie wusste etwas, das war klar wie Kloßbrühe, doch sie traute sich nicht, es zu sagen. Womöglich lag darin auch der Grund für ihren Selbstmordversuch. Wo kam denn ausgerechnet jetzt der Tänzer her? Wer hatte den überhaupt verständigt?

»Sagen Sie, Herr Tänzer, kennen Sie einen Heinz Mähler aus Rohrborn?«, erkundigte sich Kohlschuetter ungerührt.

Tänzer stoppte abrupt die Bewegungen seiner Hand, mit der

er seiner Frau über die Wange streichelte, und schaute Kohlschuetter mit schmalen Augen an. »Wieso? Was hat das mit dem Erschöpfungszustand meiner Frau zu tun?«

Er weiß noch gar nichts von dem Selbstmordversuch, dachte Bernsen. Oder er kann den Umstand gut ignorieren. Das freiwillige Aus-dem-Leben-Scheiden eines Anverwandten oder Freundes war für viele Menschen nach wie vor ein Grund zur Scham. Für alles, was einen Psychologen auf den Plan rief und den Anschein einer seelischen Schwäche erweckte, schämten sich die Leute. Diese Erfahrung hatte Bernsen schon öfter gemacht. Auf Tänzer schien das nicht zuzutreffen, dabei kam noch hinzu, dass er etwas vertuschen wollte, und die labile Ehefrau war ein Schwachpunkt.

»Ich helfe Ihnen mal auf die Sprünge. Heinz Mähler hat im Werk gearbeitet. Er war Pförtner am Tor eins«, sagte Kohlschuetter.

Tänzer gab sich betont gleichgültig. »Das kann schon sein. Es gab etliche Tore und auch einige Wachmänner. Ich kann mich nicht an alle erinnern. Schon gar nicht an die Namen.« Er widmete sich wieder seiner Frau. »Soll ich dir etwas zu trinken holen, mein Schatz? Oder möchtest du vielleicht etwas essen? Geht es dir besser? Brauchst du etwas?« Das Säuseln seiner Stimme war nahezu unerträglich. Yvonne Tänzer schaute ihn nicht ein einziges Mal an, sondern wackelte, sobald er eine Frage gestellt hatte, nur langsam mit dem Kopf.

»Herr Mähler konnte sich aber an Sie und Bettina Fanke – ›sein Tinnchen‹, wie er sie nannte – sehr gut erinnern. Sogar so gut, dass er wusste, dass Sie, Frau und Herr Tänzer, mindestens zweimal zusammen mit Bettina und ihrem Freund Urlaub gemacht haben und auch sonst sehr eng miteinander verkehrten. In Rastenberg in der Bungalowsiedlung, bei den Vergnügen im Soemtron-Haus und so weiter. Heinz Mähler war nämlich auch ein guter Bekannter von Bettinas Eltern, die so stolz auf ihre erfolgreiche Tochter waren, dass sie beinahe jedem von den engen Beziehungen ihrer kleinen Bettina zu dem ›hohen Tier‹ des Werkes, also zu Ihnen, Herr Tänzer, erzählten. Heinz

Mähler hat ein gutes Gedächtnis. Funktioniert Ihres wieder?« Bernsen war vom Fensterbrett heruntergehüpft und lief nun vor dem Fußende des Bettes auf und ab.

»Bei so vielen Mitarbeitern im Werk wurde immer eine Menge getratscht«, entgegnete Tänzer seelenruhig, richtete sich auf, schenkte seiner Frau aus der auf dem Nachttisch stehenden Flasche etwas Wasser in ein Glas ein und hielt es ihr hin.

Sie schloss abwehrend die Augen und bewegte vorsichtig den Kopf hin und her.

»Bei der Hitze hilft nur viel trinken«, sagte Tänzer, der keine Anstalten machte, das Glas wieder wegzuziehen. »Yvonne.« Der Befehlston war unüberhörbar.

Sie richtete sich vorsichtig auf. Ohne ihn anzusehen, nahm sie das Glas, nippte daran und stellte es ungelenk zurück auf das Schränkchen neben ihrem Bett. Dabei zitterte sie ein wenig, sodass etwas von dem Wasser auf ihre Bettdecke schwappte. Er schaute vorwurfsvoll, besann sich dann aber ganz offensichtlich der anwesenden Polizisten und wischte die Tropfen mit einer zackigen Handbewegung von der Decke. »Du bist sehr schwach, das tut mir leid.«

»Herr Tänzer«, hob Kohlschuetter an. »Wir haben Sie heute früh nach Bettina Fanke gefragt. Sie konnten sich, das wollten Sie uns zumindest weismachen, kaum erinnern. Ihre Frau ebenfalls nicht. Nun gibt es einen Zeugen, der sich sehr sicher ist, dass Sie beide mit dem Opfer eng befreundet waren, oder wieso verbringt man ansonsten die Sommerurlaube miteinander?« Seine Meinung über Wilfried Tänzer stand ihm deutlich ins Gesicht geschrieben.

»Meine Güte, können Sie sich auf alles besinnen, was Sie vor dreißig Jahren gemacht oder mit wem Sie mal ein Bier getrunken haben? Das ist Haarspalterei, was Sie betreiben. Meine Frau und ich haben uns nichts zuschulden kommen lassen, und nur weil Yvonne jeden Morgen mit dem Hund läuft, gestern ausgerechnet an der Unstrut«, er schaute sie vorwurfsvoll an, »und dabei zufällig auf eine ermordete Frau stößt, die wir vor etlichen Jahren einmal gekannt haben, ist das noch lange kein Grund, uns in ein Kreuzverhör zu nehmen. Nicht wahr, Yvonne?« Obwohl er seine Frau ansprach, ruhte sein Blick auf den beiden Kommissaren, und es war deutlich zu sehen, dass er keinen Wert auf ihre Antwort legte, ja nicht einmal eine erwartete.

Sie schien dieses Verhalten gewohnt zu sein und entgegnete nichts, warf Bernsen aber einen unmissverständlichen Blick zu.

»Ich bin da anderer Meinung, zumal das noch nicht alles ist«, wandte Kohlschuetter ein. »Wir haben am Körper und an der Kleidung von Frau Fanke Spuren von Waid gefunden. Sie, Frau Tänzer, sind Mitglied im Verein Rohrborner Dorfgemeinschaft, in dem auch Herr Mähler aktiv ist, und haben dadurch Zugang zu Werkzeugen für die Waidernte und natürlich auch zu den Pflanzen selbst. Wir denken nicht, dass das ein Zufall ist. Zumal Sie offenkundig nicht die Wahrheit gesagt haben, was Ihre Beziehung zu dem Opfer angeht.«

»Aber das kann …« Yvonne Tänzer schnappte aufgeregt nach Luft.

»Schweig!«, herrschte Tänzer seine Frau an. »Das sind nichts als haltlose Anschuldigungen, auf die wir nicht eingehen werden.« Seine Miene verfinsterte sich.

»Frau Tänzer, wo waren Sie gestern Morgen zwischen sechs und halb sieben?«, platzte Bernsen ohne Vorwarnung heraus.

»Aber das wissen Sie doch … auf dem Weg zur Unstrut, zum Laufen.« Sie atmete schwer und hatte vor lauter Tränen Mühe, die Worte herauszubringen.

»Wo Sie um sechs Uhr dreißig ankamen. Sie wollen uns also erzählen, dass Sie von der Gartenbergsiedlung bis zur Unstrut dreißig Minuten brauchen? Dann müssen Sie uns für ziemlich naiv halten.« Bernsen war stehen geblieben und hatte sich mit breiter Brust vor den Tänzers aufgebaut.

»Ich war, ich war«, stammelte Yvonne Tänzer mitleiderregend, wobei ihr Blick immer wieder zwischen ihrem Mann und den Kommissaren hin- und herging.

»Am Frühstückstisch mit mir«, warf Wilfried Tänzer ein. »Wo soll eine anständige Frau um diese Zeit auch sonst sein?«

Seine schmal zusammengekniffenen Augen musterten sie gnadenlos. »Und jetzt gehen Sie, meine Frau braucht Ruhe.«

***

»Sie kommt problemlos an eine potenzielle Tatwaffe, hat gelogen, was ihr Verhältnis zu der Toten angeht, und hat kein Alibi für den gesamten Zeitraum beziehungsweise nur das von ihrem schrecklichen Ehemann, das offenbar frei erfunden war. Sauber.« Bernsen schnalzte mit der Zunge. »Wenn uns jetzt noch ein schönes Motiv einfallen würde, käme ich glatt auf die Idee, die Frau zu verhaften.«

»So, wie die beim Eintreffen ihres Mannes geguckt hat, fände sie das sicherlich gut. Also wenn sie die Wahl hätte zwischen ihm und der U-Haft.« Kohlschuetter setzte sich in den Dienstwagen und öffnete die Fenster. »Das Problem ist, wir werden kein Motiv finden. Sie war es nicht.«

»Wie meinen?« Bernsen schaute Kohlschuetter irritiert an. »Die haben beide im Werk gearbeitet. Woher wollen Sie wissen, dass es da nicht irgendeine alte Kiste zwischen den Weibern gibt? Einen Mann vielleicht. Sind Ihnen nicht die Tränen aufgefallen, die Yvonnchen bei der Nachricht von Scherwolfs Tod verdrückt hat? Eifersucht wäre zur Abwechslung mal ein schöner Grund.«

»Sie war es nicht«, beschied ihn Kohlschuetter fest. »Bernsen, denken Sie mal nach. Wie viele Mörder rufen nach der Tat die Polizei?« Er wischte über das staubige Armaturenbrett des Dienstwagens.

»Einstelliger Prozentsatz.«

»All jene, die im Affekt gemordet haben und nach der Tat zur Besinnung kommen, sich stellen wollen. Richtig?« Er wartete Bernsens Antwort nicht ab. »Ein paar weitere sind so kaltschnäuzig und selbstsicher, dass sie meinen, uns an der Nase herumführen zu können, indem sie den arglosen Entdecker des Opfers spielen. Zu welcher Kategorie gehört Frau Tänzer?«

Bernsen hatte noch nicht einmal den Mund geöffnet, da beantwortete Kohlschuetter seine Frage schon selbst: »Eben. Zu keiner davon. Die Frau war gestern so durch den Wind, dass ich ihr den Schock abnehme. Eventuell war sie sich zunächst auch nicht ganz sicher, ob es sich bei der Person, die da leblos vor ihren Füßen lag, wirklich um Bettina Fanke handelte. Obwohl die Überraschung nicht wirklich groß gewesen sein dürfte, wenn die Frauen sich bereits am Sonntag beim Umzug gesehen haben.«

»Die Frage ist, ob sie das haben? Denn wenn ich mich recht erinnere, war die Tänzer auf den Bildern mit den Miezen vom Büromaschinenwerk nicht zu sehen. Ihr Name ist in diesem Zusammenhang auch nicht gefallen. Und zu einer Antwort auf meine Frage, ob sie mit ihr gesprochen hat, kam es ja nun leider nicht mehr.«

»Gut. Das sei dahingestellt. In jedem Fall nehme ich ihr aber die Bestürzung hinsichtlich der Leiche ab, ob sie die Fanke nun gleich erkannt hat oder nicht. Wobei ich davon ausgehe, dass sie es wusste. Erinnern Sie sich noch, was sie vorhin gesagt hat? ›Bettina hatte sich nicht verändert.‹ Also hat sie sie erkannt, und hundertprozentig hat sie ihrem Mann davon berichtet. Wenn man Zeuge eines Verbrechens wird, redet man doch mit Nahestehenden darüber, vor allem so jemand wie die zartbesaitete Tänzer. Immerhin scheint ihr Mann die Funktion des Beschützers gut auszufüllen.«

»Möglicherweise wusste der das mit der Leiche aber schon. In einer Kleinstadt wie Sömmerda verbreitet sich so was wie ein Lauffeuer. Und es passte ihm gar nicht in den Kram, dass ausgerechnet seine Frau über das Opfer stolpern musste«, spekulierte Bernsen. »Oder bei ihm gingen allein durch das Wiederauftauchen der Fanke alle Alarmknöpfe an. Die beiden könnten ein Geheimnis haben, also er als Chef des Y-Werkes und die Fanke als Leitende der Abteilung Elektronik. Es waren andere Zeiten, womöglich haben beide Dreck am Stecken.«

»Genau das denke ich eben auch. Yvonne Tänzer hat Angst, aber nicht vor uns, sondern vor ihrem eigenen Mann. Der wiederum, und das springt einen förmlich an, weiß mehr, als er zugibt. Was ist, wenn Wilfried Tänzer und Bettina Fanke sich am Sonntag über den Weg gelaufen sind und sich für Montagmorgen an der Unstrut miteinander verabredet hatten? Was ist, wenn er der Mörder ist?«

»Und seine Frau ahnt das«, ergänzte Bernsen. »Die Fanke durfte dreißig Jahre lang nicht nach Sömmerda. Warum? Weil ihr Lebensgefährte – nehmen wir mal an, dass es wirklich so war, dass er ihr das verboten hat – genau wusste, dass es gefährlich werden könnte?«

»Eine alte Rechnung, die mit Y in Verbindung steht«, sagte Kohlschuetter mit geheimnisvollem Unterton. »Und Bettina Fanke hat sie unterschätzt.«

»Oder ihre Sehnsucht nach der Heimat überwog«, warf Bernsen ein. »Aber hätte der Tänzer seine Frau dann am Montag bereitwillig mit dem Hund an die Unstrut gehen lassen?«

»Er wusste nicht, wo sie hinwollte. Das schwang mit. Er hatte ja auch keinen Schimmer, wo sie in der halben Stunde zwischen Gartenbergsiedlung und Unstrut-Ratwanderweg war. Das konnte man ihm deutlich ansehen.«

»Die Überlegung ist nicht übel, dafür, dass sie von Ihnen ist«, sagte Bernsen. »Ich befürchte nur, der alte Tänzer ist ein so harter Knochen, dass er selbst unter Folter nicht reden wird.«

»Aber sie wird es tun. Wir müssen den richtigen Moment abpassen. Und der wird nicht mehr lange auf sich warten lassen.« Kohlschuetter war sich da absolut sicher. Auch daran, dass der Mord etwas mit dem Y-Werk des Büromaschinenwerkes zu tun haben musste, bestand für ihn kein Zweifel mehr. Welches Geheimnis Bettina Fanke und Wilfried Tänzer auch miteinander verband, er würde es herausfinden. Am liebsten wäre er sofort zurück ins Krankenhaus gefahren, um Yvonne Tänzer zum Reden zu bringen. Doch solange ihr Mann dort über sie wachte, machte das keinen Sinn. »Ich würde jetzt zurück ins Büro fahren und den Papierkram erledigen. Wir können hier ohnehin nichts weiter ausrichten.«

Bernsen starrte auf sein Handy. »Meinetwegen. In zwei Minuten. Ich muss erst die Rotfeder anrufen. Dabei brauche ich keine Motorengeräusche, also jedenfalls nicht aus dem Inneren eines Fahrzeugs.« Er wählte die Nummer seiner Frau.

»Wann hat dieses Affentheater endlich ein Ende?«, maulte Kohlschuetter und bedeutete Bernsen, dass er sich beeilen sollte.

»Rotfeder, mein Herz, ich war im Stress, du weißt, wie das mit den Untersuchungen ist, alle naselang wollen die etwas anderes von einem.« Er lehnte sich auf dem Beifahrersitz entspannt zurück und lächelte. »Du gehst in einen Handarbeitskurs. Wie schön. Nadelarbeit mit Sandro. Wer ist Sandro? Häkeln? Stricken? Sandro? Das ist ein Männername. Ach, das ist ein Mann? Ein Sachse.« Bernsens Mundwinkel fielen nach unten. »Verständnisvoll ist er, und ein talentiertes Händchen hat er auch. Sieh an. Dreißig Jahre alt. Ist das nicht etwas zu jung für Handarbeitskurse?« Bernsen schnaufte. »Ich meine ja nur.« Er setzte sich auf. »Er bietet einen eigenen Kurs für Hundemode an. Den willst du zusätzlich belegen? Ist das auch nicht zu anstrengend für dich? Also eigentlich solltest du dich erholen. Wie, du musst los, Sandro wartet? Rotfeder. Rotfeder!« Bernsen schaute erstaunt auf das Display seines Handys. »Einfach aufgelegt. Dabei hat sie noch nicht einmal gefragt, wie es mir geht. Nicht mal nach Bernd hat sie gefragt.« Seine Stimme klang weinerlich.

»Ein Kurschatten am zweiten Tag. Respekt.« Kohlschuetter grinste, startete den Wagen und fuhr langsam an. »Und dann auch noch ein häkelnder Sachse.«

Bernsen schaute ihn mit weit aufgerissenen Augen an. »Sie macht nun mal gern Handarbeiten, meine Rotfeder«, argumentierte er sichtlich aufgewühlt. Leise fügte er hinzu: »Bislang war mir das überhaupt noch nicht aufgefallen.«

»Nu ei verbibbsch. Mit dem süßen dreißigjährigen Sandro. Freilich«, sächselte Kohlschuetter übertrieben, während er den Wagen aus Sömmerda hinauslenkte. Minuten des Schweigens vergingen. Dann sagte er: »Diese Beschäftigungstherapeuten sind meistens so junge knackige Bürschchen, gerade auf Sylt kann ich mir das gut vorstellen. Braun gebrannt, ständig eingecremt, denn das macht die geschickten Hände sanfter, und natürlich absolut verständnisvoll. Ich meine, Sandro ist auf *Hundemode* spezialisiert. Da muss man schon ziemlich verständnisvoll sein, finden Sie nicht?«

»Tzzz.«

»Nach drei Wochen in Sandros Kurs kommt Ihre Rotfeder bestimmt wie ausgewechselt wieder. Und Bernd hat jede Menge neue Mäntelchen und Jäckchen. Ist schön, dass es Ihrer Frau auf Sylt so gut gefällt.« Kohlschuetter beömmelte sich innerlich, denn mit jedem seiner Worte fiel Bernsen mehr und mehr in sich zusammen. Das hast du dir verdient, du alter Schlawiner, dachte er und legte nach: »Sind das eigentlich Einzel- oder Gruppenkurse, die Ihre Frau da macht? Also beim Einzelunterricht ist die Betreuung viel intensiver, und man lernt eher etwas.«

»Ich muss nach Sylt«, sagte Bernsen entschlossen. »Die Thüringentags-Leiche kann warten. Ist mir vollkommen egal, was der Alte sagt. Meine Rotfeder in den Armen eines Wollgigolos! Nachher brennt sie mit dem durch, und ich bleibe mit dem blöden Köter sitzen. Und mit meinem Schwiegermonster!«

»Die Rotfeder eine Ehebrecherin? Dabei hat sie sich nichts sehnlicher gewünscht, als mit Ihnen gemeinsam auf der Insel zu kuren. Aber durch Ihre plötzliche Erkrankung ...«

Kohlschuetters Mobiltelefon klingelte. Die Nummer der Kriminaltechnik erschien auf der Anzeige. Er nahm das Gespräch über die Freisprechanlage entgegen.

»Hätte ich mich nur nicht ins Krankenhaus einweisen lassen«, jammerte Bernsen laut. Er war außer sich.

»Was will der Kollege denn im Krankenhaus? Wäre die Psychiatrie nicht passender?«, ertönte Susis Stimme im Dienstwagen.

»Die auf Sylt selbstverständlich«, antwortete Kohlschuetter. »Dort könnte er in einen von Sandros Handarbeitskursen gehen. Das beruhigt die Nerven.«

»Timo, was redest du? Alles klar?«, fragte Susi irritiert.

»Was soll sein? Alles gut, und bei dir? Wie laufen die Hochzeitsvorbereitungen?« Kohlschuetter biss sich auf die Zunge. Scheiße, das hätte er sich schenken können. Das vermeintliche Interesse nahm Susi ihm ohnehin nicht ab.

Sie sparte sich die Antwort. »Weswegen ich anrufe. Womit auch immer euer Opfer umgebracht wurde, die Waidstecher aus Rohrborn waren es nicht. Wir sind gerade noch dabei, sämtliche Geräte auseinanderzunehmen, aber ehrlich gesagt sieht es nicht so aus, als ob wir fündig werden. Es tut mir leid, dass ich euch nichts anderes sagen kann.«

»Mist. Wir hatten eines der Vereinsmitglieder im Visier, eine laue Spur, aber immerhin. Da gab es zumindest einen Zusammenhang.«

»Na ja, dass ein Täter die Mordwaffe entwendet und wieder zurückbringt, ist sowieso ungewöhnlich. Und wer sagt, dass der eine oder andere nicht selbst so einen Stecher zu Hause hat oder die Frau mit etwas Ähnlichem umgebracht wurde? Überdies haben wir keine Garantie, dass es in Rohrborn nicht noch mehr solche Werkzeuge gibt.« Susi sprach ruhig und besonnen wie immer. Trotzdem wurde Kohlschuetter den Eindruck nicht los, dass sie vorhin kurz gezögert hatte, als es um die Vermählung ging. Aber womöglich wollte er darin mehr sehen, als da war.

»Das ist schon richtig. Ich weiß. Ich traue das den Rohrbornern aber nicht zu. Die würden nie ihren Waid beflecken. Okay, einen Versuch war es trotzdem wert. Danke, dass du dich gekümmert hast.«

»Das ist mein Job.« Schweigen. »Ach, und Timo.«

»Ja?« Die Antwort kam zu schnell und zu erwartungsvoll.

»Du wolltest, dass wir uns das iPhone des Opfers noch einmal vornehmen, damit nichts übersehen wird.«

»Ja«, entgegnete Kohlschuetter enttäuscht.

»Sie hat Musik gehört. Ostrock. Karussell, vielleicht erinnerst du dich an die Band. Ziemlich laut sogar. Weiter nichts. Womöglich hat sie dazu gesungen. Wenn eure Syrer kein Wort Deutsch verstehen, können sie singen und telefonieren vielleicht nicht unterscheiden. Oder was meinst du? Ihr kriegt das schon raus. Tschüss.« Susi legte auf.

Der Täter könnte den Überraschungseffekt genutzt haben, überlegte Kohlschuetter. Mit Stöpseln in den Ohren kriegt man wenig mit. Mehr konnte er daraus nicht schließen. Abgesehen davon, dass Bettina Fanke womöglich gar nicht so unhöflich gewesen war, wie die drei Syrer angenommen hatten. Sie hatte die Kerle schlichtweg nicht kommen gehört. Aber was änderte das?

Sie waren mit ihren Ermittlungen zwar weitergekommen, aber ein konkreter Anhaltspunkt von Susi wäre schon nicht schlecht gewesen. Zumal der Chef sie mit Argusaugen beobachtete und mit Sicherheit jeden Tag, der verging, ungeduldiger wurde.

Nun klingelte Bernsens Telefon, und so zügig, wie er das Gespräch entgegennahm, stand für Kohlschuetter außer Frage, wer da nach dem lieben Friedhelm begehrte.

»Rotfeder, Liebes«, säuselte Bernsen. Er schluckte vernehmbar. »Du brauchst Geld? Aber du hast doch auf deinem Konto ... Nein? Alle?« Bernsens Stimme wurde brüchig. »Fünfhundert. Überweisen. Heute. Gut. Ich liebe ...«

Bernsen hielt erschüttert das Mobiltelefon von sich weg und starrte auf das Display, bis es wieder schwarz war. Irgendwann sagte er stockend: »Was verdient eigentlich so ein, na, Sie wissen schon, so ein Strickanimateur?«

»Auf Sylt?« Kohlschuetter wiegte den Kopf. »Schwer zu sagen. Zweitausend Euro mit Spesen. Natürlich kommen dazu noch die Scheine, die die Damen des Handarbeitskurses ihm in die wollene Unterhose stecken.«

Bernsen wischte sich den Schweiß von der Stirn. »Ich muss auf die Bank«, klagte er.

Wieder ertönte der Klingelton seines Handys. Vor Schreck rutschte es ihm aus der Hand und landete auf der Fußmatte. Er bückte sich hastig, schlug mit dem Kopf gegen das Handschuhfach, moserte und drückte den grünen Hörer. »Ja, was?«, knurrte er angesäuert. »Geld?« Er kreischte das Wort fast. »Von Ihrem Konto. Aber? Gut, mache ich.« Mit dem Ende des Gespräches begann er zu hyperventilieren. »Frau Püschel möchte, dass ich der Rotfeder fünfhundert Euro von ihrem Konto überweise. Sie hat sie wohl eben darum gebeten.«

»So ein Loverboy ist nun mal teuer, selbst wenn er aus Sachsen kommt«, flötete Kohlschuetter.

»Meinen Sie, sie betrügt mich?« Bernsen bot einen wahrlich jammervollen Anblick, wie er so geknickt dasaß.

»Mit einem Stricklehrer?« Kohlschuetter nickte langsam. »Anzunehmen.«

»Ausgerechnet jetzt. Das kommt mir wirklich ungelegen.«

***

Das Häuschen stand mitten im Wald und war zwischen den Bäumen und dem dichten Unterwuchs aus der Ferne kaum zu erkennen. Das dazugehörige Grundstück wurde von einem hohen, deutlich in die Jahre gekommenen Lattenzaun eingefasst, der von außen, zumindest in Richtung des schmalen Waldweges, durch die hochgewachsenen Triebe und dicken Blätter des wilden Tabaks fast vollständig verdeckt wurde. Sogar die Gartentür war weitestgehend zugewuchert, was dafürsprach, dass sie nicht regelmäßig benutzt wurde. Das Gebäude erinnerte an eines der genormten DDR-Wochenendhäuser vom Typ WL 24, wobei anscheinend irgendwann einmal viel Mühe in seine Verschönerung investiert worden war. Aber auch das musste einige Zeit zurückliegen. Im Garten jedenfalls war die aus drei Eisenträgern selbst zusammengeschweißte Schaukel von einer dicken Rostschicht überzogen. In dem danebenliegenden Lkw-Reifen, der einmal als Sandkasten gedient hatte, wuchsen meterhohe Brennnesseln, und eine etwas abseits in hohem Gras stehende einsame Sommeraster ließ vermuten, dass hier einmal ein Blumenbeet gewesen war. Der Garten erweckte den Anschein, als wäre er vor langer Zeit aufgegeben worden, und wenn aus dem an einer der Giebelseiten angesetzten Schornstein nicht feine Rauchschwaden aufgestiegen wären, kaum jemand wäre auf die Idee gekommen, hier nach irgendwelchen Bewohnern zu suchen.

Wilfried Tänzer kannte den Weg durch das kleine Dorf Burgwenden im Schlaf. Er lenkte den Wagen am ehemaligen Forsthaus vorbei hinauf in Richtung Kammerforst, bog aber rechter Hand zu den Koppeln ab, fuhr bis zum Waldrand und parkte direkt vor dem Grundstück. Dass er dabei einen Teil des wilden

Tabaks touchierte, bemerkte er nicht, und wenn, hätte es ihn nicht interessiert. Früher hatten sie hier nächtelang durchgefeiert, die Leiter des Werkes, die Genossen von der SED-Kreisleitung und hin und wieder auch ein paar hohe Tiere vom Bezirk. Das war vorbei, doch seit mehr als zwanzig Jahren trafen sich die Männer nun regelmäßig auf der »Ranch«, wie Erwin, sein alter Kollege, sein einstiges Wochenenddomizil getauft hatte. Damals waren Erwins Kinder flügge geworden und hatten beschlossen, dass die Zeit der Ausflüge in die Datsche vorbei war. Erwins Frau, die seit jeher das Stadtleben bevorzugte, trauerte den Zeiten in der Einöde ohne Strom und fließend Wasser ohnehin nicht nach und hatte, da war sich Tänzer sicher, den Garten seitdem nie wieder betreten.

Dabei hatten die beiden mit dem Waldgrundstück hier draußen damals den absoluten Hauptgewinn gezogen. Es waren nicht wenige der Genossen scharf darauf gewesen, und der Parteisekretär des Werkes hatte es gekriegt. Aber Tänzer konnte sich nicht beklagen. Von seinem Bungalow auf dem Rastenberger Zeltplatz brauchte er fünf Minuten bis ins Waldschwimmbad, und heute war der zehnmal mehr wert als die heruntergekommene Hütte im Außenbereich des Dörfchens. Wenn es nach Tänzer gegangen wäre, hätte er sich den wöchentlichen Weg von Sömmerda hinauf zur Finne ohnehin gern erspart, aber seine alten Weggefährten bestanden vehement darauf, die Treffen in der schäbigen Hütte abzuhalten. Für sie hatte dieser Ort etwas von der guten alten Zeit, an die sie so lange wie möglich erinnert werden wollten.

Gemächlichen Schrittes lief er auf das Grundstück zu, schob die Gartentür auf, fluchte über den holprigen Weg zum Haus, dessen Schlackesteine durch das Wurzelwerk der Bäume unregelmäßig aus dem Boden gedrückt worden waren, rutschte um Haaresbreite noch auf der mit Moos überzogenen Terrasse aus und betrat die Laube.

Die drei Männer, die im Licht von ein paar Öllampen auf Klappstühlen um einen DDR-Campingtisch saßen, schauten ihn erwartungsvoll an.

»Wir dachten schon, du kommst nicht mehr«, sagte einer von ihnen mit monotoner Stimme, klopfte den Stapel Karten, den er bis dahin ruhig in der Hand gehalten hatte, auf das hellgraue Sprelacart, mischte das Blatt und begann zu geben.

»Yvonne ist im Krankenhaus«, entgegnete Tänzer knapp, nahm sich ein Radeberger aus einer auf einem Hocker stehenden Kühltasche und setzte sich.

Die Männer nickten wissend.

Die Luft im Raum war stickig und roch nach der dicken Staubschicht auf dem heißen Ofenrohr und der trockenen Holzvertäfelung, mit der alle Wände einschließlich der Decke des Häuschens verkleidet waren. Seit dem Erstbezug der Datsche hatte sich hier einrichtungstechnisch nichts getan. Nur ein dicker Ledersessel deutete darauf hin, dass Erwins Familie Mitte der neunziger Jahre eine neue Wohnzimmergarnitur angeschafft haben musste, denn sonst wäre dieses Relikt aus der Wendezeit kaum raus in den Wald gebracht worden.

Während der ersten Runden des Kartenspiels redeten sie nur das Nötigste.

Irgendwann hob Erwin, der Älteste unter ihnen, an: »Habt ihr ein Problem miteinander, Yvonne und du?«

Wilfried Tänzer betrachtete stumm das Blatt auf seiner Hand.

»Den Altersunterschied macht auch das gemeinsame Älterwerden nicht wett«, fuhr Erwin fort. »Das habe ich dir damals schon gesagt, aber du wolltest die wilde Hummel ja unbedingt haben.« Er sprach wie ein Oberlehrer. »Mit Kindern wäre es womöglich anders gewesen. Aber davon wollte sie ja nichts wissen. Lieber Badeurlaube am Balaton und teure Klamotten aus dem Exquisit.«

»Aber heiß war die Kleine«, mischte sich Dietrich, sein Nebenmann und ehemaliger Stellvertreter, ein.

»Schweigt«, herrschte Tänzer ihn an. »Was wisst ihr schon?«

Das war nichts als eine Floskel, darüber war sich Tänzer absolut im Klaren. Erwin wusste im Zweifel alles, zumindest bis zur Wende, wenn nicht sogar noch einige Jahre darüber hinaus. Dass sein Büro im Werk verwanzt gewesen war, daran bestand für Tänzer kein Zweifel. Das Werk Y war für die Herren Genossen zu heikel und vor allem zu wichtig gewesen. Man hatte alles protokolliert.

Erwin und er hatten nie darüber gesprochen, und Tänzer hatte keine Fragen gestellt, als Erwin im November 1989 spätabends vor seiner Haustür gestanden und ihm schweigend die Akten in die Hand gedrückt hatte. Er wusste auch so, was zu tun war, und er war dankbar. Das war damals keine Selbstverständlichkeit gewesen, auch nicht unter Freunden. Er hatte die Kladden, ohne auch nur einen Blick hineinzuwerfen, im Ofen seines Gewächshauses verbrannt. Noch heute sah er das Gesicht von Yvonne vor sich, die am Wohnzimmerfenster gestanden und ihm dabei zugesehen hatte. Sie hatte ihn nie darauf angesprochen. Aber die kalten Augen, mit denen sie ihn immer betrachtete, wenn sie sich unbeobachtet wähnte, verrieten alles. Mit Franks Verschwinden hatte sie sich gänzlich von ihm zurückgezogen. Er hatte in den fast dreißig Jahren, die seitdem vergangen waren, jeden Tag darauf gewartet, dass sie ihre Koffer packte und ging, und er fragte sich bis heute, warum sie es nicht getan hatte. Sie waren seit dieser unsäglichen Wende nie mehr glücklich geworden, und daran würde auch Bettinas Tod nichts ändern, obgleich er alles verändert hatte. Das spürte er. Aber Tänzer machte sich keine Illusionen mehr. Yvonne würde lieber sterben, als weiter mit ihm zusammenzuleben. Ihr Freitodversuch sprach eine deutliche Sprache.

Er konnte sie nicht aufhalten. Das wusste er. Nicht einmal die Wahrheit würde sie noch für ihn übrighaben. Nicht einmal die war er ihr noch wert.

»Hast du mit Tinnchen gesprochen, hast du sie gesehen, ich meine, bevor …« Erwins Stimme war rau, er räusperte sich. »Was wollte die hier? Nach so langer Zeit. So ein Unsinn.«

Tänzer schüttelte den Kopf. »Niemals wäre ich darauf gekommen, dass sie irgendwann wieder hier auftaucht. Ausgerechnet zum Thüringentag.« Er spürte, wie sich sein Herz zusammenkrampfte.

»Na ja, man soll ja nicht schlecht über Tote reden«, erwiderte

Gottfried, der ehemalige Kaderleiter des Werkes. »Aber Bettina hat es nicht anders verdient.«

Tänzer legte seine Karten verdeckt auf den Tisch und sah mit zornigem Blick in die Runde. »Jetzt macht aber mal einen Punkt. Niemand hat es verdient, auf diese Weise in den Tod zu gehen.«

Die Männer schauten betont gleichgültig, erwiderten nichts und schienen vollends auf das Spiel konzentriert zu sein. Dabei hätte Tänzer den unterschwelligen Vorwurf, der in den Worten seiner Mitspieler lag, förmlich mit seinen Händen greifen können. Diese Dummköpfe waren dreißig Jahre danach noch immer nicht schlauer geworden.

»Meine Güte, was bitte sollte Bettina denen im Westen von unserem tollen Y-Werk berichten? Sie hat doch selbst kaum etwas gewusst, außer dass wir an Objekten zur Landesverteidigung gearbeitet haben, von denen letztlich nie eines produziert wurde. Sie war eine gut ausgebildete junge Ingenieurin, worauf hätte sie warten sollen? Auf die tollen Ideen von euch alten Säcken etwa? Ihr habt 1990 sofort die Biege gemacht und euer eigenes Ding hochgezogen. Das Werk hat euch nicht die Bohne gekratzt. Rette sich, wer kann.«

»Jetzt erlaube mal«, echauffierte sich Gottfried. »Jeder muss schließlich selbst sehen, wo er bleibt. Die Fanke war zudem keine vier Wochen nach der Maueröffnung schon verschwunden. An Weihnachten hat die im Westen einen dicken Vertrag in der Tasche gehabt. Die hat nichts anbrennen lassen.«

»Jeder muss sehen, wo er bleibt, genau.« Tänzer lachte spöttisch auf. »Aber Bettina erklärt ihr zur Verräterin«, sagte er vorwurfsvoll.

»Sie ist abgehauen, ins nicht sozialistische Ausland«, rechtfertigte sich der Mann energisch. »Und auch noch nach Bremen, zur Konkurrenz.«

Tänzer, den die sozialistische Sprechweise ärgerte, stutzte. »Was meinst du mit Konkurrenz? Wieso Bremen? Was wisst ihr, was ich nicht weiß?«

Die beiden Männer schauten unsicher auf Erwin.

Der verzog keine Miene. »Hört auf zu lamentieren und spielt Karten. Das alles ist Schnee von gestern, und wenn wir nicht zusammenhalten, wer dann?«, sagte er ruhig und spielte die nächste Karte aus.

Doch damit war die Auseinandersetzung nicht vom Tisch.

»Du hast Bettina von jeher in Schutz genommen, genau wie deinen Freund Frank, den Querulanten«, sagte Gottfried spitz.

»Wenn wir den zu uns ins Y-Werk geholt hätten, dann gute Nacht, Marie«, ergänzte Dietrich.

»In dem Fall hätten wir unser Aluminiumgehäuse nach den Maßvorgaben der Sowjets womöglich tatsächlich auf die Reihe bekommen und nicht zwei Jahre vergebens an dem Prototyp gebaut«, widersprach Tänzer gereizt. »Diese dutzendfachen Abstimmungsrunden mit den Jenensern waren doch erbärmlich.« Er wusste, dass die Männer ihm etwas verheimlichten und dass es keinen Sinn haben würde, danach zu fragen. Also ließ er es. Warum sollte er auch, Bettina war nicht mehr unter ihnen. »Frank war einer unserer besten Ingenieure«, fuhr er fort. »Aber euch ging es schon immer mehr um euren Parteifirlefanz als um die Arbeit. Wenn ein paar Leute an den Schaltstellen auch mal praktisch gedacht hätten, wären viele Dinge anders gelaufen. Pragmatismus hätte das System nicht gestürzt, im Gegenteil.«

»Wir von der Partei mussten darauf achten, dass alles in geregelten Bahnen läuft, dass keiner ausschert. Das weißt du genau. Wir trugen immerhin die Verantwortung für unser Land!«

»Selbstverständlich«, ereiferte sich Tänzer. »Aber dass sich die Menschen von ihrem sauer verdienten Geld am Ende nichts kaufen konnten, dass sie auf ein paar Säcke Zement oder ein einfaches Toilettenbecken monatelang warten mussten, wenn sie keine Beziehungen hatten, das zu ändern habt ihr tollen Parteihelden in eurer planwirtschaftlichen Engstirnigkeit nicht hinbekommen. Bei der desolaten Versorgungslage hättet ihr wissen müssen, dass die Leute irgendwann rebellieren werden, zumal es mit der Zeit immer schlechter wurde.«

»Wilfried, wie oft willst du der Partei ihr Versagen noch vorwerfen?«, fragte Erwin mit milder Stimme und verständnisvollem Blick. »So vieles ist falsch gelaufen. Dennoch hätte dein Freund Frank die Teile für den T-55-Panzer auch nicht schneller oder besser bauen können. Du solltest endlich mal deine Verbitterung ablegen, nach all den Jahren. Lass uns weiterspielen.«

Tänzer senkte seinen Blick und dachte an den Freund. Wenn er doch nur die Zeit zurückdrehen könnte. Stattdessen musste er mit seiner Schuld leben – und sie wurde immer unerträglicher. Seit Yvonne ihm gestern Vormittag von der toten Bettina erzählt hatte, waren all die Bilder von damals wieder da. Der letzte Streit mit Frank, dem so viele vorangegangen waren. Seit November 1989 hatten sie beide eigentlich meistens im Clinch gelegen. Schlimme Worte waren gefallen, auf beiden Seiten. Und dann war es am 17. Januar 1991 zu dieser vermaledeiten Konfrontation gekommen.

»Erwin hat recht«, sagte Dietrich. »Wir sind alte Männer, die ein gutes Leben hatten.«

»Und immer noch haben«, verbesserte Gottfried. »Mit Westrente.«

»Und Radeberger Bier auf unseren Dessauer Schätzchen hier.« Erwin grunzte, legte die Karten ab und schlug mit beiden Händen auf die Armlehnen seines Stuhles.

Die Männer lachten.

»Wir Ingenieure haben unsere Arbeit gemacht, wie die meisten anderen auch. Nur bei denen in der Parteiblase frage ich mich, wofür sie eigentlich da waren«, sagte Tänzer und bereute seine Worte, kaum dass er sie ausgesprochen hatte. Schuldzuweisungen brachten nichts, dessen war er sich bewusst. Die Freunde hatten ihn einfach auf dem falschen Fuß erwischt. Was sollte auch die Fragerei nach Yvonne? Sie war sein wunder Punkt, das wussten die Kerle genau.

»Jetzt hör aber auf, Wilfried, die Partei hat euch die beste Technik verschafft.« Erwin ballte die Hand zur Faust, spreizte einen Finger nach dem anderen ab und zählte auf: »NC-Fräsmaschine für acht Millionen, 3-D-Messmaschine für vier Komma fünf Millionen, von den klimatisierten Reinräumen und den Spezialbohrwerken ganz zu schweigen. Und wir reden nicht von DDR-Mark, sondern von nicht sozialistischer Währung. Ihr hattet alles, und nur vom Feinsten.«

»Wenn Gorbatschow nicht gewesen wäre, hätten wir das Gehäuse für die Raketenlenkelektronik zudem auch hinbekommen. Die sowjetischen Brüder haben es komplizierter gemacht, als es war«, ergänzte Dietrich.

Tänzer stand kurz vorm Explodieren. Aber sein Jähzorn, der sich mit dem Ende der DDR in ihm festgesetzt hatte, war ihm schon so manches Mal zum Verhängnis geworden. Bei seinen Freunden sollte er sich das nicht erlauben. Seit über vierzig Jahren waren sie vier eine eingeschworene Gemeinschaft, Leidensgenossen, wie er sie so manches Mal voller Zynismus nannte, seinetwegen auch vergangenheitsverklärende Veteranen, wie Yvonne hin und wieder behauptete. Kameraden eben, und die hielten zusammen, egal, was kam.

Es brachte nichts, mit ihnen über längst Vergangenes zu streiten. Die Chance ihres Lebens hatten sie gehabt und mit allen erdenklichen Mitteln ausgereizt. In der DDR war das leicht gewesen, vorausgesetzt, dass man sich fügen konnte und es verstand, den Mund zur richtigen Zeit aufzumachen. Mit der Wende hatten alle neu angefangen und in seinem Fall die sich einstellende Sorge einfach weggedrückt. Bei einer jungen Frau dürfe man sich keine Schwäche erlauben, hatte er immer geglaubt. So hatte er allein gekämpft. Es musste schließlich weitergehen.

Telekommunikation war zu dieser Zeit so einträglich gewesen wie nie. Um das zu begreifen, hatte er keinen Partner aus dem Westen gebraucht. Seine Geschäfte liefen gut. Er konnte Yvonne jeden Wunsch erfüllen. Ihr fehlte es an nichts. Nur ihm fehlten seine Frau und sein bester Freund. Und wenn er ehrlich zu sich war, auch sein geregeltes, unaufgeregtes altes Leben als einer der wichtigsten Männer des Büromaschinenwerkes.

Er beschloss, die Behauptungen seiner Mitspieler nicht länger zu kommentieren und sich stattdessen aufs Spiel zu konzentrieren. Innerlich tief durchatmend spielte er die nächste Karte.

SECHS

Kohlschuetter saß breitbeinig hinter seinem Schreibtisch und verfolgte über den Livestream die Morgenshow des öffentlich-rechtlichen Fernsehens. Er hatte eine unruhige Nacht hinter sich, war lange vor seiner üblichen Zeit aus dem Bett gestiegen und lustlos an der Gera entlang durch die Erfurter Altstadt gejoggt. Nicht einmal sein allmorgendlicher Eiweißshake hatte ihm geschmeckt, sodass er den Bäcker um die Ecke aufgesucht hatte, um seine schlechte Laune in Kohlenhydratbomben aufzulösen. Aber anstatt sich besser zu fühlen, hing er angesichts der ungewohnten Weißmehl- und Hefedosis nun noch mehr durch. Die gut gelaunten Moderatoren kündigten gerade einen Bericht über den Sömmerdaer Giftschlangenfund an, als Bernsen zur Tür hereinschlurfte.

»Moin«, grüßte er mürrisch, hielt inne, als er gewahr wurde, dass Kohlschuetter nicht arbeitete, sondern Fernsehschau betrieb, wurde hellhörig, als der Name »Sömmerda« aus den Lautsprecherboxen drang, und wackelte sichtlich neugierig zu Kohlschuetter rüber. »Bringen die was über unseren Mordfall?«, wollte er wissen. »Bin ich zu sehen?« In dem Moment zoomte die Kamera auf einen halb nackten Mann, der in einem Krankenhausbett lag und mit glasigem Blick in die Kamera stierte.

»Struppi 33 ist aus dem Koma aufgewacht. Aber wenn ich mir den so ansehe, hätten auch Sie das sein können«, erläuterte Kohlschuetter ungerührt. »Die machen so eine Art Sondersendung zu exotischen Tieren in deutschen Haushalten und den meistunterschätzten Gefahren. Wobei mir der Tiernotretter nicht den Eindruck macht, als könnte er dem Interviewer schon folgen. Sieht ziemlich malade aus, der Kerl.«

Als hätte er das gehört, krächzte Struppi 33: »Ich bin dem Tod noch mal von der Schippe gesprungen.«

»Das denke ich auch jedes Mal, wenn das Püschel-Weib unsere Wohnung verlassen hat«, bemerkte Bernsen grimmig.

»Die Gefahr kommt immer wieder, Junge, das kannst du glauben.«

»Klappe. Ich will das hören«, beschied ihn Kohlschuetter nicht eben weniger übellaunig.

»Die Leute sollten sich im Vorfeld darüber klar sein, welche Tiere sie sich da ins Haus holen. Eine Giftschlange ist nun mal kein Meerschweinchen. Sie ist eine Gefahr für die Allgemeinheit, und die muss bluten, wenn so ein Vollhonk von seinem eigenen Vieh gebissen wird – oder andere, Unschuldige ... wie ich.« Der Tiernotretter rang nach Luft, schniefte und war sichtlich bewegt. »Tierbesitzer übernehmen mit dem angeschafften Tier eine Verantwortung. Wie auch die, ihr Schaf nicht auf dem Gelände des KZ Buchenwald grasen zu lassen. So was geht nicht! Eine ganze Woche ist das Tier über die Gedenkstätte gerannt. Wo gibt es denn so etwas? Sogar die abgelegten Kränze hat es angefressen. Eine Schande. Und dann soll der gute Jörgi antanzen, um es zu erschießen. Wenn es darum geht, die Kastanien aus dem Feuer zu holen, wissen alle, wo der Sömmerdaer Tiernotretter wohnt. Schüsse auf dem Buchenwald ... wie seinerzeit auf Ernst Thälmann. Nur konnte Thälmann dieses Mal fliehen. Am Arsch!« Struppi 33 bekam noch glasigere Augen und redete sich dabei so sehr in Rage, dass sich um seinen Mund herum weiße Spuckebläschen bildeten. »Soll das Schaf doch auf der Gedenkstätte bleiben. Ich gehe dort nicht noch mal auf die Jagd. Außerdem hat Sabine es verboten.«

Während Struppi 33 sich weiter echauffierte, wurde übergangslos der Ton seines Mikros abgeschaltet, und die Fernsehkamera machte einen Schwenk auf einen der behandelnden Ärzte, der etwas überrascht guckte, dann aber über die Wirkung von Schlangengift auf den menschlichen Körper zu dozieren begann. Schräg hinter dem Doktor verabreichte eine Schwester dem wild gestikulierenden Struppi eine Spritze. Kurz darauf sackte er in sein Kissen. Dann war auf einmal Polizeimeister i. A. Benjamin Schitz zu sehen. Er wurde zu den strafrechtlichen Folgen von illegalem Besitz exotischer Tiere und zur Chance, den Schuldigen zu finden, befragt. Schitz verkaufte sich ausgesprochen gut, fand Kohlschuetter, machte dem Interviewer aber wenig Hoffnung, dass es gelingen würde, den oder die Verantwortlichen zur Rechenschaft zu ziehen. Die angemeldeten Schlangenhalter im Landkreis Sömmerda hatte er bereits alle aufgesucht und sich von der sicheren Verwahrung der Reptilien überzeugt. Nun helfe nur Kommissar Zufall – oder Zeugen, die Schitz eindringlich aufrief, sich zu melden.

»Nicht schlecht«, kommentierte Kohlschuetter. »Aber wieso befragen die eigentlich den Kleinen? Seltsam.«

»Wen juckt's? Geht das Schlangengift eigentlich auch an die Nervenzellen, oder warum faselt der Tiernotretter so ein wirres Zeug?« Bernsen marschierte zu seinem Platz, warf sich auf den Stuhl und nickte Kohlschuetter provozierend zu. »Und Sie, wilde Nacht gehabt, was?« Er grinste schmierig.

»Und selbst, alle Konten leer geräumt?«, erwiderte Kohlschuetter schnippisch.

Bernsen entgegnete zunächst nichts, verzog das Gesicht, widmete sich einer auf seinem Schreibtisch liegenden Akte und blätterte auffällig desinteressiert darin herum. Dann hielt er es wohl nicht mehr aus. »Brennt eine Frau mit tausend Euro durch?«, murmelte er zu Kohlschuetter herüber.

Der reagierte nicht auf ihn, sondern dachte an den verpatzten gestrigen Abend. Er hatte eine halbe Stunde vor dem Eiscafé Venezia auf Maja, die süße Bademeisterin aus dem Rastenberger Waldbad, gewartet. Umsonst, wie sich irgendwann zeigte. Die Schönheit hatte ihn versetzt. Ihn. Er konnte sich nicht erinnern, dass ihm irgendeine Frau das jemals angetan hätte, außer Susanne Summer natürlich. Aber die war eine ganz andere Kategorie.

Letztendlich hatte er sich allein ins Eiscafé gehockt und sich eine halbe Stunde an einer Kugel Vanilleeis ohne Sahne aufgehalten. Bis eine Frau den Laden betreten hatte, die ihn unentwegt anstarrte. Kohlschuetter, dem das unangenehm gewesen war, hatte standhaft versucht, die Frau zu ignorieren, zumal sie einen äußerst ungepflegten und aufdringlichen Eindruck machte. Diese Strategie hatte sich jedoch in dem Moment erledigt gehabt, da die Dame ihre langen künstlichen Fingernägel in seine Schulter gekrallt und freudig »Hi, Timo« gerufen hatte. Nach diesem für ihn äußerst peinlichen Auftritt hatte sich alsbald herausgestellt, dass die unangenehme Person keine Geringere war als Isabell aus Kindelbrück, seine alte Ferienlagerliebe aus Beichlinger Zeiten.

Isabell, die damals das schönste Mädchen weit und breit gewesen war, hatte sich, wie Kohlschuetter gezwungenermaßen konstatieren musste, erheblich zu ihrem Nachteil verändert. Die nunmehr üppigen Formen, die einem vor allem an den unter einem knappen, engen Röckchen hervorquellenden Oberschenkeln und dem bauchfreien Top ins Auge stachen, wären dabei keineswegs schlimm gewesen, hätte Isabell sie nicht mit aller Gewalt und in unschöner Blässe der Allgemeinheit präsentiert. Ebenso billig wie ihre Kleidung wirkten ihre Frisur und ihr Make-up, soweit man bei dem schwarzen, schief gezogenen Eyeliner, der höchstwahrscheinlich ein Überbleibsel vom vorherigen Abend war, überhaupt von Make-up im Sinne einer kosmetischen Verschönerung reden konnte. Kurzum, Isabell war nicht mehr die Isabell, hinter der Kohlschuetter als Dreizehnjähriger mit heraushängender Zunge hergedackelt war und für deren feuchten Kuss er sogar seine Westschokolade hergegeben hatte. Sie war vielmehr ein östrogengesteuertes Ungemach, das seinem verpatzten Abend noch die Krone aufsetzte, zumal sie sich augenscheinlich für unwiderstehlich hielt und ihn schier schamlos und zur Erheiterung der anderen Gäste bedrängte.

Relativ schnell war Kohlschuetter zu der Erkenntnis gelangt, dass er, wollte er sich nicht vollkommen zum Klops machen, zügig hier verschwinden musste. Doch Isabell hatte sich so dicht vor ihm aufgebaut, dass er nur zur Tür kommen konnte, wenn er sie vorher beiseiteschob. Kohlschuetter, der vor knapp dreißig Jahren nichts lieber getan hätte, als Isabell um die Hüften zu greifen, hatte sich schwergetan. Und gerade, als er all seinen Mut zusammengenommen und mit seiner rechten Hand vorsichtig gegen ihre Schulter gedrückt hatte, war ein Typ hereingekommen, der, noch im Türrahmen stehend, lauthals sein Missfallen darüber ausdrückte, dass »ein Arschgesicht«, so seine genauen Worte, seine »Schnecke« betatschte.

Kohlschuetter, dem nichts fernerlag, als dieser Frau in irgendeiner Weise nahezukommen, war erschrocken zurückgewichen und hochrot angelaufen. Natürlich nicht, weil er sich bei etwas Unanständigem ertappt fühlte, sondern aufgrund der überbordenden Peinlichkeit der Situation. Das darauffolgende Handgemenge mit dem vermeintlich gehörnten Freund seiner überproportional gewachsenen Jugendliebe hatte diese aus sicherer Entfernung bei einer doppelten Portion Eis mit Schlagsahne und mit einem über alle Maßen zufriedenen Gesichtsausdruck verfolgt. Nur das beherzte Eingreifen des Inhabers, eines smarten Italieners, hatte Kohlschuetter davor bewahrt, seinen Dienstausweis zu ziehen und sich damit komplett outen zu müssen.

Schlussendlich war er mit einem miesen Gefühl im Bauch entkommen, woraufhin er die halbe Nacht wach gelegen und gerätselt hatte, wie Menschen sich im Laufe ihres Lebens so dermaßen verändern konnten. Der ihn irgendwann übermannende Schlaf hatte die Suche nach einer Antwort verdrängt, ihm aber gleichzeitig einen grausamen Alptraum beschert, in dem er als Isabells Ehemann mit dieser das Ehebett teilen und dabei in einem Zeitraffer die Entwicklung vom schönen Schwan bis zur hässlichen Ente mit ihr durchleben musste. Dieser Horrorshow war er seit dem Aufwachen glücklicherweise entkommen, aber eine andere bahnte sich soeben an.

»Wir müssen nach Sylt«, beschied ihn Bernsen, als der Tiernotretter-Beitrag vorbei war und Kohlschuetter den Ton des Livestreams abgeschaltet hatte. »Betrügerische Ehefrauen lässt man nicht gewähren, sondern ertappt sie auf frischer Tat. Danach kommen sie reumütig zu einem zurück.«

»Wo haben Sie denn diese Weisheit her, von Ihrem Hundefriseur?«

Bernsen schaute ihn mit ausdruckslosem Gesicht an. »Das ist meine Strategie. Was soll daran nicht stimmen?«, fragte er mit beleidigtem Ton.

»Erstens, wir haben einen wichtigen Fall aufzuklären. Zweitens, wenn einen die Frau betrügt, ist das so. Hinterherjammern bringt nichts. Sie sollten sich lieber mal fragen, warum die Rotfeder abtrünnig geworden ist. Meistens liegt so etwas ja nicht allein an dem, der fremdgeht.«

»Natürlich nicht«, bestätigte Bernsen unumwunden. »Es liegt auch an Sandro, dem Sexsachsen. Der hat sie gefügig gemacht.« Er schlug mit der Faust auf den Tisch, dass der Werder-Bremen-Wimpel an der Orchidee hin- und herwippte.

»Mit was, mit neuen Strickmustern?«

»Was weiß denn ich? Wir fahren hin und klären die Sache auf. Das fehlte noch, dass so eine sächsische Eierschecke bei meiner Rotfeder die Maschen fallen lässt.«

»Wer ist wir?«, wollte Kohlschuetter wissen.

»Sie und ich natürlich. Womöglich ist der Kerl ein Hüne«, antwortete Bernsen selbstsicher, »da könnte ich Sie ausnahmsweise mal gebrauchen. Gleich morgen früh geht es los. Dann sind die drei Tage rum, die der Chef uns für den Thüringentags-Mörder gegeben hat, und er darf die Kiste getrost zur Spezialeinheit des LKA rüberschieben. Wir dagegen sind raus und entschwinden an die Nordsee.«

»Vergessen Sie's. Wir machen erst unsere Arbeit, dann können *Sie* Ihre Rotfeder retten. Allein.« Er öffnete die Datei mit dem Befragungsprotokoll von Yvonne Tänzer, griff nach der Liste mit den Mitgliedern des Rohrborner Waidvereins und überflog die Einträge. Unvermittelt zuckte er zusammen. »Sie haben sich diese Liste gestern aber schon genau angeschaut, oder?«, fragte er mit rüdem Ton.

Bernsen stutzte, dann schlug er sich mit der flachen Hand vor die Stirn. »Andrea Scherwolf, nicht wahr? Ich wusste, dass ich den Namen schon mal gehört hatte!« Seine Hände flogen geradezu über die Computertastatur. Es dauerte ein paar Minuten, schließlich fluchte er gotteslästerlich. »Nicht aktenkundig, aber mit Frank Scherwolf seit 1983 verheiratet. Bis heute.«

***

Andrea Scherwolf lag halb schräg auf der Mini-Hollywoodschaukel auf ihrem schmalen Balkon, während Kohlschuetter in der Küche hantierte, um ihr ein Glas Wasser zu holen. Hin und wieder blinzelte sie zaghaft, stieß tiefe Atemstöße aus und murmelte teils unverständliche Worte, was Bernsen in der Annahme bestärkte, dass er sie nicht umgebracht hatte. Mehr oder weniger beruhigt, aber über seinen Fehler noch immer ziemlich angefressen, nahm er auf einem Bistrostuhl Platz und beschloss, kein Wort mehr zu sagen, bis Kohlschuetter wieder zurück war.

Frank Scherwolf, der kürzlich verstorbene langjährige Lebensgefährte von Bettina Fanke, war der Ehemann von Andrea Scherwolf gewesen, auch wenn er den Großteil seines Lebens mit einer anderen Frau und ihrem gemeinsamen Sohn in Bremen verbracht hatte. Daran gab es laut Einwohnermeldeamtsdaten keinen Zweifel. So weit war das auch noch nichts Unnormales. Ehebruch kam schließlich in den besten Familien vor, wie Bernsen für sich selbst feststellen musste. Was ihn zwar nicht frohgemuter stimmte, aber ein wenig den Makel, den er damit verband, kaschierte. Frei nach dem Motto, wenn es alle machen, kann es nicht so schlimm sein. Bei den Scherwolfs schien die Geschichte jedoch etwas komplizierter zu sein.

Eigentlich hatte die Befragung von Andrea Scherwolf ganz harmlos begonnen, nämlich mit Bernsens Beileidsbekundung für ihren im April verstorbenen Mann, eine hochanständige Geste, wie er meinte. Er hatte allerdings die Worte noch nicht zu Ende gesprochen, da war Frau Scherwolf bereits ohnmächtig geworden und ohne Vorankündigung einfach umgefallen. Wenn Kohlschuetter nicht geistesgegenwärtig einen Ausfallschritt gemacht und die Frau aufgefangen hätte, wäre die Sache möglicherweise schlimm ausgegangen. Nun lag sie in sich versunken, aber ansprechbar auf den dicken Kissen ihrer Schaukel und stammelte Halbsätze, die eines sehr deutlich werden ließen: Die Frau verstand die Welt nicht mehr.

Endlich kam Kohlschuetter um die Ecke gebogen und trug ein Tablett mit einem Glas Wasser und einer Tasse dampfendem Kaffee vor sich her.

»Ich hätte auch einen Kaffee genommen«, moserte Bernsen, biss sich aber auf die Zunge, als ihn Kohlschuetters strenger Blick traf.

Kohlschuetter half Frau Scherwolf auf und flößte ihr abwechselnd erst von dem kalten und dann von dem heißen Getränk ein. Nach und nach gewann sie ihre gesunde Gesichtsfarbe zurück.

»Frank ist seit April tot, sagen Sie?«, fragte sie schließlich mit dünner Stimme.

»Ja, Frau Scherwolf. Er ist einem Krebsleiden erlegen, soweit wir wissen«, entgegnete Kohlschuetter verständnisvoll. »Er wurde in Bremen auf einem Friedhof ganz in der Nähe seines Wohnortes begraben.«

»Bremen«, wiederholte Andrea Scherwolf, ohne den Eindruck zu machen, dass sie verstand, was sie sagte. »Da war ich noch nie. Ist es schön dort?«

»Also, das ist die schö…«, hob Bernsen euphorisch an, doch Kohlschuetters lautes Räuspern signalisierte ihm, dass ein Gespräch über die Vorzüge der Hansestadt wohl so ziemlich das Letzte war, was die Frau jetzt brauchen konnte. »Sollen wir einen Arzt holen?«, fragte er stattdessen mehr an seinen Kollegen als an Frau Scherwolf gewandt.

Sie verneinte das zügig, trank noch ein paar Schlucke und begann langsam zu erzählen. »Er ist von der Arbeit einfach nicht mehr nach Hause gekommen. Natürlich, er wollte noch mit den Kollegen auf ein Bier, das hat er zu dieser Zeit öfters gemacht. Die Männer haben geredet, immerzu, so unsicher, wie damals alles war, brauchten sie das wohl. Aber gegen acht war er sonst immer zurück. Nur an diesem Abend nicht.« Sie schluckte. »Dabei war ich mit meinen Freundinnen zum Tanzkurs angemeldet, und er wollte bei den Kindern bleiben. Die waren noch klein.« In ihren Augen stand Enttäuschung.

Verpatzter Tanzkurs, dachte Bernsen angefressen, darüber ist die dem armen Schwein nach fast dreißig Jahren noch gram? Weiber.

»Sie haben gemeinsame Kinder?«, hakte Kohlschuetter erstaunt nach.

Sie nickte. »Einen Jungen und ein Mädchen. Nico und Tina.«

»Wann haben Sie Ihren Mann zuletzt gesehen?«, fragte Kohlschuetter leise.

»Am 17. Januar 1991.« Sie sprach mit tränenerstickter Stimme. »Den Tag vergesse ich nie.«

Ein langes Schweigen folgte.

»Sie haben Ihren Mann seit 1991 nicht mehr getroffen und auch keinen anderweitigen Kontakt zu ihm gehabt?«, fragte Bernsen nach einer Weile.

»Nein«, hauchte sie. »Ich warte seit diesem Tag, dass er wieder nach Hause kommt, also sagen wir mal so, ich habe es gehofft. Aber eigentlich …«, sie zitterte, »jetzt muss ich nicht mehr warten. Jetzt ist er ja nicht mehr da.« Ein schweres Atmen beendete den Satz.

»Aber Frau Scherwolf, das verstehe ich nicht. Sie hätten ihn suchen lassen können. Waren Sie denn nicht bei der Polizei, um eine Vermisstenanzeige aufzugeben?« Kohlschuetter betrachtete die Frau mitleidig. »Es gibt Mittel und Wege, jemanden zu finden.«

Wenn man voraussetzt, dass derjenige gefunden werden will, dachte Bernsen, behielt seine Überlegungen aber für sich.

»Die Polizei, ja, die waren da und haben gesagt, dass er mich verlassen hat. Viele Ehen sind nach dem Zusammenbruch der DDR auseinandergegangen, wissen Sie? Ich habe dazu recherchiert. Ganze Ordner habe ich gesammelt.« Sie deutete auf ein Bücherregal im angrenzenden Wohnzimmer. »Die Polizei«, sie winkte ernüchtert ab, »die waren damals selbst überfordert. 1991, ich bitte Sie. Da war die Welt aus den Fugen geraten. Die hatten etwas anderes zu tun, als mir meinen Frank wiederzubringen. Ich war zwei Wochen später noch mal bei denen und wieder nach einem Vierteljahr, aber nichts.« Sie nahm einen Schluck aus der Kaffeetasse.

»Gab es damals Anzeichen, dass Ihr Mann Sie verlassen wollte? Einen Abschiedsbrief, letzte Worte? Haben Sie etwas geahnt? Hatte er vielleicht eine Freundin?«, wollte Kohlschuetter wissen.

Bernsen kämpfte mit einem Frosch in seinem Hals und dachte an seine Rotfeder. Er würde die Nachbarn anrufen und sie bitten müssen, in seinen Briefkasten zu schauen. Nicht dass die Rotfeder ihm bereits geschrieben hatte. Womöglich hatte sie schon bei ihrer Abreise einen Zettel in der Wohnung hinterlassen. Auf dem Toilettendeckel. Dort deponierte sie alle ehelichen Verkündigungen, vom Einkaufszettel bis zu den Anweisungen für den Umgang mit Bernd, in der sicheren Gewissheit, dass er den Deckel anheben musste, um sich auf der Brille niederzulassen, und dann für eine gute Stunde dort verweilen würde. Da er sich auf dem stillen Örtchen alle Zeit der Welt nahm, stieg so die Wahrscheinlichkeit, dass er ihre Nachrichten auch las. Zuvor hatte die Rotfeder viele Orte ausgetestet, den Garderobenspiegel im Flur, den Kühlschrank, ja sogar auf seinem Kopfkissen hatte ein gelbes Post-it »extra large« geklebt, an dem er beinahe im Schlaf erstickt wäre, da es irgendwie in seinen Mund geraten war. Die Nachbarn mussten auch auf der Toilette nachsehen. Dringend.

Sie schob die Unterlippe leicht nach vorn. »Wir waren glücklich, Frank und ich. Wir hatten alles, vor allem zwei gesunde, tolle Kinder. Und wir waren jung, das Leben lag noch vor uns.« Sie schüttelte den Kopf. »Frank hat mich nicht verlassen. Eine andere Frau? Ausgeschlossen.« Die Worte klangen erstaunlich sicher und konsequent für eine Frau, deren Mann achtundzwanzig Jahre lang unübersehbar nichts von ihr hatte wissen wollen.

»Aber er blieb die ganzen Jahre spurlos verschwunden«, wandte Kohlschuetter ein.

Sie reagierte nicht.

Bernsen fragte sich, ob Andrea Scherwolf nur so dämlich tat oder es tatsächlich war. Frank Scherwolf war im Januar 1991 abgehauen, er hatte seine Frau verlassen und nicht zurückgeblickt, Affäre hin oder her. Ob Bettina Fanke in Bremen oder wo auch immer bereits auf ihn gewartet hatte oder ob die beiden sich erst später wiederbegegneten, war dabei ebenfalls ziemlich nebensächlich. Nicht jedoch für ihre Ermittlungen.

Man kannte sich, und Eifersucht war immer noch eines der handfestesten Mordmotive. Jedenfalls unter der Voraussetzung, dass die Witwe Scherwolf gar nicht so unwissend war, sondern doch noch irgendwann, womöglich während des Thüringentags, erfahren hatte, dass die beiden ihr restliches Leben zusammen verbracht hatten. »Wo waren Sie Montagfrüh zwischen sechs und sechs Uhr dreißig, Frau Scherwolf?«, platzte Bernsen heraus.

Sie zuckte zusammen und hauchte: »Im Bett, meinen Rausch ausschlafen. Aber was hat das denn mit Frank zu tun?«

»Gibt es Zeugen dafür?«, hakte Bernsen verbissen nach.

»In meinem Schlafzimmer?«, fragte sie saumselig.

Kohlschuetter schaute Bernsen mahnend an und bewegte kaum merklich den Kopf. »Haben Sie sich nie gefragt, was mit Ihrem Mann geschehen ist?«, fuhr er mit der Befragung fort, ohne auf Bernsens Einlassungen zu reagieren.

Bernsen überlegte. Womöglich tat der Kollege Kohlschuetter gut daran, das Verhältnis zwischen Bettina Fanke und Frank Scherwolf nicht zu erwähnen. Nicht alles, was man im Köcher hatte, musste man gleich verschießen. Die sollte erst mal reden, zumal unklar war, ob sie nicht selbst etwas mit dem Mord zu tun hatte. Über ein stichhaltiges Alibi verfügte sie zumindest nicht.

»Die Leute haben so Andeutungen gemacht, von wegen Selbstmord und so was«, antwortete sie traurig. »In diesen Jahren haben sich viele umgebracht. Die meisten trieb die Arbeitslosigkeit in den Suizid und natürlich der soziale Abstieg. Einige, also die Leute von der Stasi, hatten womöglich Angst, dass ihre Schweinereien herauskommen, aber das waren die wenigsten.« Sie lächelte zynisch. »Zwischen 1989 und 1991 wies die Statistik auf dem Gebiet der ehemaligen DDR zehn Prozent mehr Selbstmörder aus als jemals in den Jahren zuvor. Das habe ich nachgelesen.« Sie sagte das wie eine Schülerin, die ein Sozialkundereferat halten musste. »Aber Frank hatte sich nicht umgebracht. Das wusste ich genau. Und sehen Sie, mein Gefühl hat mich nicht getrogen.« Sie machte ein zufriedenes Gesicht.

Bernsen schaute Kohlschuetter verwundert an und verkniff sich eine Handbewegung, die dem Kollegen signalisiert hätte, wie er den Geisteszustand der Frau bewertete.

»Wer hat behauptet, dass Ihr Mann sich umgebracht haben könnte?«, hakte er nach.

»Ein paar der Kollegen. Es wurde damals viel spekuliert. Na ja, ich tat ihnen eben leid, mit meinen zwei kleinen Kindern und bedroht von Arbeitslosigkeit.« Sie neigte den Kopf ein wenig zur Seite, und ihr Blick war so leer, dass es kaum zu ertragen war.

Echte Kameraden, die Kollegen, dachte Bernsen. Das muss für die Frau ein wahrer Trost gewesen sein. Ist ja auch tausendmal besser, als sitzen gelassen zu werden, so rein von der Argumentation her. Nach dem Motto: Mensch, dein Ehemann hat keine andere, er hat sich einfach nur selbst ins Jenseits befördert, um dich loszuwerden. Wow! Das schafft echt Lebensmut.

»Eigentlich hat Willy damals als Erster diese Vermutung geäußert. Ja, genau, Willy. Und dann wollten es auf einmal alle ganz genau wissen. Aber das ist jetzt auch schon egal«, sagte Andrea Scherwolf leise und winkte dabei mit wachsweicher Hand ab.

»Willy wer?«, hakte Kohlschuetter energisch nach.

»Na, Willy eben. Wilfried Tänzer, Franks bester Freund. Mit dem war Frank an diesem Abend verabredet, aber als Willy ihn von der Schicht abholen wollte, war Frank schon weg.«

»Jetzt geht es rund«, verkündete Bernsen lapidar, was ihm einen verwunderten Blick von Andrea Scherwolf einbrachte.

Kohlschuetter schaute ihn streng an und ergriff das Wort. »Ich verstehe Sie noch immer nicht, Frau Scherwolf. Ihr Mann verschwindet auf Nimmerwiedersehen, die Polizei kann Ihnen nicht helfen, die Selbstmordtheorie glauben Sie nicht, wieso haben Sie ihn nicht anderweitig suchen lassen?«

»Weil ich mir doch sicher war, dass Frank nicht mehr lebte«, entgegnete sie selbstbewusst.

»Das ist mir zu hoch«, bemerkte Kohlschuetter verwirrt. »Sie warten fast dreißig Jahre auf ihn, obwohl Sie sicher sind, dass er nicht mehr am Leben ist?« Er schaute die Frau ratlos an.

Sie lächelte zaghaft. »Wie heißt es so schön? Die Hoffnung stirbt zuletzt. Aber Sie haben recht, nach den vielen Jahren hätte ich die Hoffnung womöglich aufgeben müssen. Trotzdem gab und gibt es immer wieder Leute, die nach Hause zurückgekehrt sind, auch wenn alle geglaubt haben, dass sie tot sind.«

»Die braucht einen Schnaps«, nuschelte Bernsen. »Einen doppelten. Und ich nehme auch gleich einen. Da wird man ja weich in der Rübe.«

»Mhm. Selbstmord hatten Sie ausgeschlossen. Wieso sollte Ihr Mann dann tot sein?«, fragte Kohlschuetter nach.

Der hat Nerven, dachte Bernsen. Das ist ja nicht zum Aushalten mit dem Weib.

»Ich war mir sicher, dass sie ihn umgebracht haben«, entgegnete Andrea Scherwolf.

»Die Marsmännchen, freilich«, raunte Bernsen. Laut sagte er: »Also Frau Scherwolf, es ist wirklich nicht leicht, Ihnen zu folgen. Würden Sie uns bitte einmal mit zusammenhängenden Sätzen und deutlicheren Worten beglücken.«

Sie richtete sich etwas auf und schaute ihn entschieden an. »Mein Mann war Ingenieur im Werk, Ratiomittelbau war seine Abteilung, also, als Stellvertreter. Er hat sehr gute Abschlüsse und war immer so ein … na, wie sagt man? Macher. Das haben die Chefs im Werk schnell mitbekommen. Für Frank lagen die Aufstiegschancen quasi auf der Straße. Die wollten ihn sogar bei Y haben. Richtig gebuhlt haben die um ihn.« Man konnte ihr den Stolz darüber deutlich ansehen.

Bernsen runzelte die Stirn. Die Scherwolf setzte voraus, dass sie wussten, was mit Y gemeint war, und obwohl das heute nichts mehr wert war, stellte sie ihre Freude über diese Privilegierung auch noch unverhohlen zur Schau. Seltsame Frau, dachte er. Und von einer erschreckenden Naivität.

»Wilfried Tänzer, sein bester Freund, war der Chef des Y-Werkes«, warf Kohlschuetter ein.

Sie nickte eifrig. »Die beiden hätten zusammen richtig was

bewirken können, aber Frank wollte nicht zu den Speziellen. Ich habe das nie verstanden. 1987 war das. Da war ich gerade zum zweiten Mal schwanger. Wir hätten das Geld gut gebrauchen können. Tausendvierhundert Mark plus monatliche Prämie plus Halbjahresprämie. Das war schon was zu DDR-Zeiten. Und 1987 sind die sogar nach Moskau gefahren. Eine Auslandsreise. Ich möchte nicht wissen, wo die Leute von Y noch alles hindurften. Aber selbst das hat ihn nicht gereizt. Dabei war er es, dem Sömmerda immer zu klein und spießig war und den es weit wegzog. Er konnte ganz schön stur sein, mein Frank.« Sie seufzte. »Stellen Sie sich vor, wenn es nach ihm gegangen wäre, hätte ich sogar die Fahrerlaubnis machen sollen.« Sie lachte auf. »Bei uns in Sömmerda kommt man überall zu Fuß hin. Besser geht es nicht.«

»Wieso wollte er nicht zu Y?«, fragte Kohlschuetter.

Sie zuckte mit den Schultern. »Verstehe einer die Männer.«

»Und Tänzer, war der sauer darüber?«

»Ach wo.« Sie winkte ab. »Es war ja Franks Entscheidung. Und Interessenten für Y gab es genug. Wilfried war sein Freund, er wollte ihm helfen, obwohl die Partei das nicht so gut fand. Die wollten Frank nicht dabeihaben, und Wilfried musste da richtig Druck machen. Er hatte es auch geschafft, aber dann kam ihm Frank in die Quere. Je länger Frank im Werk arbeitete, umso kritischer wurde er. Frank war zu offen, wenn Sie verstehen, was ich meine. Er hat auch mal widersprochen und Dinge gesagt, die man nicht sagen durfte. An mir ist davon vieles vorbeigegangen. Ich musste das alles nicht so genau wissen.« Sie schloss die Augen, als wollte sie damit ihre Worte unterstreichen. »Das war ja damals alles gar nicht so ohne, wenn man den Mund aufgemacht hat. Einige haben richtig Ärger bekommen, und ab und zu ist natürlich auch mal einer verschwunden.«

»Wie verschwunden? Wie ihr Mann?«, hakte Bernsen etwas unsensibel nach.

»Nein, vorher, vor allem Ende der achtziger Jahre«, korrigierte sie leise.

»Wenn Sie nun aber dachten, Ihr Mann sei tot«, sagte Kohlschuetter ruhig, »hätten Sie ihn dann nicht eigentlich auch für tot erklären lassen müssen? Wieso haben Sie das nicht getan?«

»Wieso eigentlich nicht?«, leierte sie geistesabwesend. Im nächsten Moment verneinte sie die Frage energisch. »Ich wollte das nicht. Das war mir anfangs viel zu gefährlich. Ich wusste ja nicht, wer ihn umgebracht haben könnte. Es gab aber wiederum auch Tage, da war ich überzeugt, dass er noch lebte und bald vor meiner Tür stehen würde. Was hätte er wohl gesagt, wenn ich ihm den Totenschein präsentiert hätte? Das wäre nicht fair gewesen. Und außerdem: Wie macht man denn einen Totenschein wieder rückgängig? Das konnte ich meinem Frank nicht antun.«

»Sie haben also geglaubt, dass jemand ihren Mann umgebracht hat?«

»Irgendwo im Werk, ja. In der Nacht, in der er verschwand. Der Pförtner von Tor eins, Onkel Heinz, hat ihn noch gesehen. Demnach wollte Frank gegen siebzehn Uhr das Werk verlassen. An der Pforte ist er aber nie vorbeigekommen, kurz vorher verschwand er irgendwo im Dunkeln. Heinz hat es nicht genau gesehen. Aber es soll jemand bei ihm gewesen sein.«

»Heinz Mähler aus Rohrborn?«, fragte Bernsen dazwischen.

»Onkel Heinz«, bestätigte sie.

»Er könnte doch etwas vergessen oder aus irgendwelchen Gründen einen anderen Ausgang genommen haben«, mutmaßte Kohlschuetter.

Sie drückte ihre Schneidezähne in ihre Unterlippe und schüttelte den Kopf. »Die Stasi war zu der Zeit noch aktiv. Die haben ihn umgebracht und im Werk entsorgt, da war ich mir sicher. Das konnte man ganz bequem machen, ohne dass jemand etwas mitbekommt. Mitte der neunziger Jahre haben die mit dem Abriss der meisten Gebäude begonnen, neue Straßen angelegt, alles verändert.« Sie hielt inne. »Dabei sind Skelette aufgetaucht. Jetzt haben sie ihn, habe ich damals gedacht. Jetzt kommt alles heraus. Jetzt finde ich endlich meinen Frieden.« Sie sprach nicht weiter und fing leise an zu weinen.

Kohlschuetter schaute auf Bernsen. »Aber?«

»Die Gebeine stammten von Soldaten Napoleons, die man dort wohl in einem Massengrab verscharrt hatte«, erwiderte sie langsam. »Na ja, habe ich gedacht, das Werk ist groß. Irgendwann haben die alles umgewühlt, und er taucht wieder auf.«

»Das war aber nicht der Fall«, sagte Bernsen. »Haben Sie jemandem von Ihrer Mordtheorie erzählt?«

Sie nickte schnell. »Aber nur Wilfried und Yvonne. Ich wollte nicht, dass man mich für verrückt hält.«

Bernsen pflichtete ihr bei. »Was haben die beiden dazu gesagt?«

»Nichts. Sie haben es als Hirngespinst abgetan ...« Sie stockte.

»Was?«

»Letztes Jahr hatte ich überlegt, Frank doch noch für tot erklären zu lassen, also ich wollte das machen. Da hat Yvonne gesagt, das bringe nichts mehr. Sie hat es mir regelrecht ausgeredet. Das fand ich zuerst seltsam, aber sie wird ihre Gründe gehabt haben.« Sie zuckte mit den Schultern. »Und irgendwie hatte sie ja auch recht. Was hätte es genutzt? Dann habe ich das eben gelassen. Die beiden, Yvonne und Wilfried, haben sich immer um mich gekümmert. Sie wollten nicht, dass ich mich aufrege. Am liebsten sollte ich Frank vergessen und neu anfangen.« Ihr Gesicht verriet, dass sie über die Fürsorge sehr dankbar war.

»Wie eng waren Sie und Ihr Mann mit den Tänzers befreundet?«, fragte Bernsen, obwohl sich die Frage nach dieser Aussage nahezu erledigt hatte.

»Sie waren unsere engsten Freunde, und für mich sind sie es bis heute.« Unverwandt hob sie den Kopf. »Hatten die beiden Kontakt zu Frank?«

»Das wissen wir nicht, Frau Scherwolf«, antwortete Kohlschuetter. »Aber sagen Sie, haben Sie denn nie irgendwelche Schritte unternehmen wollen, um Unterhaltszahlungen oder das Erbe ihres Mannes zu erhalten? Mit zwei Kindern hat man doch sicher derartige Überlegungen. Wenn er noch lebte, hätte er zumindest für die Kinder aufkommen müssen, und im Todesfall gab es sicherlich etwas zu erben.«

Ihr Gesichtsausdruck zeigte deutlich, dass ihr der Gedanke absolut fremd war und nie eine Rolle gespielt hatte. »Wir sind zurechtgekommen.«

Solche Frauen gibt es auch, dachte Bernsen. Die tausend Euro für seine Rotfeder kamen ihm wieder in den Sinn. Er spürte, wie sein Blutdruck sprunghaft anstieg.

»Frau Scherwolf, Ihr Mann ist vor etwa zwei Monaten gestorben. Es wundert mich, dass Sie das nicht gewusst haben, denn das Nachlassgericht benachrichtigt die Erben meines Wissens etwa drei bis vier Wochen nach dem Tod. Auch wenn man dort vielleicht etwas langsamer arbeitet, hätten Sie inzwischen Post aus Bremen haben müssen. Ihre Kinder ebenfalls. Ihr Mann wird doch zumindest den Kindern etwas vererbt haben, oder?«

Frau Scherwolf schaute mit großen Augen auf Kohlschuetter. »Ich habe keinen solchen Brief erhalten. Meine Kinder auch nicht. Das schwöre ich Ihnen. Die wären damit sofort zu mir gekommen, zumal ich ihnen von klein auf erzählt habe, dass Frank tot ist. Sie sollten nicht ihr Leben lang warten. Das macht einen mürbe, das können Sie glauben.«

»Eine letzte Frage noch, Frau Scherwolf. Kennen Sie eine Frau namens Bettina Fanke?«

Andrea Scherwolf musste nicht einmal überlegen. »Tinnchen, natürlich. Die jüngste Ingenieurin bei Y. Sie und Wilfried waren ein Paar.«

***

»Ich will nicht darüber reden«, konstatierte Bernsen mürrisch.

»Ich aber«, beharrte Kohlschuetter, nachdem er die Gespräche mit dem Leiter des Kreisarchives und Claudia Muschke beendet und sein Mobiltelefon wieder eingesteckt hatte. »Es reicht schon, dass ich *Ihre* Claudi alle naselang wegen irgendwelcher Gefälligkeiten beknien muss, nur weil Ihre derzeitige seelische Verfassung eine normale Arbeitsweise nicht zulässt.« Er schaute Bernsen entnervt an. »Das angebliche Verhältnis zwischen Tänzer und unserem Opfer lenkt den Verdacht auf ihn, zumal er uns das verschwiegen hat und auch ansonsten seltsam drauf ist. Eine liebende Ehefrau, die vor Kurzem erfahren hat, dass ihr Mann noch lebt und aus Eifersucht mordet, ist ebenfalls nicht unwahrscheinlich. Andrea Scherwolf kam mir zwar nicht ganz zurechnungsfähig vor, aber das kann eine Masche sein. Auch die Geschichte mit dem Erbe klingt für mich seltsam, wobei es natürlich sein kann, dass sie und ihre Kinder nichts bekommen sollten, wir müssen also herausfinden, was Frank Scherwolf in seinem Testament verfügt hat. Ein Alibi hat sie jedenfalls nicht. Und nur, weil sie uns nichts von einem Verhältnis zwischen ihrem Mann und Bettina Fanke erzählt hat, heißt das ja noch nicht, dass sie nichts davon wusste oder es nicht zumindest geahnt hat. Es ist auch nicht auszuschließen, dass sie den Verdacht bewusst auf Tänzer lenken wollte. Oder sehen Sie das anders?«

»Ich will nicht darüber reden«, wiederholte Bernsen in nöligem Ton. »Das macht nach so vielen Jahren alles keinen Sinn, und ich komme in meinem Zustand sowieso nicht auf eine Lösung. Zumal ich durch Ihre Trödelei bei der Sömmerdaer Polente den Anruf meiner Rotfeder verpasst habe und sie nun nicht mehr rangeht.«

»Was ist denn an Ihrem Zustand anders als sonst?«, erkundigte sich Kohlschuetter frech. »Außerdem konnten wir Schitz nicht einfach hängen lassen«, rechtfertigte er sich mit vollem Mund, wobei ihm der Saft des Apfels, in den er gerade gebissen hatte, aus dem rechten Mundwinkel tropfte. Mit einem Zellstofftaschentuch wischte er sich über das Kinn. »Wollen Sie nicht langsam mal etwas essen? Seit dem Frühstück sind schon einige Stunden vergangen.« Es war keinesfalls so, dass er sich um den Kollegen Bernsen Sorgen machen musste, der fiel schon nicht vom Fleisch, wenn er mal eine Mahlzeit ausließ, aber einen vor sich hin leidenden Wahnsinnigen mit knurrendem Magen wollte er nun auch nicht um sich haben.

»Frühstück gab es nicht, das ist mir heute vergangen«, moserte Bernsen, »und alles andere auch.«

»Wieso? Der Archivar schickt uns jeden Moment die Personalakte von Frank Scherwolf, sollte er sie in seiner Sammlung haben, Claudi klärt das mit dem Nachlassgericht in Bremen, und gegen vier wird Yvonne Tänzer vom Krankenhauspersonal zu einer Untersuchung gebracht, die zwingend ohne ihren Mann stattfinden muss. Wir haben also freie Bahn. Das haben Sie hervorragend gedeichselt, dank Ihrer guten Kontakte zum Krankenhaus Sömmerda«, lobte Kohlschuetter, während er die im Sömmerdaer Stadtpark spazieren gehenden Leute beobachtete. »Dadurch haben wir nun sogar eine halbe Stunde Mittagspause, in der Sie sich durchaus etwas gönnen könnten. Sonst sind Sie auch nicht so zimperlich mit ihren niederen Bedürfnissen.«

»Ich habe keinen Hunger.« Bernsen hämmerte auf seinem Telefon herum. »Sie geht nicht ran.«

Kohlschuetter verdrehte die Augen. »Sie wird Anwendungen haben. Das ist eine Kur, da hat man nicht den ganzen Tag frei. Auch einen Apfel?« Er hielt Bernsen den zweiten dicken Elstar, den er soeben auf dem Markt gekauft hatte, unter die Nase.

»Scheiß-Obst«, fluchte der. »Sie soll endlich abheben.« Er scharrte mit den Füßen über die Erde, die unter ihrer Parkbank mittlerweile eine unübersehbare Delle aufwies. »Und überhaupt, wieso konnten wir ihn nicht hängen lassen? Wer sich so blöd anstellt …«

»Hallo? Polizeimeister Schitz ist noch in der Ausbildung und macht sich nicht so schlecht, wie Sie meinen. Er hat uns echt geholfen bei dem Fall. Das mit den Syrern, Ihre Spur, hätten wir ohne seine Großmutter nicht so schnell herausgefunden. Auch wenn diese Fährte natürlich ins Leere geführt hat«, ergänzte Kohlschuetter selbstzufrieden. Dieses Mal hatte Bernsen wohl danebengelegen.

»Das wissen wir noch nicht sicher. Nur weil die Nasen sich jeden zweiten Tag auf der Polizeiinspektion melden und wir keine konkreten Anhaltspunkte für ihre Täterschaft haben, ist das letzte Wort in der Sache noch nicht gesprochen. Das kann alles bloß deren Masche sein«, keifte Bernsen wie ein altes Waschweib. »Dass Schitz seinem Vorgesetzten allerdings die

Kompetenzen abspenstig macht, ist schon ein starkes Stück. Das müssen selbst Sie zugeben.« Er nieste. »Das ist meine Obstallergie. Tun Sie den Apfel weg.«

»Ach, er setzt sich nun mal gern in Szene, und das TV-Interview hätte sein Chef nicht besser machen können.« Kohlschuetter lachte. »Der Junge bringt sich ein, ist doch toll, dass er als Auszubildender mit Leib und Seele dabei ist.«

»Na ja, es war schon in Ordnung von Ihnen, dass Sie ein gutes Wort für den Nervzwerg eingelegt haben. Meinetwegen. Trotzdem ist das Engagement des Kerls nicht normal. Sein Chef war allerdings auch ganz schön krass drauf.« Bernsen schaute auf die Uhr. »So langsam müsste sie doch mal zu erreichen sein.«

»Fragen Sie bei Ihrer Schwiegermutter nach. Womöglich hat die was gehört«, schlug Kohlschuetter vor.

Bernsen machte ein Gesicht, als hätte man ihm Schläge angeboten. »Ich? Die? Niemals! Außerdem ruft meine Rotfeder mich immer zuerst an. *Ich* habe Priorität, also nach Bernd, aber mit dem kann sie ja glücklicherweise nicht telefonieren.«

Wenn die sich mal nicht zugunsten von Sandro verschoben hat, dachte Kohlschuetter und lächelte hintergründig. »Na los, wir brechen auf. Das Protokoll schreibt sich nicht von allein.« Er stand auf, entsorgte die Reste seines Mittagessens in einem Papierkorb und ging los.

Ein bisschen hatte Bernsen ja recht, was Benjamin Matthias Schitz anging, wegen dem sie nach der Befragung von Andrea Scherwolf auf die Polizeiinspektion Sömmerda gefahren waren. Den Knaben konnte man bald als gemeingefährlich einstufen, zumindest was seine Arbeitseinstellung anging. Das Wörtchen übereifrig war für ihn erfunden worden. Dass Schitz die Interviewanfrage zum Sömmerdaer Schlangenbiss allerdings gar nicht erst an seinen Chef durchgestellt, sondern sich einfach selbst vor die Kamera begeben hatte, war mehr als frech gewesen. Wäre Kohlschuetter sein Dienstvorgesetzter, er hätte ebenfalls sauer reagiert. Beim Chef der Sömmerdaer Polizeiinspektion schienen in puncto Schitz jedoch schon lange sämtliche Geduldsfäden gekappt zu sein. Kein Wunder, dass der Junge bei seinem Anruf ziemlich durcheinander gewesen war und Kohlschuetter quasi angefleht hatte, ihm aus der Patsche zu helfen und bei dem anstehenden Gespräch dabei zu sein.

Schitz hatte in einer knappen halben Stunde allein drei Abmahnungsstufen durchlaufen und war mehrfach versetzt worden, theoretisch natürlich. Während der Standpauke war auch mehrmals vom durchgegangenen Gaul am Thüringentag die Rede gewesen. Was es mit dieser Geschichte auf sich hatte, war Kohlschuetter zwar noch immer schleierhaft. Die Frage danach hatte er sich jedoch tunlichst verkniffen und stattdessen lieber den Ärger durch seine Schilderungen von Schitz' solider Unterstützung bei ihrer Mordermittlung runtergezoomt. Erfolgreich, denn Schitz durfte weiter Dienst schieben, hatte nun aber ein für alle Zeiten geltendes Kameraverbot.

»Was ist das da eigentlich für ein hässliches Rotkäppchen? Da weißt du auch nicht, wer mehr schielt, das rotköpfige Mädchen oder der Wolf mit den gelben Augen«, moserte Bernsen, als sie an der völlig normal aussehenden Figurengruppe im Stadtpark vorbeigingen, die mit Sicherheit jedes Kind in Sömmerda kannte. »Und laufen darf ich auch noch.«

Jetzt muss er sich wieder an allem und jedem abarbeiten, weil die Gattin scharwenzelt, dachte Kohlschuetter. Er machte einen Schlenker und passierte das »Tintenklex«, wobei er angestrengt durch die Schaufensterscheiben schaute, um einen Blick auf die fremde Schönheit zu erhaschen.

Bernsen, der vorauslief, bemerkte das unübersehbar, wandte sich um und rief: »Keine Chance. Wie oft soll ich das noch sagen?« Rumpelnd stieß er gegen einen Tisch voller Bücher, von denen einige zu Boden fielen, und schickte sich an, einfach weiterzugehen. Ein wildes Hämmern von innen gegen die Schaufensterscheibe des Antiquariats war die Folge. Der Buchhändler, der gerade dabei gewesen war, seine Auslagen mit allerlei Informativem über exotische Tiere, Schlangenhaltung und so weiter zu bestücken, fluchte in einer Lautstärke, die man trotz der geschlossenen Türen und Fenster deutlich hören konnte. Kohlschuetter grüßte freundlich und beseitigte eilig den Schaden. Bernsen drehte sich nicht einmal um.

Die Ladentür wurde geöffnet, und Holk Maisel steckte sein ergrautes Haupt heraus. »Was ist denn mit dem heute los? Bücher behandelt man wie eine schöne Frau, sorgsam und liebevoll, auch wenn sie nur einen Euro kosten.«

»Ganz falsches Thema heute«, erwiderte Kohlschuetter lachend. »Bernsen und Frauen, ganz falsches Thema.«

»Das kenne ich.« Der Buchhändler verzog keine Miene. »Ist bei mir generell so. Kaffee?«

Bernsen drehte um, kam zurück, quetschte sich an Maisel vorbei durch den Türrahmen und ließ sich auf einen dicken grünen Ledersessel fallen, der gleich hinter dem Schaufenster in der Ecke stand. »Mit Milch. Hast du auch Kuchen?« Er rieb sich mit verkrampftem Gesicht den Bauch.

»Natürlich. Eine der Landfrauen, eine ganz liebe Kundin, hat mir heute Morgen einen Teller voll gebracht. Die hatten wohl extra für den Thüringentag Dutzende Sorten gebacken.« Holk Maisel nickte Bernsen zu und verschwand in der Küche im hinteren Teil seines Geschäftes.

Kohlschuetter lehnte in der Tür und schaute Bernsen an. »Na, wenn Sie Kuchen essen können, ist noch nichts verloren«, meinte er. »Wir haben trotzdem keine Zeit für einen Kaffeeplausch.«

Bernsen entgegnete nichts, er schaute sehnsuchtsvoll dem heraneilenden Buchhändler entgegen.

»Ist nur Löslicher, und du lässt bitte alles mit Mohn, Quark und Schoko für mich übrig.« Er stellte die Sachen auf einem Schränkchen ab, nahm sich ein mundgerecht geschnittenes Stück Mohnkuchen und fragte: »Wie laufen die Ermittlungen? Ist ja eine schreckliche Geschichte, ausgerechnet zum Thüringentag.«

»Meine Rotfeder betrügt mich mit einem Sachsen«, erwiderte Bernsen kauend. »Dabei tut das wirklich nicht not.«

»Das weiß man nicht«, bemerkte der Buchhändler trocken.

»Ein Verbrechen ist nie schön, Thüringentag hin oder her«, sagte Kohlschuetter, der von Bernsens jammervoller Ignoranz genervt war.

»Yvonne war es trotzdem nicht«, wandte der Buchländler ein. »Sie gehört zu meinen besten Kundinnen. Schon immer.«

»Im Knast hat sie noch mehr Zeit zu lesen. Außerdem bist du auch Versandbuchhändler«, bemerkte Bernsen spitz. »Kann ich ein Stück von dem Schokoladenkuchen haben? Der sieht lecker aus.«

»Nein.« Maisel nahm ein Stück Schoko nach dem anderen und legte sie auf seiner linken Handfläche ab, um sie dann der Reihe nach in seinem Mund verschwinden zu lassen. »In den JVAs gibt es Bibliotheken, die Todesengel der braven Buchhändler.«

»Das ist ja gut und schön, aber ihre Leidenschaft für Bücher gibt Frau Tänzer kein Alibi«, wandte Kohlschuetter ein. »Woher wissen Sie eigentlich, dass …«

»Aber die für meinen Nachbarn«, fiel ihm der Buchhändler ins Wort. »Über Yvonnes Sprung in die Unstrut redet die halbe Stadt. Glauben Sie mir, hier bleibt nichts unbemerkt oder gar unkommentiert. Und ich kann eins und eins zusammenzählen. Yvonne hat die tote Frau gefunden, und sie hat eurer Meinung nach kein Alibi.«

»Ich esse auch gern Quark«, meldete sich Bernsen zu Wort.

Holk Maisel schaute ihn giftig an.

»Sprechen Sie sich ruhig aus«, sagte Kohlschuetter an den Buchhändler gewandt. »Vor allem, was den Nachbarn angeht.«

Maisel wollte niemanden in die Pfanne hauen, das war ihm deutlich anzusehen. Aber der Mordverdacht wog zu schwer, sodass er nicht umhinkam. »Yvonne und Robert treffen sich jeden Morgen um sechs an der Unstrut. Sie gehen spazieren. Der alte Tänzer hat keine Ahnung.«

»Das ist eine Epidemie«, jammerte Bernsen.

***

»Ich war noch nie in einer Tanzschule«, verkündete Bernsen düster, als sie in der Fichtestraße aus dem Auto stiegen. Besorgt schaute er hinauf zu den im ersten Stock geöffneten Fenstern eines alten DDR-Funktionsbaus im Sömmerdaer Kurt-Neubert-Sportpark, aus denen heiße Tangorhythmen drangen.

»Es tut nicht weh«, entgegnete Kohlschuetter amüsiert. »Clubraum 1, da müssen wir hin.«

»Tanzschule«, wiederholte Bernsen abfällig. »Wer macht denn so etwas? Ich frage mich wirklich, wie die Leute auf derartig bescheuerte Hobbys kommen. Meine Rotfeder wünscht sich seit unserer Hochzeit einen gemeinsamen Kurs. Tango. Pah. Diese an Sexualhormonen triefende Schwofe ist vielleicht etwas für zu klein geratene südamerikanische Gockel, aber ganz sicher nichts für einen Bernsen.«

»Die Größe würde allerdings schon mal stimmen«, bemerkte Kohlschuetter. »Und an Ihrer Stelle würde ich mir überlegen, ob ich dem ein oder anderen Wunsch meiner Frau nicht nachgeben sollte. Sandro vollführt mit seinem durchtrainierten Körper bestimmt ein hervorragendes Quick, Quick, Slow. Und jetzt kommen Sie, die Zeit drängt.«

»Ja, wir wollen ja morgen nach Sylt«, nuschelte Bernsen vor sich hin und folgte Kohlschuetter mit hängendem Kopf ins Treppenhaus. Was meint er mit quick, quick, slow?, überlegte er gedankenverloren. Er stoppte. Dieses Schwein. Was fällt ihm ein? Meine Rotfeder und der Sexsachse quick, quick, slow? Er seufzte herzzerreißend.

»Wir haben keine vierundzwanzig Stunden mehr, bis der Chef eine Antwort auf die Frage erwartet, wer Bettina Fanke auf dem Gewissen hat«, wies Kohlschuetter ihn zurecht. »Sie wissen um die Priorität, die er diesem Fall gibt, also hören Sie auf mit Ihren privaten Sperenzien.«

Die Hitze des Tages war bis in den nüchternen Bau vorgedrungen, und so hatten es die Tanzschüler vorgezogen, die Tür zu ihrem Übungsraum weit zu öffnen, weshalb das ganze Treppenhaus mit rhythmischen Klängen erfüllt wurde. Während Kohlschuetter ohne zu zögern den Tanzsaal betrat und auf einen ganz in der Nähe der Tür neben einer Musikanlage sitzenden Mann zuging, stand Bernsen in der Tür und beäugte argwöhnisch ein halbes Dutzend Pärchen, die ihre Hüften im Zweivierteltakt schwangen und dabei sichtlich Vergnügen empfanden. Ihre Gesichter jedenfalls strahlten, und immer dann, wenn den einen oder anderen – meist männlichen – Kursteilnehmer die Leichtigkeit verließ und er auf die Füße seiner Partnerin trampelte, lachten sie schallend und gebärdeten sich wie eine aufgezogene Meute Jugendlicher, deren Hormone um die Wette galoppierten. Dazwischen tänzelte eine Frau im Takt der Musik um die Paare herum und befreite hin und wieder eine Tänzerin aus der Umklammerung eines etwas zu steifen Partners, um diesem sodann durch geduldiges Aufzählen der Schrittfolge und gemeinsames Wiegen etwas mehr Rhythmus einzuhauchen. Schritten ihre Schäfchen jedoch in Harmonie über das Parkett, begnügte sie sich mit einem kritischen Blick und einer in ihrer gesamten Körpersprache liegenden Glückseligkeit darüber, den für sie richtigen Beruf ergriffen zu haben.

Bernsens gesamte Aufmerksamkeit galt längst nicht mehr den Tanzschülern, sondern dieser brünetten Frau, die in ihrem schwarzen Minikleid einfach umwerfend aussah und deren Beine die von Marlene Dietrich mühelos in den Schatten gestellt hätten. Nein, das war keine Frau, das war ein höheres Wesen, das so viel Lebensfreude und Energie versprühte, dass es Bernsen fast schwindelig wurde. Aber ihr Elan war nichts gegen diese Beine. Er starrte und bemerkte dabei nicht, dass sie Kohlschuetter und ihn ins Visier genommen hatte und nun zum Angriff überging.

»Wie schön, zwei Herren. Kommen Sie ruhig herein. Wir haben noch Platz in unserem Kurs«, sagte sie herzlich, wobei sie mit federndem Schritt auf ihn zustrebte, was ihre lockigen kurzen Haare fröhlich wippen ließ.

Bernsen konnte seine Augen nicht von ihren Beinen abwenden, obwohl die Frau nun direkt vor ihm stand.

»Schön, dass Sie sich für einen so leidenschaftlichen Tanz

wie den Tango entschieden haben. Da steckt richtig Feuer drin, das werden Sie merken. Sexappeal, Erotik, Leidenschaft.« Sie streckte Bernsen ihre Hand entgegen. »Mein Name ist Gabriela Slupetzki, willkommen in der Tanzschule Opal.«

»Mhm.« Bernsen hörte nichts. Er sah nur ihre Beine.

Frau Slupetzki ließ sich von diesem unmöglichen Benehmen nicht beirren. »Ich würde sagen, wir fangen einfach an. Sie schauen heute, wie es Ihnen gefällt, und alles Weitere erledigen wir beim nächsten Mal. Das ist unsere erste Stunde in diesem Kurs, und es sind alles Anfänger, also kein Grund zur Scham. Wer soll bei Ihnen die Führung übernehmen?«

Noch bevor jemand diesen Irrtum aufklären konnte, umfasste sie Bernsens Hände, drückte sie kurz und führte ihn leichtfüßig auf die Tanzfläche. Bernsen lief wie in Trance ihren Beinen nach. Inmitten der anderen Tänzer angekommen, platzierte sie seine rechte Hand auf ihrem Rücken, hielt seine linke fest umklammert und zog ihn mit durchgedrücktem Rücken zu sich heran. »Der Herr startet mit dem linken Fuß vorwärts und tanzt zwei Schritte insgesamt. Stopp.« Bernsen ließ alles willenlos geschehen. »Jetzt folgt eine dreimalige Gewichtsverlagerung nach hinten. Wiegeschritt. Eins. Zwei. Drei.« Bernsen wiegte sich elfengleich. »Am Ende folgt der Abschlussschritt. Der Herr geht mit dem rechten Fuß rückwärts, die Technik ist rück, seit, Schluss – mit Gewicht. Und noch einmal. Die Rhythmik ist entscheidend. Lang, lang. Kurz, kurz, lang. Kurz, kurz, lang.«

Bernsen schritt, wippte und wiegte mit Frau Slupetzki im Arm über das Parkett. Er hielt sie dabei so eng umfasst, dass kein Blatt mehr zwischen ihre Oberkörper gepasst hätte, obgleich Frau Slupetzki ihn nahezu um eine gesamte Kopflänge überragte. Bernsen, der große Frauen normalerweise mied, schnupperte ihr Parfüm und spürte den Tango in seinen Beinen, obwohl bislang nichts weiter zu hören war als die deutlichen Ansagen seiner Tanzpartnerin. Endlich änderte sich das, und Tangomusik wurde gespielt. Frau Slupetzki wiederholte die Schrittfolge für alle hörbar, und der Rest der Truppe, der sich an den Rand des Raumes zurückgezogen hatte, um diesem ungleichen Paar genügend Raum zu lassen, tat es ihnen gleich.

Bernsen tanzte wie ein junger Gott. Als die letzten Noten verstummt waren, schaute er ihr tief in die Augen und verneigte sich, woraufhin die Gruppe laut zu klatschen anfing.

»Sie sind ein wahres Naturtalent«, bemerkte Frau Slupetzki begeistert. »Und Sie können einem ja sogar ins Gesicht schauen.«

Bernsen grinste leicht verlegen. »Sie haben aber auch ein Fahrge…«

»Kohlschuetter, Kripo Erfurt, wir wollten Ihren Kurs nicht stören, aber können wir bitte kurz mit Ihnen reden, also eigentlich mit Robert Feixner«, er wandte sich zu dem Mann an der Musikanlage um, »aber Herr Feixner besteht darauf, dass Sie dabei sind.«

Frau Slupetzki zog die Stirn kraus und schaute einen Moment lang irritiert, fing sich aber sofort wieder. Sie klatschte laut in die Hände. »Zehn Minuten Pause. Das Feuer dieses Herrn hat mich ganz außer Atem gebracht.«

Die Herrschaften verließen lachend den Übungsraum.

»Ist etwas nicht in Ordnung, Robert?«, fragte Frau Slupetzki sorgenvoll.

»Es geht um den Mord. Du weißt schon, die Frau, die man an der Unstrut gefunden hat. Ich, also Yvonne … wir«, stammelte Robert Feixner unsicher.

Frau Slupetzki schaute ihn mit großen Augen an. »Ach, Robert.«

Er atmete tief. »Yvonne und ich kennen uns seit zwei Jahren. Wir sind uns hier bei Gabi zum ersten Mal begegnet und haben uns gleich gut verstanden. Meine Frau wollte nicht tanzen, ihr Mann auch nicht, und da haben wir es eben gemeinsam versucht. ›Solo for fun‹ heißt der Kurs, immer mittwochs, da haben wir uns kennengelernt, und jetzt sind wir schon bei den Fortgeschrittenen.« Robert Feixner redete schnell, und man konnte spüren, dass ihm bewusst war, worauf dieses Gespräch hinauslief.

Bernsen stöhnte theatralisch ob der vielen Worte. »Sie haben ein Verhältnis«, brachte er es auf den Punkt.

Feixner riss die Augen auf und wiegelte ab. »Nein, nein, um Gottes willen. Denken Sie nicht so von mir. Bitte nicht. Yvonne und ich sind Freunde, weiter nichts. Ein Tanzpaar.«

Gabi Slupetzki räusperte sich.

Er schaute sie verstohlen an. »Ja, ja, mag sein, dass du recht hast. Yvonne hätte das lieber anders.« Seine Wangen färbten sich leicht rot, was den juvenil gestylten Anfang Sechzigjährigen noch sympathischer machte. »Aber ich liebe meine Frau, das kommt für mich nicht in Frage.«

Gabi Slupetzki nickte kaum merklich, sie wirkte zufrieden.

»Darf ich fragen, was Sie dann morgens um sechs Uhr mit Yvonne Tänzer an der Unstrut machen?« Bernsen dachte an die zwei benutzten Kondome, die die KTU auf dem Gleisbett der Industriebahn gefunden hatte. Es kostete ihn Mühe, sein Gesichtsfeld nicht wieder auf die Waden der Tanzlehrerin auszuweiten.

»Sie gehen gemeinsam mit den Hunden«, sagte Frau Slupetzki.

Feixner lächelte sie dankbar an und nickte. »Yvonne will ihren Mann verlassen. Sie braucht jemanden zum Reden«, erklärte er. »Die Runde mit dem Hund ist die einzige Möglichkeit für uns, einen Moment Ruhe zu haben. Ihr Mann versucht sie ansonsten ständig zu kontrollieren. Über jeden ihrer Schritte muss sie Rechenschaft ablegen. Am Anfang war er sogar als Zuschauer beim Tanzkurs dabei, aber das ist ihm dann anscheinend irgendwann zu blöd geworden. Er will sie wohl nicht verlieren.«

Das haben wir schon mitbekommen, dachte Bernsen. Wenn er ihr aber ständig nachspioniert, bleibt sie auch nicht bei ihm. Am Ende wird das also nichts nützen. Dann fiel ihm ein, er musste seine Rotfeder erreichen, einfach mal so. Nachfragen, was sie gerade trieb. Partnerschaftliches Interesse zeigen. Dringend. Nicht dass sie gerade in den Armen dieses sexsüchtigen Sachsen lag.

»Sie haben die tote Frau gemeinsam gefunden«, stellte Kohlschuetter fest.

»Ja«, antwortete Feixner leise. »Yvonne war ganz verstört, sie kannte die Dame. Aber sie wollte nicht, dass ihr Mann von mir erfährt, also bin ich nach Hause, und sie hat die Polizei gerufen. Das war falsch, ich weiß, aber ich konnte sie ihrem Mann nicht einfach so ausliefern. Verstehen Sie?« Er schaute betreten. »Er ist jähzornig und unberechenbar. Wenn sie nächste Woche zu Hause auszieht, wird es für sie schon schlimm genug. Da muss ich nicht auch noch dazwischenkommen. Wer weiß, wie er reagiert, wenn ein anderer Mann ins Spiel kommt. Obwohl ich ja nicht …«

»Sie haben das Opfer Bettina Fanke nicht gekannt?«, fragte Bernsen.

»Nein. Wir sind erst 2016 nach Sömmerda gezogen«, antwortete Robert Feixner. Er war um ein sauberes Hochdeutsch bemüht. Dabei waren seine pfälzischen Wurzeln kaum zu überhören. »Wir wollten schon immer in den Osten. Hier ist es angenehmer, die Menschen sind anders, irgendwie aufgeschlossener. Nun verbringen wir in Sömmerda unseren Lebensabend, engagieren uns in der Stadt, ich helfe Gabi ein bisschen mit der Musik«, er lächelte sie an, »wir machen es uns einfach nett.«

»Nett im Osten«, murmelte Bernsen. »Traumhafte Vorstellung, am besten noch in Sachsen.« Er würgte an einem Kloß in seinem Hals.

»Und Sie sind sich sicher, dass Frau Tänzer die Frau kannte?«, fragte Kohlschuetter noch einmal.

»Ja, absolut. Ich habe sie das auch gefragt, aber sie hat sofort dichtgemacht, richtig verstockt war sie.«

Robert Feixner berichtete über seinen Schock beim Anblick der Leiche, über ihr Aussehen, die fehlenden Zeugen. Seine Beobachtungen entsprachen denen von Yvonne Tänzer, und er machte nicht den Eindruck, dass er irgendetwas unterschlagen würde. Ohne Zweifel war er sich bewusst, dass sein »Untertauchen«, wie er es nannte, ein grober Fehler gewesen war, aber seine Freundschaft zu Yvonne hatte gegenüber der Vernunft gesiegt.

»Frau Tänzer hat sich in ihre Lügen verstrickt. Die Situation ist eher unschön«, sagte Kohlschuetter bedächtig.

»Bitte denken Sie nicht, Yvonne hätte etwas mit dem Mord zu tun«, sagte Robert Feixner nach einem flüchtigen Blickwechsel mit Gabi Slupetzki. »Das denken Sie doch nicht, oder?« Seine Stimme fing an zu zittern. »Nein. Ausgeschlossen. Ich war die ganze Zeit bei ihr. Die Frau lag tot auf dem Weg, als wir dort ankamen. Yvonne mag Geheimnisse haben, aber eine Mörderin ist sie nicht. Das schwöre ich.«

***

»Er hat mich gleich, als er am Montag wieder zu Hause war, angerufen und mir das von Bettina erzählt. Ich habe ihm geraten, zur Polizei zu gehen, aber … nun ja, Sie haben es ja gehört«, berichtete Gabi Slupetzki, nachdem sich Robert Feixner tief betrübt von ihnen verabschiedet hatte. »Kann ich Ihnen einen Kaffee anbieten?«

Kohlschuetter schüttelte den Kopf. »Nein, wir …«

»Sehr gern«, fiel ihm Bernsen ins Wort.

Frau Slupetzki eilte hinaus.

»Sie starren die Frau unentwegt an. Das ist richtig peinlich«, presste Kohlschuetter hervor und rammte Bernsen, dessen Blick wieder an ihren Beinen klebte, seinen Ellbogen in die Seite. »Außerdem dachte ich, Tanzen sei nichts für Sie?« Er verzog spöttisch das Gesicht. »Dafür haben Sie wirklich gut den Travolta gegeben. Was so eine fesche Tanzlehrerin alles bewirken kann.«

»Tanzen ist ein Kulturgut und Ausdruck von Kultiviertheit und Stil, beides Eigenschaften, die Ihnen vollkommen abgehen«, entgegnete Bernsen schnippisch, während er die mit einem Tablett zurückkehrende Gabriela Slupetzki fasziniert anlächelte. »Außerdem stärkt Tanzen Herz und Kreislauf. – Seit wann haben Sie diese Tanzschule?«, fragte er interessiert, als sie wieder neben ihm stand und ihm eine Tasse Kaffee reichte.

»Seit dem 11. August 1986«, antwortete sie stolz. »Da war ich dreiundzwanzig Jahre alt und habe mich schon selbstständig gemacht, im Grunde aus meinem Hobby heraus.«

»1986, da waren Sie ja gerade erst geboren«, schmeichelte Bernsen.

Kohlschuetter schaute betreten zur Seite.

»Na, Herzchen, wir wollen es mal nicht übertreiben«, entgegnete Frau Slupetzki kess.

»Aber wenn Sie hier schon so lange Tanzlehrerin sind, haben Sie ja quasi jedem in der Stadt das Tanzen beigebracht«, sagte Kohlschuetter, nicht allein, um die unmögliche Situation zu retten.

Sie nickte. »Und denen in Artern, Bad Frankenhausen, Heldrungen, Wiehe, Greußen, Weißensee. ›Opal‹ war schon immer eine Tanzschule ›on tour‹. Nicht zu vergessen die Stunden an den Schulen im Kreis. Damals gehörte der Tanzkurs in der neunten Klasse noch dazu. Heute hat sich das alles geändert, leider. In Sömmerda gab es zusätzlich noch Tanzpartys.« Sie lächelte. »Die erste war am 10. Juni 1987 im Jugendclubhaus. Damals für sechs Mark Eintritt. Das waren tolle Veranstaltungen.«

Kohlschuetter überlegte. »Sie sprachen vorhin von Bettina. Kannten Sie sie?«

Sie schaute ihn einen Moment lang schweigend an. »Bettina, Yvonne und Andrea haben keine meiner Tanzpartys verpasst.«

»Yvonne Tänzer und Andrea Scherwolf, nehme ich an?«

Bernsen horchte auf.

»Und ihre Männer. Wilfried, Frank und Olaf. Wie hieß Olaf noch gleich mit Nachnamen?« Sie rieb sich die Stirn. »Münchner, genau, Münchner. Bettina und Olaf waren allerdings nicht verheiratet. Die sechs waren eine eingeschworene Gemeinschaft. Damals war Wilfried Tänzer noch nicht so herrisch wie heute.«

»Lebt Olaf Münchner noch in Sömmerda?«

»Er verschwand im Dezember 1988. Es hieß damals, er sei in den Westen abgehauen. Ich weiß nicht, was aus ihm geworden ist. Die anderen waren im Januar 1989 noch zusammen bei der Volkskunst-Estrade im Soemtron-Haus. Ich erinnere mich sehr gut daran, da Yvonne mit einem jungen Ingenieur aus der Schreibmaschine getanzt hat. Wilfried hat das gar nicht geschmeckt. Danach habe ich die Truppe lange Zeit nicht mehr gesehen, ich musste mich nach dem Ende der DDR ja erst mal selbst berappeln. Mein Umsatz ging quasi über Nacht um zwei Drittel zurück. Der goldene Westen fing eben für die meisten von uns gar nicht so goldig an.«

SIEBEN

»Die haben die Personalakte von Scherwolf gefunden«, murmelte Kohlschuetter und starrte gebannt auf sein Handy.

Bernsen beugte sich vom Beifahrersitz aus zu ihm rüber und versuchte, die Buchstaben zu entziffern. »Alter Schwede, was haben denn die Angaben zu den Eltern und Geschwistern in der Personalakte eines Unternehmens zu suchen?«, fragte er überrascht. »Der sozialistische Mensch war ja komplett gläsern.«

»Was haben Sie denn gedacht?«, fragte Kohlschuetter, ohne eine Antwort zu erwarten. Kurz darauf rümpfte er die Nase. »Mit was waschen Sie eigentlich Ihre Haare? Sardellenpaste?«

Bernsen, der nicht bemerkt hatte, dass er Kohlschuetter so nah gekommen war – es fehlte nicht viel, und sein Kopf lehnte an dessen Schulter –, wich erschrocken zurück. »Wieso?« Er fuhr sich durch die ungekämmte Mähne.

»Ihre Haare riechen fischig, gammlig-fischig, um genau zu sein«, antwortete Kohlschuetter mit sichtlich angewidertem Gesicht. »Dass Ihre Frau neuerdings den frischen Duft von kernigem Moschus vorzieht, erstaunt mich da nicht wirklich.«

»Wer riecht denn so?«, wollte Bernsen getroffen wissen.

Kohlschuetter verzog keine Miene. »Die meisten jungen Sachsenmänner.«

»Ich muss zum Friseur«, konstatierte Bernsen panikartig. »Und während der mich noch hübscher macht, lesen Sie mir die Akte von dem Scherwolf vor.«

»Sie bleiben, wo Sie sind«, befahl Kohlschuetter und überflog die Zeilen. »Alles unauffällig. Die Abschlüsse. Nicht schlecht, Studium Maschinenbau und Elektrotechnik in Dresden. Seine NVA-Zeit. Einsätze für das Jugendkollektiv und soziale Projekte. Eine typische DDR-Biografie, würde ich sagen. 1986 hat er bei der Werksleitung angeregt, die Mitarbeiter beim Antritt ihrer Schicht auf Alkohol zu kontrollieren.«

»Häh?« Bernsen hatte die Sonnenblende samt Spiegel nach

unten geklappt und richtete seine Frisur. »Haben Sie Deo dabei oder Aftershave?«

»Handschuhfach, aber reißen Sie sich zusammen. Das Zeug ist schweineteuer«, beschied ihn Kohlschuetter, ohne aufzusehen. »Die Pförtner haben daraufhin Taschenkontrollen durchgeführt. Das Ergebnis ist erstaunlich. In einer halben Stunde konnten einundzwanzig Flaschen harte Alkoholika konfisziert werden.«

»Das steht alles in der Personalakte?«, fragte Bernsen, während er sich ausgiebig an Kohlschuetters Duftwasser bediente.

»Mhm. Scherwolf bekam für die Initiative eine Belobigung und fünfzig Mark Prämie, deswegen ist das wohl etwas ausführlicher begründet. Alkoholismus war ein Problem in den sozialistischen Betrieben. Es gab keine Arbeitslosigkeit, wie Sie wissen, und irgendwo musste der Bodensatz der Gesellschaft ja untergebracht werden. Die großen Kombinate boten sich an, denn da fielen die Leute nicht so auf.«

»Der Typ wird bei den Kollegen nicht gerade der Mitarbeiter des Monats gewesen sein, wenn er auf solche Ideen kommt«, entgegnete Bernsen.

»Da ist noch mehr. Auszeichnungen für hervorragende Leistungen für das sozialistische Kollektiv, kleine Verbesserungen im Produktionsprozess. Er war umtriebig.«

»Das hat uns seine Frau ja bereits mit stolzgeschwellter Brust berichtet. Es bringt uns aber nicht wirklich weiter.« Bernsen hob die Arme und sprühte sich Deo unter die Achseln.

»Etwas anderes vielleicht schon. Hier ist ein Schreiben, aus dem hervorgeht, dass Frank Scherwolf zum 31. Januar 1991 seine Beschäftigung beim Büromaschinenwerk Sömmerda fristgerecht gekündigt hat. Der 17. Januar war sein letzter regulärer Arbeitstag.« Kohlschuetter warf Bernsen einen bedeutungsvollen Blick zu.

Der hielt das Deospray gerade unter sein Fischerhemd.

»Das heißt, Scherwolf hatte seinen Weggang geplant und seine Verpflichtungen ordnungsgemäß beendet«, fasste Kohlschuetter zusammen.

»Na ja, bis auf seine Ehe, würde ich meinen«, widersprach Bernsen. »Kann man das Zeug auch für die Füße nehmen?«

Kohlschuetter riss ihm die Flasche aus der Hand und pfefferte sie zurück in das noch offen stehende Handschuhfach. »Schluss damit. Kaufen Sie sich ein eigenes.«

Bernsen knurrte beleidigt. »Ich fresse einen Besen, wenn Wilfried Tänzer und seine reizende Gattin nicht von dieser Kündigung gewusst haben«, sagte er.

»Ich auch, aber das werden wir gleich erfahren. Ich will vorher nur noch schnell in die Akte von Bettina Fanke gucken.« Kohlschuetter scrollte sich durch die Mail des Archivars. »Die Akte gibt es nicht. Wie anscheinend auch sonst keine Akte über irgendwelche Mitarbeiter des Y-Werkes«, sagte er enttäuscht.

»Sauber.« Bernsen klatschte in die Hände. »Die liegen bestimmt in der Unstrut, seit spätestens 1991.«

***

Yvonne Tänzer lag in ihrem Krankenhausbett und starrte die Decke an, als die Kommissare das Zimmer betraten. Sie rührte sich nicht, auch ihre Erwiderung des Grußes fiel nahezu tonlos aus. Ihre Haut war blass und die Wangen eingefallen. Die ansonsten adrett frisierten Haare hatte sie heute nicht einmal mehr gekämmt, geschweige denn etwas Make-up aufgetragen. Diese Frau hatte sich aufgegeben, das war deutlich. Sie bot einen gänzlich mitleiderregenden Anblick, doch Kohlschuetter, der nicht einmal genau sagen konnte, warum, verspürte nicht den Hauch von Anteilnahme.

»Wie wir sehen, sind Sie allein, Frau Tänzer.« Bernsen leitete die Befragung ein, noch bevor Kohlschuetter und er neben das Bett der Zeugin getreten waren. »Dann plaudern wir heute mal ein wenig, so ganz unter uns, ohne Ihren Aufpasser.«

Ihre Augen füllten sich mit Tränen. »Wilfried ist kein schlechter Mensch, auch wenn er sich sehr verändert hat.« Sie klang überzeugt, und zu Kohlschuetters Erstaunen lag mehr Kraft in ihrer Stimme, als er ihr je zugetraut hätte. »Wir haben uns einmal sehr geliebt.«

»Ach, na dann schießen Sie mal los. Was macht den werten Ehemann denn so liebenswert?«, fragte Bernsen nassforsch. »Man könnte ja ansonsten den Eindruck gewinnen, dass bei Ihnen beiden so ziemlich die Luft raus ist. Vor allem, da Sie sich heimlich mit einem anderen an der Unstrut zum Gassigehen treffen. Über Hundebekanntschaften kann sich schon mal etwas anbahnen.« Er verstummte, und Kohlschuetter konnte Bernsens Gedanken förmlich lesen: Sandro. Stricken. Hundemode. Bernd. Rotfeder. Er zog es vor, das Gespräch an sich zu ziehen.

»Frau Tänzer, wir haben mit Robert Feixner gesprochen und wissen, dass Sie sich regelmäßig mit ihm treffen. Das geht uns nichts an, und wir bewerten das auch nicht. Was wir hingegen verwunderlich finden, ist die Tatsache, dass Sie uns seine Anwesenheit beim Auffinden der Leiche von Bettina Fanke verschwiegen haben. Damit hört für uns der Spaß auf.«

»Robert kann nichts dafür. Er kannte Bettina ja nicht einmal. Er ist aus der Pfalz, wissen Sie?« Yvonne Tänzer sprach schnell und flüssig. Sie wollte Feixner mit aller Gewalt aus der Sache heraushalten, das war unüberhörbar.

»Es geht um Mord, Frau Tänzer. Sie und Robert Feixner haben eine Leiche gefunden. Seine Aussage ist wichtig, und das nicht nur für uns«, entgegnete Bernsen. »Sie hatten uns auch schon wegen Bettina Fanke angelogen. Was sollen wir denn von Ihnen denken, wenn Sie uns permanent an der Nase herumführen?«

»Denken Sie, was Sie wollen«, antwortete Yvonne Tänzer schnippisch. »Ich habe Ihnen alles gesagt, was ich weiß. Ich bin keine Mörderin, warum denn auch? Ausgerechnet Bettina. Nach den vielen Jahren.« Sie seufzte.

»Sie wissen noch wesentlich mehr. Sie haben gemeinsam im Werk gearbeitet«, hob Kohlschuetter an. »Was haben Sie dort gemacht?«

»Von 1982 bis 1990 war ich in der Kantine. Ich bin gelernte Köchin«, antwortete sie.

»Wie war der Job so?«, wollte Bernsen wissen. »Also, bei dem Mangel. Wie haben Sie denn die Teller vollgekriegt?«

Kohlschuetter verkniff sich einen Kommentar.

Sie lächelte glücklich, und es schien, als ob sie für einen kurzen Moment wiederauflebte. »Gut. Jeden Tag für zehntausend Leute Mahlzeiten zuzubereiten ist eine echte Meisterleistung. Aber wir waren ein hervorragendes Team, und Lebensmittel gab es in der DDR reichlich, vor allem für unseren Betrieb. Im Vorzeigewerk kein Essen?« Sie schüttelte den Kopf. »Na, das hat es nicht gegeben.«

»Sie haben Ihren Mann in der Kantine kennengelernt?«, fragte Kohlschuetter.

Sie merkte, worauf die Fragen abzielten, und antwortete einsilbig. »Ja.«

»So wie die meisten Ihrer Freunde?«, hakte Bernsen nach.

Sie bejahte auch das.

»Sie und Ihr Mann waren mit Andrea und Frank Scherwolf befreundet, ebenso mit Bettina Fanke und deren Freund, wie hieß er noch?« Kohlschuetter blätterte in seinem kleinen roten Notizbuch.

»Olaf«, antwortete sie, noch bevor er die richtige Seite gefunden hatte. »Aber Olaf war nur eine Episode. An den war, als sie fortging, schon lange nicht mehr zu denken. Bettina hatte viele Episoden.«

Gleichgültiger hätte man das nicht sagen können, dachte Kohlschuetter.

»An wen war denn zu denken, an Ihren Mann?«, wollte er wissen. Er wurde aus dieser Frau nicht schlau. Mit Robert Feixner hatte sie ein glaubhaftes Alibi, wenn man davon ausging, dass die beiden nicht unter einer Decke steckten. Das wiederum machte keinen Sinn. Claudi hatte auf Bernsens Drängen die Personalien des Mannes gecheckt und auch sonst ein bisschen in seiner Vita geschnüffelt. Der Mann war unbescholten und hatte auch nach Kohlschuetters Gefühl die Wahrheit gesagt. Trotzdem mauerte sie.

Yvonne Tänzer lachte gekünstelt. »Wie kommen Sie denn

auf diesen Unsinn? Wilfried mag seine Macken haben, aber treu ist er mir immer gewesen. Dafür lege ich meine Hand ins Feuer. Noch dazu mit Bettina, einer Mitarbeiterin? Da kennen Sie Wilfried aber schlecht. Das käme für ihn nie in Frage.«

Bernsen seufzte. Bestimmt dachte er wieder an seine Rotfeder und diesen Sandro.

»Andrea Scherwolf hat darüber eine ganz andere Meinung«, wandte Kohlschuetter ein.

Der Satz klang lapidar, löste aber bei Yvonne Tänzer von einer Sekunde auf die andere eine Veränderung aus, die man nur schwer beschreiben konnte. Hatte ihr gerade eben noch die Sorge um Robert Feixners Wohlergehen die meisten Qualen bereitet, was angesichts ihrer engen Freundschaft durchaus nachvollziehbar war, so schien das, was sie nun umtrieb, etwas gänzlich anderes zu sein. Bangigkeit bezogen auf ihre Freundin war es allerdings augenscheinlich nicht. Ihr Blick war leer und entrückt. Sie antwortete nicht, aber machte den Eindruck, als würde sie am liebsten laut losschreien.

Die Sekunden verrannen, und nichts passierte. Yvonne Tänzer hatte sich tief in sich vergraben, und was auch immer sie gerade mit sich ausfocht, es musste schrecklich sein.

»Frau Tänzer«, sagte Kohlschuetter nach einer Weile. »Hatte Ihr Mann ein Verhältnis mit Bettina Fanke?«

»Herzchen, selbst eine dreißig Jahre alte Liebelei kann wehtun. Raus damit!«, forderte Bernsen.

Endlich regte sie sich, verneinte zaghaft, räusperte sich und wiederholte das Nein mit fester Stimme. »Sie wissen das mit Andrea? Sie haben mit ihr gesprochen?«

Kohlschuetter, der gerade genauer nachhaken wollte, hielt inne. Es ging nicht um ein mögliches Liebesverhältnis zwischen ihrem Mann und der einstigen Freundin. Selbst wenn es diese Liaison gegeben hatte, war es ihr egal. Sie hatte kein Problem mit Bettina Fanke, sie hatte eines mit Andrea Scherwolf, und das seit dreißig Jahren.

»Wir wissen, dass Bettina Fanke und Frank Scherwolf bis zu Scherwolfs Tod vor einigen Monaten zusammengelebt haben.

Sie haben einen erwachsenen Sohn zusammen. Wir wissen auch, dass Scherwolf nicht geschieden war und dass seine Frau Andrea seit 1991 niemals mehr etwas von ihm gehört haben will. Erstaunlicherweise hat sie ihn nicht suchen oder für tot erklären lassen.« Er schaute Yvonne Tänzer prüfend an. »Woran Sie nicht ganz unschuldig gewesen sein sollen. Die Selbstmordtheorie Ihres Mannes, von der Andrea Scherwolf nichts hören wollte ... Und im letzten Jahr dann die Idee mit der Todeserklärung, die Sie ihr ausgeredet haben.«

»Sie haben ihr gesagt, dass Frank erst vor Kurzem verstorben ist?« Yvonne Tänzers Stimme überschlug sich mehrfach. Zwischendurch schien ihr die Luft wegzubleiben. Sie wurde kurzatmig, fasste sich an die Brust, röchelte.

»Frau Tänzer, Frau Tänzer.« Kohlschuetter rüttelte an ihrem Arm. »Jetzt machen Sie uns mal nicht schlapp. Als Sie Ihre Freundin Andrea angelogen haben, waren Sie auch nicht so zimperlich.« Er staunte selbst über seine Kälte, aber die Frau hatte es einfach übertrieben. »Was ist damals passiert, Frau Tänzer, was?«

»Ich habe fast dreißig Jahre lang geglaubt, dass Frank ermordet wurde«, sie bemühte sich um ein gleichmäßiges Atmen, »von meinem eigenen Mann. Jetzt stirbt Bettina in Sömmerda. Die arme Andrea.« Sie weinte.

***

»Du hast was?« Wilfried Tänzer stand im Türrahmen des Krankenzimmers, und der Schock war ihm anzusehen. »Yvonne, du hast was?« Die Tonlage seiner Worte hatte, ganz entgegen seinem sonstigen Auftreten, nichts Anklagendes, Vorwurfsvolles oder gar Wütendes. Nur seine Augen verrieten, dass er an dieser unsäglichen Enttäuschung noch lange zu knabbern haben würde, falls er jemals darüber hinwegkäme. »Du hältst mich für einen Mörder? Mich? Deinen Mann?«

Sie wagte es nicht, ihn anzusehen, antwortete monoton, aber wie von einer tonnenschweren Last befreit: »Du warst an dem

Tag nach der Arbeit mit Frank verabredet, wie so oft. Ich hatte mich sonst nicht weiter damit beschäftigt. Ich dachte immer, ihr macht Zukunftspläne, wollt gemeinsam neu anfangen. Es war ja abzusehen, dass das mit dem Werk nicht mehr lange gut gehen würde. Ich wusste, dass wir es auch ohne das Werk schaffen würden, wir alle gemeinsam.« Sie räusperte sich. »Doch einige Wochen zuvor hatte mir Andrea erzählt, dass Frank und du nur noch streitet. Sie muss das wohl mehrfach mitbekommen haben. Und an diesem Abend kamst du eher als sonst nach Hause. Du warst aufgewühlt, das konnte ich schon an deiner Art, die Haustür zu schließen und deine Sachen abzulegen, hören. Du hast sogar vergessen, mir einen Begrüßungskuss zu geben, hast kein Wort mit mir gesprochen.« Nun lag Wehmut in ihrer Stimme.

Wilfried Tänzer wollte etwas erwidern, er öffnete den Mund, bekam aber kein Wort heraus.

Sie bemerkte es nicht, sondern redete weiter. »Du bist sofort unter die Dusche gestiegen, hast versucht, die Blutflecke aus deiner Jacke zu waschen. Es war die teure Wildlederjacke, die wir gemeinsam in Prag gekauft hatten. Ich hatte die gleiche, ich habe sie bis heute. Am nächsten Tag hat mich die Reinigung angerufen und mich darauf hingewiesen, dass sie für die Jacke keine Gewähr übernehmen können. Das Wasser hatte das Leder verfärbt. Den auffälligen Stellen konnten sie nicht einmal mehr mit ihrer Chemie beikommen. Du hast die Jacke nie wieder angezogen. Von jenem Tag an war sie verschwunden, genau wie Frank.« Sie schluchzte, doch sie hatte nicht einmal mehr Tränen.

»Aber Yvonne, ich …« Tänzer brach die Stimme weg.

»Gleich am nächsten Tag kam Andrea frühmorgens zu mir in die Kantine und wollte wissen, ob Frank bei uns übernachtet habe. Sie hatte die ganze Nacht nicht geschlafen, und ihre Augen, diese verheulten Augen. Ich konnte ihr ansehen, dass sie die Antwort schon kannte. Frank hat nie bei uns übernachtet, niemals, und wenn, wäre ich schnell zu Andrea rüber und hätte ihr Bescheid gesagt. Die paar Straßen. So ein Blödsinn, habe ich noch gedacht, wieso sollte Frank bei uns übernachten? Gesagt habe ich nichts, aber in diesem Moment wussten wir es beide, Frank war verschwunden. Ich habe Yvonne an diesem Morgen nach Hause geschickt und bin rüber zu Y. Damals hieß es offiziell ja nicht mehr so, aber ich bin zu meinem Mann gegangen und habe ihm von Franks Verschwinden erzählt.« Sie hielt inne, drehte sich erstmals zu ihrem Mann herum und schaute ihn durchdringend an. »Weißt du noch, was du damals zu mir gesagt hast? Weißt du es noch, Willy?«

Wilfried Tänzer räusperte sich. »Frank hat mich versetzt. Er war nicht mehr an seinem Arbeitsplatz, als ich ihn abholen wollte. Keiner wusste, wann und wohin er gegangen war.« Er sprach leise, und man konnte das Gefühl bekommen, dass es genau diese Worte gewesen waren, die er vor drei Jahrzehnten gegenüber seiner Frau benutzt hatte.

Sie wandte sich wieder von ihm ab. »Du hast mich angelogen. Das erste Mal in unserem Leben. Und ich habe es dir angesehen, ich habe es dir angesehen, Wilfried, und du wusstest das und hast nichts gesagt. All die vielen Jahre stand diese Lüge zwischen uns.«

Er schaute betreten zu Boden. »Yvonne, ich konnte dir nicht die Wahrheit sagen, doch es war nicht so, wie du denkst, bitte glaube mir.«

»Was ist an dem Abend wirklich passiert, Herr Tänzer?«, wollte Kohlschuetter wissen. »Sie haben Herrn Scherwolf getroffen, nehme ich an.«

»Ja«, antwortete Tänzer ruhig. »Frank wollte gehen, für immer. Der 17. Januar war ganz offiziell sein letzter Arbeitstag, doch nur ich wusste davon. Er wollte wegziehen.« Er richtete den Blick auf seine Frau. »Ohne Andrea und die Kinder. Ein Neuanfang im Westen. Ich wollte ihn aufhalten. Er wollte nichts davon hören, dabei war es falsch, was er getan hat. Es war falsch.« Tänzer klang nun wie ein müder alter Mann, dem bewusst geworden war, dass er an einem entscheidenden Punkt in seinem Leben nicht richtig abgebogen war.

»Sie haben sich gestritten?«, fragte Bernsen.

Er nickte. »Erst haben wir diskutiert, aber dann …« Er seufzte. »Auf dem Hof habe ich ihm eine verpasst. Er hat geblutet, nur aus der Nase.« Er blickte unsicher zu seiner Frau. »Ich war so wütend. Er war mein einziger richtiger Freund, und er hatte doch seine Familie. Es kam mir damals vor, als ob mein ganzes Leben in die Brüche gehen würde, und ich konnte es nicht verhindern. Dabei stand mir das Schlimmste ja erst noch bevor. Meine große Liebe …« Er beendete den Satz nicht.

Yvonne Tänzer schaute ihren Mann erschrocken an.

»Man verlässt nicht Frau und Kinder ohne ein Wort. Er hätte es Andrea sagen müssen, das mit der anderen Frau. Das mit Bettina.« Er musterte seine Frau, schien auf ihr Erstaunen zu warten, aber sie reagierte nicht, und so redete er weiter. »Ich habe viele Male versucht, ihm ins Gewissen zu reden. Frank war kein leichtfertiger Mensch, ganz im Gegenteil. Er hat sich diese Entscheidung schwer gemacht. Er hat gelitten. Sehr sogar. Dabei hätte man das alles irgendwie regeln können. Aber dazu war er wohl zu feige.« Er schluckte. »Frank ist zu Boden gestürzt und hielt sich die Nase. Ich war außer mir. Aber dann kam einer der Gabelstaplerfahrer um die Ecke gefahren, und ich bin fortgelaufen. Ich wollte nicht, dass uns jemand sieht. Die kannten uns doch alle. Außerdem habe ich mich geschämt, dass ich so aus der Haut gefahren war«, fügte er noch leise an.

»Bettina Fanke hatte Sömmerda bereits im Dezember 1989 verlassen. Das wissen wir von ihrem Sohn Max. Frank Scherwolf ging im Januar 1991 ebenfalls nach Bremen, so steht es zumindest in den Unterlagen des Einwohnermeldeamtes«, hob Bernsen an, doch er kam nicht weit.

»Max hat sie das Kind genannt?«, flüsterte Yvonne Tänzer. »Ein schöner Name.«

»Wieso Bremen? Frank? In Bremen? Zu Bettina?« Wilfried Tänzer stammelte nur noch. Er war kreidebleich, wankte in der Tür hin und her, drohte zu stürzen. Kohlschuetter hastete zu ihm, umfasste seinen Oberarm und führte ihn zu einem Stuhl. Der große, toughe Wilfried Tänzer war nur noch ein Schatten seiner selbst. »Frank lebt«, hauchte er, dann stierte er vor sich hin.

»Bis vor wenigen Monaten, ja«, antwortete Kohlschuetter überrascht. »Haben Sie das nicht gewusst?«

Tänzer reagierte nicht. Mit fassungslosem Gesichtsausdruck starrte er auf den Linoleumfußboden.

»Bettina hat sich nie wieder gemeldet«, sagte seine Frau scheinbar gelassen, doch ihre innere Anspannung war kaum zu übersehen. »1989 wusste keiner, ob die nicht wieder alles zumachen. Und später wird Frank es nicht gewollt haben. Seine schmerzhafte Vergangenheit lebte ja noch immer in Sömmerda, zumindest konnte er bei Andreas Trägheit davon ausgehen, dass sie die Stadt nie verlassen würde.«

»Du hast gewusst, dass Frank mit Bettina in Bremen war? Du hast gewusst, dass er noch lebte?«, fragte Tänzer verwirrt. »Du hast es gewusst?«

Yvonne Tänzer schien ihn nicht zu hören. »Bettina war im vierten Monat. Deswegen ist sie allein weggegangen. Sie wollte nicht, dass Andrea es erfährt. Nicht auf diese Weise. Die Leute reden irgendwann. Dass sie Frank nicht unter Druck setzen wollte, mag auch eine Rolle gespielt haben. Sie wusste, dass sie allein zurechtkommen würde, auch im Westen, auch mit einem Kind.«

»Du hast es all die Jahre gewusst?«, fragte Tänzer noch einmal kraftlos. »Dann verstehe ich deine Anschuldigung nicht. Wieso?«

Ich auch nicht, dachte Kohlschuetter. Die vielen unausgesprochenen Dinge, die zwischen den beiden standen, irritierten ihn.

»Nein, nicht die ganze Zeit. Ich habe bis letztes Jahr geglaubt, dass du ihn in der besagten Nacht umgebracht hast. Du und die Leute von der Partei oder von der Stasi. Heinz, der Wachmann, hat euch zusammen beim Kohleschuppen gesehen. Er hat auch gesehen, wie du dann allein das Werk verlassen hast. Du hast mich angelogen.« Die letzten Worte flüsterte sie. »Seitdem ...« Sie verstummte.

»Aber Yvonne, ich habe nicht … das ist Blödsinn. Ich bin nicht … Die Arbeit. Y.« Er brach ab, und man konnte ihm ansehen, dass er mit den Tränen kämpfte. »Frank war mein bester Freund. Wie kannst du mir so etwas zutrauen?«

»Wieso bis letztes Jahr, Frau Tänzer?«, fragte Bernsen.

»Unser Bibliotheksverein hat einen Ausflug nach Bremen gemacht. Mein Mann wollte nicht mit.« Sie warf ihm einen traurigen Blick zu. »Ich habe Frank dort gesehen. Ich schwöre, dass er es war. Ich habe danach im Internet recherchiert. Er stand nicht einmal im Telefonbuch. Können Sie sich das vorstellen?«

Kann ich, dachte Kohlschuetter. Er lebte mit einer fetten Lüge. »Haben Sie etwas gefunden?«

»Nein. Nichts«, erwiderte sie. »Aber ich war mir absolut sicher.«

»Wieso haben Sie Ihrem Mann nichts davon erzählt?«, fragte Bernsen. »Das ist doch mal eine Neuigkeit, wenn der alte Freund wieder auftaucht und den des Mordes verdächtigten Ehemann entlastet.«

»Es hätte nichts mehr geändert. Es waren zu viele Jahre vergangen«, antwortete sie resigniert. »Für uns ist es zu spät.«

»Aber für mich, Yvonne, für mich«, begehrte Tänzer auf. »Ich habe meinen Freund verloren. Er lag vor mir im Dreck, und ich habe nie wieder etwas von ihm gesehen oder gehört. Nicht eine Nachricht die vielen Jahre. Was sollte ich denn denken? Frank war ein anständiger Kerl. Er hätte sich doch bei mir gemeldet, nachdem seine Wut verraucht war. Da war ich mir absolut sicher.«

»Das haben wir schon mal gehört«, bemerkte Bernsen. »Von seiner Ehefrau. Trotzdem ist er ohne ein Wort des Abschieds gegangen. Und sie haben ihr erzählt, es könnte Selbstmord gewesen sein, Herr Tänzer.«

»Was hätte ich Andrea denn sagen sollen?«, fragte er verzweifelt. »Die Wahrheit? Ich habe geglaubt, dass der Freitod für sie leichter zu ertragen wäre, als für eine andere Frau verlassen worden zu sein. Bettina, das Kind, der heimliche Fortgang, das hätte Andrea nie verkraftet, wo sie schon immer so labil war.«

»Frau Scherwolf glaubte an einen Mord wie Ihre Frau«, warf Bernsen ein. »Allerdings hatte Frau Scherwolf die Stasi im Sinn, während Ihre Frau ...«

»Sie haben also beide von dem Verhältnis zwischen Frank Scherwolf und Bettina Fanke gewusst, von Anfang an, nehme ich an?« Kohlschuetter war abgestoßen von diesen Lebenslügen. »Und Sie meinten, Andrea Scherwolf zu beschützen, indem sie ihr das verschwiegen. Sie wollten sie mit seinem angeblichen Freitod sogar trösten. Aber eigentlich ging es nur um Sie selbst.«

***

Bernsen lag im Friseurstuhl und genoss die sanfte Kopfmassage der attraktiven Friseurin. Die Luft um ihn herum war von einem angenehm blumigen Duft erfüllt, der, da war er sich sicher, auf seine Rotfeder eine betörende Wirkung haben würde, anders als der Moschus von diesem Sexsachsen. Im Salon herrschte eine angenehme Ruhe, was daran lag, dass er der einzige Kunde war. Die sanften Hände der Dame und das Plätschern eines kleinen Zimmerbrunnens ließen ihn sich entspannen, was dazu führte, dass er seine Überlegungen zu ihrem Fall in aller Ruhe ordnen konnte.

Zwischen Yvonne und Wilfried Tänzer stand während der letzten drei Jahrzehnte ein Missverständnis, das die beiden Eheleute voneinander entfernt und sie zugleich aneinandergekettet hatte. Yvonne Tänzer hatte geglaubt, mit einem Mörder zusammenzuleben. Aber statt dass sie ihren Mann anzeigte oder sich einfach von ihm trennte, war sie bei ihm geblieben. Die Angst, die sie vor ihm gehabt haben wollte, war allerdings ein schmales Brett, wie Bernsen fand. Yvonne Tänzer hatte nach Scherwolfs Verschwinden tatsächlich Angst gehabt, aber die galt nicht so sehr ihrem Mann, sondern hauptsächlich dem System, in dem die beiden lebten, und dessen Schergen. In der DDR war Tänzer jemand gewesen, weit genug oben, um mit allen Spielarten vertraut zu sein. Vor allem Anfang der neunziger Jahre durfte man da noch misstrauisch sein.

Und danach?

Yvonne Tänzer hatte nach der Wende ihren Job verloren, und die Aussichten, etwas gut bezahltes Neues zu finden, waren in Sömmerda und Umgebung in diesen Jahren gleich null gewesen. Viel zu viele ungebrauchte Arbeitskräfte tummelten sich in diesem Landstrich. An der Seite ihres Mannes, der seine Chancen clever genutzt hatte, war sie auch weiterhin gut versorgt gewesen. Ob sie wirklich an die Ermordung von Frank Scherwolf geglaubt hatte oder ob sie nur einen Grund für den innerlichen Rückzug von ihrem Mann gesucht hatte, hatten sie nicht endgültig klären können. Bernsen vermutete jedoch, dass bei der Tänzer ein ganzes Stück Rache an ihrem Wilfried ins Motiv mit hineinspielte.

Das Wörtchen Hassliebe kam ihm in den Sinn. Denn ein Mann, der zu übertriebenen Eifersuchtsszenen und Jähzorn neigte, war sicherlich nicht leicht zu ertragen, noch dazu, wenn der Reiz, mit einem erfolgsverwöhnten, einflussreichen Macher zu leben, irgendwann erloschen war. An irgendeinem Punkt musste ihr aufgegangen sein, dass die einstigen Privilegien sich in Luft aufgelöst hatten und dass das Einzige, was ihr geblieben war, ein zwanzig Jahre älterer, unzufriedener Mann war. Was er all die Jahre auf dem Herzen gehabt hatte, schien sie nicht interessiert zu haben. Möglicherweise hatte sie nicht einmal bemerkt, dass er litt.

Dass sie seinen verschwunden geglaubten besten Freund auf der Straße gesehen und es ihm nicht erzählt hatte, sprach jedenfalls Bände. Yvonne Tänzer befand sich in der inneren Emigration bis zu dem Moment, da Bettina Fanke tot vor ihr auf dem Radweg lag. Aus heiterem Himmel war ihr das eigene verkorkste Leben bewusst geworden. Sie dachte bereits lange vorher an eine Trennung von ihrem Mann, schien entschlossen. Doch am Ende fehlte es an Kraft, und sie suchte den Freitod in der Unstrut, der jedoch misslang. Vielleicht hatte der Tod von Bettina Fanke etwas bei den beiden bewirkt. Bernsen konnte es für das Paar nur hoffen.

Und Wilfried Tänzer? Er hatte kein Verhältnis mit der Fanke

gehabt. Die Frage danach, die Bernsen beinahe vergessen und während ihrer Verabschiedung schnell noch gestellt hatte, war für den bedauernswerten Tänzer der nächste Schock gewesen. Er liebte nur seine Frau, das hatte man sehen können. Was seinen Freund Frank anging, so wollte er ihm nichts Böses, im Gegenteil. Doch Scherwolfs Geheimnis und sein unbegründetes schlechtes Gewissen nach dessen Verschwinden setzten dem zufriedenen Leben, das er bis dahin gekannt hatte, ein Ende. Die Wende und sein Prestigeverlust taten ein Übriges. Dabei war sein Unglück selbst verschuldet, genau wie Frank Scherwolfs jahrzehntelanges Versteckspiel. Schließlich waren das alles erwachsene, mündige Menschen, die andere Lebensentscheidungen hätten treffen können. Wilfried Tänzer hätte seinen Freund suchen lassen können, genau wie dessen Ehefrau diese Möglichkeit gehabt hatte.

Andrea Scherwolf hatte die Wahrheit verdient, aber Yvonne und Wilfried Tänzer trauten ihr nicht zu, sie zu verkraften – oder sie wollten es sich selbst nicht zutrauen. Ein ehrliches Wort hätte Mut erfordert und das Eingeständnis der eigenen Schwächen und Fehler. Die Freunde hätten miteinander offen reden müssen, von Anfang an. Stattdessen hatten sie sich in ihren scheinbaren Gewissheiten verkrochen. Warum? Weil man leichter zurechtkam, wenn man sich das Leben selbstgerecht zusammenbastelte? Weil die Realität schlimmer sein konnte als die Angst davor? Oder weil man dem Netz aus Unwahrheiten einfach nicht mehr aus eigener Kraft entkommen konnte?

Waren sie alle nur ein Opfer ihrer DDR-Sozialisierung? Oder des unvorbereiteten Aufeinandertreffens zweier unterschiedlicher Gesellschaftsformen, bei der die eine die andere nahezu vollständig usurpiert hatte, zumindest nach dem Gefühl der Ostdeutschen? Wenn Gesellschaften auseinanderbrachen, veränderte das auch die Menschen. Werte und Einstellungen mussten hinterfragt und im Zweifel neu sortiert werden. Neue Chancen bargen auch neue Risiken. Nicht jeder mochte damit zurechtgekommen sein.

Bernsen dachte an die Worte von Andrea Scherwolf zu den in

der Wendezeit gestiegenen Selbstmordraten. Diesen Effekt hatte es nach 1945 auch schon gegeben. Die Ossis tickten anders, das hatte er mitbekommen. Aber konnte das die zwischenmenschlichen Abgründe erklären? In jedem Fall hatten sie Licht ins Dunkel gebracht, zumindest ein wenig. Der Mörder von Bettina Fanke lief allerdings immer noch frei herum.

»Wollen Sie die Haare auch geschnitten haben?«, fragte die Friseurin, und Bernsen konnte an der Art ihres Tones hören, dass sie das bereits mehrfach gefragt haben musste.

»Nein, nein«, sagte er schnell. »Ich schüttele mich bloß einmal kurz und sehe wieder aus wie immer. Nur gewaschen.« Er grinste, zahlte und trat zufrieden hinaus auf die Erfurter Straße.

***

»Au!« Bernsen schrie fürchterlich.

Die ältere Dame, die ihm gerade mit ihrem Stockschirm einen ordentlichen Schlag gegen den Oberarm verpasst hatte, schickte sich an, erneut auszuholen, als Kohlschuetter einschritt.

»Ich denke, das ist genug«, sagte er leise, konnte sich ein Lächeln aber nicht verkneifen.

»Sie haben recht. Ich mache mir an dem noch meinen schönen Schirm kaputt«, pflichtete die Dame ihm bei, rümpfte die Nase und schaute Bernsen verächtlich an.

»Wie bitte?«, rief der Geschundene wütend. »Wenn Sie einen Kurs zur Seniorenselbstverteidigung machen wollen, gehen Sie zur Volkshochschule, aber schlagen Sie nicht auf unschuldige Passanten ein.«

»›Diebe‹ wollten Sie wohl sagen, junger Mann«, giftete die Frau. »Wenn, dann schlage ich auf Diebe ein.« Die übrigen älteren Herrschaften, die sich um sie geschart hatten, stimmten ihr mit Nachdruck zu. Es entspann sich ein lautstarkes Gezeter.

»Sie sind nicht der Manager der Prinzen?«

»Damit haben Sie sich unsere Fischplatte unter Vorgabe falscher Tatsachen erschlichen.«

»Das nennt man Diebstahl.«

»Und Hochstapelei.«

»Sich an die Prinzen hängen und sich in ihrem Glanz sonnen, wenn man selbst aussieht wie ein abgebrochenes, schlecht gekleidetes Räuchermännchen. Schämen Sie sich!«

»Häh? Prinzen?« Bernsen schaute hilfesuchend zu Kohlschuetter, der mit verschränkten Armen am Dienstwagen lehnte und das Schauspiel breit grinsend genoss.

»Tja, Kollege. Damit hätte die Aktion Fischplatte im Hotel Erfurter Tor Sie wohl eingeholt«, erklärte er schadenfroh.

»Aber ...«

Das Seniorengrüppchen ließ von Bernsen ab, umringte Kohlschuetter und entschuldigte sich für die Unannehmlichkeiten. Er verabschiedete sich freundlich und überaus amüsiert. Erst als die Senioren weitergezogen waren, näherte sich Bernsen, der in einem Hauseingang Schutz gesucht hatte, langsam wieder seinem Kollegen.

»Die sind doch alle verrückt geworden«, beschwerte er sich. »Was soll ich denn bitte mit diesen Prinzen am Hut haben? Und was soll das heißen, schlecht gekleidet?«

»Sagen Sie das Benjamin Schitz«, erwiderte Kohlschuetter. »Damit die Leutchen die Fischplatte herausrücken, hat er behauptet, Sie wären der Manager dieser Band.« Er konnte sich kaum halten vor Lachen. »Und ich der Chef der Security.«

Bernsen verzog das Gesicht. »Und wieso nicht andersherum?« Er wollte sich eben über seine unterschätzten Fähigkeiten auf dem Gebiet der Kampftechniken echauffieren, da klingelte sein Handy. »Rotfeder, Geliebte, stell dir vor, wir besu...« Er verstummte. Schnappatmung setzte ein. »Was machst du? Du nähst Pommes zusammen? Mit Sandro? In Extrastunden?« Die Schnappatmung steigerte sich. »Wieso braucht man für das Zusammennähen von Pommes Extrastunden? Ich bin nicht giftig. Die Frage ist absolut berechtigt.«

Kohlschuetter erwog für einen kurzen Moment, seinem Kollegen Luft zuzufächeln, verwarf den Gedanken aber wieder, als Bernsen zu toben begann.

»Ein Mann wird wohl noch fragen dürfen, wieso seine Frau

an den Pommes von irgend so einem Kerl rummacht?«, schrie er vollkommen außer sich, sodass die vorbeigehenden Fußgänger irritiert zu ihm herübersahen und einen Bogen um ihn machten.

Kohlschuetter zog es vor, sich ins Auto zu begeben.

»Wie? Das sind meine Pommes?« Bernsen schaute an sich herab. »Das verstehe ich nicht. Was macht Sandro bitte mit *meinen* Pommes? Du nennst mich undankbar? Ein Schwein? Wer ist ein Schwein?« Er wiederholte die letzte Frage überaus nachdrücklich, seiner Reaktion nach zu urteilen, bekam er darauf jedoch keine Antwort mehr. Unwirsch riss er die Beifahrertür auf, warf erst das Handy in den Fußraum und knallte sich dann auf den Sitz. »Das Weib spinnt. Aber warte, meine liebe Rotfeder, morgen reitet der gute alte Friedhelm auf Sylt ein, und dann gibt es ein Donnerwetter, wie es die Nordsee noch nicht erlebt hat. Sobald ich da bin, hänge ich den Sachsen an seinen Pommes auf. Pommes zusammennähen, das ist ja wohl die dümmste Ausrede, die ich jemals gehört habe!«

Kohlschuetter fuhr dreimal langsam um Sömmerda herum und ließ ihn gewähren. Irgendwann hatte sich Bernsen beruhigt und wirkte ansprechbar.

»Geht es wieder?«, fragte Kohlschuetter vorsichtshalber.

»Bei mir ist alles okay. Wie sehen meine Haare aus?«

»Wie immer«, entgegnete Kohlschuetter überrascht. Der Kollege machte auf einmal einen regelrecht entspannten Eindruck auf ihn. »Wenn Sie darüber reden wollen …«

»Yvonne Tänzer hat mit diesem Robert Feixner ein astreines Alibi. Ihr Mann Wilfried hat seine Frau und den Hund gegen sechs nach draußen in den Vorgarten begleitet und wurde dort vom Nachbarn vollgequatscht. Das hat Claudi überprüft und mir, während Sie hier sinnlos in die Luft gestarrt haben, aufs Handy geschickt. Beide können also nicht unsere Mörder gewesen sein. Aber das wussten wir nach der Szene im Krankenhaus ja im Grunde schon. Ich hätte mich mit dem Motiv auch echt schwergetan. Natürlich könnten die beiden versucht haben, ihre Lebenslügen gegenüber ihrer Freundin Andrea zu vertuschen. Aber dafür geht man nicht so weit. Denke ich jedenfalls.

Meines Erachtens hat das unerwartete Auftauchen der Fanke den beiden mehr Klarheit gebracht, ob ihnen das hilft, sei dahingestellt. Dann bleibt eigentlich nur noch die hinters Licht geführte Ehefrau.«

»Möglich.« Kohlschuetter staunte über Bernsens Tiefsinnigkeit. »Ihre Motive wären jedenfalls handfest. Eifersucht, Rache und nicht zu vergessen Hass. Wenn mich jemand dreißig Jahre lang hinters Licht geführt hätte, würde ich zumindest so empfinden.«

»Gegenüber den Freunden Yvonne und Wilfried Tänzer vielleicht. Aber gegenüber Bettina Fanke? Das würde voraussetzen, dass sie von der Beziehung wusste«, sagte Bernsen. »Und wenn Sie sie danach gefragt hätten, wüssten wir jetzt auch, ob es so ist. Effektive Polizeiarbeit sieht anders aus, mein Lieber.«

»Meine Güte, die Frau ist uns fast kollabiert, sollte ich da noch einen draufsetzen?« Kohlschuetter spürte, wie die Wut in ihm aufstieg. Er hätte die Scherwolf fragen müssen, aber die ganze Situation war dermaßen absurd gewesen. »Mit dem Brief vom Nachlassgericht, den sie nicht bekommen haben will, wusste sie vielleicht, dass Frank Scherwolf bis vor Kurzem noch gelebt hat. Alles andere kann man herausfinden. Heutzutage noch leichter als vor dreißig Jahren.«

»Und zufällig zum Thüringentag läuft ihr die Fanke an der Unstrut über den Weg, und die betrogene, zurückgelassene Ehefrau hat einen Waidstecher oder etwas Ähnliches dabei und lässt der alten Rivalin die Luft ab.«

»Die beiden können verabredet gewesen sein. Möglicherweise hat unser Opfer den Kontakt gesucht, wollte sich nach dem Tod ihres Lebensgefährten aussprechen, reinen Tisch machen. Solche Anwandlungen sollen ja vorkommen und sind nicht einmal ungewöhnlich.«

»Dann müssen wir das der guten Andrea Scherwolf nur noch beweisen. Bis morgen, ich will nach Sylt.«

Kohlschuetter überhörte Letzteres. »Während Sie beim Friseur waren, habe ich mit den Bremern telefoniert.« Er taxierte Bernsen aus dem Augenwinkel. Der sagte nichts, aber in seinem Blick lag ein Vorwurf, der, so deutete es Kohlschuetter, ein »Und du hintergehst mich auch noch« ausdrückte. »Die waren bei der Atlas Elektronik GmbH, dem Arbeitgeber von Bettina Fanke.« Er ging nicht davon aus, dass die Informationen ihnen jetzt noch nützlich sein würden, aber er wollte sie Bernsen nicht vorenthalten. »Bettina Fanke war in der Abteilung Forschung und Entwicklung, sogar als leitende Ingenieurin. Die Atlas entwickelt und produziert unter anderem integrierte Sonarsysteme für U-Boote, Minenjagdboote, Kampfschiffe sowie Torpedos …«

»Ich weiß das«, knurrte Bernsen deutlich angefressen.

Kohlschuetter ließ sich nicht beirren. »Seit 2017 gehört die Atlas zu ThyssenKrupp. Der Verkauf hat im Unternehmen wohl zu einigen Veränderungen geführt. Bettina Fanke soll sich dort jedenfalls nicht mehr so wohlgefühlt haben. Nach langen Verhandlungen ist sie mit Beginn dieses Jahres aus dem Unternehmen ausgeschieden. Die Abfindungssumme war beträchtlich. Die gute Frau hatte wohl ausgesorgt.« Kohlschuetter warf Bernsen einen kurzen Seitenblick zu, doch der saß mit zusammengepressten Lippen da und rührte sich nicht. »Die Kollegen haben auch nach Y gefragt. Den Chef der Fanke hat das anscheinend amüsiert. Das Büromaschinenwerk Sömmerda war laut sozialistischem Plan wie viele vergleichbare Kombinate auch zur Produktion von Landesverteidigungsobjekten verpflichtet, aber wirklich was gerissen sollen die nicht haben. Technik schon gar nicht, nur einzelne Bauteile, Gehäuse für Messtechnik, Kameras und so weiter. Das Zeug soll für die Russen gewesen sein, aber es gab angeblich immer wieder Probleme mit der Produktion.«

»Und das sagt wer?«, fragte Bernsen angesäuert.

»Bettina Fankes Chef.«

»Hä? Die große Bremer Atlas schaut auf das kleine Sömmerda?«

»Bettina Fanke hat es ihm angeblich irgendwann einmal erzählt. Die beiden hatten ein gutes Verhältnis, haben wohl damals zeitgleich beim Unternehmen angefangen.«

»Nichts von wegen große Sömmerdaer Waffentradition«, nuschelte Bernsen.

»Sieht ganz danach aus. Zumindest nicht zu DDR-Zeiten«, antwortete Kohlschuetter. »Dafür kam wohl die Wende zu früh.«

»Das hätte uns Wilfried Tänzer auch mal stecken können. Damit hat sich das geheimnisvolle ›Y‹ als Mordmotiv dann endgültig disqualifiziert. Das kam mir ja gleich so seltsam vor.«

»Ach, kam es das?«, erwiderte Kohlschuetter spitz. »Zwischendurch hatte ich nicht den Eindruck.«

Bettina Fanke hatte eine hervorragende Ausbildung und sicherlich ein gutes Netzwerk im Bereich der militärischen Produktion mit nach Bremen genommen und für den Neuanfang im Westen genutzt. Daran konnte Kohlschuetter nichts Verwerfliches finden. Ob und welche Produktionsgeheimnisse sie Anfang der neunziger Jahre in den Westen transferiert hatte, diese Information hatte sie mit ins Grab genommen. Von der Atlas GmbH würden sie diesbezüglich sicher nichts erfahren. Mittlerweile hielt Kohlschuetter dies ohnehin für unerheblich, denn für die Ermordung von Bettina Fanke vermutete er mehr und mehr einen privaten, persönlichen Hintergrund.

»Bevor wir noch einmal mit Andrea Scherwolf reden, sollten wir herausfinden, was das Nachlassgericht sagt.«

Kohlschuetter nickte. Er hatte das Gleiche gedacht.

ACHT

»Nein!« Bernsen schnellte nach oben, wobei er mit seinem Arm gegen den Stapel von gut und gern sechzig Zeitschriften stieß, die er auf seinem Nachttisch aufgeschichtet hatte und die krachend zu Boden fielen. Er schielte kurz auf den Haufen seiner geliebten »Mare – die Zeitschrift der Meere«, fuhr sich mit beiden Händen über das verschwitzte Gesicht und holte tief Luft. Sein Herz schlug ihm bis zum Hals, und auch wenn er kein medizinisches Fachwissen hatte, war er sich sicher, dass sein Zustand ausgereicht hätte, ein EKG zur Explosion zu bringen. Er hatte einen Alptraum gehabt, aber je mehr er sich wieder beruhigte, umso bewusster wurde ihm, dass die Bilder, die ihn im Schlaf verfolgt hatten, Realität waren. Bernd konnte nicht länger bei seiner Schwiegermutter wohnen. Das hatte das Püschel-Weib ihm gestern Abend in einem für sie beide kurzen Telefonat von maximal dreißig Sekunden unmissverständlich klargemacht. Diskussion zwecklos. Da der Köter aber kaum zweieinhalb Wochen lang allein in ihrer Wohnung in Bremen bleiben konnte – was Bernsen ernsthaft erwogen hatte, schließlich sollte man Tiere vorzugsweise in ihrer gewohnten Umgebung belassen – und eine Heimunterbringung im Hinblick auf den ehelichen Frieden absolut ausgeschlossen war, hatte er nun ein echtes Problem.

Qualvoll ächzend stieg er aus dem Bett, stolperte über die Hochglanzmagazine ins Bad und zermarterte sich während seiner Morgentoilette das Hirn darüber, wohin er die Töle abschieben konnte. Diese schier aussichtslosen Überlegungen lähmten sein Tun dermaßen, dass er, leidlich zurechtgemacht und ohne Frühstück, erst gegen kurz nach neun das Büro betrat.

»Na, sieh mal einer an«, kommentierte Kohlschuetter sein Eintreffen, um ohne weiteren Bezug fortzufahren: »Der Brief des Nachlassgerichts wurde Andrea Scherwolf wie auch ihren beiden Kindern nachweislich am 17. Mai 2019 zugestellt. Per

Einwurfeinschreiben mit Zustellungsvermerk durch die Post, fast genau achtundzwanzig Jahre nach dem Verschwinden ihres Mannes. Das nenne ich mal Zufall.« Er hielt ein Blatt Papier in die Höhe und wedelte damit herum.

»Wir haben ein Problem«, verkündete Bernsen düster und schmiss sich auf seinen Bürostuhl.

»Ach, haben wir das?«, entgegnete Kohlschuetter, ohne aufzusehen. »Frank Scherwolf hat der Frau, aus deren Leben er ohne ein Wort verschwand, schlappe hunderttausend Euro hinterlassen. Seine Kinder bekommen seine Eigentumswohnung in der Bremer Altstadt und ebenfalls ein beträchtliches Vermögen von jeweils fünfzigtausend Euro. Letzteres gilt übrigens auch für Max Fanke, seinen unehelichen Sohn, der ja schon zu Lebzeiten die Firma bekommen hat. Darüber hinaus existiert eine Lebensversicherung, die Scherwolf im Dezember 1990 abgeschlossen hat und deren Nutznießer seine ehelichen Kinder sind. Das stelle sich mal einer vor.« Kohlschuetter war bass erstaunt. »Der hat sein Verschwinden echt gut vorbereitet und dabei aus schlechtem Gewissen auch noch vorgesorgt. Seine Lebensgefährtin Bettina Fanke, und das ist explizit in seinem Testament vermerkt, bekommt all seine persönlichen Sachen, Möbel und so weiter, mehr nicht. Geld braucht sie ja auch nicht, das wusste er. Ach und übrigens. Die Erben haben alle keine Ahnung, wie viel und was die anderen bekommen, zumindest nicht durch den offiziellen Brief. Nur der den jeweiligen Adressaten betreffende Abschnitt ist lesbar, alles andere wurde geschwärzt. Das ist wohl bei den meisten Gerichten so Usus. Demnach wissen Andrea Scherwolf und die drei Kinder nicht, wer die weiteren Erben sind. Das erklärt, warum Max Fanke behauptet hat, dass er keine weiteren Angehörigen hat. Er weiß schlichtweg nichts von den Geschwistern in Sömmerda.«

»Die Scherwolf hat das amtliche Schreiben bekommen, sagen Sie?«, nuschelte Bernsen geistesabwesend. »Und weder die Fanke noch ihr Partner haben dem gemeinsamen Sohn von den ungeliebten Verwandten im Osten erzählt.«

»Ja, genau«, bestätigte Kohlschuetter. »Andrea Scherwolf wusste also, dass ihr Mann während der letzten dreißig Jahre noch gelebt hat. Ihre Ohnmacht war ein schönes Laienschauspiel für uns. Und ich bin darauf hereingefallen.« Den letzten Satz sagte er mehr zu sich selbst.

Bernsen hatte Mühe, sich zu konzentrieren. Das Pudel-Problem nagte an ihm.

»Wie auch immer es gewesen ist, Andrea Scherwolf wird es uns erzählen. Und dieses Mal werde ich keine Rücksicht auf ihre Gemütsverfassung nehmen«, sagte Kohlschuetter mit verkniffener Miene.

»Aber bitte auf meine«, verlangte Bernsen jammervoll. »Wie ich schon sagte, wir haben ein Problem.«

Er kam nicht weiter, denn es öffnete sich die Tür, und Claudi stand im Rahmen. »Friedhelm, du hast ein Problem«, sagte sie mit ernster Stimme und festem Blick. »Schau mal bitte aus dem Fenster.«

Bernsen saß da wie vom Donner gerührt und bewegte sich nicht.

Kohlschuetter stand auf und ging hinüber zu der großen Fensterfront, die nahezu eine ganze Seite ihres Büros einnahm. Dort eingetroffen, fing er schallend an zu lachen. »Da unten steht ein Taxi mit Hannoveraner Kennzeichen, aus dem gerade ein Pudel springt, der nun gemeinsam mit einer hellblauen Reisetasche in Knochenform vom Fahrer des Wagens ins Haus gebracht wird. Ich schätze mal, gleich werden Sie Ihren Liebling in die Arme schließen können.«

Claudi fuchtelte wie wild mit den Armen, um ihre kategorische Ablehnung zu signalisieren. »Ich nicht, Friedi, ich nicht. Du weißt, ich habe eine Hundehaarallergie. Ich mache alles für dich, aber das nicht.« Ohne eine Reaktion abzuwarten, verschwand sie wieder.

»Pudel sind allergikerfreundliche Hunde«, wandte Kohlschuetter noch rasch mit süffisantem Grinsen ein.

Claudis Blick hätte töten können.

Bernsen schaute Kohlschuetter mit herabhängenden Mundwinkeln an. Seine Verzweiflung hatte ihren Höhepunkt erreicht. Das Püschel-Weib hatte kurzen Prozess gemacht und zu allem Überfluss auch noch einen Taxifahrer gefunden, der bereit war, das Tier frühmorgens um sechs von Hannover nach Erfurt zu karren. Das schonungslose Beiseiteschaffen ihres Fell-Enkels dürfte die alte Beißzange so einiges gekostet haben. Und ihn hatte sie damit vor vollendete Tatsachen gestellt.

Die Tür flog auf, und Claudi betrat den Raum. In der rechten Hand hielt sie die Hundeleine, an deren Ende ein knurrender Bernd hing, und dessen Gepäck. Die linke drückte sie fest gegen Mund und Nase und nuschelte dahinter kaum verständlich: »Der Mann da unten wartet auf sein Geld.«

Leine und Tasche knallten zeitgleich zu Boden, und Claudi suchte raschen Schrittes das Weite. Bernd bemerkte die Freiheit und sprang schwanzwedelnd auf Kohlschuetter zu, der ihn freundlich begrüßte.

Bernsen erhob sich widerwillig von seinem Stuhl. »Ich gehe nicht öfter als dreimal in der Woche zu Andras in die Pizzeria, weil auswärts essen so teuer ist, und das Vieh wird auf meine Kosten mit dem Taxi von Hannover nach Erfurt chauffiert, als wäre es der König von England«, sagte er wehleidig.

***

»Sie können Bernd bei dem Wetter nicht im Auto sitzen lassen«, sagte Kohlschuetter energisch. »Die Hitze bringt ihn um, das weiß jeder.« Er hatte den Dienstwagen auf einem kleinen Platz in der Nähe der Sömmerdaer Fußgängerzone geparkt und stand nun daneben und redete auf Bernsen ein. Der saß schmollend auf dem Beifahrersitz und würdigte den hinter ihm fröhlich umherspringenden Bernd keines Blickes. »Wenn der Hund weiterhin im Auto mitfahren soll, brauchen wir außerdem einen Gurt.« Kohlschuetter, der sich seines belehrenden Tones durchaus bewusst war, würde sich nicht erweichen lassen. »Das wird ja nun die nächsten zweieinhalb Wochen der Fall sein.«

»Dass mich die Muschke so hängen lässt«, jammerte Bernsen. »Das hätte ich von der niemals gedacht. Aber so kann man sich in den Menschen täuschen. Wenn man ein Mal um etwas bittet, nur ein Mal. Aber nein, dann wird sich mit einer Allergie herausgeredet.«

Kohlschuetter dachte an die Rundumversorgung, die Claudia Muschke ihrem Friedhelm, seit sie sich kannten, tagein, tagaus angedeihen ließ. Den Kuchen, die Botendienste, die guten Worte beim Chef und die eine oder andere Gefälligkeit, die letzten Freitag sogar darin gipfelte, dass Claudia Muschke Bernsens Reisetasche mit der schmutzigen Wäsche in ihr Auto gewuchtet hatte, um ihm selbige gestern mit sauberem und frisch gestärktem Inhalt zurückzugeben. Bernsens Verhalten gegenüber der Muschke war zweifelsohne von einer anmaßenden Unverfrorenheit, aber da Kohlschuetter Claudi ohnehin nicht ausstehen konnte, was auf Gegenseitigkeit beruhte, und sie Bernsens Verhalten tolerierte, war das nicht seine Baustelle. Kohlschuetter würde einen Teufel tun und für Claudia Muschke in die Bresche springen. Sich in die Interaktion zweier Psychopathen einzumischen, konnte nicht gut gehen. Er verkniff sich also den Hinweis, dass Allergien ernst zu nehmende Defekte waren, und wartete geduldig, was passierte.

»Ich will dieses unsympathische Tier nicht so lange um mich haben, schon gar nicht bei der Arbeit. Der stinkt, sabbert und pinkelt alles an«, schimpfte Bernsen.

Kohlschuetter fand, dass zumindest die ersten beiden Merkmale ohne Abstriche auch auf den Kollegen Bernsen zutrafen. »Können wir jetzt? Lassen Sie uns endlich reingehen.«

Neben Andrea Scherwolf, die sie vorhin nicht zu Hause angetroffen hatten, mussten sie dringend mit ihren Kindern Tina und Nico Scherwolf sprechen. Letzterer arbeitete in einer Bäckerei, vor deren Tür sie nun seit bald zehn Minuten standen, um den Verbleib von Bernd zu diskutieren, und Kohlschuetter verlor so langsam die Geduld. »Wir haben einen Mord aufzuklären«, sagte er mit Nachdruck.

»Bernd darf nicht mit in die Bäckerei«, moserte Bernsen.

»Garantiert.« Griesgrämig quälte er sich aus dem Auto, beförderte den Pudel mit einem Stoß vom Rücksitz auf die Straße, leinte ihn angewidert an und trottete los. »Ich darf ihn nicht unbeaufsichtigt irgendwo anbinden. Das hat die Rotfeder untersagt. Heutzutage klauen die sogar Hunde, wobei mir ehrlich gesagt ein Rätsel ist, wieso jemand den da mitnehmen sollte. So was tut man sich doch nicht freiwillig an.«

Bernd schnüffelte aufgeregt vor ihnen her und störte sich nicht an dem Geschwätz seines Herrchens. Vor den großen Fenstern der Bäckerei Süpke angekommen, stoppte Bernsen und drehte sich zu Kohlschuetter um. »Und ich darf jetzt hier draußen stehen bleiben und den Hundesitter spielen, während Sie die Verbrecher jagen«, maulte er vorwurfsvoll.

»Sie hätten Bernd schon vor Jahren mitbringen sollen«, antwortete Kohlschuetter. Just in diesem Moment öffnete sich die Tür des Geschäftes, und Polizeimeister i. A. Schitz stand mit einer dicken Tüte Brötchen in der Hand vor ihnen. Beim Anblick des Kollegen schnellte Bernsens Kopf hoch, und seine Gesichtszüge entspannten sich.

»Schitz, Sie kommen genau richtig.« Er streckte ihm die Hundeleine samt Hund entgegen. »In zwei Wochen, am Freitag um vierzehn Uhr, bringen Sie mir das Tier ins Büro nach Erfurt, und keine Minute früher.«

Schitz, der nicht wusste, wie ihm geschah, griff reflexartig nach der Leine. Bernsen drehte mit siegreichem Gesichtsausdruck ab und verschwand rasch in der Bäckerei.

Kohlschuetter schaute Schitz mitleidig an, zuckte mit den Schultern und sagte: »Sie machen das schon.« Im Gehen wandte er sich noch einmal um. »Das ist Bernd, und er mag Fisch. Würde ich zumindest vermuten.«

Die unverhoffte Abwesenheit des Hundes musste bei Bernsen einen Befreiungsschlag ausgelöst haben, denn als Kohlschuetter in die Bäckerei kam, stand er mit breitem Kreuz und in den Knien wippend vor den Auslagen und bestellte sich ein Stück Mohnkuchen nach DDR-Rezept, wie das am Blech steckende Schild verriet. Der Verkäufer hinter der Theke lächelte freundlich und setzte gerade an, die natürlichen Inhaltsstoffe zum Besten zu geben, als Bernsen ihm energisch in die Parade fuhr. »Ich muss nicht wissen, was ihr da hineinrührt. Mir reicht es, wenn das Zeug schmeckt und wenn Sie mir sagen, wo ich Nico Scherwolf finde.«

Der Mann sah überrascht auf, nickte zögerlich und entgegnete vorsichtig: »Hier. Das bin ich.«

Nico Scherwolf hatte die Ellbogen auf einen schmalen Bistrotisch und seinen Kopf in die Hände gestützt. Er verharrte regungslos in dieser Position, seit Kohlschuetter ihn für ein Gespräch in die ruhige Ecke der Bäckerei gebeten hatte. Mit fassungsloser Miene folgte er den Ausführungen der Kommissare, wobei Kohlschuetter den weitaus größeren Redeanteil für sich beanspruchte, um nicht ständig Bernsens Schmatzen hören zu müssen. Den Kollegen, der inzwischen das zweite Stück Kuchen verspeiste, schien das wenig zu stören. Offenkundig hatte der beiseitegeschaffte Pudel seinen Appetit angeregt. Kohlschuetter hingegen blieb trotz des verlockenden Duftes eisern.

»Als der Brief vom Nachlassgericht kam, dachte ich, mir zieht jemand die Füße weg«, sagte Nico Scherwolf, der einen ruhigen und recht schüchternen Eindruck machte. »Meine Mutter hat uns immer gesagt, dass unser Vater tot sei. Wenn uns jemand nach ihm gefragt hat, in der Schule und so, mussten wir das immer brav herunterbeten. Wie ich die mitleidigen Gesten und die peinlich berührten Blicke gehasst habe.«

Die Tür des Ladens ging auf, und zwei Kunden kamen herein. Scherwolf schaute kurz zu seiner Kollegin hinter dem Tresen, lächelte ihr zu und redete weiter. »Ich gebe zu, die Erinnerungen an meinen Vater sind etwas dürftig. Aber was weiß man schon noch von seinen ersten sieben Lebensjahren? Er war streng, viel strenger als meine Mutter. Und er wollte mehr, war voller Anspannung. Wissen Sie, ich glaube, er war so ein Mensch, der gezwungenermaßen mit angezogener Handbremse durchs Leben geht und dabei todunglücklich ist. Und es ist wohl so, dass meine Mutter diese Bremse war.«

»Hatten Sie jemals wieder Kontakt zu ihm?«, wollte Kohlschuetter wissen.

Nico Scherwolfs Gesichtsausruck beantwortete diese Frage mit einem klaren Nein. »Ich bin von der Schule nach Hause gekommen, alles war wie immer. Mein Vater war generell wenig zu Hause, sein Job, die Hobbys, die Freunde. Meistens habe ich ihn nur beim Frühstück gesehen. Am Tag nach seinem Verschwinden haben wir das allein eingenommen. Das hat sich nicht geändert, bis meine Schwester und ich vor ein paar Jahren ausgezogen sind.« Scherwolf legte die Hände auf der Tischplatte ab und lehnte sich zurück. »Eine unglückliche Ehe zu führen und schließlich zu beenden, ist die normalste Sache der Welt, also zumindest würde ich das so sehen. Aber den Kontakt zu seinen Kindern ohne Erklärung, ohne Grund«, er schnaufte, »einfach abzubrechen, das verstehe ich nicht. Spätestens als wir erwachsen waren, hätte er sich melden können. Er war uns eine Erklärung schuldig, oder nicht?«

»Was haben Sie gemacht, als der Brief vom Nachlassgericht eintraf?«, fragte Kohlschuetter weiter.

»Im ersten Augenblick dachte ich, dass es mir lieber gewesen wäre, wenn ich niemals wieder etwas von ihm gehört hätte, wenn er für mich tot geblieben wäre. Verstehen Sie?« Scherwolf schaute Kohlschuetter unsicher an. »Aber jetzt?« Er hob und senkte die Schultern. »Jetzt denke ich, er hat immerhin für uns vorgesorgt, also scheint ihm ja irgendwas an uns gelegen zu haben. Tina und ich können das Geld gut gebrauchen. Und die Wohnung«, er lächelte schwach, »ich war noch nie in Bremen.«

»Da können Sie sich wirklich freuen. Die ist in der Altstadt richtig viel wert«, warf Bernsen kauend ein, woraufhin Scherwolf signalisierte, dass er darüber bereits Bescheid wusste. Er zeigte sich über die unpassende Bemerkung nicht weiter verwundert.

»Ihre Schwester und Ihre Mutter haben ebenfalls eine Nachricht vom Nachlassgericht erhalten. Haben Sie darüber gesprochen? Ich meine, wie hat Ihnen Ihre Mutter das erklärt?«

Scherwolf schwieg und schaute durch das große Fenster an den Kommissaren vorbei auf die Straße.

»Herr Scherwolf, reden Sie noch mit uns?«, fragte Bernsen unwirsch. »Sie wollen uns hoffentlich nicht weismachen, dass die Wiederauferstehung Ihres Vaters nicht zu einer mittleren Familienkrise zwischen Ihnen und Ihrer Mutter geführt hat? Zumindest zu einigen Irritationen, möchte ich meinen.«

Er bekam keine Antwort.

»Herr Scherwolf, die Lebensgefährtin Ihres Vaters wurde umgebracht. Der Verdacht, dass Ihre Familie etwas damit zu tun haben könnte, drängt sich geradezu auf. Noch dazu bei Ihrer Familiengeschichte«, sagte Kohlschuetter ernst.

Scherwolf wirkte verwirrt. »Wer war eigentlich diese Frau?«, fragte er abschweifend.

»Ihr Name war Bettina Fanke, eine …«

»Tante Tina.« Über Scherwolfs Gesicht ging ein Lächeln, das umgehend wieder einfror. »Die hat mir immer Katzenzungen mitgebracht.« Er lachte künstlich. »Meine Mutter hat meine Schwester Tina nach ihr benannt. Die beiden waren dicke Freundinnen. Ich war als Stöpsel ein bisschen in sie verknallt. Sie sah toll aus. Na, dann habe ich ja wenigstens etwas mit meinem Vater gemein«, sagte er mit unverhohlener Wehmut in der Stimme.

»Wie haben Ihre Mutter und Ihre Schwester reagiert?«, hakte Kohlschuetter nach.

Nico Scherwolfs weit hervorstehender Kehlkopf ruckte auf und nieder. Er rang sichtlich mit sich. »Tina hat kein Wort gesagt. Aber von ihr hätte ich auch nichts anderes erwartet. Sie war vier, als mein Vater wegging. Sie hat keinen Bezug zu ihm.«

»Und Ihre Mutter?« Kohlschuetter blieb hartnäckig.

»Meine Mutter hat diesen Brief nie bekommen«, sagte Scherwolf mit schwacher Stimme.

»Dem ist zu widersprechen«, bemerkte Bernsen spitz.

Scherwolf schaute ihn aus schmalen Augen an. »Wie wollen Sie das bei einem Einwurfeinschreiben beweisen?«, fragte er kühl.

»Es spricht für Sie, dass Sie Ihre Mutter schützen wollen, aber bei einem Mord ist diese Art des Familienzusammenhaltes eher unangebracht«, sagte Kohlschuetter sanft. »Herr Scherwolf, lassen Sie bitte das Versteckspiel und sagen Sie uns die Wahrheit.«

»Es ist die Wahrheit. Meine Mutter hat diesen Brief nie zu Gesicht bekommen. Am Tag der Zustellung bin ich, gleich nachdem ich das Ding aus meinem Briefkasten gefischt hatte, zu ihr gefahren, aus Sorge, sie könnte zusammenbrechen. Sie war schon immer labil, aber diese Nachricht, na ja. Ich habe den Brief an mich genommen und alles Weitere mit dem Gericht geklärt, quasi in ihrem Namen.«

»Verletzung des Postgeheimnisses und Urkundenfälschung«, konstatierte Bernsen nüchtern. »Das ist schon ganz schön fett. Das wissen Sie.«

»Ich konnte ihre Unterschrift schon in der Schule recht gut nachmachen. Als Halbwaise muss man sich eben zu helfen wissen.« Er lächelte gequält.

»Und wie wollten Sie die hunderttausend Euro erklären, die sich auf wundersame Weise irgendwann auf dem Bankkonto ihrer Mutter einfinden werden, wenn sie nicht sogar schon da sind?«, fragte Kohlschuetter verwundert.

»Das ist meine Sache«, entgegnete Scherwolf verstockt.

»Ist es eben nicht«, blaffte Bernsen. »Wo waren Sie am Montag zwischen sechs und halb sieben in der Früh?«

Scherwolf verschränkte die Arme vor der Brust. »Hier. Wir öffnen um sechs. Ich bin eine halbe Stunde vorher da, zum Einräumen der Waren. Einen Teil backen wir auch direkt frisch auf. Dafür muss man schon etwas Vorlauf haben.«

»Zeugen?«

Scherwolf deutete auf die Verkäuferin. »Meine Kollegin. Ach, und mein Chef war auch noch kurz da.«

Bernsen erhob sich unter lautem Quietschen der Stuhlbeine und ging zu der Frau hinüber. Kurz darauf kam er zurück und nickte Kohlschuetter vielsagend zu.

Der zückte sein rotes Notizbuch und schob es Scherwolf

gemeinsam mit einem Stift über den Tisch. »Eine Unterschriftenprobe von Ihrer Mutter hätte ich gern.«

***

»Selbst wenn er die Dokumente gefälscht hat, ist das noch kein Beweis dafür, dass seine Mutter wirklich nichts davon wusste«, stellte Bernsen fest, als sie wieder im Auto saßen und auf dem Weg zu Andrea Scherwolf waren. »Möglicherweise fühlt er sich als Familienoberhaupt für seine schwache Mutter verantwortlich, sehr wahrscheinlich sogar. Ein Alibi hat die gute Frau jedenfalls nicht. Und das kann er ihr auch nicht geben.«

»Da haben Sie wohl recht«, pflichtete Kohlschuetter ihm bei.

»Wie fanden Sie seine Reaktion auf die Nachricht, dass sein Vater mit einer alten Freundin der Familie zusammen war?«

»Glaubhaft. Woher hätte er auch wissen sollen, wer sie war? Wenn die Tänzers sich gegenüber seiner Mutter in Schweigen gehüllt haben, werden sie es den Kindern ebenso wenig auf die Nase gebunden haben. Überdies hatte ich nicht den Eindruck, dass er gegen Bettina Fanke irgendeinen Groll hegt. Dahin gehend schien mir der Junge ganz vernünftig. Dass er von seinem Vater generell enttäuscht ist, kann ich nachvollziehen, aber Hass sieht anders aus.«

»Mhm. Dann sind wir mal gespannt, was Mutter und Tochter zu berichten haben.«

Bernsens Mobiltelefon klingelte. »Ich bin zu einem Einsatz unterwegs und in Zeitdruck«, sagte er unter Verzicht auf jegliche Grußformel und mit auffallend resolutem Tonfall. Dann schwieg er, jedoch nur kurz. »Aber mein Liebes, meine kleine Rotfeder, wer wird denn da gleich weinen?« Seine Stimme hatte sich komplett gewandelt und klang nun fast schon verständnisvoll-zärtlich. »Das kann doch jedem mal passieren. Wir alle sind nicht vor derart betrügerischen Menschen gefeit. Ich bitte dich. Lass dir davon nicht die schöne Kur verderben.« Er bemerkte, dass Kohlschuetter ihn aus dem Augenwinkel beobachtete, und drehte sich ein Stück zur Seite. »Nein, ich bin dir natürlich nicht böse. Aber wieso denn? Bernd?« Er stockte. Sie fuhren gerade die Bahnhofstraße entlang, und auf der Grünanlage zu ihrer Rechten sah man Schitz, der auf den vor der Polizeiinspektion an einem Fahrradständer angebundenen Bernd zueilte, um ihn mit einem Brötchen oder etwas Ähnlichem zu füttern. »Dem geht es hervorragend. Ich habe ihn nach Erfurt kommen lassen. Ein vertrauter Mensch ist einfach besser für so ein Tier. Außerdem ist so ein agiler Hund wie unser Bernd für eine betagte ältere Dame wie deine Mutter ja nur eine Belastung. Habe ich gern gemacht. Ich bin wieder fit, selbstverständlich.« Pause. »Du weinst jetzt bitte nicht mehr, versprochen? Tschüssing. Küsschen.«

Das Handy flog mit Wucht ins Handschuhfach. Bernsen schlug sich mit den Handflächen auf die Oberschenkel und grinste über das ganze Gesicht, während Kohlschuetter mit betont desinteressierter Mimik vor dem Haus von Andrea Scherwolf ausstieg und auf den Eingang zumarschierte. Als er zurückkam, legte Bernsen los, noch ehe er ihm berichten konnte, dass Andrea Scherwolf wieder nicht zu Hause gewesen war.

»Sachsen-Sandro hat sich die Wolle für sein Handarbeitsgedöns von der Klinik und auch noch mal von den Kursteilnehmern bezahlen lassen. Angeblich geht das schon etliche Monate so. Irgendeine der Schabracken hat das mitbekommen und sich beschwert, kurzum, Sandro ist rausgeflogen. Das mit den Pommes hat sich erledigt.« Ein kehliges Lachen folgte. »Sylt darf weiterhin ohne mich auskommen. Dafür muss ich Susis Verlobungsparty am Freitag nicht sausen lassen. Lecker Torten und Freibier.«

»Na, da sind wir aber froh«, entgegnete Kohlschuetter trocken. »Hoffentlich ist Frau Scherwolf nicht schon längst über alle Berge. Mich beschleicht langsam ein ziemlich ungutes Gefühl.«

»Die hat knapp dreißig Jahre lang kaum die Stadt verlassen, wo sollte sie denn jetzt hin?« Bernsen winkte ab. »Erst recht ohne Auto. So wie die drauf ist, verläuft die sich schon am Erfurter Bahnhof.«

»Trauen Sie ihr einen Mord zu?«, fragte Kohlschuetter unschlüssig.

»Ich traue Frauen alles zu, mein Lieber. Bei denen können Sie nie sicher sein.« Wieder klingelte sein Telefon. Er öffnete das Handschuhfach, griff danach, räusperte sich und hob ab. »Frau Muschke«, sagte er streng. »Nein, Claudia, ich halte es für ein Gebot unter Freunden, dass man sich in Notlagen hilft. Bernd *ist* eine Notlage. Aber egal. Ich ziehe daraus meine Konsequenzen. Wir brauchen darüber nicht diskutieren, hast du noch etwas Dienstliches?« Er hörte mit versteinertem Gesicht zu. »Nico Scherwolf hat auf den Namen seiner Mutter ein Konto eröffnet. Eine Vollmacht, okay. Das Konto ist leer. Na ja, es hat ja auch niemand erwartet, dass das Erbe schon da ist. Der Amtsschimmel wiehert langsam.« Bernsen grunzte. »Immerhin wollte der Knabe sie nicht hintergehen, zumindest sieht es in diesem Fall nicht danach aus. Wenn du sonst nichts weiter hast, wir haben es eilig.«

Claudis Schluchzen war unüberhörbar. Bernsen überging das und legte auf.

***

Die Weißenburg war eine kleine Siedlung nordwestlich von Sömmerda. Von der einstigen Burg, der Namensgeberin des Ortsteiles, die wohl auf die frühgeschichtliche Zeit datiert werden kann, war nichts mehr zu sehen. Nur ein paar geschichtsinteressierte Ortskundige konnten anhand von Luftbildaufnahmen die einstigen den Hauptwällen vorgelagerten Gräben ausmachen. Das später hier erbaute hundertsechzig Hektar große Gut mit seinem stattlichen Wohnhaus, das der Gutsbesitzer Otto Zahnert irgendwann in den 1920er Jahren beim Glücksspiel einem Dreyse-Nachfahren abgenommen hatte, war 1945 nach der Enteignung durch die Sowjets aus Hass auf Großgrundbesitzer im Allgemeinen und insbesondere auf den angeblichen Nazi Zahnert sowie aus Mangel an Baustoffen dem Erdboden gleichgemacht worden. Eine Handvoll Neubauernhäuser, die in ebendieser Zeit auf der Anhöhe entstanden waren, hatten überdauert und bildeten heute zusammen mit dem Tierzentrum und einer Baumschule die einzigen Gebäude zwischen weiträumigen Feldern und Wiesen. Von hier oben, das war Kohlschuetter sofort aufgefallen, hatte man eine traumhafte Aussicht über das Thüringer Becken und die Stadt Sömmerda, und wenn man Kühe, Schweine, Ziegen, Pferde, Lamas und allerhand Kleingetier mochte, auch das perfekte ländliche Idyll.

Seit ein paar Minuten saß er auf der Terrasse von Tina Scherwolf und Maik Abraham und lauschte den heimatkundlichen Ausführungen des jungen Mannes, während seine Freundin, wegen der sie eigentlich hergekommen waren, nur schweigsam danebenhockte. Bernsen stiefelte irgendwo durch den weitläufigen Garten und telefonierte aufgeregt mit seiner Schwiegermutter, wovon glücklicherweise nur ab und zu ein paar Wortfetzen zu ihnen herüberdrangen.

»Sehr schön das alles, sehr schön«, hob Kohlschuetter an, der nun endlich, wenn es sein musste, auch ohne Bernsen, zur Sache kommen wollte. Bislang hatte er dem Paar lediglich den Grund ihres Kommens erörtert. Zwar hatten sich die beiden bezüglich des Mordes mitfühlend geäußert, auf seine Bitte, sie dazu befragen zu dürfen, aber auffallend irritiert reagiert. »Kennen Sie eine Bettina Fanke?«, fragte er ohne weitere Umschweife.

»Nein«, antwortete Maik Abraham schnell und entschieden. »Das ist die tote Frau an der Unstrut, von der Sie vorhin gesprochen haben, nicht wahr?« Er machte ein ratloses Gesicht. Klar ersichtlich leuchtete es ihm, nachdem er nach einer Unbekannten gefragt wurde, noch weniger ein, warum er die Polizei auf dem Grundstück hatte.

»Und Sie, Frau Scherwolf?« Kohlschuetter schaute Tina Scherwolf mit festem Blick direkt in die Augen.

Sie hielt dem vermeintlichen Test stand. »Ja, sie war eine Freundin meiner Eltern. Aber das ist viele Jahre her, und ich erinnere mich nicht mehr an sie.« Sie sprach mit ruhiger, angenehmer Stimme

Ebenso gelassen beantwortete sie alle weiteren Fragen.

Sie kannte Bettina Fanke nur von den Fotoalben ihrer Eltern und war ihr, seit sie ein Kind war, nie wieder begegnet. Als Kohlschuetter das Gespräch auf ihren Vater lenkte, reagierte sie ähnlich wic ihr Bruder, vielleicht ein wenig emotionaler, aber das führte Kohlschuetter auf die weibliche Psyche zurück. Für Tina Scherwolf wog offenkundig nicht allein die eigene Betroffenheit schwer, wobei sie einräumte, dass ihr Vater in ihrem Gedächtnis so gut wie gar nicht präsent war, sondern sie hatte darüber hinaus eine Aversion gegen Männer, die Frau und Kinder im Stich ließen. Ein Mann hatte zu seiner Verantwortung zu stehen. Diese Haltung vertrat sie mit einer so erstaunlichen Vehemenz, dass Kohlschuetter ihrem Freund dessen wachsendes Unbehagen förmlich ansehen konnte.

Generell war Tina Scherwolf von einer bemerkenswerten Selbstsicherheit, ein Eindruck, der sich im Laufe des Gespräches immer mehr verfestigte. Sie schien, nach dem zu urteilen, was Kohlschuetter über den Mann wusste, nach ihrem Vater zu kommen, und ihm schien, dass es wohl eher die Jüngste in der Familie war, die bei den Scherwolfs die Hosen anhatte, und nicht, wie zuvor geglaubt, ihr Bruder Nico.

»Ihr Vater und Bettina Fanke waren ein Paar«, sagte Kohlschuetter in der Überzeugung, damit bei der resoluten Tina Scherwolf auf irgendeine interpretierbare Reaktion zu stoßen. Aber sie ließ sich nicht locken.

»Es ist mir egal, mit wem mein Vater zusammen war. Entscheidend ist für mich, dass er nicht bei meiner Mutter geblieben ist«, entgegnete sie hart. Sie biss sich auf die Unterlippe. »Er ist nicht unfreiwillig aus unseren Leben verschwunden, sondern bewusst weggegangen und niemals wiedergekommen. Alles andere spielt keine Rolle.«

»Und das Erbe? Sie glaubten über Jahrzehnte, dass Ihrem Vater nichts an Ihnen liegt, doch jetzt ...« Kohlschuetter wurde jäh von ihr unterbrochen.

»Hören Sie auf. Er wollte sein schlechtes Gewissen beruhigen. Das tun Männer meistens mit Geld.« Sie schaute betont gleichgültig. »Die Kohle ist wertlos, das macht ihn nicht zu einem besseren Menschen. Außer für meine Mutter vielleicht, aber die hielt ihn schon immer für einen Heiligen.«

»Tina, du solltest nicht so schlecht von ihm denken«, warf Maik Abraham ein. »Mit dem Geld können wir unsere Schulden leichter bezahlen. Dein Vater war zumindest dahin gehend um euch besorgt.« Er wandte sich Kohlschuetter zu. »Wir versuchen, uns einen kleinen Ökohof aufzubauen. Das ist nicht billig, und vor allem bringt es anfangs nicht viel ein«, erklärte er.

»Haben Sie mit Ihrer Mutter über das Erbe gesprochen?«, wollte Kohlschuetter mit unbedarfter Miene wissen.

»Das tue ich mir mit Sicherheit nicht an. Ich, die Götterbotin? Niemals. Bei meiner Mutter weiß man nie, wann die Schüssel einen Sprung kriegt, und ich möchte beim besten Willen nicht schuld daran sein.« Um ihren Mund legte sich ein kurzes Grinsen, das von einer gewissen Gewieftheit zeugte. »Nico ist da viel diplomatischer und hat alles geregelt. Wir werden unserer Mutter das Erbe als größere Geschenke verkaufen, eine Auslandsreise, damit sie mal vor die Stadtmauern kommt. Eine neue Waschmaschine, hin und wieder etwas Bargeld, das wird ihr nicht auffallen. Das schnallt sie nicht.«

»Bei hunderttausend Euro? Wenn Sie meinen.« Kohlschuetter war erstaunt über die knallharten Worte der Tochter.

»Wenn man zeit seines Lebens aus dem behüteten DDR-Dasein nicht herausgekommen ist und heute noch hofft, dass irgendwo jemand sitzt, der einen an die Hand nimmt und sagt, wo es langgeht, dann läuft das so. Ich habe sehr früh erwachsen werden und Verantwortung übernehmen müssen. Das war nicht immer leicht für mich«, antwortete sie. »Es ist eine Frage des eigenen Anspruchs und natürlich des Charakters.«

»Dann haben Sie seit dem Verschwinden Ihres Vaters bei Ihrer Mutter das Sagen«, stellte Kohlschuetter fest.

»Und die Arge, aber das hat sich dank meines großzügigen Erzeugers ja nun erledigt.«

»Es ist allerdings so, dass Ihre Mutter inzwischen von der Testamentseröffnung und damit selbstverständlich auch vom tatsächlichen Ableben Ihres Vaters weiß«, wandte Kohlschuetter ein.

Tina Scherwolf wurde blass. »Wer hat ihr davon erzählt?«, fauchte Sie böse.

»Es war eine unvermeidbare Entwicklung im Rahmen unserer Ermittlungsarbeit«, entgegnete Kohlschuetter kühl. Dass Andrea Scherwolf zu den Hauptverdächtigen gehörte, verkniff er sich zu sagen und wählte stattdessen bedächtigere Worte. »Ihre Mutter hätte aus unserer Sicht zweifelsohne ein passendes Motiv. Wir mussten Sie diesbezüglich befragen.«

Maik Abraham rutschte unruhig auf seinem Stuhl hin und her.

»Meine Mutter eine Mörderin?« Tina Scherwolf schaute ihn mit verkniffenem Mund an. »Das ist ein Witz, oder? Eine Frau, die das ganze Leben still und leise auf die Rückkehr ihrer großen Liebe wartet, aber nicht so viel Drive hat, nach dem Mann zu suchen, eine solche Frau soll jemanden umgebracht haben?«

Kohlschuetter erwiderte darauf nichts. Stattdessen stellte er die unvermeidliche Frage nach ihrem Alibi.

»Um diese Zeit bin ich jeden Morgen bei den Schafen. Bevor mein Freund und ich frühstücken, schaue ich immer nach den Tieren«, entgegnete sie gefasst. »Vor neun verlasse ich den Hof nie. Außerdem waren wir an diesem Tag spät dran, zu lange auf dem Thüringentag gefeiert, Sie wissen schon.«

Ihr Freund bestätigte das, den Blick fest auf Tina Scherwolf gerichtet.

»Pfoten weg, ihr Deppen! Fasst mich nicht an. Wo gibt es denn so etwas! Biene, schaff die Arschlöcher weg! Ich kriege das selber hin. Die wollen mich anfummeln. Schwuchteln!«

Die Schreie schallten deutlich zu ihnen herüber und wurden nicht einmal von dem zeitgleich aufkommenden dröhnenden Gebell Dutzender Hunde übertönt, in das auch der im Haus eingesperrte Hund von Tina Scherwolf und Maik Abraham einstimmte.

Bernsen eilte herbei. »Was ist denn hier los?«, fragte er gereizt.

Maik Abraham stand auf, reckte seinen Hals und grinste. »Der Krankentransport bringt unseren Nachbarn nach Hause. Ach, er sitzt im Rollstuhl. Du liebe Güte. Das scheint ihn richtig anzukotzen. Dabei kann er froh sein, dass er das Schlangengift überlebt hat. Aber der Typ hat sieben Leben, genau wie eine Katze.«

Kohlschuetter erhob sich bei diesen Worten ebenfalls und schaute hinüber zum Tierhof, wo zwei sichtlich verzweifelte Krankenpfleger damit beschäftigt waren, Struppi 33 samt Rollstuhl aus dem Auto zu hieven. Da er wild mit den Armen fuchtelte und sogar damit drohte, den Männern eine zu verpassen, bekam der Rollstuhl gefährliche Schlagseite, woraufhin er noch wütender wurde.

»Na, der wird sich schon wieder beruhigen«, meinte Bernsen lapidar und bedeutete Kohlschuetter, dass er nun gehen wollte. Kohlschuetter folgte ihm, ohne weiter auf Struppi 33 zu achten, und ärgerte sich über diese fruchtlose Befragung.

»Alibi?«, raunte ihm Bernsen auf dem Weg durch den Vorgarten zu.

»Sieht ganz danach aus«, entgegnete Kohlschuetter enttäuscht. »Allerdings nur von ihrem Freund.«

»Mhm. Dennoch, wir sollten die drei Scherwolfs noch einmal genau unter die Lupe nehmen«, beschied ihn Bernsen salomonisch. »So unschuldig, wie die sich geben, sind die nicht.«

Kohlschuetter schaute seinen Kollegen fragend an. »Irgendwelche konkreten Anhaltspunkte?«

»Eher eine verheißungsvolle Ahnung.«

***

Andrea Scherwolf öffnete die Wohnungstür und machte einen derart derangierten Eindruck, dass Bernsen am liebsten sofort wieder umgekehrt wäre. Verzweifelt wirkende Weiber mit dicken, verheulten Augen konnte er nicht verknusen. Außerdem verlor er so langsam die Geduld angesichts dieser verworrenen, ineinander verstrickten und trotzdem im Kern nur auf Egoismus beruhenden Lebensgeschichten, deren Tragweite er nach wie vor nicht wirklich überblickte.

Die Frage, ob alle Ossis gebrannte Wendekinder waren, hatte er sich Kohlschuetter gegenüber lieber verkniffen. Der Kollege würde diese nach seinem Empfinden berechtigte Überlegung nur wieder in den falschen Hals bekommen. Dieses mimosenhafte Getue konnte er zurzeit am wenigsten gebrauchen. Die Leute im Osten waren anders drauf, das stand für ihn fest. Die veränderten politischen Verhältnisse hatten den Ossis, die vorher zu unmündigen sozialistischen Schafen erzogen worden waren, Mut abverlangt, und die meisten hatten ihn zweifelsohne bewiesen. Ob aus tiefster innerer demokratischer Überzeugung oder weil sie einfach clever genug gewesen waren, sich anzupassen, konnte Bernsen nicht beurteilen.

Was ihn bei dieser Mordermittlung jedoch zunehmend beschäftigte, war die Frage, ob Bettina Fanke ein verspätetes Wiedervereinigungsopfer war. Y war nicht mehr im Spiel, dadurch waren sie die Waffenindustrie glücklicherweise los. Und die alten Kollegen in Bremen. Schlimm genug, dass Kohlschuetter zu diesen Döspaddeln ein augenscheinlich gutes Verhältnis pflegte. Wenn das so weiterginge, würden die Kerle irgendwann Blödsinn erzählen, der seine Autorität in Thüringen zweifelsohne in Frage stellen könnte. Aber diese Gefahr sollte nun, da der Fall eine neue Wendung genommen hatte, endlich vorbei sein.

Bettina Fanke war für Bernsen ein Opfer ihrer Lebensumstände geworden. Fast dreißig Jahre nach ihrem Weggang hatte sie mit ihrem Leben dafür bezahlt, dass sie sich den Mann einer anderen geschnappt hatte, zumindest wurde dieser Gedanke für Bernsen immer wahrscheinlicher. Und das musste etwas mit dem Tod ihres Lebensgefährten zu tun haben. Denn erst dadurch war das Geheimnis von Frank Scherwolf aufgeflogen.

Bettina Fanke hatte von der Familie, die ihr Mann in Sömmerda zurückgelassen hatte, gewusst. Deswegen, und auch das konnte Bernsen irgendwie nachvollziehen, war sie all die Jahre nicht in ihre Heimat zurückgekehrt. Ob sie dabei dem Wunsch ihres Mannes oder ihrem eigenen schlechten Gewissen gefolgt war, ließ sich heute nicht mehr klären. Auch war es müßig, darüber zu spekulieren, ob allein die neu gewonnene Freiheit Frank Scherwolf dazu veranlasst hatte, seine Familie für seine Freundin zu verlassen. In den Wirren eines frisch wiedervereinigten Deutschlands unterzutauchen war jedoch zweifelsohne leichter gewesen, als dies auf dem Gebiet der hermetisch abgeriegelten DDR zu tun. Frank Scherwolf hatte neu angefangen und dabei nicht den Mut besessen, dies seiner Familie mitzuteilen. Für ihn mochte das der richtige Weg gewesen sein. Die Scherwolfs hatten jedes Recht dazu, enttäuscht zu sein. Aber hatte die Enttäuschung sie, ob einzeln oder gemeinsam, auch zu einem Mord getrieben?

Andrea Scherwolf schniefte. »Ach, die Polizei, Sie waren doch von der Polizei, oder?«

Kohlschuetter bestätigte das. »Wir müssen noch einmal mit Ihnen reden, Frau Scherwolf. Es ist wichtig.«

Sie trat verdutzt von einem Bein auf das andere, wischte sich die Tränen von den glühenden Wangen und bat die Kommissare schwerfällig herein. Während sie sie auf den Balkon führte, knickten ihre Kniegelenke hin und wieder zur Seite, so als hätte sie keine richtige Kontrolle über ihre Beine. Bernsen ging dicht hinter ihr und bereitete sich innerlich darauf vor, sie gegebenenfalls auffangen zu müssen. Sie sagte irgendetwas Entschuldigendes, was Bernsen nicht richtig verstehen konnte. Er hatte aber auch kein Interesse daran, weshalb er sich eine Nachfrage schenkte.

»Yvonne besucht mich gerade«, sagte Andrea Scherwolf, als sie auf den Balkon hinaustraten. Dann ließ sie sich auf einen der Klappstühle fallen und griff nach einem halb vollen Weinglas, das vor ihr auf dem Tisch stand. »Gut, dass ich in der Kaufhalle war, ich hätte dir sonst gar nichts anbieten können«, wisperte sie ihrer Freundin zu, wobei ihr die Glückseligkeit über deren Besuch anzusehen war.

Yvonne Tänzer nickte Bernsen und Kohlschuetter verhalten zu, nahm ebenfalls ihr Glas und nippte daran, ohne die beiden aus den Augen zu lassen.

»Es geht Ihnen also wieder besser«, sagte Kohlschuetter, dem man seine Überraschung über den unerwarteten Gast ansehen konnte.

Andrea Scherwolf winkte ab. »Ich bin nicht böse mit Frank. Er wird seine Gründe gehabt haben. Die Hauptsache ist, dass es ihm da drüben im Westen gut ergangen ist.«

»Mir geht es gut«, antwortete Yvonne Tänzer. »Andrea und ich«, sie räusperte sich verlegen, »wir haben uns ausgesprochen. Nach all den Jahren.«

»Das mit Bettina tut mir leid. Ich mochte sie sehr gern. Dass Frank und sie sich in Bremen wiedergetroffen haben, ist aber auch ein Zufall. Doch so ist es manchmal, meine Nachbarin aus dem Erdgeschoss sehe ich das ganze Jahr nicht, und dann bin ich mit Tina in Großmonra in der Mosterei, und da steht sie, um Saft einzukaufen.« Andrea Scherwolf lachte verzückt auf.

Yvonne Tänzer richtete ihren Blick auf Bernsen und nickte kaum merklich, was dieser unschwer als Eingeständnis deuten konnte, dass sie es gewesen war, die ihrer Freundin von Bettina Fanke und Frank Scherwolf erzählt hatte. Ob sie dabei wieder auf wesentliche Teile verzichtet hatte oder Andrea Scherwolf eine Meisterin im Verdrängen war, konnte er hingegen nicht beurteilen.

»Andrea«, hob Yvonne mit sanfter, aber zugleich entschiedener Stimme an. »Bettina und Frank hatten bereits lange vorher ein Verhältnis, hier in Sömmerda. Bettina hatte einen Sohn von ihm. Max. Das halbe Werk wusste davon.« Sie kämpfte mit den Tränen.

Andrea Scherwolf schüttelte sich unwirsch, sprang auf und richtete linkisch ihr T-Shirt. »Ich muss jetzt hoch auf die Weißenburg. Die roten Johannisbeeren sind reif. Ich sollte Tina und Maik schon am Montag helfen, aber da haben die mich einfach nicht abgeholt.« Ihre Stimme klang gereizt. »Immer kommt den beiden etwas dazwischen, dabei werden die Beeren bei der Hitze nicht besser an den Sträuchern.« Sie schien jetzt nur noch mit sich selbst zu sprechen. »Wenn Tina wenigstens auch beim Fest gewesen wäre, aber an so etwas hat sie ja kein Interesse. Hauptsache, ich habe mich nach der kurzen Nacht aus dem Bett gequält und umsonst gewartet.« Aufgeregt schob sie die beiden Gläser hin und her, schenkte sich mit etwas zu viel Schwung nach, versuchte, die auf der Tischdecke gelandeten Tropfen mit dem Zeigefinger aufzunehmen, verwischte schließlich den Rest und schaute ihre Freundin verzweifelt an.

»Wann waren Sie am Montag mit Ihrer Tochter verabredet?«, fragte Bernsen mit ernstem Gesicht.

Sie sah ihn an, schien aber seine Worte nicht verstanden zu haben.

»Andrea, beruhige dich«, warf Yvonne Tänzer ein. »Alles ist gut.«

Andrea Scherwolf versuchte sichtlich angestrengt, sich zu konzentrieren. »Halb sieben. Die Gartenarbeit geht in der morgendlichen Kühle am leichtesten von der Hand.« Sie seufzte. »Um halb acht war noch immer keiner da, und als ich anrief, wusste Maik nicht, wo Tina war. Ich hatte solche Angst, dass ihr etwas passiert sein könnte.«

***

»Ich weiß es nicht.« Tina Scherwolf stand im Vorgarten ihres Hauses auf der Weißenburg und schnitt behutsam und nach sorgsamer Auswahl einen Blütenstiel nach dem anderen ab, um ihn zu dem bereits beträchtlich angewachsenen Strauß in ihrem linken Arm zu legen. Sie sprach laut und deutlich und wirkte in keiner Weise aufgeregt oder unsicher. »Es bedeutet mir nichts. Ein Mann ist gestorben, ein fremder Mann. Vielleicht war er nicht einmal mein Vater.« Die Worte kamen messerscharf aus ihrem Mund und wurden durch das tiefe Bellen ihres Hundes, das aus dem Haus zu ihnen herüberdrang, begleitet.

»Frau Scherwolf, lassen Sie uns bitte miteinander reden«, sagte Kohlschuetter beschwichtigend.

»Mich interessiert das alles nicht. Es gibt in dieser Angelegenheit nichts zu reden. Es ist Vergangenheit, die schon seit dreißig Jahren nicht mehr zu meinem Leben gehört. Das gilt auch für Tante Bettina und ihre Westschokolade aus dem Intershop.«

»Frau Scherwolf, bitte.« Kohlschuetter startete einen neuen Versuch, die Frau zu einem normalen Gespräch und im besten Fall zu einem Geständnis zu bewegen. Für Bernsen und ihn stand zweifelsfrei fest, dass Tina Scherwolf die Mörderin von Bettina Fanke war. Das Motiv, das Kohlschuetter vor einer Stunde noch mühelos allen drei Scherwolfs unterstellt hätte, sprang einen bei ihr förmlich an. Sie hatte, und das für Kohlschuetter wenig überraschend, auf die von Bernsen formulierte konkrete Anschuldigung jedoch nicht reagiert. Nicht wegen der ausbleibenden aggressiven Schreie, eines unbeherrschten Durchdrehens oder der schwachen Ausreden, die Bernsen und Kohlschuetter zuweilen geboten bekamen, hatte diese Reaktion Kohlschuetters Eindruck nur noch verfestigt. Es war Tinas Kälte, ihre Gleichgültigkeit, die aus allem sprach, was sie tat oder sagte, und die nicht einmal Risse bekam, als Kohlschuetter sie mit dem geplatzten Alibi konfrontierte.

Tina Scherwolf, so hatte es ihre Mutter berichtet, war zur Tatzeit nicht zu Hause gewesen, und es würde nicht viel Mühe kosten, ihrem Freund Maik Abraham die Wahrheit zu entlocken, sobald sie ihn ausfindig gemacht hatten. Vor Kohlschuetter stand eine sich um ihr Leben betrogen gefühlte Tochter. Ihr Frust, das überbordende Verantwortungsgefühl für die labile Mutter, der angestaute Hass und schließlich die schreckliche Wahrheit hatten sie, das konnte er in ihren Augen deutlich lesen, zur Mörderin werden lassen.

»Es gibt nichts mehr zu reden«, beharrte Tina Scherwolf und widmete sich wieder ihren Blumen.

Kohlschuetter, der sah, wie Bernsen sich entfernte, um kurz darauf hinter dem Haus zu verschwinden, gab nicht auf. »Sie haben Bettina Fanke hier in Sömmerda getroffen. Daran habe ich keine Zweifel.«

Sie schien ihn nicht zu hören.

»Ich würde sogar so weit gehen, dass Sie beide miteinander verabredet waren. Sie wollten die Frau sehen, die Ihrem Vater wichtiger war als seine eigenen Kinder.«

Tina Scherwolf verharrte einen Moment in ihrer Bewegung, ging dann zu einer dicken Lupine hinüber und streichelte sanft über deren Blüte.

»Haben Sie Bettina Fanke zum Thüringentag eingel...« Kohlschuetter brach ab, als Bernsen mit schnellen Schritten und einem dicken Grasbüschel in der Hand um die Hausecke kam.

»Genug geschwafelt«, rief er und warf der Scherwolf das Grünzeug vor die Füße. »Das ist Waid, und dahinten gibt es noch viel mehr davon. Das hätte ich jetzt gern einmal erklärt.«

Tina Scherwolf schaute erst auf den Waid zu ihren Füßen und dann auf Bernsen. »Wir haben Schafe, deren Wolle ich färbe und weiterverarbeite. Aus tiefster Überzeugung greife ich dafür auf natürliche Farbstoffe zurück, die ich zum Teil selbst herstelle.« Sie sah an Bernsen vorbei und entdeckte ein Löwenmäulchen, das sie schnitt und vorsichtig dem Gebinde hinzufügte.

Die ist auf ihre Weise so durchgeknallt wie ihre Mutter, dachte Kohlschuetter und fragte sich, ob und wann Tina Scherwolf endlich die Nerven verlieren würde.

Bernsen jedenfalls stand kurz davor. »Nun gut«, schrie er. »Dann finden wir bei dem Kram in Ihrer Scheune mit Sicherheit auch die Mordwaffe.« Er drehte ab, aber man konnte ihn noch deutlich schimpfen hören. »Eine verkorkste Kindheit rechtfertigt nicht alles. Nur weil sich der Vater aus dem Staub gemacht hat, führt die sich auf wie der leibhaftige Racheengel. Dem werde ich jetzt einmal ein Ende bereiten.«

Tina Scherwolf legte die Blumen auf den Boden und ging zum Haus. Ohne ein Wort öffnete sie die Tür, woraufhin ein dicker Rottweiler an ihr vorbei nach draußen schoss, auf Bernsen zusprintete und sich mit gefletschten Zähnen und unter lautem Knurren drohend vor ihm aufbaute.

Bernsen blieb wie angewurzelt stehen, Kohlschuetter sah, wie er weiß um die Nase wurde. Die Dienstwaffe, dachte er, im Wissen, dass Bernsen das Teil niemals aus seiner Schreibtischschublade nahm und er seine Waffe in grenzenloser geistiger Umnachtung im Wagen liegen gelassen hatte. Er verfluchte seine Unprofessionalität, während der Hund immer aggressiver knurrte und Tina Scherwolf das Ganze mit sichtlicher Genugtuung beobachtete.

»Holen Sie den Hund von meinem Kollegen weg, Frau Scherwolf«, forderte er sie harsch auf. »Sie machen es nur noch schlimmer.« Er machte einen Schritt auf Bernsen zu. Der Hund bemerkte das und wurde noch wilder.

Bernsen murmelte mit unbewegtem Gesicht, um den Hund nicht zu reizen: »Bleiben Sie stehen.«

»Bandit wird mit Ihnen beiden fertig«, informierte Tina Scherwolf sie teilnahmslos.

Kohlschuetter hielt inne und sah sich nach einem Stock oder etwas Ähnlichem um. Aber es befand sich nichts dergleichen in seiner Nähe. Während er noch fieberhaft überlegte, hörte er einen Wagen näher kommen. Kurz darauf klappte erst eine, dann eine zweite Autotür. Eine Stimme war zu hören, das Gesagte aber blieb durch das laute Knurren des Hundes unverständlich. Die Stimme kam näher. Kohlschuetter hielt die Luft an. Lass es Maik Abraham sein, dachte er flehentlich. Bitte lass es Maik Abraham sein.

Die Geräusche entfernten sich. Nur der angriffslustige Rottweiler klang noch in seinen Ohren. Er atmete tief durch. »Frau Scherwolf, bitte«, sagte er.

Sie lächelte. Der Hund wurde nicht müde, und Bernsen sah aus, als würde er jeden Moment in Ohnmacht fallen.

Da ertönte ein schriller Pfiff. Es folgte ein unanständiges Schimpfwort. »Aus und Fuß«, schrie eine männliche Stimme kraftvoll. Der Hund stockte, drehte umgehend ab und rannte mit eingezogenem Schwanz davon.

Kohlschuetter spürte, wie sich sein Körper abrupt entkrampfte, wobei ihm das Herz immer noch bis zum Hals schlug. Er schaute auf Bernsen, der regungslos verharrte, und dann auf Tina Scherwolf. Sie blickte mit ärgerlich zusammengekniffenen Augen an ihm vorbei in die Richtung, aus der der rettende Ruf gekommen war. Kohlschuetter drehte sich um. Hinter dem Gartenzaun saß Struppi 33 im Rollstuhl, und sein Gesicht verriet, dass ihm die Situation deutlich missfiel. Neben ihm stand, sichtlich entgeistert, Polizeimeister i. A. Benjamin Matthias Schitz, den verängstigten Bernd fest an seine Brust gedrückt.

NEUN

Sie hatte nichts gesagt. Kein Wort zu den Vorwürfen. Nichts. Tina Scherwolf hatte geschwiegen. Dabei sprachen die Indizien eindeutig gegen sie. Das Motiv, das erfundene Alibi, der Waid. Sogar die Tatwaffe hatten die Kriminaltechniker auf dem kleinen Hof oben auf der Weißenburg gefunden. Der Waidspachtel steckte im Riss eines dicken Balkens neben der Eingangstür zum Schafstall. Die Spuren daran konnten selbst die wenigen verbliebenen Zweifel beseitigen. Etwas mehr Licht ins Dunkel des Tathergangs hatte eine in ihrem Auto liegende zerknüllte Tankquittung vom 19. Mai gebracht, Barzahlung, ausgestellt an einer Rastanlage auf der A 27 kurz vor Bremen. Tina Scherwolf war, zwei Tage nachdem das Nachlassgericht ihr den letzten Wunsch ihres Vaters übermittelt hatte, in die Hansestadt gefahren. Auch dazu hatte sie sich nicht geäußert. Aber die Aufnahmen der Überwachungskameras der Tankstelle waren eindeutig gewesen. Die Puzzlesteine in diesem Mordfall hatten ein Bild ergeben: Tina Scherwolf war die Mörderin von Bettina Fanke.

Bernsen hatte ihr das viele Male unverblümt um die Ohren gehauen. Sie jedoch hatte stundenlang in dem in künstliches Licht getauchten kargen Verhörraum der Polizeiinspektion gesessen und den Eindruck erweckt, dass sie mit alldem nichts zu tun hatte. Keine Diskussion, kein Abstreiten, kein Geständnis. Die Mörderin hatte die ersehnte Genugtuung erfahren. Alles andere war ihr gleich.

Maik Abraham hatte viel geweint. Meistens lautlos in eines der zahllosen Papiertaschentücher, die ihm Kohlschuetter an diesem Nachmittag gegeben hatte. Dazwischen hatte er geredet, unablässig, über das gemeinsame Biohofprojekt, die Schulden, das unverhoffte, erlösende Erbe, das er unter keiner Bedingung jemals gegenüber Tinas Mutter erwähnen durfte. Seine Freundin war ihm, das konnte man aus jedem Satz heraushören, auch nach all den gemeinsam verbrachten Jahren ein Rätsel geblieben.

Er hatte von Tina Scherwolfs Besuch in Bremen, dem heimlichen Ausspionieren der väterlichen Wohnung, der zufälligen Begegnung mit Bettina Fanke gewusst. Er hatte nichts Anstößiges daran finden können. Im Gegenteil. Sie hatte mehr über ihren tot geglaubten Vater erfahren wollen, eine Neugier, die legitim war und die ihr niemand abgesprochen hätte. Näheres von dem Treffen mit dieser Frau hatte sie ihm nicht erzählt, nicht einmal deren Namen genannt. Erst Kohlschuetters Erwähnung des Wohnortes der Toten hatte ihn kurz stutzig werden lassen. Aber Tina danach zu fragen war ihm nicht in den Sinn gekommen. Er vertraute ihr, grenzenlos. Und sie ihm, so sehr, dass sie fest davon ausging, dass er niemals mit der Polizei über die Fahrt nach Bremen oder ihre Abwesenheit am Montagmorgen reden würde. Sie hatte bis zu diesem Nachmittag recht behalten. Dann, angesichts der im Raum stehenden Beihilfe zum Mord, war Maik Abraham in Tränen ausgebrochen. Tina hatte verloren, nicht nur ihren Freund.

Was in den Wochen zwischen der ersten Begegnung mit Bettina Fanke und dem Sömmerdaer Thüringentag in seiner Freundin vorgegangen war, dazu hatte er nichts sagen können. Angeblich war Tina wie immer gewesen. An dem entscheidenden Montag hatte sie frühmorgens ohne ein Wort ihr Fahrrad genommen und die Weißenburg verlassen. Eine Stunde später war sie als Mörderin zurückgekehrt. Maik Abraham hatte keine Ahnung gehabt.

Mehr hatten Bernsen und Kohlschuetter an diesem Tag nicht mehr herausbekommen. Solange die Täterin schwieg, würde das höchstwahrscheinlich auch so bleiben. Der Rest lag bei der KTU und beim Staatsanwalt. Bernsen und Kohlschuetter gingen davon aus, dass die Mörderin und ihr Opfer sich in Sömmerda verabredet hatten. Tina Scherwolf hatte Bettina Fanke möglicherweise überhaupt erst vom Thüringentag erzählt, sie eventuell sogar eingeladen. Irgendwann zwischen ihrem ersten

Treffen und dem Wiedersehen in Sömmerda musste im Kopf der Scherwolf der Entschluss zur Tat gereift sein. Dass jemand so etwas Ungewöhnliches wie einen Waidspachtel bei sich trug, morgens um sechs an die Unstrut radelte und dort eine unerwartete Begegnung mit der Freundin des Vaters hatte, hielten weder Bernsen noch Kohlschuetter für einen Zufall.

Als sie am Freitag früh um drei Uhr die Polizeiinspektion verließen, war der Fall für sie abgeschlossen, nach etwas mehr als zweiundsiebzig Stunden, ihr neuer Rekord.

***

»Danke«, sagte Bernsen rund neunzehn Stunden später, und das kam aus tiefstem Herzen. Denn auch wenn er es sich nicht eingestehen wollte, die Sache mit dem Rottweiler steckte ihm auch jetzt am Abend noch in den Knochen. Er hob seine soeben geöffnete Flasche Bier und prostete Kohlschuetter zu. »Sie haben einen gut bei mir.«

»Da nicht für«, entgegnete Kohlschuetter mit zufriedener Miene, erwiderte den Zuruf und nahm ebenfalls einen Schluck von seinem Gerstensaft. »Wir sollten mal über den ordnungsgemäßen Gebrauch unserer Dienstwaffen nachdenken«, bemerkte er mit einem Augenzwinkern.

Bernsen grinste. »Die Crème de la Crème der Thüringer Polizei tritt den gefährlichsten Verbrechern mit bloßer Muskelkraft gegenüber.« Zwei Schlucke von seinem Getränk folgten. »Die Crème de la Crème und Benjamin Matthias Schitz.« Er lachte weithin hörbar.

»Was ist mit eurem Nachwuchstalent?« Ohne dass Bernsen sie bemerkt hätte, stand auf einmal Susanne Summer neben ihnen. Sie trug ein hellblaues Sommerkleid, dessen Stoff an Pergamentpapier erinnerte und das ziemlich viel von ihrer durchaus ansprechenden Figur verriet, die Bernsen im normalen Tagesgeschäft durch die Overalls, die Susi bei der Arbeit trug, noch nie aufgefallen war. Er sah Kohlschuetters verstohlene Blicke, und in der Gemütsverfassung, in der er heute war, tat ihm der

Kollege fast schon ein bisschen leid. Auf dem Polterabend der Angebeteten zu stehen, und zwar nicht als der angehende Bräutigam, sondern als einer der Gäste, musste für den armen Kerl schon etwas von Selbstkasteiung haben.

Über hundert Leute tummelten sich im Garten von Torten-Larys beeindruckendem Haus in Neudietendorf. Die meisten waren Kollegen von der Polizeiinspektion und dem LKA, aber auch einige Fremde – wie Bernsen fand, ziemlich schräg aussehende Gestalten – waren unter den Poltergästen. Nahezu die gesamte Gartenfläche wurde von bunt leuchtenden Lampions überspannt. Hunderte brennende Teelichter säumten die Wege, illuminierten die knochigen Obstbäume, die Treppe ins Haus und die zahlreichen Blumenkübel. Ein gut und gern zehn Meter langes Büfett, das sich in Thüringer Wurstspezialitäten und quietschbunte Torten, Cupcakes und Muffins aufteilte, bildete den kulinarischen wie optischen Mittelpunkt. Auf der Terrasse dröhnten die Bässe zweier E-Gitarren, und ein tiefschwarz gekleideter Mann brüllte eine Art rauchigen Sprechgesang in ein Mikrofon. Die Laute waren für manche Ohren etwas gewöhnungsbedürftig, sodass der überwiegende Teil der Leute sich genau wie Bernsen und Kohlschuetter in den hinteren Gartenbereich zurückgezogen hatte. Vor ihrer Flucht hatte Bernsen sich, nur für den Fall, dass er die Eröffnung des Büfetts nicht mitbekam, einen Teller mit den leckersten Speisen gesichert und diese kurz vor Susis Erscheinen aufgegessen. Mit dem kalten Bier in der Hand läutete er nun, zufrieden mit sich und der Welt, das wohlverdiente Wochenende ein.

»Was ist nun mit diesem Schitz?«, fragte Susi noch einmal.

Kohlschuetter verkniff sich ein Lachen. »Ach, er darf die nächsten Wochen keine Dienstwaffe mehr tragen. Eine Vorsichtsmaßnahme seines Chefs.«

»Beim Sömmerdaer Thüringentag hat ein Zugbild Feuer gefangen, die Gummireifen des Handwagens waren wohl zu heiß geworden. Schitz hatte Angst, dass eine Massenpanik ausbricht, und schoss in die Luft, woraufhin ein Pferd durchging, auf dem ein kopfloser Reiter saß, angeblich eine Sagengestalt in der Gegend. Der Kopflose stürzte und brach sich das Schlüsselbein.« Nun konnte Bernsen auch nicht mehr an sich halten.

»Du liebe Güte«, sagte Susi und fiel in das Lachen ein. »Na, wenigstens wisst ihr, wie man eine Dienstwaffe einsetzen darf, und könnt es dem jungen Mann erklären. Er scheint ja nach allem, was ich mitbekommen habe, kein schlechter Polizist zu sein, bloß etwas nervig. Wir sehen uns später.« Sie tänzelte fröhlich zum Nachbartisch.

Bernsen warf Kohlschuetter einen allessagenden Blick zu.

»Apropos Schitz, habe ich das richtig mitbekommen, wollte er Bernd im Tierheim auf der Weißenburg parken?«, fragte Kohlschuetter.

»Na, glücklicherweise«, knurrte Bernsen. »Wenn der Junge nicht just in dem Moment, als der Kampfhund mich fressen wollte, hinzugekommen wäre, um diesem Struppi Stengler den Pudel aufs Auge zu drücken, sähe ich jetzt ziemlich gehäckselt aus.«

»Bernd und Schitz haben Ihnen quasi das Leben gerettet«, merkte Kohlschuetter an und prostete Bernsen erneut zu.

»Quasi«, murmelte Bernsen. Seine Lebensrettung hatte ihn schlappe dreihundertfünfzig Euro gekostet, zuzüglich des angefangenen Tages in der Hundepension. Denn für Bernds Anmeldung hatte der Tiernotretter – natürlich ohne Bernsens Wissen – die Eigentümerin und Halterin des Hundes kontaktiert. Eine reine Vorsichtsmaßnahme, denn man wusste ja nie, ob da nicht gerade jemand unberechtigterweise ein Tier bei ihnen abschieben wollte, Polizeibeamter hin oder her. Die Rotfeder hatte angesichts der Information, dass ihr über alles geliebter Berndi-Boy von einem Fremden in einem ostdeutschen Tierheim abgegeben worden war, einen Schreikampf bekommen. Dieser hatte den Tiernotretter am Rande, Bernsen jedoch in voller Wucht erwischt. Das schlechte Gewissen wegen der Eskapaden seiner Frau mit Sandro, dem Sexsachsen, das Bernsen in den nächsten Wochen etwas mehr weibliche Liebenswürdigkeit an der ehelichen Front verschafft hätte, war schlagartig vergessen. Der Pudel war ihr Augenstern und Bernsen so richtig am Arsch. In seiner quälenden Not war Bernsen nichts anderes eingefallen, als seiner Frau Schmuck zu kaufen. Also eigentlich war ihm das nicht selbst aufgegangen, aber die Ansage der Rotfeder, »Versöhnung nur beim Juwelier«, war deutlich genug gewesen.

Das alteingesessene Sömmerdaer Juweliergeschäft Lompe, das er am heutigen Morgen zuallererst angesteuert hatte, hatte zufällig genau das Richtige für seine Rotfeder gehabt. In etwas mehr als zwei Wochen würden zwei dunkelrote, fette böhmische Granatsteine die zauberhaften Ohrläppchen seiner Gattin zieren. Die findige Juwelierin hatte ihm auch so einiges über diesen tollen Stein berichtet, aber Bernsen hatte außer dem horrenden Preis nichts davon mitbekommen. Das nett verpackte Päckchen steckte noch immer in seiner Hosentasche, und hin und wieder fasste er danach, um sicherzugehen, dass es noch da war. Die erste Kurwoche seiner Rotfeder hatte ihn, wenn er das an sie überwiesene Wollgeld, den Schmuck, Bernds Taxifahrt, die Plastikblumen für seine Schwiegermutter und die Pizza für den Notarzt des DRK-Krankenhauses Sömmerda zusammenrechnete, um die tausend Euro gekostet. Bis jetzt. Für das Geld hätte er auch selbst auf Sylt sitzen können.

»Soll ich Ihnen etwas vom Büfett mitbringen?«, fragte Bernsen, der angesichts dieser eklatanten Fehlkalkulation dringend einige Kohlenhydrate für seine strapazierten Nerven zu sich nehmen musste.

»Es ist noch nicht eröffnet.«

»Deswegen … Nur Idioten warten, bis ein Büfett eröffnet ist.«

***

Kohlschuetter, der zwischen den Protokollen, dem Rapport beim Chef und dem mit dieser Verlobungsfeier anstehenden Ungemach ganz vergessen hatte, die Bremer Kollegen über den Ausgang der Ermittlungen zu informieren, nutzte Bernsens Abwesenheit und zückte sein Handy. Der Bremer nahm erstaunlich schnell ab, und Kohlschuetter genoss ausgiebig das Verkünden seines Erfolgs.

»Das ging aber zügig«, bemerkte der Hansestädter anerkennend. »Trotz Bernsen.« Das kehlige Lachen, das Kohlschuetter bereits kannte, wurde wieder laut. »Halloween im Kolpinghaus. Hat er Ihnen jemals von dieser Glanztat erzählt?«

Kohlschuetter verneinte unangenehm berührt und hielt Ausschau nach Bernsen, den er schließlich bei den Torten stehen sah. Unterdessen gab der Kollege die alte Geschichte zum Besten, die ihn heute noch so sehr amüsierte, dass er vor Lachen ab und zu eine Pause einlegen musste.

Mitte der achtziger Jahre hatte es in Bremen einen mächtigen Skandal gegeben. Ein Rüstungsunternehmen, genauer gesagt, die Firma, bei der Bettina Fanke beschäftigt gewesen war, hatte beim Kolpinghaus Teile von Leuchtkörpern durch behinderte Menschen zusammenbauen lassen. Irgendwann war das herausgekommen, und die Eltern und die Sozialverbände waren Sturm gelaufen. Schließlich hatte der Leiter des Kolpinghauses sogar Morddrohungen bekommen und war auf dem Weg zur Arbeit mehrfach von ein paar Friedensaktivisten tätlich angegriffen worden. Während einer Halloweenparty im Kolpinghaus, eines damals neumodischen Festes, das irgendein Betreuer der Einrichtung aus den USA mitgebracht hatte, drohte eine Gruppe militanter Pazifisten, das Haus zu stürmen und den Verantwortlichen gewaltsam herauszuholen. Im Nachhinein hatte sich herausgestellt, dass dies nichts als leere Worte gewesen waren, aber zunächst brauchte es einen Polizeieinsatz, den Bernsen damals leitete. Bei seinem Eintreffen im Kolpinghaus war dem Kollegen Bernsen, der den amerikanischen Brauch nicht kannte, ein junges Mädchen mit einem im Kopf steckenden Messer entgegengekommen, woraufhin er in Windeseile Großalarm schlug.

Ab diesem Teil der Geschichte konnte der Bremer Kollege kaum noch einen Satz sprechen, ohne dabei loszuprusten. Kohlschuetter konnte durchs Telefon förmlich sehen, wie er sich vor Lachen bog. Technisches Hilfswerk, Krankenwagen, ein Großaufgebot der Polizei, das volle Programm hatte Bernsen geordert, ganz im Glauben daran, dass etwas Schreckliches passiert sein musste. Dutzende Polizisten und Hilfskräfte waren angerückt, um schließlich festzustellen, dass es im Haus noch drei weitere Kinder mit blutenden Kopfwunden, einige mehr mit heraushängenden Eingeweiden, aufgemalten bleichen Totenköpfen und diverse andere gruselige Gestalten gab, allesamt mit Plastik, Gummi und Theaterblut auf das Grausigste entstellt und ganz und gar unversehrt.

Kohlschuetter lachte noch, als er das Handy längst wieder in der Hosentasche versenkt hatte. Ein Polizist, dem aus Übereifer, gepaart mit Unsicherheit – anders konnte er sich Bernsens damaliges Verhalten nicht erklären –, ein derartiger Fehler unterlief, konnte einpacken, zumal sich so etwas wie ein Lauffeuer herumsprach. Kohlschuetter, der sich, seit er Bernsen kannte, immer gefragt hatte, wieso ausgerechnet er nach der Wende in den Osten gegangen war, glaubte nun die richtige Antwort gefunden zu haben. Schnellere Aufstiegschancen, Buschzulage, etwas Abstand zur durchaus als dominant zu bezeichnenden Ehefrau – das mochten triftige Gründe gewesen sein, aber die Halloween-Blamage schlug alles. Die Wiedervereinigung hatte Bernsen Jahre der immer wieder aufkeimenden Peinlichkeiten und Frotzeleien erspart. In Erfurt kannte die dreißig Jahre alte Geschichte niemand außer vom heutigen Tag an Kohlschuetter, und das sollte auch so bleiben. Schon allein, damit sie als Ermittlerteam weiterhin ernst genommen wurden, was mit Bernsen schwer genug war. Kohlschuetter beschloss, den Kollegen nicht darauf anzusprechen. Sich an der Schmach anderer Leute zu weiden war nicht sein Ding. Trotzdem hatte er Mühe, sich das Lachen zu verkneifen.

»Was?«, fragte Bernsen neugierig, als er zurück an den Tisch kam. Offenkundig sah er Kohlschuetter an, dass irgendetwas nicht stimmte.

»Nichts. Alles okay. Ich amüsiere mich«, entgegnete Kohlschuetter betont arglos.

»Allein?«

»Warum nicht?«

Im nächsten Augenblick wurde die Band auf der Terrasse von grellen Lichteffekten und Nebelschwaden eingehüllt. Die

Musiker drehten so stark auf, dass Kohlschuetter an sich halten musste, um nicht die Finger in die Ohren zu stecken. Ganz so spießig wollte er nicht wirken. Bernsen hingegen kaute seelenruhig und starrte erwartungsvoll zum Haus.

Der Krach brach ab, und Torten-Lary tauchte, wie von einem Heiligenschein umhüllt, im Lichtkegel auf und ließ sich ein Mikrofon reichen. Kohlschuetter konnte ein lautes Seufzen nicht unterdrücken.

»Wegen mir muss es keine Rede geben. Das Essen reicht«, kommentierte Bernsen die absolut übertriebene Darbietung.

Lary hatte sich gerade in seinen Flipflops zurechtgeruckelt und einmal über seine intensiv gegelten Haare gestrichen, da wurde er bereits wieder unterbrochen. Auf einmal stürmten etwa zwei Dutzend auf den ersten Blick ausschließlich mit einem T-Shirt bekleidete Frauen auf ihn zu. Kohlschuetter musste zwei Mal hinsehen, um festzustellen, dass sie außerdem hautfarbene Slips trugen.

Nach intensiven Schmatzern und Herzlichkeiten, die mit dem angehenden Bräutigam ausgetauscht wurden, offenbarte sich dem umstehenden Publikum das ganze Drama. Auf den T-Shirts der Damen standen kurz und knapp vielsagende Dinge wie »Diana 2014«, »Klara 2012« und »Lou 2015«. Auch eine Tinka, ebenfalls aus 2014, war dabei. Bei all den Mädels handelte es sich unübersehbar um Larys Sammelsurium an Verflossenen, die ihm ein letztes Mal und unübersehbar ganz ohne jegliche Scham die Aufwartung machten, bevor er in den heiligen Bund der Ehe eintrat.

Bernsen beugte sich leicht nach vorn, drehte den Kopf zu Kohlschuetter und sagte trocken: »Wenigstens haben die Damen Höschen an.«

»Darauf käme es auch nicht mehr an«, erwiderte Kohlschuetter, der den Blick suchend über die Köpfe der Gäste schweifen ließ. Nach diesem Fauxpas brauchte Susi gewiss seinen Trost.

Oh. Augenscheinlich brauchte sie diesen nicht. Doch Lary benötigte einen Arzt. Dringend.

Danksagung

Der fünfte Band der Bernsen-und-Kohlschuetter-Fälle sollte eigentlich der letzte werden, zumindest hatte ich mir das nach meinem Debüt so überlegt. Ich dachte damals, mir könnten die Ideen ausgehen oder die beiden Kommissare hätten sich nach fünf gemeinsam aufgeklärten Fällen möglicherweise nichts mehr zu sagen.

Weit gefehlt. Meine Phantasie und deren Redebedarf scheinen grenzenlos zu sein. Außerdem steht Bernsens Pensionierung noch nicht an. Kohlschuetter muss die richtige Frau finden. Polizeimeister Schitz braucht einiges an Erfahrung. Und ich? Ich habe noch viele wahre und unwahre Geschichten aus und über meine Heimat Thüringen zu erzählen.

Abgesehen davon gibt es da noch meine Leserinnen und Leser. Ohne Sie gäbe es meine Bücher nicht. Deswegen widme ich diese Danksagung Ihnen. Sie haben es verdient!

Julia Bruns
ZWEI BIER UND EIN MORD
Broschur, 208 Seiten
ISBN 978-3-95451-500-4

»Julia Bruns hat einen wunderbaren Thüringen-Krimi gebraut. Mit den Hauptkommissaren Friedhelm Bernsen und Timo Kohlschuetter hat Julia Bruns ein Ermittler-Duo erdacht, das hoffentlich nicht schon nach dem ersten Fall die Akten schließt. Gut gelungen sind auch die amüsanten Dialoge, die das Buch lesenswert machen. ›Zwei Bier und ein Mord‹ ist ein gelungener Regional-Krimi, der die Besonderheiten der Stadt und Gegend als Schauplatz für eine bierselige Mordgeschichte schön in Szene setzt.« Thüringer Allgemeine

www.emons-verlag.de

Julia Bruns
IM SCHATTEN DER HEIDECKSBURG
Broschur, 240 Seiten
ISBN 978-3-95451-801-2

»Julia Bruns vermittelt lebendiges Lokalkolorit und Thüringer Fürstengeschichte. In diesem spannenden Krimi, der viele Leser finden wird, darf manches schmutzige Spiel gespielt werden. Fall Nummer drei sollte nicht lange auf sich warten lassen.« Ostthüringer Zeitung